Zu diesem Buch

Es herrscht Krieg auf dem Fußballplatz. Nach einem Vorrundenspiel gegen Japan werden die deutschen Sturmspitzen Willi Gochnauer und Peter Tarchalski mit einer .308 Winchester auf die ewige Ersatzbank befördert. Nicht der Sport, sondern ein Attentäter hält die Fußballwelt in Atem. Seine Devise heißt TÖTEN statt SPIELEN, und dies läßt sich so gar nicht mit dem sportlichen Ethos der FIFA vereinbaren. Die WM in den USA droht zum Desaster zu werden. Deshalb werden die FBI-Agenten Ladd McAllen und James Burlane von der FIFA mit den Ermittlungen beauftragt. Perfiderweise verschickte der Mörder in der Nacht vor dem Spiel zwei gelbe Karten und eine rote Karte mit den Namen der Opfer. Das ist genau die Kartenkombination, mit der Argentinien im WM-Endspiel 1990 in Rom gegen die Deutschen bestraft worden war. In Buenos Aires erhärten Racheschwüre von Juan Carlos Rodriguez diesen Verdacht. Der Besitzer eines Fußballclubs drohte den deutschen Spielern mit Vergeltung. Brisant wird die Situation, als der Trainer der amerikanischen Nationalmannschaft eine rote Karte erhält, verbunden mit der Drohung, daß vor dem Spiel gegen die Niederlande seine komplette Mannschaft außer Gefecht gesetzt wird. Danach gerät der FIFA-Funktionär Sir Roger Dusenberry ins Fadenkreuz des fußballerischen Misanthropen.

Ob Monica Seles oder Nancy Kerrigan – die Wirklichkeit zeigt, daß Attentate auf Spitzensportler mittlerweile zum internationalen Sportbusiness gehören. Wer hätte gedacht, daß im Jahr 1994 die Schatten der Stasi den Verlauf der WM beeinflussen? Natürlich kein wirrer Sportjournalist, sondern Richard Hoyt, der mit diesem Kriminalroman wieder einmal beweist, daß er ein «hochintelligender Erzähler» ist. Deshalb schickt der «amüsante Zyniker» den so uramerikanischen Abenteurer Burlane auf ungewohntes Terrain: in den Dschungel der Soccer-Fanatiker. Für Berti Vogts und seine elf Freunde wäre dieser Thriller ein Alptraum ohne Happy-End, aber die adrenalinsteigernde Lektüre für öde Trainingspausen.

Richard Hoyt wurde 1941 in Hermiston (Oregon) geboren, war bei der Spionageabwehr, arbeitete als Reporter und Hochschullehrer, lebt in Miami.

Über den Drogenthriller «Marimba» (Nr. 3095 – american crime scene) urteilte die *New York Times*: «Mit einer amoralischen Familie, die das Blut in den Adern gefrieren läßt, einem männervertilgenden Dobermann, korrupten Drogenfahndern des FBI und Action nonstop ist ‹Marimba› von Richard Hoyt ein herausragendes Beispiel für dieses Genre.»

Thomas Wörtche schreibt im *Freitag* unter der Überschrift «Marimbaspieler – Richard Hoyts Spotlight auf den Drogenkrieg»: «Seine literarischen Mittel sind rasante, witzige, auf den Punkt geschriebene Dialoge.»

Richard Hoyt

Spielen und töten

Deutsch von
Ulrich Wünsch

Mit einem Serviceteil zur WM vom
sportmagazin kicker

rororo

Rowohlt

rororo thriller
american crime scene
Herausgegeben von Bernd Jost

Deutsche Erstausgabe
Veröffentlicht im Rowohlt Taschenbuch Verlag GmbH,
Reinbek bei Hamburg, Mai 1994

Das Manuskript trägt den Titel «Red Card»

Den Artikel von Mark Donovan übersetzte Elfi Hartenstein

Redaktion Peter M. Hetzel
Umschlaggestaltung Peter Wippermann / Susanne Müller
Umschlagfoto Bongarts
Satz Bembo (Linotronic 500)
Gesamtherstellung Clausen & Bosse, Leck
Printed in Germany
1290-ISBN 3 499 43150 5

Für die Profis: Alburo, Canizares, Cunningham, Monzon, Olofson, Shive, Valenzona. Danke San Miguel. So viel Unsinn. Oy!

«Der Tritt gilt einzig dem Ball.»

J. R. Thring, The Simplest Game, 1862

«Ich bin der beste satirische Dart-Autor in ganz Nordamerika»

Sich von Richard Hoyt durch das Nachtleben von Portland, Oregon, führen lassen zu wollen ist an sich schon ein Oxymoron. Er steuert zwar eilig den nächsten Schauplatz an, aber es ist sonnenklar, daß das nicht ohne Zwischenfall abgeht. Die Zeichen dafür sind eindeutig: Seine gefährlich funkelnden Augen, der erwartungsvoll zitternde Schnauzbart, die bereits präventiv gehobenen Schultern. Und dann passiert es: Richard Hoyt lacht. Kein leises Glucksen, aber auch kein simples Gelächter. Es bricht aus ihm heraus. Es ist ein Weltklasselachen, bei dem die Nachbarschaft aus dem Schlaf fährt, ein Lachen, das gackert und poltert, als käme es darauf an, der Kavallerie auf die Sprünge zu helfen – jede Hyäne würde vor Neid erblassen. Mindestens eine Minute lang dauert es, bis es abebbt. Er wischt sich über die Augen, stöhnt: «verdammte Scheiße», und dann ist es vorbei.

Was ihn so zum Lachen bringt? Alles und nichts. Hoyt ist Schriftsteller, er ist Krimi-Autor, schreibt internationale Thriller und befaßt sich deshalb ständig mit den Auswüchsen menschlichen Seins. Seine Bücher sind ausufernd und außergewöhnlich umfassend und in der Mehrzahl unter Einwirkung von Pharmazeutika entstanden. Lange Zeit Hätschelkind der Rezensenten, gewinnt Hoyt nun allmählich eine größere Gemeinde. Sein zehnter Roman ‹*Siege*› ist eine spannende Geschichte, in der Gibraltar von palästinensischen Terroristen besetzt wird. Die bemerkenswerteste Figur dabei ist ein fetter Affe namens Max. In voller Selbstbescheidung erklärt Hoyt, ‹*Siege*› sei dermaßen nett geworden, daß es ihn selbst erschüttert habe. Wie bei vielen seiner Titel verarbeitet er auch hier Recherchen und persönliche Erlebnisse. Hoyt war während eines Sevilla-Aufenthalts, wo er Hintergrundinformationen sammeln wollte, an Lungenentzündung erkrankt und mit dem Bus zum Krankenhaus nach Gibraltar gefahren. «Ich kam mir vor wie Ratso Rizzo», erinnert er sich. In ‹*Siege*› holt sich CIA-Agent James Burlane eine Lungenentzündung und wiederholt die Busfahrt seines geistigen Vaters. Auf Ideenrecherche war Hoyt auch schon mit der Transsibirischen Eisenbahn unterwegs, rauchte auf Jamaika mit Reggae-Sängern Gauja und dinierte in Amsterdam mit Prostituierten. Früher oder später tauchten diese Erlebnisse dann in Romanform wieder auf. «Meine Helden», schrieb Hoyt vor kurzem, «alle diese verrückten Detektive, schrulligen Abenteurer und verbrecherischen Spione – sind mein Alter ego. Irgendwie sind sie alle Versionen eines gescheiten, boshaften Jungen aus Umatilla, der sich zu einem Walter Mitty gemausert hat.»

Umatilla ist ein kleines Städtchen im Osten von Oregon, wo Hoyt auf einer Farm autwuchs. Der Vater, Pferdehändler, brannte illegal

Schnaps, die Mutter bewirtschaftete die Schulkantine. Was die High-School-Zeit angeht, erinnert er sich, bei Footballspielen mit an den Handgelenken festgeklebten Spielregeln als Quarterback eingesprungen zu sein, und nicht ganz freiwillig räumt er ein, daß seine Klassenkameraden ihm einmal den Preis für die schönste Nase verliehen haben. Nach der Graduierung an der University of Oregon ging Hoyt zum Militär, diente dort drei Jahre lang als CIA-Agent, was ihm in seinem momentanen Metier sehr von Nutzen ist. Er schrieb für mehrere Zeitungen auf Hawaii und unterrichtete zehn Jahre lang Journalismus und Kommunikationswissenschaften. Zwischendurch war er zweimal verheiratet, das erste Mal dauerte zehn Jahre, das zweite Mal ungefähr ein Jahr, wobei er behauptet, wann genau das gewesen sei, habe er vergessen. Eines Tages – das jedenfalls war 1971 – hob ein Kumpel, mit dem er beim Angeln war, die Nase aus einem Buch von Dick Francis, um ihm vorzuschlagen, auch er solle es doch mal mit einem Roman probieren. Neun Jahre und ungefähr 30 Ablehnungsbriefe später wurde der Kriminalroman ‹*Decoys*› (dt.: «Lockente», 1980) veröffentlicht. ‹*Decoys*› brachte Hoyt 4000 Dollar Vorschuß und drehte sich um einen Detektiv namens John Denson, der im Klappentext als «weichgekochter Spürhund der 80er Jahre» vorgestellt wurde. Seither gibt es etwa jedes Dreivierteljahr einen neuen Hoyt-Titel, und der Autor versichert denn auch, er habe keine Lust, jemals wieder etwas anderes zu machen. Wenn er nicht gerade zu Recherchen unterwegs ist, lebt er allein in einer im Zentrum von Portland gelegenen spartanischen 400-Dollar-Wohnung. Er arbeitet sieben Tage die Woche jeweils etwa acht bis zehn Stunden und raucht dabei reichlich Marihuana. Eigenen Aussagen zufolge sind bei sieben seiner bislang zehn Bücher weite Teile unter Einfluß von bewußtseinserweiternden Drogen oder ähnlichem zustande gekommen. Hoyts Fantasie ist immens – die Waage halten kann ihr allenfalls sein Selbstbewußtsein. Wie sagt er doch einmal: «Ich bin immer überzeugt davon, daß ich die heißeste Story schreibe, die einem jemals über den Weg laufen kann.»

Hat er ein Buch abgeschlossen, schwankt er zwischen Euphorie und Niedergeschlagenheit, oder, in eigenen Worten ausgedrückt: «Ich weiß dann nicht, soll ich mir eine reinziehen oder lieber abnippeln.» Hoyt, der abwechselnd großspurig und introvertiert, dann wieder lauthals lästernd und verwegen sein kann, ist als Typ seinen Figuren durchaus ebenbürtig. Doch gibt es da auch eine andere Seite: Wenn es um seine Leistungen aus der Zeit vor seiner Karriere als Romanschriftsteller geht, ist er sehr bescheiden – immerhin war er für den Pulitzer-Preis nominiert. Katherine Dunn, Freundin und Kollegin, weist gern auf seine «enorme Großzügigkeit» hin, die er Freunden und Familienmitgliedern gegenüber an den Tag legt. Viel Zeit verbringt er mit seiner Tochter Laura, die mit ihrer Mutter ganz in seiner Nähe wohnt. Laura liebt ihren Vater abgöttisch, räumt allerdings bereitwillig ein, daß er «spinnt». Für seinen elften Roman ‹*The Woman from Liberia*› erhielt er einen Vorschuß von 75 000 Dollar. Die dazugehörige Forschungsreise den Amazonas hinunter mußte zwar Anfang 1987 aus gesundheitlichen Gründen (Hoyt hatte Schwierigkeiten mit den Atemwegen) vorzeitig abgebrochen werden, doch läuft beim Schreiben selbst alles glatt, so glatt, daß er seinen Agenten freudig davon unterrichtete, daß ihn dieses Mal die Muse zum Küssen tatsächlich in die Arme genommen habe. Falls die Muse – selten genug – trotzdem zwischendurch einmal ihre Umarmung lockert, geht Hoyt spazieren. Manchmal schmökert er sich dann bei *Powell's* durch die Bücherregale, manchmal verschwindet er in *Mary's Club,* um den Oben-ohne-Tänzerinnen zuzuschauen. Oder er marschiert zum *Blue Moon,* bestellt am Tresen ein Bier und stürzt sich aufs Dartboard. Als Dart-Spieler ist Hoyt wirklich gut – und, wie er sich zu versichern beeilt, einen ziemlich mittelmäßigen Schreibautomaten kann er auch bedienen. Wie drückt er es doch aus? «Ich bin der beste satirische Dart-Autor in ganz Nordamerika!» Tja – und dabei bricht er wieder in dieses Lachen aus, das der Eruption des Mount St. Helen's Konkurrenz machen könnte.

Mark Donovan /
People Weekly

1

Edson

Die Fédération Internationale de Football Association, deren Hauptquartier sich in Zürich befindet, zählt mehr als 150 Millionen Mitglieder. Normalerweise spricht man kurz und bündig von der FIFA. Die Spieler der FIFA tragen 20 Millionen Fußballspiele pro Jahr aus.

Zur FIFA gehören Vertreter der nationalen Fußballverbände aus 179 Ländern. In Großbritannien haben England, Wales, Schottland und Nordirland jeweils einen eigenen Fußballverband. Die FIFA-Delegierten versammeln sich im Abstand von einigen Jahren jeweils in einer anderen Stadt, und jeder nationale Verband besitzt eine Stimme. Das Exekutivkomitee steht zehn Fachausschüssen vor; einschließlich dem, der die alle vier Jahre stattfindende Fußball-Weltmeisterschaft organisiert.

Kapitel 1

Dallas, Texas, 1:30 p.m., Montag, 27. Juni

Jens Steiner, dem Trainer der deutschen Nationalmannschaft, wurde kurz nachdem er mit seinen Assistenten und Begleitern bei einem kleinen Spaziergang die örtlichen Spezialitäten durchprobiert hatte und wieder in der Suite im Jim Bowie Hotel eingetroffen war, die gelbe Karte gezeigt.

Nach der Rückkehr wollte sich Jens Steiner mit seinen Torhütern und Verteidigern eine Videoaufzeichnung der Begegnung Belgien – Norwegen anschauen, die vor zwei Tagen im Pontiac Silverdome in Detroit ausgetragen worden war – und sie wollten beim Zuschauen ihren Spaß haben.

Gutgelaunt war man beladen mit Pappkartons voller Fajitas, Tacos und Burritos durch die Hotellobby getrabt. In Chicago hatten die Deutschen mit dem ersten Spiel die Weltmeisterschaft eröffnet und sich mit vor Sauce triefendem Gyros vollgestopft. Außerdem mit den unterschiedlichsten Riesen-Sandwiches. Und mit Hot dogs voller Senf und kleingehackter Zwiebeln. Jetzt also waren sie beim Tex-Mex-Essen angelangt.

Obwohl die Deutschen in ihrer Gruppe noch ein Spiel gegen die Südkoreaner im Cotton Bowl zu bestreiten hatten, waren sie doch schon in das Viertelfinale eingezogen. Der Trainer und seine Mannschaft waren bester Laune.

Steiner, einst Stürmer des VfB Leipzig und prominenter Überläufer aus der ehemaligen Deutschen Demokratischen Republik, hatte noch ein paar Kartons Bier aufs Zimmer bestellt. (Wenn es etwas gab, von dem die Deutschen meinten, sie seien darin unbestreitbar gut, außer natürlich dem Fußball, dem Brotbacken und Wurstmachen – dann waren es Bierbrauen und Biertrinken.)

Die Deutschen hätten alle möglichen Sorten Ale oder Pils probieren können, die in dieser Region gebraut und verkauft wurden. Aber sie wollten unbedingt das normale amerikanische Bier trinken, über das sich alle Europäer lustig machten, die die Staaten bereisten.

(Den Deutschen hatte man erzählt, daß in den zwanziger Jahren während der Prohibition die in die USA eingewanderten deutschen Bierbrauer in den Bankrott gegangen waren. Ein Barmann in Chicago hatte ihnen berichtet, daß der törichte Volstead Act das Ergebnis der Einführung des Frauenwahlrechts gewesen war. Nachdem dieser Blödsinn abgeschafft worden war, gab es nur noch Bier à la Prohibition: mit viel Wasser und sonst nichts. Der Barmann hatte zur Decke geblickt und traurig den Kopf geschüttelt: «Danke Girls.»)

In Chicago hatten sich die Deutschen auf Budweiser, Miller, Rolling Rock, Stroh's und Michelob gestürzt. Sie fanden es witzig, amerikanisches Bier mit vertraut klingenden Markennamen zu trinken. Blatz und Schlitz und Meisterbrau hatten sie auch schon probiert.

(Ein anderer Barmann in Chicago hatte versucht, ihnen weiszumachen, es gäbe ein Griesedick-Bier, das in Missourah verkauft wurde. Ob Griesedick deutsch sei, hatte er grinsend gefragt.

Die Deutschen hatten ihn verwirrt angeschaut, und der Barmann gab lachend eine Runde aus; was er bei amerikanischen Kunden nie gemacht hätte.)

Hier in Dallas wurden das unvermeidliche Budweiser und Miller, dazu Lone Star, Carta Blanca, Dos Equis und Corona angeboten.

Sie machten es sich vor dem Fernseher für das Spiel Belgien gegen Norwegen bequem. Der junge Mann, der die Begegnung aufgenommen hatte, hatte auch die Show vor Spielbeginn aufgezeichnet. Der TV-Reporter berichtete, daß zum ersten Mal in der Geschichte der Fußball-Weltmeisterschaft die Spiele auch in Hallenstadien ausgetragen wurden. Die Amerikaner hätte es viel Arbeit und noch mehr Geld gekostet, den Rasenbelag einen Monat lang unter einer Fiberglaskuppel, die nur 10 Prozent des natürlichen Lichts durchließ, frisch und grün zu halten.

Er berichtete weiter, daß eine Mischung aus 85 Prozent Kentucky Bluegras und 15 Prozent Roggen in 2000 sechseckigen Metallbehältern auf einer Rasenfarm in Ventura, Kalifornien, ausgesät worden war. Dann hätten die verrückten Amerikaner die fertigen Rasenstücke in Metallbehältern im Flugzeug nach Detroit transportiert und dort im Silverdome zusammengesetzt. Da man Batterien von 1000 Watt starken Halogenscheinwerfern – Teil der Standardausrüstung für Marihuanazüchter – sechs bis acht Fuß über dem Rasen aufgehängt hatte, blieb das Gras grün.

Jens Steiner und seine Assistenten bestätigten sich lachend, daß dieser Wahnsinn wohl ein weiterer Beweis der berühmten amerikanischen «Macher-Mentalität» sein mußte, die manchmal wirklich merkwürdige Formen annahm. (Sie vermuteten, daß irgendwie auch ganz normaler Neid mitspielte, aber das war schwer zu entscheiden.)

Nachdem sie vom Herumalbern genug hatten, wurden die deutschen Verteidiger und Torhüter langsam wieder ernst. Sie mußten unbedingt mit eigenen Augen sehen, wie der belgische Stürmer Nicholas de Spoelberch die norwegische Abwehr durcheinanderbrachte. De Spoelberch, der Superstar des RSC Anderlecht, hatte drei Viertel aller belgischen Tore in den Spielen der ersten Runde gegen Ungarn und Norwegen erzielt. Einer seiner Treffer, ein spektakulärer Fallrückzieher, ließ die deutschen Verteidiger aufstöhnen, und sie spulten das Video noch einmal zurück. Da de Spoelberch sicher wieder solche Kunststücke vorführen würde, war es gar keine Frage, daß sie auf der Hut sein mußten, sollten sie auf die Belgier treffen.

In einem anderen Zimmer setzten sich gerade der deutsche Stürmer Peter Tarchalski und die anderen Angriffsspieler und Betreuer zusammen, um das Spiel zwischen England und Kolumbien zu analysieren, das demnächst im Foxboro Stadion in Boston beginnen würde.

Nachdem zehn Minuten in der Begegnung Belgien–Norwegen gespielt waren, rief Elizabeth Gunderson, die wohlproportionierte, deutsch sprechende FIFA-Sicherheitschefin, an und teilte mit, daß sie gleich mit einem Einschreiben für Jens Steiner hochkommen werde.

Edson. Der blonde Mann entschied, daß er sich Edson nennen würde. Die Amerikaner kannten sich bei den Familiennamen der Fußballspieler nicht aus. Niemand würde den Namen je gehört haben. Mueller würde es natürlich kapieren und es amüsant finden. Er würde sich also Edson nennen.

Edson trug Penny Loafers, die so auf Hochglanz poliert waren, daß man auf eine Zwangsneurose schließen konnte. Die Bügelfalte seiner anthrazitfarbenen Hose war rasiermesserscharf, und es ließ sich keine einzige Fluse auf seinem marineblauen Blazer entdecken. Er trug ein weißes Hemd und dazu eine dezente grüne, diagonal gestreifte Krawatte.

Er sah aus wie ein berufsmäßiger Gentleman aus Dallas, der möglicherweise im Immobilien-Geschäft tätig war oder im Handel mit Bohrkonzessionen oder der als Prediger seinen Unterhalt verdiente.

«Fahren Sie mich zu Delaney's Sports Bar!» sagte Edson zu dem Taxifahrer. Er hatte starke Backenknochen, dichte Augenbrauen, und der Blick seiner fahl-blauen Augen wirkte unruhig, einsam und verlassen.

«Wie?»

«Donde esta Delaney's Sports Bar?»

Der Fahrer wandte sich nach ihm um und blinzelte ihn an. «Sagen Sie's noch mal!»

«Ich sagte Delaney's Sports Bar. Wissen Sie, wo das ist?»

«Delaney's. Ja klar. Drüben am Buckner Boulevard. Kostet Sie ungefähr 15 Scheine, vielleicht einen mehr oder weniger.»

«Dann fahren Sie bitte los!»

Edson öffnete die Tür und setzte sich auf den Rücksitz. Er war groß und brauchte hinten fast den ganzen Platz, um seine Beine unterzubringen.

Der Fahrer stellte das Taxameter ein, und Edson konnte an der digitalen Anzeige seinen Fahrpreis ablesen. «Sie sind wegen der Fußball-Weltmeisterschaft hergekommen?»

«Wie bitte?»

«Ich sagte: ‹Sie sind wegen der Weltmeisterschaft hier?›»

«Si. Bin ich.»

«Und wo kommen Sie her?»

«Argentinien.»

«Ich hab schon überlegt, woher. Die Ausländer sind von überall wegen dem Fußball zu uns gekommen. Alle wollen die Deutschen sehen. Ich werd's mir morgen im Fernsehen anschaun. Ich weiß nicht, ob Sie's wissen oder nicht, aber die Rangers spielen heute abend gegen die A's in Oakland. Das könnte sich lohnen. Sie sehen aus, als ob Sie Deutscher sind.»

Während sie weiterfuhren, erinnerte sich Edson, wie Mueller ihm ganz zu Anfang gesagt hatte, daß der Sport nicht ohne Grund so populär sei. Mit etwas Fantasie und Nachdenken würde er verstehen, daß der Sport eine ungewöhnliche Chance für jemanden mit analytischem Verstand ist. Mueller hatte gesagt, daß der Sport ein Ersatz für den Kampf sei, eine Art Spiel der menschlichen Raubtiere. Was gäbe es denn Besseres, um seinen Gegner verstehen zu lernen, als dessen Sportarten?

Inzwischen hatte Edson nach all den Jahren begriffen, daß man in den USA im Sommer beim Baseball, diesem merkwürdigen und exzentrischen Spiel, so weitermachte, als ob nichts Besonderes passiert sei. Die Fußball-Weltmeisterschaft wurde in ihrem Land ausgetragen, und obwohl man den Amerikanern alles über die Feinheiten des Fußballs nahegebracht hatte, blieben sie doch in dieses statische Baseballgemache vernarrt.

«Scheiß Rangers», sagte der Fahrer. «Die haben mehr Slugger, als sie brauchen können, aber ihre Pitcher denken, sie hättens bei ihren Gegnern mit Kindern zu tun. Ein paar Kerle haben 'ne Computeruntersuchung gemacht, und es stellt sich raus, daß der Erfolg einer Baseballmannschaft zu 45 Prozent von den Würfen abhängt und nur zu 40 Prozent von den Schlägen.» Er schüttelte angeekelt den Kopf. «Die konnten doch nicht erwarten, daß Nolan Ryan ewig spielen würde. Schwachköpfe. Aber was man braucht, sind Pitchers, nicht diese tuntigen Hitters. Das haben sie immerhin schon kapiert.»

Edson verstand es einfach nicht. Die Amerikaner beschwerten sich, daß beim Fußball so wenig Tore fallen würden, waren aber gleichzeitig in ein Spiel verliebt, bei dem die Spieler die meiste Zeit herumstanden. Es war ganz offensichtlich, daß Baseballspieler ihre Kalorien nur brauchten, um sich aufrecht zu halten. Der Fänger allerdings hockte sich hin, das war auch nicht normal. Manchmal machte einer der Spieler an seiner Mütze herum oder kratzte sich an Nase oder Unterleib oder schwang einen Schläger durch die Luft oder sprintete ein bißchen oder warf den Ball oder redete – aber das war eigentlich auch schon alles.

Nach sieben Spielrunden standen die leidenden Zuschauer auf – Blut hatte sich in den geschwollenen Füßen gesammelt, und sie hatten noch zwei weitere Runden vor sich, bevor sie durch den Stau nach Hause fahren durften –, schüttelten fröhlich die Beine aus und fuchtelten mit den Armen. Dieser «seventh-inning stretch» war nach Edsons Meinung eines der merkwürdigsten Rituale im ganzen Sport.

Mueller hatte einst den «seventh-inning stretch» eine fröhliche, ja sogar stolze Zurschaustellung der Hingabe der Fans an einen stupiden und langweiligen Wettkampf genannt. Dies sagte sicher etwas über den amerikanischen Charakter aus, aber Mueller war sich nicht so sicher, was.

«Hat hier bei Ihnen jemals einer ein Ligasystem vorgeschlagen, so wie es die Europäer im Fußball haben?» fragte Edson. «Die besten zwei oder drei Mannschaften der einen Liga tauschen mit den zwei oder drei Mannschaften die Plätze, die letzte in der Liga darüber geworden sind. Man könnte es auch nur mit einem Team machen, wenn Sie wollen. Dann könnte zum Beispiel Yuma, Arizona, einen Titel der Klasse A im Baseball gewinnen, dann Double A und Triple A, und würde die ewig Letzten in der National League West ersetzen, sagen wir mal die Dodgers.»

Der Taxifahrer mußte laut lachen. «Wollen Sie damit sagen, daß die New York Yankees, falls sie Letzter in der American League East würden, ein Jahr an so beschissenen Orten spielen müßten wie Tidewater oder Columbus?»

«Ganz genau. Und Tidewater oder Columbus würden den Platz der Yankees in der American League East einnehmen. Dann ist am oberen Ende der Tabelle was los. Wer wird Champion? Und am unteren Ende der Tabelle läuft auch was Dramatisches: Wer muß absteigen? Die Walla Walla Onions könnten es theoretisch bis zu den World Series schaffen. Meine Güte, ich hatte angenommen, die Vereinigten Staaten wären auf demokratischen Idealen errichtet! Gleichheit und so weiter. Eine Leistungsgesellschaft.»

Der Fahrer, der Edson in seinem Rückspiegel ansah, mußte noch lauter lachen. «Ihr Argentinier seid ja echte Witzbolde, was? Wissen Sie, wer hier in Dallas für die WM verantwortlich ist? Lamar

Hunt, der Begründer der Kansas City Chiefs, und ihm gehört auch ein großer Teil der Chicago Bulls. Das hier ist J. R. Ewing Country. Leute wie die Hunts und die Murchisons kaufen sich ja wohl keine Vereinskonzessionen, nur damit sie dann in Amarillo oder Cut and Shoot spielen dürfen?»

«Sicher nicht, nein», antwortete Edson.

«Die Hunt-Brüder versuchten schon mal vor etwa zwanzig Jahren die Monopolstellung zu erringen. Der alte Lamar Hunt ist nicht so senil, daß er vergessen hätte, daß die Dallas Tornados einst eine der großen Mannschaften in der North American Soccer League waren, und die Leute unterstützen immer noch die Sidekicks. Wenn diese Fußball-Weltmeisterschaft die Leute wirklich vom Hocker reißt, dann können Sie sich ja ausrechnen, wer sich die neuen profitablen Konzessionen in Dallas untern Nagel reißt.»

Edson grinste. «Die Hunt-Brüder.»

«Das ist Texas», sagte der Fahrer.

Gestern nacht hatte Edson ein Spiel der Chicago Cubs am Bildschirm verfolgt. Während des «seventh-inning stretch» hatte ein populärer älterer Sportreporter die begeisterten Fans zu rituellen Gesängen animiert. Edson erinnerte sich an Teile einer Strophe:

Take me out to the ball game.
Take me out to the crowd.
Peanuts and popcorn and crackerjacks,
I don't care if I ever go back.

2 p.m.

Wie alle professionellen Fußballspieler seit dem ersten Schuljahr wissen, beruht die Machtfülle der FIFA auf der Tatsache, daß sie die Höhe der Transfersummen bestimmt und so die Spielerbewegungen kontrollieren kann. Was man einst im amerikanischen Sport die «reserve clause» genannt hat, wird in Italien «vincolo a vita» genannt und Ablöse in Deutschland. In England, wo die Ablöse immer noch existiert, obwohl sie 1963 gerichtlich verboten wurde, wird sie «retain-and-transfer» genannt.

Ein Fußballspieler, der erst einmal einem Verein gehört, ist dessen lebenslanges Eigentum, das behalten, verkauft oder getauscht werden kann, wie es gerade paßt. Ein Spieler kann sich nicht selbst nach der höchsten

Kaufsumme oder nach dem besten Spielort für sich umsehen. Er sitzt für alle Zeiten fest.

Es klingelte an der Tür. Jens Steiner öffnete und begrüßte die FIFA-Sicherheitschefin, der die Betreuer und Spieler in ihren Fantasien liebend gern mal in den Ausschnitt griffen. In dem Dossier, das die FIFA den Deutschen übergeben hatte, stand, daß die deutschsprachige Elizabeth Gunderson eine Jiu-Jitsu Expertin war. Die Deutschen dachten voller Begeisterung darüber nach, welche Talente wohl noch in ihr schlummerten.

Unglücklicherweise kümmerte sich Miss Gunderson nur um ihre Aufgabe, was sie sofort deutlich gemacht hatte, als sie dem Team vorgestellt wurde, das sie schützen sollte. Gunderson besaß eine sportliche Figur und war etwa Mitte dreißig. Sie hatte lange Beine und grüne Augen. Ihr brünettes Haar trug sie kurz (aber wiederum nicht so kurz, daß die deutschen Spieler sich ihrer Ansicht nach nicht mehr darin hätten festkrallen können.)

Sie wurde von einer rundlichen jungen Frau vom United Parcel Service begleitet, die einen großen orange-weiß-blauen Expresspost-Umschlag unter den Arm geklemmt hatte.

«Sie will, daß Sie persönlich quittieren», sagte Gunderson. «Meine Unterschrift reicht nicht. Unser Detektor unten bestätigt, daß das Paket in Ordnung ist. Kein Metall drin oder anderes gefährliches Zeug.»

«Ja, ja. Wie in Deutschland. Nur Regeln und Vorschriften.»

Die junge Frau händigte Steiner den Umschlag und die Empfangsbestätigung aus. «Sind Sie wirklich der Trainer der deutschen Nationalmannschaft? Wenn Sie bitte hier unterschreiben würden.»

Steiner unterzeichnete die Bestätigung. «Ja, bin ich. Wir sehen uns gerade eine Aufzeichung des Spiels Belgien gegen Norwegen an.»

«Die andern 'n bißchen ausspionieren?» zog ihn Gunderson auf.

«Wenn wir auf Nicholas de Spoelberch treffen sollten, dann weiß ich jetzt schon, daß er nicht einfach zu stoppen ist.»

«Sie sehen wirklich gut aus», sagte die Frau von UPS. «Ich kenne Sie alle aus dem Fernsehen, als Sie Polen geschlagen haben. Ich hoffe, Sie gewinnen.» Sie zögerte. «Na ja, vielleicht den zweiten Platz. Wir wissen doch alle, daß die USA die WM gewinnt, oder? Wir haben noch eine Chance, wenn wir ein Unentschieden im Spiel gegen Brasilien erzielen oder drei Tore schießen.»

Unentschieden gegen Brasilien? Drei Tore schießen? Steiner mußte lachten, weil es ihm unmöglich erschien. Die Amerikaner, die sich als Gastgeber nicht blamieren wollten, hatten sehr hart an sich gearbeitet, um die Mannschaftsleistung zu verbessern, aber trotzdem...

Gunderson grinste. «Das Spiel ist erst vorbei, wenn es vorbei ist. (Hat das nicht auch Yogi Berra gesagt?)

«Ganz genau», sagte die Frau von UPS. «Guter Ruf hin oder her, Brasilien haben wir in der Tasche. Nach dem Match von morgen werden Sie auch unsere Spiele analysieren müssen, das sage ich Ihnen. Ihre Verteidiger müssen auf Luis Garcia aufpassen. Und Peter Tarchalski wird sicher mehr über Dave Galetto wissen wollen.» Sie ging eskortiert von der FBI-Agentin den Flur hinunter.

Steiner erlaubte sich, den Hintern von Ms. Gunderson einen Moment lang zu bewundern, dann zog er sich mit seinem Umschlag ins Zimmer zurück.

Er schnappte sich noch ein Bier. Obwohl die Amerikaner nichts über Fußball wußten, hatten sie sich, nachdem sie entdeckt hatten, welche Emotionen das Spiel in anderen Teilen der Welt hervorrief, doch mit voller Kraft in die Weltmeisterschaft gestürzt.

Er vermutete, daß das Spektakel die breite Masse anzog. Vom Rest der Welt isoliert, hatten die Nordamerikaner die Dramatik der Fußball-Weltmeisterschaften jahrelang verpaßt. Jetzt waren sie mit von der Partie und fast unfreiwillig Teil des ganzen Rummels geworden. Nun wollten sie auf einmal mehr.

Steiner war sich sicher, daß die USA einmal eine Supermacht des Fußballs werden würden, wenn sie es schafften, die schwarzen Kids in den Ghettos zum Kicken zu bewegen. Die Aussicht, daß ein Sportler wie Michael Jordan Fußball spielen würde, war furchterregend. Die Europäer sollten besser hoffen, daß nach der Aufregung um die Weltmeisterschaft die amerikanischen Kids bei der heiligen Dreifaltigkeit von Football, Basketball und Baseball blieben.

2:15 p.m.

I don't care if I ever go back!

Edson konnte sich an den Rest des Liedes nicht mehr erinnern. «Ich versuche mich an einen Baseballsong zu erinnern, den ich gestern abend im Fernsehen gehört habe. Was kommt nach ‹Root, root, root for the home team›?»

«Root, root, root for the side.» Der Fahrer dachte kurz nach. «Ich glaube schon. Bin mir aber nicht sicher.»

«Das muß es sein. Danke.» (Edson fragte sich, was die Australier sich bei dem Lied wohl denken würden; da unten bedeutete ‹to root› im Straßenjargon einfach ficken.)

One, two, three strikes you're out.

That's the whole ball game.

Drei Treffer und man war draußen. Das war die eigentliche Quelle der Anziehungskraft, da war er sich sicher. (Mußte es sein. Baseball war wie das Leben ein Spiel, das aus Subtraktion bestand. Ein existentielles Drama. Welches Team würde mit seinen maximal 27 Outs die meisten Punkte schaffen?)

Er dachte, daß die meisten Europäer den amerikanischen und kanadischen Football langweilig fanden, weil sie nicht verstanden, daß es ein Spiel um Territorien war. Yards dazugewonnen. Yards verloren. So hieß der Ertrag einer gut durchgeführten Strategie. Die Kosten des vermasselten Spielzugs nannte man im Jargon Turnovers. Die Spannung war nahe den beiden Torpfosten am größten und die Action am dramatischsten. Wenn der Ball im Mittelfeld war, hatte man Zeit, sich ein Bier zu holen.

Edson belächelte das amerikanische Ritual, unschuldige Jungfrauen für die gepanzerten und überdimensionierten Football Champions herumhüpfen zu lassen. Zumindest wurden den Cheerleadern nicht wie bei den Azteken als Opfer für den Kriegsgott die Herzen herausgerissen.

Einmal, als Edson einen Freund besucht hatte, der in der argentinischen Botschaft in Washington arbeitete, war er zu einem High-School-Footballspiel eingeladen worden. Er erinnerte sich an das Ritual der Jungfrauen, die in ihren knappen Röckchen auf und nieder hüpften und riefen:

Pork chops, pork chops

Greasy, greasy,

We sure gonna beat Fairfax

Easy, easy.

Beim echten Fußball befand sich der Ball fast dauernd vor dem Tor der einen oder der anderen Mannschaft, und die Action war nonstop, flüssig und manchmal sogar richtig spannend. Edson mußte aber zugeben, daß es schwierig war, den Ball im Netz zu plazieren. Bei den Weltmeisterschaftsspielen war es fast unmöglich geworden. Vielleicht imitierte der Fußball mit seinem Problem, Tore zu erzielen, und der Notwendigkeit, in der Verteidigung ständig wachsam zu sein, auch das Leben.

«Wir sind da. Delaney's Sports Bar. Macht genau fünfzehn Dollar.»

Edson warf einen Blick auf das Taxameter, gab dem Fahrer einen Zwanziger und bedeute ihm, daß er kein Wechselgeld zurückhaben wolle.

«Danke sehr.»

«De nada.»

«Ich hab' gehört, daß die Ribs hier richtig gut sein sollen. Viel Fleisch dran und die Soße hat was Besonderes. Bißchen Ingwer dran und vielleicht was Cayenne. Ich hasse es, wenn einfach Ketchup an die Knochen geschmiert wird und das dann Barbecue heißt. Außerdem grillen sie hier über Mesquite-Holz. Glauben Sie's mir: Wenn man nicht mit Mesquite grillt, dann kriegen Sie kein echtes Tex-Mex Essen.»

Als das Taxi fortfuhr, trat Edson durch eine schwere Eichentür in einen Flur, der als eine Art Foyer diente. Die Wände waren über und über mit Fotografien von Sportgrößen bedeckt. Er blickte flüchtig auf die Fotos: Jesse Owens, Rod Laver, Jean Claude Killy.

In einer Nische an einer Seite dieser Ruhmeshalle war eine Abteilung für die Dallas Cowboys mit den Quarterbacks von Eddie LeBaron und Don Meredith an bis hin zu Roger Staubach und Troy Aiken reserviert. Der Flur führte zu einem Gewirr von Räumen für Zuschauer oder Spieler oder Leute, die nur etwas essen und trinken wollten. Es gab Zimmer, in denen man beim Essen die Sportwettkämpfe auf großen Bildschirmen verfolgen konnte, dann Räume für Dart-Fans, Pool-Spieler, Fußballer und Videospiel-Freaks. Und falls man Lust auf Schach oder Backgammon hatte, Delaney's hielt auch diese Spiele bereit.

Junge Frauen mit bemerkenswerten Titten und Ärschen und mit Stöckelschuhen und Netzstrümpfen, Korsagen und fast durchsichtigen schwarzen Bodys trugen Tabletts voller Bier und Essen durch die eng gestellten Tischreihen: feuchtglänzende Flaschen Budweiser, Carta Blanca und Heineken; Teller mit Tex-Mex Barbecue Ribs, die der Taxifahrer empfohlen hatte; Schalen voller

Chili mit gehackten Zwiebeln; Cheeseburger und als Beilage riesige Stücke fritierter ungeschälter Kartoffeln.

Edson zählte acht übergroße Fernsehmonitore. Auf zweien war das Spiel England gegen Kolumbien im Foxboro Stadion zu sehen. Sechs Monitore zeigten Sport-Talk-Shows, die als Vorbereitung für das Baseballspiel im Oakland Coliseum zwischen den Rangers und den Athletics dienten – was, so dachte er, ein sicherer Beweis für das Ausmaß amerikanischen Interesses an der Weltmeisterschaft in Dallas war.

(Er blieb ein paar Minuten in einem Raum voll junger Männer, die den Vorbereitungen auf ein Baseballspiel zuschauten. Man unterhielt sich über split-fingered fastballs, der bei den Fängern der Athletics besonders beliebt war. Baseball war das ideale Spiel für Biertrinker, meinte Edson. Ob im Stadion oder in der Bar, man konnte in aller Ruhe aufs Klo gehen, ohne befürchten zu müssen, etwas Wichtiges zu verpassen.)

Schließlich setze sich Edson in ein leeres Spare und fragte sich, was Mueller wohl zu einer Bar wie Delaney's sagen würde. Er sah gerade noch, wie ein englischer Spieler sich drehte und mitten in die Schar der Verteidiger vor dem kolumbianischen Tor schoß. Wenn doch nur Mueller hier wäre. Welchen Spaß sie miteinander haben würden.

Kapitel 2

2:32 p.m.

Die FIFA verlangt, daß sich alle Fußballspieler in ihrer Liga und bei ihrem Fußballverband registrieren lassen. Alle Transfers müssen bei der FIFA gemeldet werden. Ein Spieler, der in einem Land gesperrt oder anders bestraft wurde, gilt auch in den anderen Ländern als gesperrt und bestraft; so geschehen bei der einjährigen Sperre des argentinischen Superstars Diego Maradona wegen Kokainmißbrauchs.

Diese weltweite Disziplinierung bewirkt immer weiter steigende Transfer-Summen, die ein Verein einem anderen zahlt, um einen Spieler zu verpflichten. Das Spielerkomitee der FIFA entschied etwa, daß der FC Sevilla dem italienischen Verein Maradonas die Ablöse von 10 Millionen Dollar zahlen sollte, nachdem dessen Sperre aufgehoben worden war.

«Toooooor!» schrie der Reporter über dem höllisch lauten Applaus, der im Foxboro-Stadion aufbrandete.

Jens Steiner beobachtete den belgischen Torschützen, einen jungen Mann mit langem braunem Haar, der mit ausgestreckten Armen über den Platz rannte und dabei noch hochsprang, einen Ausdruck reiner Freude auf dem Gesicht.

Oui! Oui! Oui! Nicholas de Spoelberch wurde von seinen belgischen Mannschaftskameraden fast zerquetscht.

«Ach du Scheiße!» schrie Steiner auf.

Er hatte schließlich den Umschlag geöffnet.

Man hatte Steiner ein handtellergroßes Mobiltelefon gegeben, das er in einer Ledertasche an seiner Hüfte trug. Wenn er die 13 drückte, würde sofort eine Anti-Terror-Spezialeinheit losgeschickt werden. Doch dies hier war nichts für die 13, wenn es denn überhaupt etwas Wichtiges war. Steiner rief Elizabeth Gunderson an.

Er teilte Gunderson mit, was geschehen war, und sie traf ein paar Minuten später ein. Steiner händigte ihr die gelbe Karte aus – sie war etwas größer als eine Spielkarte.

Gunderson hielt sie an einer der Ecken hoch. Sie zog ihre Augenbrauen zusammen.

«Die wird einem Spieler vom Schiedsrichter als Warnung bei gefährlichem Spiel gezeigt», sagte Steiner. «Nach einer weiteren gelben Karte fliegt man vom Platz. Was meinen Sie, Ms. Gunderson?»

«Keine Ahnung. Aber wir wissen ja alle, was zu tun ist.» Sie gab die Karte in den Umschlag zurück. «Man weiß ja nie.»

«Eine Warnung. Mir gefällt das überhaupt nicht. München. Denken Sie mal an München! Aber damals waren Sie vielleicht noch ein Kind.»

«Mir sind die Ereignisse von München bekannt», erwiderte Gunderson.

Elizabeth Gunderson rief Andres Lopez vom Organisationskomitee der WM 1994 an und Sir Roger Dusenberry, den Vorsitzenden des Krisenstabs. Gundersons Sicherheitstruppe wurde vom Organisationskomitee bezahlt, aber solche Zwischenfälle mußten direkt dem Krisenstab gemeldet werden.

2:40 p.m.

Edson winkte eine Kellnerin heran. Er wies auf einen der Monitore in der Ecke. «Wofür sind diese Fernsehgeräte, können Sie mir das verraten?»

Die Schrift auf dem Monitor verkündete, daß es noch zehn Minuten waren bis zum 11. Tag des Sport-Quiz zu internationalen Wettkämpfen.

Die Kellnerin blickte zum Monitor. «Das ist NTN, ein interaktives Unterhaltungsnetzwerk. Die haben mehr als 600 Bars in den USA und Kanada miteinander über Satellit verbunden. Jeden Nachmittag veranstalten sie vor einem Weltmeisterschaftsspiel ein Quiz.»

«Ach ja? Man hat mir das in der Bar meines Hotels erzählt. Ich wollte es gern mal selbst sehen.»

«Jede Woche gewinnen die 20 besten Spieler in Nordamerika ein T-Shirt. Wer während der WM die höchste Punktzahl erringt, und wer die höchste Summe aus drei Fragerunden erzielt hat, gewinnt einen Reise für zwei Personen zum National Football League Pro Bowl Spiel in Honolulu. Plus Hotel und Hubschraubertrip auf einen Vulkan. Alles inklusive.»

«Hawaii! Nicht schlecht!» Mueller würde sich vor Freude die Hände reiben.

«Sie müssen dran denken, daß so zwölf- bis fünfzehntausend Kerle per Fernbedienung daran teilnehmen. Die Weltmeisterschaft hat 'ne ganze Menge Leute scharf gemacht.»

«Und kann jeder mitmachen?»

«Natürlich. Kostet nichts. Ich kann Ihnen eine Fernbedienung holen, wenn Sie möchten.»

«Ich mache mit. Bringen Sie mir bitte ein Becks und die Fernbedienung. Ich werde nach dem Spiel essen. Vielleicht die Ribs.»

«Kann ich nur empfehlen.»

Während Edson auf seine Bestellung wartete, las er die Nachrichten, die über den NTN-Monitor flimmerten. Wegen des vierten

Juli, der bevorstand, würde das Quiz, das NTN regelmäßig nachmittags ausstrahlte, auch Fragen aus der amerikanischen Geschichte behandeln.

Nach einigen Minuten kam die Kellnerin zurück. «Sie brauchen nur einen aus sechs oder weniger Buchstaben bestehenden Code einzugeben und auf die erste Frage zu warten. Sie können zwischen sechs möglichen Antworten wählen. Je schneller Sie antworten, desto mehr Punkte kriegen Sie – es fängt mit 1000 Punkten für Antworten unter einer Sekunde an.»

«Verstehe.»

«Sie bekommen zuerst zwei negative Hinweise auf dem Bildschirm, dann einen, der negativ oder positiv sein kann. Aber wenn Sie beim dritten Tip die Antwort nicht wissen, werden Sie keine Punkte kriegen. Und wenn die Antwort falsch ist, bestraft man Sie mit 250 Punkten Abzug. Im Augenblick müssen Sie Easy Money schlagen.»

«Easy Money?»

«Ein Kanadier.»

«Wie geht das denn? Ich dachte, als Spieler könnte man nur sechs Buchstaben eingeben?»

«E-S-Y-M-Y nimmt er als Code. In Wirklichkeit heißt er Eugene irgendwie. Das Spiel wird in drei Abschnitten mit Pausen gespielt, damit man aufs Klo gehen oder sich ein neues Bier bestellen kann.»

Edson sah den Beinen der Kellnerin hinterher und widmete sich dann der Fernbedienung. Er drückte den Enter-Knopf, dachte einen Augenblick nach und benutzte dann fünf der erlaubten sechs Buchstaben:

EDSON.

Auf dem Monitor las er, daß noch zwei Minuten Zeit blieben, während auf dem großen Bildschirm Kolumbien verzweifelt mit England gleichzuziehen versuchte, aber die Engländer, die sich zäh verteidigten, hielten durch.

Eine Liste der Spieler bei Delaney's, die sich eingeklinkt hatten und mitspielen wollten – Edson eingeschlossen – erschien auf dem Monitor.

«Los geht's!» war jetzt dort zu lesen.

Dann kam die erste Frage.

Tamara Press trat in welcher Disziplin an?

Schwimmen.

Radfahren.

Biathlon.

Kugelstoßen.

Reiten.

Edsons Finger waren so schnell wie die Zunge einer Viper.

Nach einer Sekunde nahm die Zahl von 1000 Punkten langsam ab. Auf dem Monitor war zu lesen: *Setzt nie aufs falsche Pferd.* Der erste negative Hinweis.

Eine weitere Sekunde verstrich. *Kann nicht gerade schießen.* Der zweite negative Hinweis.

Der dritte Hinweis könnte sowohl negativ als auch positiv sein. *Nimmt sich kräftig einen zur Brust.* Kugelstoßen war die richtige Antwort.

Das Spiel war vorbei.

Nach einer Pause verarbeitete der Hauscomputer von Delaney's alle Daten, dann stand auf allen Monitoren: «Schnellfinger-EDSON». Obwohl mehrere Spieler 1000 Punkte erzielt hatten, weil sie innerhalb einer Sekunde reagierten, war der blonde Mann bei Delaney's der erste gewesen, der die Frage richtig beantwortet hatte.

Auf den Monitoren erschienen der Code und die Punktzahl. Obwohl Edson zuerst geantwortet hatte, hatten acht weitere Spieler ebenfalls 1000 Punkte erzielt.

Edson schien leicht verärgert. Jeder wußte doch von Irina und Tamara Press, verdammt noch mal. Sie hatten Mösen und dazu männliche Chromosomen; eine wunderbare Kombination aus den schlechten alten Tagen, und obendrein hatten sie die Sowjets bis obenhin mit Steroiden vollgepumpt. Kein Wunder, daß sie im Kugelstoßen der Frauen und im Diskuswerfen jahrelang alle Rekorde brechen konnten.

Edson erinnerte sich, daß Mueller jahrein, jahraus das ganze Land nach Mädchen durchforstet hatte, die es ihnen hätten gleichtun können; aber das war unmöglich. Die Press-Schwestern gehörten eigentlich in einen Karnevalszug und nicht auf einen sportlichen Wettkampf. Man erzählte, daß sie eine Klitoris von der Größe eines Zwergenpenis hätten.

Dann kam die nächste Frage.

Wer war der ‹Hase› oder Schrittmacher für Roger Bannister, als er am

6. Mai 1954 mit 3:59.4 die welterste Meile unter vier Minuten in Oxford, England, lief?

Chris Brasher.

Kip Keino.

Joseph Chesire.

Chris Chataway.

Brasher und Chataway.

Edson reagierte schnell. Wieder 1000 leicht gewonnene Punkte.

Auf dem Monitor stand *Kein Afrikaner.*

Dann *Joseph gehört nach Bethlehem.*

Schließlich *Reimt sich auf ‹away›.*

Nachdem die Daten verdaut waren, erschien auf dem Monitor: *Schnellfinger-EDSON zum zweiten.*

Na toll. Edson bedeutete der Kellnerin, ihm noch ein Becks zu bringen. Mueller wäre hier richtig gewesen. Niemand hätte Mueller bei diesem Spiel schlagen können.

Auf dem Monitor stand: *Chris Brasher lief das erste Viertel an der Spitze, dann übernahm Chris Chataway bis zu den letzten 300 Yards, ab denen Roger Bannister, ein schlacksiger Medizinstudent, das Rennen seines Lebens lief.*

Dann: *Welcher der folgenden Rennfahrer ist oder war aus Argentinien?*

Arturo Nuvolari.

Pedro Rodriguez.

Aryton Senna.

Juan Miguel Fangio.

Ricardo Petrese.

Schnell gedrückt.

Hat nichts mit Sennern zu tun.

Pedro macht Siesta.

Ricardo liebt Dolce Vita

Der Monitor war kurz leer, dann war auf ihm zu lesen: *Juan Manuel Fangio ist der berühmte argentinische Rennfahrer und Gewinner von 24 Grand Prix-Meisterschaftsrennen zwischen 1950 und 1957. Er zog sich 1958 mit fünf Grand-Prix-Titeln aus dem Sport zurück. Arturo Nuvolari ist genauso wie Petrese Italiener, Pedro Rodriguez ist Mexikaner und Ayrton Senna Brasilianer.*

Edson hatte zwar von Automotorsport nicht sehr viel Ahnung, aber wer kannte denn Fangio nicht?

Nach 55 Minuten war das Spiel vorbei – nach drei Runden und

zwei fünfminütigen Pinkelpausen – waren auf den Monitoren die Liste der Spieler bei Delaney's und ihr Punktestand zu lesen. An der Spitze lag EDSON mit 28.600 von 30.000 möglichen Punkten.

Dann kam das Ergebnis vom Sender NTN in Kalifornien durch: *Herzlichen Glückwunsch EDSON aus Delaney's Sports Bar in Dallas. Dein Ergebnis von 28.600 ist jetzt die höchste Einzelpunktzahl und übersteigt die 27.900 Punkte von ESYMY vom Austin Hotel in Vancouver, B.C. Denkt daran, Spieler, ihr habt noch jede Menge Gelegenheiten EDSON zu schlagen oder das Resultat der drei besten Ergebnisse zu verbessern. Also bis morgen.*

Edson löschte EDSON aus der Fernbedienung und wandte seine Aufmerksamkeit wieder dem Spiel England–Kolumbien zu.

Als die Kellnerin mit einem weiteren Becks kam, sagte sie: «Ach, übrigens, Sie sind nicht zufällig EDSON?»

Edson lachte. «Meinen Sie etwa den vom Quiz. Nein. Tut mir leid. Wer kann denn wissen, wer das Rennen für Roger Bannister gemacht hat?»

«Er ist gut. Haben Sie das Ergebnis gesehen?»

«Habe ich.»

«Er wußte, daß ein Ostdeutscher namens Helmut Recknagel die Weltmeisterschaft im Skispringen von 1960 gewonnen hat.»

«Tja.»

«Woher wußte er wohl so etwas, was meinen Sie? EDSON muß hier irgendwo sein. Die Kerle nebenan können's kaum glauben. Sie behaupten, das es ein abgekartetes Spiel war.»

«Abgekartetes Spiel? Warum?»

«Sie meinen, daß der Typ die Antworten schon vorher gewußt hat, mußte er einfach.»

Edson zuckte mit den Schultern. Er würde Mueller einen kurzen Brief schicken, Mueller würde sich amüsieren. «Ich glaube, ich will noch ein Becks und eine Portion von ihren gegrillten Tex-Mex-Ribs.»

Auf dem großen Bildschirm köpfte jubelnd Steve Owen sein zweites Tor und brachte England mit 2:0 gegen Kolumbien in Führung.

9 p. m.

Edson fuhr in seinem GM-Saturn spazieren. Er hatte zwischen Hertz und Avis und weiteren Autovermietern wählen können, aber da er nun einmal in Texas war, hatte er sich schließlich für Alamo entschieden. Der Saturn war schon in Ordnung, aber ihn ärgerte die Werbung von General Motors, daß dies in seiner Klasse das meistverkaufte Auto der Welt sei.

Das war es vielleicht auch, sicher, aber jeder wußte doch, daß diese Zahlen durch Billigstverkäufe an Autovermieter und Unternehmen entstanden waren und nicht durch einzelne Käufer, die erst den Profit brachten. Nicht, daß die Japaner einen Deut besser gewesen wären. Die Konglomerate aus Nippon warfen insgesamt genügend Gewinn ab, so daß sie damit angeben konnten, wie viele künstlich verbilligte Autos sie auf den Märkten anderer Länder verkauft hatten. Kein Wunder, daß die EG Schutzzölle und Einfuhrbeschränkungen gegen die bösartigen kleinen Arschlöcher erlassen hatte.

Edson hatte sich entschieden, noch ein wenig herumzufahren und spät zu essen. In seinem Hotelzimmer hatte er die Karte studiert. Der Cotton Bowl. Etwas weiter westlich lag das Texas Stadion. Dort spielten die Dallas Cowboys Football.

Texas, der zweitgrößte amerikanische Staat nach Alaska, erstreckte sich 850 Meilen weit von Nordwesten nach Südosten, das entspricht etwa der Strecke Kopenhagen–Florenz, und mißt 750 Meilen von Osten nach Westen, also etwa Budapest–Paris. Dallas, eine Präriestadt, berühmt für ihre fundamentalistischen Protestanten sowie ihre Footballfans, vermarktete ihre Football Cowboys früher als «America's Team». Edson erinnerte sich gern an die langbeinigen Cheerleader der Cowboys.

(Gerade 75 Meilen südlich von Dallas – nach texanischen Maßstäben gerechnet gerade mal um die Ecke, also etwa von Amsterdam nach Antwerpen – lebten die Einwohner von Waco, die peinlichen Cousins von Dallas. Dort in Waco hatte sich eine stattliche Anzahl der glaubensstarken Gefolgsleute des Predigers David Koresh ihren Sonderweg in den Weltuntergang hinein gezündelt. Edson fragte sich: Hatte Koresh an jenem Sonntag nachmittag sich die Cowboys im Fernseher angeschaut und zu Gott gebetet, daß Troy Aikman durchkommen würde?)

(Schließlich entschied sich Edson, auf dem Highway 30 nach Westen zu fahren, damit er Mueller später einmal erzählen könnte, daß er, glauben Sie's oder glauben Sie's nicht, am Gebäude von War & Ripley's «Believe It Or Not» in Grand Prairie, Texas, vorbeigefahren war.)

Er fuhr herum und hörte sich dabei ein bluesmäßig gespieltes Saxophon im Radio an. Manchmal dachte er, daß die Europäer den Jazz eher schätzten als die Amerikaner, besonders die Deutschen und die Franzosen. Mueller hatte einmal behauptet, daß nur zwei Kunstformen wirklich aus Amerika stammten: der Jazz und der Detektivroman. Die Amerikaner konnten auch eine Sportart für sich beanspruchen: den Basketball. Und sie hatten eine originäre politische Idee entwickelt: die von wachsamen Bürgern angeregte Teilung der öffentlichen Aufgaben durch Unterscheidung in legislative, exekutive und jurisdiktive Funktionen.

(Edson vermutete, daß das Saxophon dank Präsident Bill Clintons Tuten und Blasen wieder für den Jazz entdeckt worden war. Aber er fand diese Renaissance gar nicht so übel. Der Saxophonist hauchte in sein Instrument, daß es einem unter die Haut ging. Musik für die nervöse Gattin von J. R.? Blues für ein zu reiches Mädel?)

Kapitel 3

Lake Wallowa, Oregon, 11:45 a.m., Dienstag, 28. Juni

Die allererste Spieltaktik im Fußball sah so aus, daß ein Spieler mit dem Ball in Richtung gegnerisches Tor dribbelte, bis ihm ein Spieler der anderen Mannschaft den Ball abnahm. Dann dribbelte jener Spieler weiter. Ein Mitspieler lief hinter dem ballführenden Spieler her, so daß dieser, sollte jener den Ball verlieren, ihn rasch von seinem Partner übernehmen konnte.

Die Spieler liefen also hin und her und dribbelten. Niemand dachte auch nur daran, einen Paß zu spielen.

Die Schotten führten in einem internationalen Spiel gegen England in Glasgow eine sensationelle neue Taktik ein, das Paßspiel. Damit änderte sich der Fußball für alle Zeiten und wurde von einem individuellen Spiel, das auf den Dribbelkünsten einzelner basierte, zu einem Mannschaftsspiel, das auf dem Zusammenwirken vieler beruhte.

Der Tannenzapfen auf dem Weg vor James Burlane (die Samenkapsel eines Sugarpine-Baums), bettelte fast darum, vom nächsten Passanten weggekickt zu werden: los, mach schon, verpaß mir 'nen Tritt, hau ein Paar Samenkapseln aus mir raus, dann kann ich mich in 'nem neuen Baum fortpflanzen!

Burlane versetzte dem Zapfen mit dem Innenspann seines Fußes einen Stoß. Er hörte sich auf seinem (Sony)-Walkman das Spiel USA gegen Brasilien an, dribbelte gemächlich den Pfad bergauf und konzentrierte sich auf die Vorgänge im Cotton Bowl in Washington D.C.

«... Die Brasilianer in ihren grüngelb gestreiften Trikots spielen den Ball über das Mittelfeld, die Amerikaner fallen wieder einmal nach ein paar kostbaren, aber ziemlich verschwendeten Sekunden in der brasilianischen Hälfte ins eigene Spielfeld zurück.

Die Amerikaner, Außenseiter bei dieser Weltmeisterschaft, haben die Möglichkeit, noch in die Runde der letzten 16 vorzudringen, wenn sie die Brasilianer, die bereits den Einzug ins Viertelfinale durch ihre Siege gegen Ungarn und Estland als Gruppenerster geschafft haben, schlagen oder unentschieden spielen. Aufgrund der torgleichen Spiele, die die Gruppe F so zäh machten, weisen die Vereinigten Staaten, die Schweiz und Rumänien alle jeweils zwei Punkte auf. Und sollten die Vereinigten Staaten verlieren, müssen sie doch zumindest drei Tore erzielt haben; eine schwere Aufgabe bei dieser erfahrenen brasilianischen Mannschaft. Ein Tor weniger, und die Schweizer sind in der nächsten Runde mit von der Partie.

Der Ball befindet sich jetzt fast vor dem Tor, ein brandgefährlicher Ort, und die amerikanischen Fans halten wie ein Mann den Atem an.

Die Brasilianer werden als Gruppenerster weiterkommen, egal wie das Ergebnis dieser Begegnung lauten wird, aber sie spielen ihrem Ruf entsprechend aufregenden und gewieften Fußball. Sie wollen keinesfalls in die nächste Runde einziehen und die Schmach eines Unentschiedens oder gar eines verlorenen Spiels gegen die Vereinigten Staaten mitschleppen.

Der antrittsstarke Antonio ist in Ballbesitz und der hochmotivierte amerikanische Verteidiger Pat Duffy setzt ihm sofort hinterher. Mit gegrätschten Beinen steht er auf den Fußballen und hat die Arme zur Balance weit von sich gestreckt. Duffy ist total konzentriert, und er ignoriert Antonios Haken und Körpertäuschungstricks. Und wieder einmal stockt den amerikanischen Fans der Atem.«

Dallas, 2:29 p.m.

Die Italiener werden normalerweise dafür gerühmt – oder je nachdem auch beschimpft –, daß der internationale Fußball immer mehr von der Defensive dominiert wird, obwohl das erste moderne Verteidigungsspiel auf das Jahr 1930 und die Schweiz zurückgeht. Dort trainierte Karl Rappan, ein österreichischer Nationalspieler, die Mannschaften von Genf und Zürich.

Bei Rappans Taktik – dem Verrou oder Schweizer Riegel – gingen alle Spieler gemeinsam zum Angriff über und fielen gemeinsam zur Verteidigung zurück. Die vorderen Spieler zogen sich nur bis ins Mittelfeld zurück und bekämpften die Angreifer, während sie sich zurückzogen.

Der «Riegel» war ein Abwehrspieler, der auf der Linie zwischen dem Tor und den Verteidigern hin und her lief. Rappan benutzte drei Verteidiger in dem ursprünglichen Verrou und zwei weitere Spieler zwischen und direkt vor ihnen. Der sogenannte Riegel war normalerweise ein großer, schneller und aggressiver Abwehrspieler.

Die Bedeutung der optimalen Plazierung der besten Mannschaften in den verschiedenen Gruppen für die Erstrundenspiele war nicht zu unterschätzen. Die FIFA wollte natürlich ihr wohlbekanntes Ziel erreichen, alle 3,6 Millionen Eintrittskarten für die 52 Spiele dieser Weltmeisterschaft zu verkaufen. Bei den früheren WM-Turnieren hielten die Zuschauer entweder zu Südamerika oder zu Europa. In den Vereinigten Staaten wies man deswegen den traditionellen Fußballgroßmächten in der ersten Runde heimatliche Erde zu.

Argentinien kam in Gruppe A, die zwei der drei ersten Spiele in dem 102000 Sitzplätze fassenden Rose Bowl von Pasadena austrug. Dort lebten sehr viele Hispano-Amerikaner innerhalb des städtischen Ballungsgebietes, das sich von San Diego bis Los Angeles hinzog.

Die Niederlande wurden in Gruppe B plaziert. Da es keine deutlich erkennbaren, neuzeitlichen holländischen Kommunen mehr in den USA gab, spielten sie im Stanford Stadion in Palo Alto, Kalifornien. Das Stanford Stadion hatte einen Durchmesser von 118 Yards. Es war bei weitem das größte Stadion dieser Weltmeisterschaft. (Ein breites Spielfeld erlaubte es der angreifenden Mannschaft, die Verteidigung aufzufalten; dort wo es Platz gab, konnte man beginnen, Fußball zu spielen. Das war für die Spieler besser und auch für die Zuschauer.)

Weltmeister Deutschland wurde Gruppe C zugewiesen, die zwei Spiele im Soldier Field von Chicago, im Herzen des deutschfreundlichen amerikanischen Midwest, austrug. Es gab amerikanische Gemeinden deutscher Herkunft von St. Louis bis Milwaukee und noch darüber hinaus.

Norwegen war mit zwei Spielen im Bostoner Foxboro Stadion der Gruppe D zugeteilt worden, da seine eigentliche Basis im oberen Midwest bereits von den Deutschen besetzt worden war.

Italien bekam die Gruppe E und zwei Spiele im Giants Stadion, dem besten Ort für die Italoamerikaner aus New York, aber auch für die sizilianischen Gangster, sich etwas Action anzusehen.

Brasilien wurde der Gruppe F zugewiesen, mit zwei Spielen in Orlando, der Nachbarstadt von Miami, einer eigentlich lateinamerikanischen Stadt, die irgendwie auf dem nordamerikanischen Kontinent gestrandet war.

Inzwischen bildeten im Cotton Bowl Arsenal Londons sommersprossenübersäter Stürmer Peter Tarchalski und seine Mannschaftskameraden, die in der Spitze des deutschen Angriffs am häufigsten mit ihm zusammenspielen würden, Willi Gochauer vom 1. FC Nürnberg, Gerd Schmidt von Borussia Mönchengladbach, Dieter Bauer von Borussia Dortmund und Georg Diehl von Bayern München, einen Kreis um ihren Torwart Hans Speck von Werder Bremen, der sich vor dem Netz aufgebaut hatte und auf ihre Bälle wartete.

Tarchalski und seine Kameraden trugen das deutsche Nationaltrikot, das aus weißen Hemden, schwarzen Hosen und schwarzen Strümpfen bestand. Speck, der Torwart, trug einen knalligen, scharlachroten Dreß. (Der Torwart war der einzige Spieler, dem es erlaubt war, den Ball mit den Händen zu berühren. Er trug deswegen auffällige Farbkombinationen, die ihn in der Hitze des Gefechts deutlich erkennbar machten.)

Am anderen Ende des Spielfelds bereiteten sich die Koreaner in ihren roten Shorts und weißen Hemden auf das Spiel vor.

Tarchalski lief auf der Stelle und wartete darauf, daß ihm der Ball entweder von Speck oder einem Balljungen zugeworfen würde. Er schaute zu den Zuschauern im Soldiers Field hoch. Dies war ein Weltmeisterschaftsspiel, und die Zuschauer waren früh eingetroffen, denn sie wollten sich die ganze Show ansehen, die bereits mit den Warm-ups der deutschen und koreanischen Stars begann. Es war ein sportlicher Wettkampf, aber es war auch ein Spektakel.

Es machte den Zuschauern Spaß, die Spieler, die im offiziellen Führer zur Weltmeisterschaft abgebildet waren, mit den echten Spielern unten auf dem Rasen zu vergleichen. Bei der Weltmeisterschaft trat jeder Fußballer für sein Vaterland an, egal wo er sonst auch spielte. Die Deutschen spielten meistens in der heimischen Bundesliga, aber einige, einschließlich Tarchalski, verdienten ihr Geld im Ausland. Der deutsche Mittelfeldspieler Fritz Brandt trat für die spanische Mannschaft Real Madrid an, und der deutsche Libero Heiner Hesse spielte für den französischen Club Saint-Étienne. Tarchalski lief sonst für Arsenal in der English First Division auf den Platz.

Irgendwo da oben, das wußte Tarchalski, würde sich bestimmt jemand gerade sein Foto und dazu den Begleittext in dem offiziellen Führer ansehen: Peter ‹Das Gnu› Tarchalski, 23, Stürmer, Arsenal. Spitzenreiter der Torschützentabelle der English First Division 1992 und 1993. Dann würde man versuchen, ihn auf dem Platz zu entdecken, und ihm zusehen, wie er seine Lockerungsübungen machte. Und wenn man ihn dann erkannt hatten, dann würde man lächeln und sagen, das muß das Gnu sein, das muß er einfach sein. Schaut euch nur diese Beine an. Und seinen Hals!

Bei seiner Größe von sechs Fuß und vier Inches hatte Tarchalski tatsächlich lange Beine. Und wegen des langen Halses wirkte sein Oberkörper gedrungen. Er rannte nicht, er schien zu schweben. Und wenn er schwebte, wippte Tarchalskis strähniges blondes Haar auf seiner Stirn. Sobald er mit voller Kraft antrat, wurde er erstaunlich schnell und bot einen Anblick, den man so rasch nicht vergaß. Ein Journalist des Daily Telegraph hatte einmal geschrieben, daß Tarchalski eher wie ein entrückter Professor aussah, als wie ein leidenschaftlich kämpfender Sportler; was um Himmels willen ließ wohl diesen Deutschen vermuten, er könne Fußball spielen?

Als einer seiner Mannschaftskameraden einen hohen Paß vor das Tor schlug und Tarchalski sich aus dem Knäuel hoch über die Verteidiger erhob, um den Ball anzunehmen, zeigte sich, warum er der erste Torschütze der English First Division war. Er lenkte den Ball nicht einfach nur ins Tor um. Mit einem Stoß seines erstaunlichen Halses donnerte das Gnu den Ball kraftvoll am Torwart vorbei, und das blonde Haar flog nur so nach vorn.

Jens Steiner hatte vor dem Spiel seine Mannschaft um sich versammelt und ihnen von der gelben Karte berichtet. Er sagte ihnen, daß niemand auch nur eine Ahnung hätte, was diese Warnung bedeuten könnte, wenn es überhaupt eine war. Das FBI würde den Fall aber untersuchen.

Lake Wallowa, 1 p.m.

Die Fußball-Weltmeisterschaft betraf in der Tat die ganze Welt. Sie war keine inneramerikanische Meisterschaft wie die American World Series im Football. 1992 hatten die Isländer die Ausscheidungsspiele der Weltmeisterschaft mit ebenso großen Erwartungen und Hoffnungen begonnen wie die Mannschaften von Oman, Sri Lanka, Antigua, den Färöerinseln und des afrikanischen Staates Burkina Faso.

Jede Weltmeisterschaft schien ein Überraschungsteam hervorzubringen. 1930, als der Fußball im Nordosten der USA populär war, erreichten die USA das Halbfinale der ersten Fußball-Weltmeisterschaft, die in Uruguay stattfand. Die Südkoreaner schafften es 1966 bis in das Viertelfinale. Sie führten gegen Portugal 3:0, als sie vergaßen, sich zu verteidigen, und schließlich mit 5:3 verloren. 1990 zeigte die Mannschaft von Kamerun den Fußballgroßmächten, wie man mit dem Ball umgeht, und schaffte es bis ins Viertelfinale.

(Wenn statt James Burlane zwei Schuljungen den Weg entlanggegangen wären, oder ein älterer Jugendlicher und ein Schuljunge – oder sogar zwei älter Jugendliche, die so taten, als ob sie Schuljungen wären –, wäre der Test trotzdem so elementar gewesen und hätte vielleicht doppelt soviel Spaß gemacht. Würde ein zweiter, gegnerischer Spieler, ohne seine Hände zu benutzen, den ballführenden Spieler davon abhalten können, das ausgemachte Ziel zu treffen?

Und eine weitere Herausforderung: Könnte der Verteidiger nur unter Einsatz seiner Füße den Tannenzapfen-Ball seinem Gegner abnehmen und ihn zwingen, das Tor zu verteidigen?

Eine prall aufgepumpte Kamelblase auf einem Sandplatz in Ägypten oder ein echter Fußball auf einem Schulhof in Liverpool – gab es da etwa einen Unterschied? Im magischen Reich der Kinder hießen alle Spieler Pelé und alle Bälle waren wunderschön.)

Kleine Kinder aller Hautfarben und aller Kulturen auf jedem Kontinent träumten einen wunderbaren Traum...

Bei der Fußball-Weltmeisterschaft mitzuspielen.

...sie träumten diesen Traum auf den Straßen, auf Bauplätzen, auf den Wiesen und auf Feldern aller nur erdenklichen Art und Weise – auf Gras, Schotter und Sand. Denn Fußball war ein demokratischer Sport. (Afrikaner. Asiaten.) Die Körpergröße spielte keine Rolle. Pelé wurde mit seiner Körpergröße von fünf Fuß neun Inches von allen als der weltbeste Spieler in der Geschichte des Fußballs geachtet.

Nein, nicht nur bei der Weltmeisterschaft zu spielen, sondern auch im Endspiel zu stehen und zu gewinnen.

Für sein Vaterland zu spielen war ein irrer Kick. Der absolute Hammer. Schließlich wurde in der Meisterschaft entschieden, welches Land den weltbesten Fußball spielte. Die Voraussagen von Computern, von Wettmachern oder von den Kerlen in der Kneipe bedeuteten alle nichts: nur wer die Trophäe gewann, war der Champ.

Vor James Burlane lag ein Tannenzapfen.

Zehn Yards hinter dem Tannenzapfen, wo der Pfad sich durch ein Dickicht von Sugarpine-Bäumen wand, wuchs eine Ponderosa-Fichte mit einem Durchmesser von etwa sechs Inches und mit einem Astloch etwa in Schulterhöhe.

Burlane betrachtete den Tannenzapfen, dann das Astloch, welches ganz offensichtlich das Tor darstellen mußte. Die Herausforderung an den ewigen Schuljungen in Burlane: würde er den Tannenzapfen sauber treffen und ins Astloch schießen?

Er stellt sich vor, er wäre einer der Stürmer der amerikanischen Mannschaft. Der Ball – dieser Tannenzapfen Fortunas – wurde ihm serviert, wie ein Paß, den man ihm feinfühlig vor die Füße gezirkelt hatte.

1947 unternahm ein Italiener namens Nero Rocco den ersten Schritt, der die Defensive zum Nonplusultra der Fußballtaktik machen sollte. Rocco war zum Vereinstrainer von Triestina ernannt worden, die in der vorigen Saison nur knapp den Abstieg hatten vermeiden können, und ließ sich vom Verrou inspirieren. Da er für Stürmer aus Südamerika nicht soviel Geld ausgeben konnte wie die reichen Vereine, überlegte er, daß er sich auf die Verteidigung konzentrieren würde, denn die konnte er sich leisten.

In Roccos heimtückischer Aufstellung ging der Mittelläufer nicht mit dem Angriff nach vorn. Er blieb stehen – hinter drei Verteidigern, die wiederum drei Mittelfeldspieler vor sich hatten. Rocco nannte ihn den Libero, den freien Mann – die Engländer nannten ihn später den Ausputzer – der frei war, jeden Verteidiger zu unterstützen, der Hilfe brauchte. Rocco nannte dies den Catenaccio – die große Kette – der Defensive.

In der Chicago Tribune und der Chicago Sun Times hatte man viel über die Weltmeisterschaftsbegeisterung der deutsch-amerikanischen Kommunen in Wisconsin, Michigan und Illinois lesen können und darüber, wie man dort Autokolonnen organisiert hatte, um nach Chicago zu fahren und den Deutschen bei den ersten beiden Spielen zuzuschauen.

Normalerweise waren die amerikanischen Sportstadien riesige monolithische Komplexe, die meistens aus einem gigantischen Parkplatz emporragten. Eine der Hauptstories bei den Fernsehsendern von Chicago handelte von den geplanten Tailgate-Parties vor dem Eröffnungsspiel der Deutschen. Die Deutsch-Amerikaner aus Iowa und Illinois, aus Minnesota, Wisconsin und Michigan – stolz auf ihre Herkunft – waren ganz wild darauf, ihr virtuos zubereitetes deutsches Esses öffentlich zu zeigen. Serviert wurde aus dem Kofferraum ihrer geparkten Autos heraus.

(Den deutschen Spielern hatte man erzählt, daß die Tailgate-Party eine amerikanische Tradition sei. Indem sie sich auf dem Parkplatz versammelten und Bier tranken und ein Picknick abhielten, bereiteten sich die amerikanischen Football-Fans auf das Match vor. Nach und nach hätten sich diese Parties zu einer Art Wettbewerb gewandelt. Sobald eine Fangemeinde der Nebraska Cornhuskers begann, ihre Hähnchen vor einem Spiel mit den Cowboys aus Oklahoma State über Erlenholzkohle zu grillen, antworteten die Nachbarn mit Hühnchen über Kirschholz gegrillt, wenn die Cornhuskers auf die Colorado Buffalos trafen. Auf manchen Parkplätzen vor Footballstadien besetzten die Fans ihre Stellplätze bereits in der Nacht vor dem Spiel und schliefen im Wohnmobil. Fans der Arkansas Razorbacks veranstalteten Hupkonzerte vor dem Match. In anderen Teilen des Landes bereiteten sich Fans auf das große Spiel vor, indem sie wie Wölfe heulten oder wie Bienen summten oder wie Enten quakten oder wie Adler schrien, dem jeweiligen Tiernamen ihrer gepolsterten Helden entsprechend.)

Da das Soldier Field Stadion nahe am Ufer des Lake Michigan lag, gab es keine der üblichen großen Parkplatzflächen, auf denen man eine spektakuläre Tailgaite-Party hätte abhalten können. Also versuchte das Organisationskomitee der FIFA nach Beschwerden der Deutsch-Amerikaner, genügend Platz zur Verfügung zu stellen. Deswegen hatte man zusätzlich die Parkplätze des in der Nähe gelegenen Field Museum of Natural History für die Party reserviert.

Vor dem Eröffnungsspiel waren Peter Tarchalski und einige seiner Mannschaftskameraden zwischen den versammelten Campern und Vans und Pick-ups spazierengegangen, und die Fans waren hoch erfreut, ihnen ihre Würste, ihren Sauerbraten aus Rehfleisch, ihr deutsches Brot und die Keramiktöpfe voller Saukraut sowie Dill Pickles zu überreichen.

Nach Peter Tarchalskis Ansicht war ihr Essen mindestens genausogut wie das zu Hause. Mit zu Hause meinte Tarchalski Deutschland, nicht England. Dort mußte er es neben dem grauenhaften englischen Essen auch noch ertragen, sich mit den abscheulichen englischen Verteidigern herumzuprügeln. Die Engländer waren nach Tarchalskis Meinung üble Klopper, da sie weder ausreichend Geschick noch Verstand besaßen. Tarchalskis lange Beine stellten einladende Ziele für die Verteidiger dar, die ihn durch die Attacken an ihre Anwesenheit erinnern wollten und daran, beim nächsten Angriff ihr Territorium doch besser zu meiden.

Bei Arsenal spielte ihm Benny Burbick normalerweise den Ball zu, jetzt würde höchstwahrscheinlich Willi Gochnauer vom VfB Stuttgart derjenige sein. Gochnauer war der Bundesligaspezialist für exakte Vorlagen.

Tarchalski war der erfolgreichste Torschütze der englischen Liga, nicht der deutschen. In Deutschland machte das einen Unterschied. Die Engländer spielten zweitklassig, das wußten alle Deutschen. Die Deutschen hatten schließlich dreimal die Weltmeisterschaft gewonnen, und nicht die Engländer.

Sicher, 1966 hatte England Deutschland 4:2 geschlagen, aber ihnen hatte ja das Arschloch von einem russischen Linienrichter fälschlicherweise ein Tor zugeschustert, das gar keines war.

Peter Tarchalski wollte nichts mehr mit England zu tun haben. Er schätzte die Engländer durchaus. Sie waren ganz in Ordnung. Er wollte nur einfach wieder zurück nach Deutschland. Er vermißte das Bier, die Sprache und das Essen.

Dallas, 3:10 p.m.

Edson hätte eines der beiden ersten Spiele der Deutschen in Chicago wählen können, doch war Soldier Field vom Lake Michigan im Norden begrenzt, vom Burnham Park Harbor im Osten und dem offenen Gelände des Field Museum of Natural History im Westen.

Der Cotton Bowl lag in einem Park östlich von Dallas' Zentrum und unterhalb der Haupteinfallstraße der Stadt, der Interstate 80. Hier gab es keinen See, der mögliche Schußfelder begrenzte. Und es gab jede Menge Straßen in alle Richtungen.

Also würde Edson hier, fast im Schatten des Texas Schoolbook Depository, zuschlagen.

Edson wußte, daß das Texas Schoolbook Depository bei vielen Amerikanern wegen des berühmten Films, den Abraham Zapruder von der Ermordung John F. Kennedys gemacht hatte, immer noch heiße Debatten auslöste. Wie viele Schüsse waren tatsächlich abgefeuert worden und von wo genau? Wer waren die mysteriösen Figuren auf dem grasbewachsenen Hügel gewesen? War Lee Harvey Oswald alleine, als er vom sechsten Stock des Gebäudes aus schoß? Oder gab es mehrere Täter?

Die Warren Commission entschied, daß Oswald Kennedy allein ermordet hatte. Er hatte dazu einen 1938 hergestellten italienischen G.S.-Mannlicher-Carcano-Karabiner mit Teleskop benutzt, eine Waffe mit Einzelfeuereinstellung und einer Mindestnachladezeit von 2,3 Sekunden. Präsident Kennedy und John Connally, der Gouverneur von Texas, hatten sich in einer offenen Limousine etwa 68 Yards entfernt befunden. Sie fuhren mit einer Geschwindigkeit von 11.2 Meilen pro Stunde, als der erste Schuß einschlug.

Hier setzten dann die Zweifel an der Zielgenauigkeit von Oswald ein. Einige Fragen blieben unbeantwortet. Zeugenaussagen berichteten von drei Schüssen. Das FBI erklärte, Oswald hätte dreimal geschossen. Die Warren Commission erklärte, daß Oswald zweimal getroffen und einmal danebengeschossen hätte. Eine Kugel, so wurde versichert, ging durch Kennedy hindurch und traf dann Gouverneur John Connally, der im Wagen neben dem Präsidenten stand.

Hatte Oswald das mit einer Waffe, die schon Mussolini verächtlich belächelt hatte, schaffen können?

Von Mueller ermutigt, der meinte, daß die Nachladegeschwindigkeit je nach Geschick des Schützen variiere, unternahm Edson den Versuch, Oswalds Tat nachzustellen. Er traf eine sich bewegende Puppe dreimal innerhalb von 4,6 Sekunden. Aber vier von Edsons Kollegen hatten beim Test versagt, und sie waren alle sehr gute und erfahrene Schützen mit weit besseren Referenzen als Oswald. Mueller nahm nicht an, daß Oswald Kennedy allein erschossen hatte. Er begründete das damit, daß Edson den Vorteil jahrelangen, systematischen Trainings mit Karabinern besaß, die der Standard bei internationalen Wettkämpfen waren. Und die Zeit, die man zum Laden einer neuen Patrone brauchte, nahm bei geübten Schützen signifikant ab.

Mueller sagte, daß das Interesse an Sport und Waffen etwas Maskulines sei und dem Mann angeboren und natürlich. Sport sei ein ritueller Kampf. Der Mensch, das langsamste und schwächste der Raubtiere, verdanke den Triumph seines Überlebens der Intelligenz. Der Mensch sei der weitaus fortgeschrittenste Erfinder von Werkzeugen in der Natur, und Feuerwaffen, eben tödliche Werkzeuge, erweiterten seine Fähigkeit, Blut zu vergießen, was ja das einzige sei, was ein Raubtier ausmache. Meisterschaft beim Töten mit einem Hochleistungsgewehr, die am höchsten einzuschätzende männliche Kunst, erziele man bloß durch knochentrockenes, unnachgiebiges Üben. Durch den konstanten Drill präge sich dem Gehirn alles Erforderliche für den Erfolg ein.

Mueller sagte, daß es einfach dumm sei, mit zweitklassiger Ausrüstung anzutreten. Da man stets Zugang zum Besten hätte, zumindest hatte Mueller das, solle man sich auch das Beste beschaffen. Muellers Leute besaßen die beste Ausrüstung, egal welcher Art – Joggingschuhe, Schlittschuhe, Stäbe für den Stabhochsprung, Pistolen, einfach alles.

Unglücklicherweise könne man aber Intelligenz und Nervenstärke nicht kaufen, sagte Müller. Einige hätten sie, andere nicht. Intelligenz. Nervenstärke. Konzentration. Den Willen durchzuhalten. Dies würde bei allen nur denkbaren Wettkämpfen gefordert, seien es nun Rituale oder anderes. Das sei der natürliche Weg, die Gewinner von den Verlierern zu selektieren.

Mueller sagte, daß die Demokratie den kollektiven Willen der Verlierer wiederspiegeln würde, während der Fortschritt verlangte, daß es den Gewinnern auch erlaubt sei, zu gewinnen. Mueller behauptete, daß die FIFA ein perfektes Beispiel dieses Phänomens sei, dessen Ergebnisse kaum überraschend wären. Da jeder Nationalverband eine Stimme hätte, war der Inhalt der schwierigen Beratungen und der komplizierten Politik der FIFA, den Fußball so zu reglementieren, daß es jenen wenigen brillanten Vereinen oder Nationen unmöglich wurde, den Fußball zu dominieren. Ihre Weigerung, die Regeln abzuändern, um das Offensivspiel zu stärken, war solch ein Ergebnis.

Wollten Länder mit begrenztem Talentreservoir etwa eine liberalere Auswechselregelung? Nein, wollten sie nicht.

Die Abneigung, einen weiteren Entscheidungsträger auf den Platz zu schicken, war ein weiteres Ergebnis. Zur Zeit konnten nur die Schiedsrichter Strafstöße vergeben und Fouls ahnden. Das rührte nicht daher, daß die Fußballverbände kein Geld hatten, um weitere Schiedsrichter zu bezahlen, oder daß sie sie nicht richtig hätten ausbilden können, sondern daher, daß ein einziger Schiedsrichter, der nur ein Paar Augen besaß und nur einen begrenzten Blickwinkel, die Fouls der Verteidiger nicht kontrollieren konnte.

Strafminuten, so wie im Hockey, hätten den gleichen Effekt: Sie würden eine verstärkte Offensivtaktik belohnen und simples Defensivspiel bestrafen.

Oder wollten vielleicht Länder ohne Fernsehen die Spiele für Werbeeinblendungen unterbrechen?

(Und das Ergebnis des Konservativismus der FIFA?

Mindestens eine dieser vier Nationen – Argentinien, Brasilien, Deutschland und Italien – hatte in jedem Endspiel seit der ersten Weltmeisterschaft 1930 gestanden. Uruguay und Argentinien hatten zweimal gewonnen. Brasilien, Deutschland und Italien dreimal. Und gerade eine Handvoll von Vereinen, die die meisten Fußballfans kannten, hatte das Fußballgeschehen dieser Länder dominiert:

Saint-Étienne in Frankreich; RSC Anderlecht in Belgien; Borussia Mönchengladbach und Bayern München in Deutschland; Ajax Amsterdam und Feyenoord Rotterdam in den Niederlanden; Juventus Turin und AC Mailand in Italien; Real Madrid und der FC Barcelona in Spanien; der FC Liverpool und Manchester United in England; die Celtics und die Glasgow Rangers in Schottland; Independiente und Boca Juniors in Argentinien; Fluminense, Flamingo und Botafago in Brasilien; Penarol und Nacional in Uruguay.)

Es lag auf der Hand, daß die finanzkräftigsten Vereine immer einen Weg finden würden, um zu gewinnen. Mueller konnte aber nicht begreifen, daß die schwächeren Vereine, wenn sie schon die Verlierer sein sollten, es vorzogen, mit dieser langweiligen Defensivtaktik zu verlieren. Warum wollten sie nicht auf unterhaltsamere Art verlieren? So wie heute Fußball gespielt wurde, war es kein Wunder, daß sich die Sportfans auf dem profitablen amerikanischen Markt nicht für diese Sportart erwärmen konnten.

Bei einer der letzten Unterhaltungen zwischen ihm und Edson zog Mueller daraus den Schluß, daß dieser spezielle Typus des Beharrens letztendlich auch das Sowjetreich zu Fall gebracht hatte. Als 1904 die FIFA gegründet wurde, hatte es kein Fernsehen gegeben, genau wie weder Computer noch Fernsehen existiert hatten, als die Bolschewiken 1918 ihr Experiment starteten.

Edson beobachtete den Cotton Bowl in der Stadt, in der vor 31 Jahren John F. Kennedy ermordet worden war, und ließ die völlig widerstandslos arbeitende Verriegelung seines Steyr-Mannlicher Wettkampfgewehrs zurückgleiten. Die österreichische Waffe verfeuerte .308er Winchester-Munition, analog der 7,62 mm NATO-Munition. Sie wog mit dem Schalldämpfer, der auf ihren 25.6-Inch-Lauf aufgeschraubt war, fast 12 Pfund.

Edson hatte ein amerikanisches Leupold-Teleskop auf der Steyr-Mannlicher befestigt. Das Leupold gab ihm auf 100 Yards ein Sichtfeld von 5.7 Fuß bis 14.8 Fuß Breite. Das Teleskop war ziemlich groß, 14.2 Inch lang und wog ein volles amerikanisches Pfund, aber es war außerordentlich klar und akkurat.

(Mueller hatte Edson einmal belustigt erzählt, daß der amerikanische Waffenschmied Samuel Colt, als er sich mit seiner merkwürdigen Erfindung, dieser Pistole mit drehbarem Magazin, an die US-Army wandte, ausgelacht wurde. Die Texas Rangers lachten nicht darüber, denn als sie sich der Rothäute zum ersten Mal erwehren mußten, hämmerten sie sich ihre Daumen noch an ihren einschüssigen Revolvern wund. Wegen der Anzahl und der großen Vielfalt der Waffen, die David Koresh und seine christlichen Soldaten in Waco angehäuft hatten, vermutete Edson, daß die Texaner immer noch tolerant Schießeisen gegenüber waren, wenn nicht sogar stolz darauf.)

Edson brachte durchaus Verständnis für die Amerikaner auf, die nicht einen einzigen Inch von ihrem Recht, Waffen zu besitzen, abweichen wollten. Sie wollten die Waffen ja nicht benutzen, um Menschen umzubringen, sondern sie wollten sie bei sich haben, um damit herumzuspielen und sie den Freunden zu zeigen. Sie mochten es, die Waffen in der Hand zu fühlen. Eine Pistole in der Hand zu halten bedeutete, den Tod in der Hand zu halten. Eine Pistole fühlte sich kalt an. Sie war schwer. Sie verhieß präzises Töten.

Mueller sagte, daß die meisten Männer mit normalem Hormonhaushalt eine körperliche Lust verspürten, wenn sie eine Gewehr hielten. Da machte es keinen Unterschied, ob es Uni-Professoren waren oder Polizisten oder Straßenkinder. Ein pickliger Jugendlicher mit einer Waffe in der Hand suhlte sich im Glanz der Macht, er hielt den Blitz so sicher wie Zeus. So konnte sogar ein Schwächling wie Lee Harvey Oswald als Fußnote in die Geschichte eingehen.

(In Südamerika und Asien hatte Edson junge Männer gesehen, die mit offenem Mund auf Waffenposter starrten. Die Waffen waren auf purpurfarbenem oder rotem Samt fotografiert, als ob es sich um nackte Frauen handeln würde: eine Kalashnikov AK-47, die in einer Pose tödlicher Entspanntheit an eine mit einem Blumenmuster versehene Wand gelehnt dastand; ein Colt-Python-Revolver mit .357er Magnumpatronen und einem Acht-Inch-Lauf mit gespanntem Abzug auf einem rosa Kissen.

Beim Betrachten der Waffenposter bemerkte Edson, daß die Fotografen die Abbildungen manipuliert hatten, um die Lichtreflexion des Laufs noch zu verstärken. Hübsche Mösen und schöne Pistolen. Edson lachte fast laut auf, als er daran dachte, daß die meisten Menschen überzeugt waren, daß die häufigen Kriege und bewaffneten Konflikte, die den Planeten unsicher machten, etwas mit Ungerechtigkeit zu tun hätten.

Mueller sagte, daß das Drama des Lebens sich im Zyklus von Schöpfung und Licht vollendet. Diejenigen, die das Offensichtliche verneinten, waren meistens die Verlierer dieser Welt. Sie weigerten sich einfach, die Wahrheit anzuerkennen, die ihren selbstgerechten Idealen entgegenstand.

Selbstverständlich würde kaum ein Texaner und auch sonst niemand öffentlich zugeben, daß ihre Zuneigung für dieses tödliche Metall irgend etwas mit Muellers gradlinigen, wenn auch etwas entnervenden Ansichten zu tun haben könnte.) Edson fand die Vorstellung köstlich, den Leuten hier in Dallas zu zeigen, was ein guter Schütze alles zu leisten vermochte.

Kapitel 4

Dallas, 3:20 p.m.

Ein auswärts erspieltes Unentschieden hatte man lange Zeit mit einem Heimsieg gleichgesetzt, und so wurde der Catenaccio zunächst bei Auswärtsspielen benutzt. Dann begannen die Vereine ihn auch bei den Heimspielen einzusetzen. Man ging sogar soweit, einen vierten Verteidiger vor dem Libero zu postieren, so daß nur noch zwei Offensivspieler vorne blieben – ein Mittelstürmer und vielleicht ein Außenstürmer.

Dann begannen auch die großen Vereine den Catenaccio zu verwenden. Da ihnen mehr Geld zur Verfügung stand, machten sie ihre Sache noch besser. Inter Mailand gewann die Europameisterschaft der Landesmeister zweimal, indem sie den Catenaccio verwandten, und das Defensivspiel wurde zum Wahrzeichen des italienischen Fußballs.

Langsam verbreitete sich die defensive Spielweise in der ganzen Fußballwelt. Die Engländer nannten den Libero den Ausputzer. Zusätzlich zu dem vierten Verteidiger stellten einige Vereine noch einen weiteren Verteidiger vor all die anderen, den Stopper, der sich jeweils dem Zentrum des gegnerischen Angriffs zuwandte.

Die Spieler erzielten 1954 bei der Weltmeisterschaft 140 Tore, also durchschnittlich 5,3 Tore pro Spiel. 1962 schossen sie 89 Tore, ein Durch-

schnitt von 2,7 Toren pro Spiel, und seitdem ist der Fußball defensiv geblieben.

Peter Tarchalski wußte auch, daß die amerikanischen Fans im Cotton Bowl Radio hörten, um den Spielstand im RFK Stadion zu verfolgen, wo die über sich hinauswachsende amerikanische Mannschaft im Augenblick Brasilien ein 0:0-Unentschieden abtrotzte.

Tarchalski und seine Mitspieler schauten sich das Spiel auf den Monitoren in der Umkleidekabine an, bis der Zeitpunkt gekommen war, auf den Platz zu laufen und sich aufzuwärmen. Nach einer Weile war das Pech der Brasilianer schon fast komisch geworden.

Die deutschen Spieler waren sich einig, daß es ihnen lieber wäre, wenn die Amerikaner in das Achtelfinale einziehen würden, als jemand, der später vielleicht noch gefährlich werden würde. Das Problem war nur: Wie in aller Welt wollten die Yankees ein Tor erzielen? Die Amerikaner meinten es ernst, und sie arbeiteten hart, sicher. Und sie hatten bewiesen, daß sie verteidigen konnten. Aber sie mußten Tore schießen, um weiterzukommen.

Es fühlte sich gut an, wieder mit Deutschen zu spielen. Tarchalskis englische Kameraden waren freundlich, und es machte auch Spaß mit ihnen. Er sprach auch gut englisch, dennoch war es nicht das gleiche. Deutsch war seine Muttersprache. Er hatte sich immer wohler gefühlt, wenn er deutsch sprechen konnte.

Tarchalski nahm einen Ball auf dem linken Spann an und lupfte ihn leicht über Hans Speck hinweg, damit der sich strecken mußte. Das Spiel stand in Texas offensichtlich immer noch 0:0; es hatte im RFK-Stadion noch kein Aufstöhnen gegeben, das ein brasilianisches Tor angezeigt hätte.

In Europa pfiff man bei Mißfallen. In den Vereinigten Staaten buhte man, ganz individuell oder laut und heiser im Chor. In Ostasien, so vermutete er, würden die Fans wohl eher die Amerikaner imitieren, die sie vom Fernsehen kannten. Die Grundidee des Sports, im Gegensatz zum unverhohlenen, barbarischen Blutvergießen ein regelgeleiteter, spielerischer Wettkampf zu sein, war europäischen Ursprungs und hatte sich über die ausgewanderten Europäer in Nordamerika nach Asien verbreitet.

(Der Begriff ‹Sport› zum Beispiel existierte in der japanischen Sprache nicht, als Commodore Perry 1854 in den Hafen von Tokio gesegelt war. Tarchalski und seinen Kameraden hatte man erzählt, sie sollten organisierte Fanchöre von den koreanischen Zuschauern erwarten. Die Amerikaner koreanischer Herkunft hingegen würden als einzelne schreien und buhen.)

Lake Wallowa, 1:04 p.m.

Am 19. Juni 1950, so verkündeten es die Radiosender einem staunenden Planeten, schlug die Mannschaft der Vereinigten Staaten England in Belo Horizonte mit 1:0. Englische Journalisten, die dieses Spiel gesehen hatten, wählten es zum besten englischen Spiel des Jahres; nur hatten die Engländer leider vergessen, ein Tor zu schießen.

Das amerikanische Tor bereitete Walter Bahr vor, der spätere Fußballtrainer an der Penn State University. Er traf aus einiger Entfernung an den Außenpfosten und der leichtfüßige, akrobatische Mittelstürmer Joe Gaetjens lenkte den Ball mit seinem Kopf ab und an dem englischen Torhüter Bert Williams vorbei, als dieser Bahrs Schuß hinterhertauchte.

Später stellte sich heraus, daß Gaetjens einen haitianischen Paß besaß, obwohl die Bestimmungen verlangten, daß er ein amerikanischer Staatsbürger zu sein hatte.

James Burlane dachte an ein gutes Omen. Falls er mit dem Tannenzapfen in das Astloch treffen würde, dann würden die Amerikaner den dreimaligen Weltmeister Brasilien schlagen. Ohne daß es die Welt je erfahren würde, hätte dann er, James Burlane, das entscheidende Tor in den Wallowa Mountains im östlichen Teil von Oregon erzielt. Er mußte einzig mit dem Tannenzapfen ins Astloch treffen.

(Nach Burlanes Regeln wurde ein Tannenzapfenfußball, der sein Ziel verfehlte, wieder zu einem ganz normalen Tannenzapfen, bevor er auf dem Boden auftraf – er war eine Art magischer Gegenstand. Aber der nächste Tannenzapfen war wieder etwas ganz anderes. Der nächste Tannenzapfen würde dann bestimmt der richtige sein, mit einem wunderbaren Paß perfekt serviert, und er würde ein neues Ziel als Tor finden.

Wenn er aber das Ziel treffen sollte, dann...)

Er schloß die Augen und ließ seiner Fantasie freien Lauf. Ah, dieser Traum ... von Ruhm ... ein Tor bei der Weltmeisterschaft.

Er sah alles genau vor sich, und es war einfach großartig...

Jimmy Burlane bei der Weltmeisterschaft gegen die stolzen, exzentrischen Brasilianer mit ihren geschmeidigen Bewegungen und den Katzenpfoten. Ihr Ballgefühl war legendär, sie benutzen ihre Brust und ihre Füße, um den Ball einzufangen, statt ihn einfach nur zu kontrollieren. Man behauptete, daß die Brasilianer mit demselben Elan Fußball spielten, mit dem sie auch Samba und Mambo tanzten. Sie umarmten und streichelten den Ball fast mit ihren Körpern und Füßen. Sie waren von Kopf bis Fuß auf Dramatik eingestellt.

Nach Ansicht der Brasilianer hatten die Westeuropäer Körper, die wie Pfosten waren; aber die Osteuropäer, diese ordinären Treter, waren noch schlimmer. Und die Amerikaner? Einfach lächerlich. Den Amerikanern, die die besten Trainer der Welt geholt hatten, um von ihnen zu lernen, wie man Fußball spielt, gelang es immer noch nicht, glänzend zu spielen. (Ihre allzu bekannten Defizite – bleierne Füße und mangelnder Stil – waren fast schon genetischen Ursprungs zu nennen, genauso wie es beim Darts war und mit ihrer Fähigkeit, Zen zu verstehen.)

Dallas, 3:10 p.m.

Das moderne Spielkonzept und damit die Ära totalen Fußballs wurde von den Holländern in den frühen siebziger Jahren eingeläutet, als Feyenoord Rotterdam 1970 den Europapokal der Landesmeister gewann. Ihnen folgte 1971 bis 1973 Ajax Amsterdam.

Bei dieser Mischung aus Angriffs- und Verteidigungsspiel waren die Formationen beweglich, und die Spieler konnten sich je nach Situation und entsprechend ihren individuellen Fähigkeiten frei vor- oder zurückbewegen. Ein guter Spieler mußte fit sein, ein gutes Ballgefühl besitzen und clever sein.

Das deutsche Team Bayern München gewann den Europapokal von 1974 bis 1976, und die Deutschen, die bisher eher für ihre Kondition, ihre Disziplin und unkomplizierte Taktik bekannt waren, wurden zu einem beständigen Machtfaktor im internationalen Fußball.

Es gab nicht wenige Stimmen, die den Hamburger Dieter Bauer als Deutschlands ersten Stürmer sehen wollten und nicht Tarchalski. Tarchalski ließ sich durchaus von den Einflüsterungen in England wie auch in Deutschland verunsichern, die besagten, er würde sich zuviel zumuten. Es hieß, er würde bereits keine Schmerzen mehr in den Beinen fühlen, wenn man ihn hart trat.

Tarchalski hatte sich damit abgefunden, daß man ihn dauernd foulte. Das war ja das Geheimnis seines Erfolgs! Und nicht, daß er den Ball einköpfen oder ihn mit beiden Füßen gleichgut abschießen konnte oder er im vollen Lauf perfekte Pässe schlug. Nein, nein. Er war gut, weil er gegen das Gefoule vor dem Tor immer war.

Außerdem gab es da noch die Geschichte, warum er nach England gegangen war. Die Unterzeichnung des Vetrags mit Arsenal war der größte Fehler seines Lebens gewesen. Als Arsenals Besitzer, der Medienmogul Harry Beauchamp, ihn insgeheim äußerst großzügig bezirzt und dabei die FIFA-Regeln verletzt hatte, wäre Tarchalski besser vorsichtig gewesen.

Erst später, zu spät schon, und in einem von der FIFA bestimmten Vertrag gefangen, begriff er, daß kein noch so großer Geldbetrag ihn dafür entschädigen konnte, daß ihn der Besitzer des Vereins in aller Öffentlichkeit kritisieren und lächerlich machen konnte, weil er es nicht geschafft hatte, in einem wichtigen Spiel ein Tor zu schießen.

Tarchalski hatte alles getan, was er konnte, sich von Arsenal freizukaufen und nach Deutschland zurückzukehren, um die Zweifler verstummen zu lassen; aber das war unmöglich.

Scheiß FIFA.

Aber jetzt, nach all den bitteren Rechtsstreitereien, war Peter Tarchalski erst einmal draußen, war nicht mehr gezwungen, für Harry Beauchamp spielen zu müssen. Er war aus London fort und unterwegs zurück nach Deutschland, um als Stürmer für den 1. FC Köln anzutreten. Die Transfersumme war schon gezahlt worden. Der Verkauf war perfekt, aber die Zeitungen im Besitz Harry Beauchamps führten genüßlich aus, daß der beste Torschütze der Deutschen ein Stürmer von Arsenal war, auch wenn er in der nächsten Saison schon nicht mehr bei dem Verein sein würde.

Also war das Geschäft bis nach der Weltmeisterschaft nicht ganz komplett.

Danach aber, Freiheit.

Kapitel 5

Lake Wallowa, 1:12 p.m.

Als gastgebendes Land waren die Vereinigten Staaten 1994 automatisch mit von der Partie. Doch die Amerikaner hatten sich ihren WM-Platz 1990 in Italien redlich verdient. Sie schockten die gastgebenden Italiener mit einem 1:0 dermaßen, daß die Fußballfans von den Alpen bis Sizilien verängstigt ihre Rosenkränze beteten.

Der Kopfhörer von James Burlanes Walkman explodierte in einem Aufschrei aus dem RFK-Stadion. «Ja», schrie er den Wallowa Mountains zu, «ja, ja, ja!»

Über den Walkman hörte er die Stimme Hallorans:

«... und wieder einmal wurden die Brasilianer mit der brillanten Parade des Torhüters Dave Galetto abgewehrt, als der Torwart der Blackburn Rovers den Ball mit einer akrobatischen Drehung aus dem Gewühl im Torraum lenkte. Der brasilianische Stürmer Antonio schüttelte verzweifelt den Kopf, denn Galetto wand sich absolut unglaublich und schaffte es, den gewaltigen Direktschuß über die Latte ins Toraus zu lenken.

Galetto steht nun wieder im Tor und schreit seinem Team Anweisungen zu, während sich Rubio, der Star des mächtigen italienischen Vereins Inter Mailand, auf die Ecke konzentriert. Hier erteilt Galetto die Befehle. Seine Kameraden machen, was er anordnet. Er winkt ihnen mit der Hand und ruft ihnen zu, wo er sie haben will. Der schlacksige Antonio wirkt frustriert, er stellt sich in die äußere Ecke des Tores und wird bei Rubios Schuß sicher herausrennen...

Der Ball nimmt eine enge steile Kurve – erst weit hinaus und dann dem Tor entgegen. Wunderbar! Ohhhh. Antonio hatte schon den Kopf dicht am Ball, als aus dem Nichts Pat Duffy ihm entgegenspringt und den Ball mit seinem Kopf über die Latte lenkt.»

«Das ist keine unterlegene Mannschaft mehr, Don Halloran, das ist eine Abwehrmauer vom Feinsten. Dave Galetto und Pat Duffy haben es geschafft. Die erstaunten und hocherfreuten Fans sind aufgesprungen, um ihre inspirierende Leistung zu beklatschen. Es sind bereits 80 Minuten in dem bisher torlosen Spiel verstrichen, und die Brasilianer fragen sich sicher mittlerweile, ob sie den Ball an diesem dämonischen Galetto jemals vorbeikriegen werden. Galetto verteidigt leidenschaftlich sein Tor, und Pat Duffy treibt den brasilianischen Superstar Antonio zur Weißglut. Wahnsinn. Irre. Banane.»

«Du sagst es. Mehr davon.»

«Wie du willst, Don. Jenseitig. Hyper. Plemplem. Wenn die Brasilianer jetzt nicht aufpassen, werden die Amerikaner es schaffen, ihren erstaunlichen Sieg über die Engländer von 1950 zu wiederholen. An diesem Tag war das Glück auch mit den Yanks. England spielte zwar außerordentlich guten Fußball, aber sie trafen das Netz einfach nicht.»

«Antonio dribbelt wieder. Duffy klebt an ihm wie der Terrier am Postboten. Oha, Duffy tritt den Ball ins Seitenaus, und die Brasilianer haben Einwurf. Haben sie diesen Blick gesehen, den Antonio dem Amerikaner zugeworfen hat?»

Burlane konzentrierte sich auf das Astloch.

Er betrachte den Tannenzapfenball genau.

Er trat einmal übungshalber dagegen. Er würde den Zapfen mit seinem Innenrist kicken. Er sagte sich: Konzentriere dich auf das Tor und tritt fest dagegen.

Als Halloran eine weitere brasilianische Ballabnahme im Mittelfeld beschrieb, holte Burlane aus...

...und sah dem Tannenzapfen nach, wie er mindestens einen Yard vorbeiflog.

Er hatte sein Team enttäuscht. Idiot! Er mußte über sich lachen und rannte den Weg hinauf. Er hatte ja noch Zeit. Es war noch möglich. Er könnte es schaffen. Gib niemals auf! Niemals!

Washington, 3:18 p.m.

Luis Garcia war vollkommen ratlos. Man konnte es wirklich nicht anders nennen.

Einen Moment lang befand sich der amerikanische Starstürmer von der University of Washington im Ballbesitz.

Im nächsten Moment war der Ball schon wieder im Besitz von Rubio, der ungedeckt geradewegs auf Dave Galetto zudribbelte.

Luis Garcias Blut gerann.

Und Galetto trat aus dem Tor Rubio entgegen.

Rubio hob den Ball schön über Galettos Kopf… aber der Ball nahm eine unvorhersehbare Drehung nach links und traf den Torpfosten.

Garcia jubilierte innerlich. Erlösung. Gnade.

Dallas, 3:22 p.m.

Argentinien erreichte das Endspiel der Weltmeisterschaft von 1990 in Rom allein durch sein konsequentes Defensivspiel. Außer bei Gelegenheiten, die sich praktisch von selbst ergaben, vermieden es die argentinischen Spieler, die eigene Hälfte zu verlassen. Die Argentinier begingen 152 Fouls, um bis ins Endspiel gegen Westdeutschland vorzustoßen: Alle 3 Minuten und 57 Sekunden ein Foul.

Der gefeierte argentinische Star Diego Maradona erzielte während der gesamten Weltmeisterschaft nur ein Tor, und das durch einen Strafstoß, der die Italiener im Halbfinale aus dem Rennen warf. Durch einen weiteren Strafstoß gelangte im anderen Halbfinalspiel Westdeutschland statt England ins Endspiel. Es war die defensivste aller bisherigen Weltmeisterschaften gewesen.

Im Endspiel fehlten Argentinien vier Spieler, die nicht mehr teilnehmen durften, da sie in den vorigen Spielen zweimal die gelbe Karte gezeigt bekommen hatten.

Es schien ein unterhaltsames Spiel zu werden. Die konditionsstarken Deutschen mit ihrer Disziplin und ihren netten, aber simplen Querpässen waren dauernd in Bewegung und testeten die südkoreanische Abwehr auf jede nur mögliche Weise.

Die Südkoreaner, die ihre Grenzen kannten, hatten sich anscheinend gut vorbereitet, indem sie sich Videos der Italiener angeschaut hatten. Aber während sie die Kunst der Verteidigung erlernt hatten, fehlte ihnen doch die komplementäre Fähigkeit, für die die Italiener ebenfalls berühmt waren: die Fähigkeit, mit kurzen, raschen Kontern erfolgreich zuzuschlagen. Die ruppigen Italiener, allesamt begeisterte Schienbeintreter, luden ihren Gegner ein, sich auf sie zu stürzen. Dann, genau wenn der Gegner meinte, daß alles, was die Italiener könnten, die Verteidigung sei, tanzten und sprangen sie vor lauter Freude, weil sie einen Überraschungstreffer gelandet hatten.

Bei dem einen Angriff versuchten die Deutschen aus der Mitte vor dem koreanischen Tor einen Treffer zu landen, beim nächsten Mal schlenzten Willi Gochnauer oder Dieter Bauer einen Paß zum Gnu herüber und hofften auf dessen Kopfballstärke.

Während ihrer ersten Versuche, das Mittelfeld zu überqueren, waren die Südkoreaner von den deutschen Verteidigern und den zurücklaufenden Mittelfeldspielern abgewehrt worden. Aber die Gefahr blieb bestehen, daß ein Fehler zu einem südkoreanischen Treffer führen konnte, und wenn das geschah, würden die Koreaner mit ziemlicher Sicherheit der italienischen Formel folgen und vor ihrem Tor einen Catenaccio errichten.

Die Deutschen spürten, daß die koreanischen Verteidiger irgendwann nachgeben würden, wenn man sie nur genügend bedrängte und sich konzentrierte. Dann würde auch ein Tor fallen.

Für Tarchalski waren die Koreaner bellende Hunde. Laß sie mich ruhig treten und sollen sie mich rammen und mich packen und zerren und machen, was immer sie können, ohne einen Strafstoß zu riskieren. Er war größer als sie und härter und von einem stärkeren Willen beseelt. Wenn Tarchalski schon die ätzenden englischen Verteidiger Woche um Woche und Monat um Monat ertragen konnte, dann konnte er auch all das ertragen, was die Koreaner ihm in den Weg warfen. Wenn es sein mußte, würde er ihnen zeigen, was ein verärgerter deutscher Michel mit seinen Ellbogen alles anstellen konnte.

Und daß ja kein Zweifel an seiner Hingabe aufkam: Schlußendlich würden die Deutschen die Koreaner lehren, wie man Fußball spielte.

Washington, 3:30 p.m.

Luis Garcia wurde in Chihuahua in Mexiko gezeugt, aber in San Angelo in Texas geboren. Seine Mutter war in jenem Sommer des Jahres 1969, als sie und ihr Mann Oscar und ihre fünf Kinder den Rio Grande durchwateten, im fünften Monat schwanger. Als Kind hatte Luis Kirschen und Äpfel gepflückt und auf den Spargel- oder Melonenfeldern im Yakima Valley im Bundesstaat Washington gearbeitet.

Heute verließ sich die amerikanische Nationalmannschaft auf die

Tore des Stürmers Luis Garcia. Er wollte nicht, daß die Leute einen dummen illegalen Einwanderer auslachten, der versagte, wenn es drauf ankam. Er war der Stolz jedes mexikanisch-amerikanischen Haushaltes, und er war gewillt, sie nicht zu enttäuschen.

Garcia schielte zu seinem Trainer Branko Markovic hinüber. Er hatte die eigentliche Reaktion des Trainers verpaßt, aber er wußte, daß Markovics Mund trocken war. Doch der Jugoslawe Markovic, der Mexiko 1986 zu einem sechsten Platz verhalf und 1990 Costa Rica in das Achtelfinale führte, blieb cool. Oder zumindest so cool, wie er es unter den gegebenen Umständen vermochte.

Markovic drehte die Handflächen nach unten und bewegte seine Hände langsam hoch und runter. Diese Geste sollte zusammen mit dem Gesichtsausdruck signalisieren: Ist okay Luis. Es ist vorbei. Nichts passiert. Konzentrier dich wieder!

Dann schloß Markovic, der die Lippen zusammenpreßte, seine rechte Hand zur Faust und stieß sie aufwärts: Und jetzt zeig's den Bastarden, Kerl. Leg los!

Dallas, 3:33 p.m.

In der 65. Minute des Endspiels von 1990 in Rom erhielt der Argentinier Pedro Monzon die rote Karte, weil er den deutschen Stürmer Jürgen Klinsmann bösartig niedergemäht hatte. In der 84. Minute foulte Roberto Sinisi Rudi Völler im Tor, und Völler konnte so das einzige Tor des Spiels durch Elfmeter erzielen.

Drei Minuten vor Spielende erhielt der verzweifelte argentinische Stürmer Gustavo Dezotti eine zweite gelbe Karte, weil er den deutschen Verteidiger Jürgen Kohler halb erwürgt hatte. Die zweite gelbe Karte bedeutete dasselbe wie die rote Karte: Dezotti mußte vom Platz.

Die deutsche Chance kam ohne jede Vorwarnung und ohne Spielaufbau, so wie es oft im Fußball passiert.

Dieter Bauer, der den Ball auf dem rechten Flügel führte, schaffte sich genug Raum, um einen schnellen Paß zu Tarchalski rüberzuschlagen, der zusammen mit dem Libero, der ihn deckte, und den anderen koreanischen Verteidigern nachsetzte. Der Ball sprang aus dem Menschenknäuel heraus und landete vor den Füßen von Willi Gochnauer, der etwas abseits stand.

Gochnauer, der sich mit einem Wirrwarr der Körper konfrontiert sah, spielte den Ball kurz zu Tarchalski zurück und begab sich schnell auf die linke Seite, wo er etwas Platz und einen günstigen Schußwinkel erhoffte.

Tarchalski hätte sich drehen können und schießen – der Libero lag inzwischen am Boden –, aber er tat es nicht, weil andere Verteidiger hinter ihm waren...

... und weil er Willi Gochnauer ungedeckt stehen sah.

Er paßte zurück zu Gochnauer.

Der schoß...

Hoch hinauf und in Richtung von Bauers Flügel, gegen den Strom der Spieler.

Peter Tarchalski war sicher genauso eifersüchtig wie Willi Gochnauer, als der Ball durch die ausgestreckten Hände des koreanischen Torwarts segelte und hinten im Netz landete.

Ja! Ja! Ja!

Die Koreaner liebten das Verteidigungsspiel. Jetzt lagen die Deutschen in Führung. Die Deutschen konnten sich, wenn sie es wollten, den Luxus leisten, ihre Verteidigung Mann um Mann dichtzumachen. Die Koreaner wollten doch so gern defensiv spielen, zeigen wir ihnen mal, wie es geht!

Vielleicht würden die Koreaner ihr italienisches Modell aufgeben und die Torschützen der Brasilianer imitieren. Ein bißchen die Beine lockern. Mit der Hüfte wackeln. Durch die Menge dribbeln. Mal schauen, wie so was geht.

Ja! Ja! Ja!

Kapitel 6

Washington, 3:39 p.m.

Rubios Fehlschuß verlieh dem schon ziemlich energiestrotzenden Garcia noch weiteren Auftrieb und Selbstvertrauen. Das Spiel stand immer noch 0:0. Schüsse aufs Tor zählten nicht. Tore zählten. So spät im Spiel würde ein einziges Tor reichen.

Neben ihm zweifelte Rubio an sich.

João Blanco, der brasilianische Mittelfeldspieler, zirkelte einen weichen, exquisit getimten Paß über die Köpfe der amerikanischen Verteidiger zu Rubio hinrüber. Es war ein sanft getretener Paß, aber der Ball prallte von Rubios Oberkörper zurück.

Rubio, plötzlich wieder ins Spiel gestoßen, eroberte rasch den Ball, schien wach und tänzelte voller Selbstvertrauen auf den Fußballen.

Doch Rubio unterschätzte möglicherweise Luis Garcia ein wenig. Er tat fast so, als ob Garcia nicht vorhanden wäre.

Oder er sah ihn einfach nicht.

Luis Garcia ließ sich zu Boden fallen, trat nach dem Ball...

... und stand mit einer fließenden Bewegung wieder auf.

Da, ein wenig vor ihm, lag der Ball.

Und hinter dem Ball nur freier Raum.

Nichts als Rasen. Und das brasilianische Tor.

Er fühlte sich, als ob er, von Rubio verfolgt, in einen glorreichen Traum hineinlief.

In ein paar höchst komprimierten Sekunden – die Erinnerung daran würde Garcia später ungezählte Male wieder vor seinem geistigen Auge abspulen, und mehr als einmal würde er weinen müssen – standen die 56 500 Menschen, die im RFK-Stadion zusammengedrängt waren, (dieser kollektive Geist Bobby Kennedeys), auf wie ein Mann.

(Garcia war sich dessen bewußt, während er rannte.)

(Er war sich bewußt, daß er, Luis Garcia, Amerikaner, gezeugt in

Chihuahua, in diesem Augenblick der Träger der Träume und Hoffnungen seiner Landsleute war.)

Ein infernalischer Lärm, ein Getöse, ein Gebrüll, das anschwoll.

Vor ihm lag der Ball...

...und nur einen Herzschlag weiter: der brasilianische Torwart Rodolpho Teixera – El Gato. Da sich bisher alles in der amerikanischen Hälfte abgespielt hatte, war aus der Katze ein schläfriges Kätzchen geworden.

Doch jetzt hatte er keine Zeit mehr zum Gähnen. Teixera rannte mit über dem Kopf ausgestreckten Händen Garcia entgegen.

Sollte Garcia nun versuchen, den Ball über El Gatos Kopf hinwegzuheben, so wie es Rubio bei Galetto probiert hatte?

Zu spät.

Er schaute Teixera in die Augen.

Blickte dann nach rechts. Ein Täuschungsmanöver.

El Gato zögerte.

Und Luis Garcia zog links ab. Die Augen auf das Tor gerichtet, trat er den Ball mit dem Innenspann...

...als ihn Rubio, der mit voller Kraft angerannt kam, von hinten niedermähte.

Dallas, 4:48 p.m.

Mehr als einmal hatte Friedrich Mueller Edson gesagt, daß der Schlüssel zur erfolgreichen Offensive beim Mannschaftssport die Fähigkeit war, die Züge der gegnerischen Verteidigung vorauszuahnen. Mueller behauptete, daß alle großen Trainer einen Riecher dafür hatten (egal ob Vince Lombardi beim Football oder John Wooden beim Basketball oder Martin Bukovis mit seiner berühmten Offensivformation des Budapester Vereins Varos Laboga in den frühen Fünfzigern.)

Edson, der ein kaltes Budweiser Dry trank und Cheetos aß, die seine Finger mit einem salzigen orange-gelb-farbenen Überzug bedeckten, öffnete das Autofenster und legte den Lauf seiner Steyr-Mannlicher auf den Fensterrand. Er stellte das Leupold-Teleskop so ein, daß es ihm ein 10 Fuß breites Sichtfeld bei 200 Yards erlaubte, und schaute sich das Zielgebiet mehre Male im Teleskop an.

Auf dem Parkplatz warteten zwei Busse.

Die deutschen Spieler fühlten sich nach ihrem Sieg bestens und gingen lachend über den Parkplatz zu ihren Bussen.

Edson besah sich die Spieler ruhig der Reihe nach, bis er Peter Tarchalski gefunden hatte. Er richtete das Teleskop auf die linke Seite von Tarchalskis Kopf, das Ohr prangte mitten im Fadenkreuz.

Edson schob eine Patrone in die Kammer.

Dann fand er Willi Gochnauer.

Kapitel 7

Lake Wallowa, 9 p. m.

James Burlane schaltete sein Radio nach dem 2:0-Sieg der Deutschen über Südkorea aus. Die Sonne stand schon tief über dem Horizont, als Burlane mit einem Kanu über den lieblichen Lake Wallowa paddelte, der sich in der untergehenden Sonne silberglänzend vor ihm ausdehnte. So spät im Juni wurde es in den Wallowa Mountains nicht vor neun Uhr dreißig dunkel.

Er landete mit seinem Kanu vor den alpenähnlichen, schroff gezackten Bergen, die hinter dem Südufer aufragten, holte seine Angel heraus und die zwei stattlichen Regenbogenforellen und stieg den schmalen Pfad zu einer gemütlich aussehenden Hütte herauf, die unter Tannen verborgen dalag.

Er ging hinein. Nachdem er die Forellen in das Waschbecken gelegt und sich Salz, Pfeffer, Mehl und Öl zurechtgestellt hatte, war es schon 10 p. m. Pacific Time – 1. a. m. Eastern Time. Das Telefon klingelte.

Der Mann am anderen Ende der Leitung sprach mit einem südenglisch klingenden Akzent – Public School und danach Oxford oder Cambridge besucht. «Major Khartoum, mein Name ist Roger Dusenberry. Ich bin Mitglied der Fédération Internationale de Football Association. Haben Sie bisher die Spiele der Weltmeisterschaft verfolgt?»

«Die FIFA, aha. Ja, habe ich. Ich habe mir heute nachmittag das Spiel USA – Brasilien im Radio angehört. War das nicht toll? Unser Frito Bandito hat die Pille glatt eine Sekunde, bevor Rubio ihn umgerannt hat, ins Netz gedonnert. Hab echt 'ne Gänsehaut bekommen.

(Gut gemacht, Luis Garcia! So gut wie Joe Gaetjens Kopfball, Terry Bradshaws Ave Maria zu Franco Harris rüber und Bobby Thompson Home Run auf den Polo Grounds. Ein Schlag ins Gesicht, Brasilien!)

«Aber Sie haben sich das Spiel Deutschland – Südkorea wohl nicht angehört?»

«Doch, aber ich habe mein Radio nach Spielende ausgemacht und bin in mein beschauliches Idyll zurückgekehrt. Ein ziemliches Gedränge für die Deutschen. Dieser Stürmer von Arsenal und Willi Gochnauer sind schon zwei starke Typen.»

«Mmmmmm. Ja...»

«Die koreanischen Verteidiger hängen sich von allen Seiten an den langen Kerl, und der legt den Ball cool seinem Partner vor, und wieder ein anderer haut ihn ins Netz. Das ist echt deutsche Disziplin. Mein Partner Ara Schott schüttet sich zur Feier des Tages den Schnaps bestimmt schon literweise rein.»

Dusenberry seufzte. «Major Khartoum, Peter Tarchalski und Willi Gochnauer wurden beide nach dem Spiel ermordet.»

Burlane verschlug es die Sprache. «Wie?»

Dusenberrys Stimme klang sorgenvoll. «Von einem Heckenschützen. Auf dem Parkplatz vor dem Cotton Bowl. Sie waren unterwegs zum Mannschaftsbus. Major Khartoum, ich rufe Sie im Auftrag der FIFA an.»

«Ja?»

«Wir möchten für unseren Sicherheitsstab einen Ermittler anwerben, und man hat Sie empfohlen. Wir würden uns gern morgen früh mit Ihnen unterhalten, wenn das möglich wäre. Das Komitee wird Ihnen Ihre Kosten erstatten, einschließlich der Miete für ein Privatflugzeug, um Sie nach Portland oder Seattle zu einem Anschlußflug Richtung Ostküste zu befördern. Egal was es kostet.»

«Es wird vielleicht die ganze Nacht dauern, zu Ihnen zu kommen, aber ich werde mein Bestes tun.»

«Ich danke Ihnen Major Khartoum.» Dusenberry klang erleichtert.

«Haben Sie zufälligerweise schon mit Ara gesprochen?» Schott, Burlanes ruhiger, lesewütiger und zurückgezogen lebender Partner bei Mixed Enterprise, war früher ein hohes Tier der Spionageabwehr beim CIA gewesen.

«Ja, haben wir. Mr. Schott sagte, er würde mit uns in Verbindung bleiben. Er möchte, daß Sie ihn so bald wie möglich anrufen.»

«Ich wollte Sie gerade um einem Platz beim Frühstück für Ara bitten.»

«Ist schon erledigt.»

«In Dallas!»

«Ich weiß. Ich weiß. Es mußte ja Dallas sein. Wir werden in Harry Beauchamps Hotel frühstücken.» (Dusenberry sprach den Namen wie Bietschem aus, Beauchamps korrigierte in aller Öffentlichkeit Leute, die ihn Buh-schamp oder Boh-schamp nannten.)

«Beim Medienmogul persönlich?»

«Bei Mr. Beauchamp, dem Arsenal gehört, Peter Tarchalskis englischer Verein. Er sorgt sich um ein gerechtes Verfahren für seinen ermordeten Spieler.»

«Sorgt sich um ein gerechtes Verfahren? Na, das tun wir doch alle.»

«Also dann im Norman Hotel, Park Avenue. Bis morgen, Major Khartoum. Vielleicht könnten wir beide gemeinsam einen Kaffee trinken, bevor wir die anderen treffen. Um halb neun, wenn es Ihnen recht ist, oder wann immer es geht.»

2
Der Spielverlauf

An der Verlosung der WM-Qualifikationsspiele in New York am 8. Dezember 1991 beteiligten sich Mannschaften aus 141 Ländern. Als die Qualifikationsspiele in den sechs internationalen Zonen im November 1993 beendet waren, hatten sich 22 siegreiche Mannschaften für die Endspiele 1994 qualifiziert sowie die automatisch teilnehmenden Mannschaften des Titelverteidigers Deutschland und des Gastgebers USA.

Von den 23 Nationalmannschaften aus Nord- und Zentralamerika sowie der Karibik qualifizierten sich zusätzlich zu den USA zwei weitere Mannschaften. Ozeanien, einschließlich Australien und Neuseeland, schickte keinen Teilnehmer. Von den 29 asiatischen Nationen qualifizierten sich zwei. Von den neun südamerikanischen Mannschaften kamen vier. Von den 37 afrikanischen Nationen qualifizierten sich drei. Und 13 der 36 europäischen Nationen nahmen teil, einschließlich des Titelverteidigers Deutschland.

Kapitel
1

New York, 8:30 a.m., Mittwoch, 29. Juni

Das Treffen fand im Norman Hotel an der Park Avenue mitten im Zentrum Manhattans statt. Das Hotel wurde seit jeher als Versammlungsort von Politikern oder Wirtschaftsführern genutzt. (Hier logierte Harry Beauchamp, und James Burlane fand den Ort eigentlich angemessen, wenn man Beauchamps bekannte Habgier bedachte, denn im Norman hatte einst Boss Tweed, der Herrscher von Tammany, mit den Colonels der Korruption aus dem späten 19. Jahrhundert gefrühstückt.)

(Die Demokraten bedienten nicht so auffällig wie die Soldaten von Tammany. Sie regierten mit einem bürokratischen Mittel, das unter dem Namen Antrag bekannt war. Dieses Mittel, das einem Bestimmungswust unterlag, der den der Steueranträge noch weit übertraf, ermöglichte es der regierenden Demokratischen Partei, unangenehme Kandidaten zu disqualifizieren. Entweder hatten sie die falsche Farbe beim Ausfüllen benutzt oder die Umrandung eines Kästchens berührt oder den i-Punkt vergessen oder den Querstrich beim t oder irgendeine der anderen unendlich wichtigen Bestimmungen verletzt. Da niemand sich selbst nach wochen- oder gar monatelangem Studium durch diesen bürokratischen Unsinn durchfand, konnte auch niemand die Autorität der Parteikandidaten anzweifeln, eben jener seit Urzeiten eingebürgerten Scheißer, die sich an den Stadtfinanzen labten.)

(Das Norman war ihre Burg gegen diese hartnäckigen Schwarzen und anderen Minderheiten und gegen diese Neueinwanderer, die tagtäglich aus Brooklyn und Queens und aus Harlem und der Bronx nach Manhattan herübersickerten und dort die Bürgersteige mit ihrem Knoblauchgeruch und ihren braunen Augen, ihrer braunen

Haut und lockigen Haaren und unmöglichen Frisuren verunstalteten. New York war nicht länger eine Insel irischer und italienischer Katholiken und Griechen und Juden, von blauäugigen WASPs beherrscht. Die Stadt war zu einem Land der Vierten Welt geworden, bevölkert von Puertoricanern, Haitianern, Koreanern, Filipinos, Afrikanern, Arabern und Südamerikanern ungewisser Herkunft.

Aber das Norman ragte wie ein Fels aus diesem ekelhaften Schlamm hervor.) Hier gab es die echten weißen Tischtücher. Hier, weit entfernt von dem Gedränge und Geschiebe der Straßenschluchten, dem Klappern der U-Bahnen und anderem städtischen Getöse, würden Sir Roger Dusenberry und James Burlane in aller Ruhe eine Tasse Kaffee trinken und sich kennenlernen, bevor sie sich mit Harry Beauchamp, Elizabeth Gunderson und Burlanes Partner Ara Schott treffen würden.

Obwohl Sir Roger Dusenberrys Haar bereits grau war, sahen seine Augenbrauen oberhalb der übergroßen, habichtartigen Nase tiefschwarz aus. Das Gesicht wirkte lang und knochig. Seine Haut war zerfurcht und windgegerbt, mit deutlich sichtbaren Krähenfüßen in den Augenwinkeln seiner blauen Augen. An seinem Kinn hatte er ein Grübchen fast so wie Kirk Douglas. Es fiel Burlane leicht, sich Dusenberry beim Golf mit einem seiner adligen Freunde vorzustellen, das schüttere Haar im Wind auf und ab wippend und wahrscheinlich einen Iren-Witz erzählend.

James Burlane trug Jeans, die schon ziemlich abgewetzt waren, aber noch keinen Flicken aufwiesen, ein kurzärmeliges Baumwollhemd mit Druckknöpfen und eine Fotografen-Allzweckweste mit vielen Taschen, bestens geeignet, all seine Wertsachen aufzunehmen. Die Taschen hatten Nylonreißverschlüsse, ein sicheres Mittel gegen die Begehrlichkeiten der Taschendiebe. Für Burlane war diese Weste ein überlebensnotwendiger Ausrüstungsgegenstand für die Dritte Welt und für New York.

Er trug burgunderrote Joggingschuhe von Saucony – die er gewählt hatte, weil er sie bei einem Schlußverkauf gefunden und von dieser Marke vorher noch nie etwas gehört hatte. Außerdem konnte man Chianti draufschütten, ohne daß es weiter auffiel. Als Geste des Respekts vor dem britischen Königshaus hatte er sich ein rotes Halstuch umgebunden. Man konnte es benutzten, um den Schweiß abzuwischen oder die Nase zu putzen oder aber um einen modischen Akzent zu setzen. Ein richtiger Schlips war nur für

Letzteres zu gebrauchen oder um sich in einem türkischen Gefängnis aufzuhängen.

«Ich bin auf einer Farm aufgewachsen, wissen Sie», sagte Burlane. «Ein amerikanischer Bauer. Wenn ich mit einem englischen Adligen Kaffee trinke, komme ich mir vor wie der Russe in dem Film ‹Liebesgrüße aus Moskau›, der sich als waschechter Engländer auszugeben versuchte. Erinnern Sie sich, man dinierte im Orientexpreß, und er bestellte Rotwein zum Fisch. James Bond wußte sofort, daß er sich verstellte; ein Engländer, zudem ein Gentleman, würde wissen, daß man Weißwein zum Fisch trank.»

«Sean Connery blickte ihn absolut vernichtend an. War das nicht wunderbar?» antwortete Dusenberry.

«Der Russe fühlte sich wie ein Haufen Scheiße. Alexander Hamilton wollte ja damals bei uns erbliche Adelstitel einführen, ich vermute, Sie wissen das. Er wollte Grafen, Herzöge, den ganzen Zirkus. Können Sie sich das Resultat vorstellen? Viscount Nixon. König Jimmy. Baron Reagan.»

«Hamilton selber war ein uneheliches Kind, wie man mir sagte.»

«Ja, ein Bastard, der auf den West-Indischen Inseln geboren wurde. Aber trotz all seiner Fehler ein kluger Bastard voll guter Absichten. Er dachte, daß die Zukunft den technischen Spielereien gehört, Jefferson meinte, sie läge darin, Zuckerrüben anzupflanzen. Es hat sich herausgestellt, daß beide recht hatten. Obwohl wir einen Bürgerkrieg durchstehen mußten, um das rauszufinden.»

Sie machten eine Pause, als der Kellner ihnen den Kaffee brachte.

«Mein Partner Ara Schott sagt, er hätte gelesen, daß Sie mit Prince Charles angeln und Golf spielen», sagte Burlane. «Stimmt das?»

«Irgend jemand muß ja mit Charles angeln und golfen. Er ist sicher nicht diese Unperson, zu der man ihn gemacht hat. Sind denn seine Kritiker alle für immer und ewig glücklich verheiratet, was meinen Sie?»

Burlane grinste. «England wäre wirklich langweilig, wenn es so wäre.»

«Er ist ein guter Kamerad, ehrlich, ganz clever, und er besitzt einen wunderbaren Sinn für Humor. Und so zum Hahnrei gemacht zu werden...» Dusenberry schloß heftig seinen Mund, die Lippen weiß vor Zorn. «Er hat niemals auch nur das kleinste bißchen Privatsphäre. Bisher hat er meiner Meinung nach die Bürde ganz gut getragen.»

«Und wie kam es, daß man Sie zum Vorsitzenden des FIFA-Krisenstabs gewählt hat, Sir Roger?»

«Charles hatte eine Menge damit zu tun, vermute ich, zumindest am Anfang. Der Fußball erweckt enorme Leidenschaften, Major Khartoum. 1969 war die Verbitterung zwischen El Salvador und Honduras nach einem 0:0 Unentschieden so groß, daß die Zuschauer nach dem Spiel in den Straßen miteinander kämpften.» Dusenberry verzog das Gesicht zu einer Grimasse. «Zweitausend Menschen wurden in dem darauffolgenden Krieg umgebracht. Ja, wirklich! Krieg! Charles und ich waren 1985 gerade Forellen angeln, als sich der schreckliche Vorfall von Brüssel ereignete.»

«Welcher?»

«Liverpool spielte im Europacup gegen Juventus Turin. Betrunkene Engländer randalierten und schafften es, 39 Menschen umzubringen. Charles war der Meinung, daß sich jemand ernsthaft dieser Probleme annehmen sollte, denn die englischen Vereine waren mit einem endgültigen Ausschluß von den Spielen auf dem Kontinent bedroht; was nach Charles' Ansicht sowohl tragisch als auch peinlich gewesen wäre. Die englischen Mannschaften wurden dann eine Zeitlang gesperrt, wie Sie vielleicht wissen. Er sagte, wenn ich gewillt sei, meine ganze Zeit diesem Problem zu widmen, würde er dafür sorgen, daß mir der englische Fußballverband irgendeine Funktion anvertraute. Ich wurde zum Sicherheitsbeauftragten des Verbandes gemacht, als ob die Kontrolle der Massen irgend etwas mit der Eliminierung des Problems zu tun hätte.»

«Und was ist das eigentliche Problem?»

«Eine Art Stammesritual hat sich unter den stumpfsinnigen Trunkenbolden ausgebildet, die nichts Besseres zu tun haben, als sich zum Narren zu machen. Sie langweilen sich. Sie müssen etwas zu tun haben. Arbeit. Verantwortung tragen. Eine glaubhafte Zukunft vor sich sehen. Sie wollen diese leeren Versprechungen nicht, die sie dauernd von der Regierung hören. Außer einem Wirtschaftswunder gibt es kaum noch etwas, das helfen würde. Wir könnten höchstens das Strafmaß so weit raufsetzen, daß der Spaß das Risiko nicht wert ist.»

«Sie einbuchten?»

Dusenberry seufzte. «Unglücklicherweise betrachten sie eine Nacht im Gefängnis als Auszeichnung. Es scheint, als würde ein großer Teil des Vergnügens darin bestehen, sich von der Polizei in einem Streifenwagen zusammen mit den betrunkenen Kameraden wegkarren zu lassen. Eine Art Initiation. Die Anthropologen haben da die besten Erklärungen angeboten, denke ich. Den Pöbel von den Spielen auszuschließen bewirkt am meisten, aber man kann es kaum durchsetzen.»

«Wir haben da auch so unsere Probleme, Sie kennen vielleicht die Bronx?»

«Ob ich die Bronx kenne? Vom Zugfenster aus auf einer Fahrt nach Connecticut. Aber ich würde niemals dort aussteigen, das versichere ich Ihnen. Nie im Leben!»

Burlane lachte. «Es scheint auch nicht, als wären Sie von Todessehnsucht besessen.»

«Sollten Sie sich entscheiden, den Job zu übernehmen, schlagen wir vor, Sie zum speziellen Assistenten von Elizabeth Gunderson zu machen, die für die Sicherheit der Veranstaltung verantwortlich ist. Das FBI hat eine kleine Armee auf den Fall angesetzt, aber sowohl das Exekutivkomitee wie das Organisationskomitee der FIFA sind der Überzeugung, daß es eine Frage des guten Stils ist, daß die FIFA auch aktiv wird. Der Krisenstab ist ebenfalls dieser Meinung. Ms. Gunderson war die langjährige Assistentin von Ladd McAllen, dem verantwortlichen Sicherheitsexperten des FBI für Großveranstaltungen. Sie war stellvertretende Sicherheitschefin der Olympischen Spiele von 1985 in Los Angeles und arbeitete als Sicherheitsberaterin für Stadien, bis das FBI sie anwarb. Sie spricht fließend Deutsch, deswegen ist sie stets in der Nähe der Titelverteidiger.»

«Dann würde Mixed Enterprises für Miss Gunderson arbeiten?»

Dusenberry schaute rasch auf seine Uhr. «Für die Sicherheitsabteilung und unter Aufsicht des Organisationskomitees, genau gesagt. Aber wenn etwas schiefgeht, dann muß sich Miss Gunderson an mich wenden. Als Vorsitzender des Krisenstabs bin ich wiederum dem Exekutivkomitee verantwortlich.

Wissen Sie, Major Khartoum, es scheint mir, daß die Amerikaner nicht ganz begreifen, welche Emotionen von einem internationalen Wettkampf dieser Art geweckt werden. Man feuert die amerikanischen Sportler bei den Olympischen Spielen an, sicher. Aber, glauben Sie mir, das hier ist etwas ganz anderes als die Wettkämpfe Stadt gegen Stadt oder Land gegen Land oder Kontinent gegen Kontinent bei den anderen Sportarten.»

«Könnte es sein, daß wir das vermeiden wollten, als wir bekanntgaben, daß Fußball nicht unser Sport ist? Wir Amerikaner sind nur an Sachen interessiert, bei denen wir auch die Besten sind. Alles andere ist was für die Knoblauchfresser und die Engländer.»

Sir Roger hob eine Augenbraue. «Ja, schon möglich. Sollen wir hinaufgehen? Ich bin mir sicher, daß inzwischen alle eingetroffen sind. Unser Gastgeber wird schon warten.»

Kapitel 2

9:10 a.m.

Sie nahmen in eleganten Sesseln Platz und warteten darauf, daß die ohrringtragenden Kellner aus Puerto Rico in Frack und polierten Schuhen den Glastisch herrichteten, in dessen Mitte eine silberne Kaffeekanne stand.

Die Kellner umgaben die Kanne mit Tellern und Körben voller Croissants, deutschem Brot, Brötchen, Schalen mit Butter, Marmelade und Konfitüre, Käse, Pasteten, Kaviar, Wurst, kross gebratenem Speck, Schinken und einer fürstlichen Mischung ausländischer und heimischer Senfsorten. So also stellte sich Harry Beauchamp ein moderates kontinentaleuropäisches Frühstück vor, das man zu sich nehmen sollte, während er in derber Manier einen toten Fußballer benutzte, um seinen Einfluß geltend zu machen.

Burlane war nach der nächtlichen Reise erschöpft und hungrig. Als der Gong ertönte, stand Burlane bereit, sich mit Heißhunger auf das ganze Zeug zu stürzen.

(Hinter dem Tisch waren die Vorhänge vor den Fenstern zugezogen, und man verzichtete auf einen prachtvollen Blick auf die Park Avenue, acht Stockwerke unter ihnen.)

Harry Beauchamp, dessen Haar sich bereits bedenklich lichtete, setzte sich ans Tischende. Beauchamps Gesicht mit den Säcken unter den ein wenig zusammengekniffenen blauen Augen wirkte plump, und das Netzwerk von kleinen roten Äderchen auf den Backen sah aus wie Nebenstraßen auf einer Landkarte. Burlane vermutete, daß dies männliche Rot das Resultat einer Zuneigung zur Flasche war, aber es hätte auch etwas Erbliches sein können, wie etwa hoher Blutdruck, oder einfach nur der Wind. Und nach der rundlichen Statur zu urteilen, verbrachte Beauchamp nicht allzuviel Zeit im Fitnessraum.

Elizabeth Gunderson saß links von Beauchamp. Sie trug einen Anzug, der eine Imitation des Standardmodells männlicher Geschäftskleidung war, nur daß sie einen Rock statt einer Hose trug, eine weiße Bluse statt eines Hemdes und einen roten Schlips, der breiter war als der Strick, den die Männer bevorzugten. Während sie sich ihren Kaffee einschenkte, beäugte sie Burlane über den Tisch hinweg.

Dusenberry saß am anderen Ende des Tischs Beauchamp gegenüber.

Ara Schott saß zwischen Sir Roger und Burlane. Schott war Junggeselle und mit der Emotionslosigkeit eines Wissenschaftlers und der Paranoia eines Spions gesegnet. Seine Schwester hatte vor kurzem erklärt, sie hätte es satt, in ihm immer nur einen Computerfreak oder einen Schuhverkäufer zu sehen, und hatte es deswegen übernommen, die Kleidung für ihn zu kaufen. Sie hatte Nummern in seine Jacketts und Hosen eingenäht, damit er Kombinationen trug, die einigermaßen zueinander paßten. Zu diesem Anlaß hatte er sich ganz offensichtlich für den College-Look entschieden, mit Penny Loafers, anthrazitfarbener Hose und einem Jackett aus Tweedimitat.

Als die Kellner ihre Aufgabe erfüllt hatten, bediente Beauchamp sich als erster, und seine Gäste folgten ihm rasch. Das Zeug hier war wesentlich besser als der schmierige Kram, den man in einer Autobahnraststätte vorgesetzt bekam, und Burlane war nicht so dumm, aus Angst, er würde als Bauer gelten, verhalten darin rumzustochern. Seine Mutter hatte ihm schließlich eingetrichtert, ein guter Esser würde überall geschätzt.

Gunderson nahm ihre Tasse Kaffee und stellte sich zu Burlane. «Meine Leute haben mir gesagt, daß sie im Lauf der Jahre eine ganze Menge Geschichten über Sie gehört haben, Major Khartoum.»

Burlane nickte ihr zu. Gunderson sah genau wie die typische Karrierefrau aus, die von den Feministinnen so bewundert wurde. Burlane fand Karrierefrauen ganz in Ordnung. Warum auch nicht? Aber er bezweifelte, daß sie ihren Gefühlsapparat wirklich außer Kraft setzen konnten. Waren sie in der Lage, ihren Hormonhaushalt mittels Ideologie zu regulieren? Er vermutete, daß es ihnen nicht gelang, aber das würde er nie mit einer von ihnen durchdiskutieren. Gunderson sah schließlich appetitlich genug aus.

«Vor zehn Jahren starben Sie angeblich in Mozambique an Ruhr. Aber das war ein Trick, sagt man.»

«Ach ja?» Burlane nahm sich eine Scheibe Schinken. Die beste Taktik bei einer Frau wie Gunderson, dachte er, war, das Spiel nach ihren Regeln zu spielen. Er würde die ganze Zeit über absolut professionell tun. Nur übers Geschäftliche sprechen. Sie würde überhaupt nicht merken, daß er ihre Beine und ihren Arsch bewunderte.

«Besser gesagt, Ihre Erfindung. Eine Art Kommentar des Herausgebers.» Sie pfiff leise.

«Mmmmmmmmm.» Burlane belegte ein Brötchen mit Käse. Keine doppelten Botschaften. Keine Tändelei. Augen weg von der Brust. Er mußte ihr zeigen, daß er das konnte. Dann, und nur dann vielleicht ...

Dusenberry wunderte sich. «Ruhr in Mozambique?»

«Sie müßten mal einige der Geschichten hören», sagte Gunderson.

Dusenberry lächelte. «Ich kenne einige davon.»

Burlane betrachtete nachdenklich die Wurstplatte. Im Augenblick würde er die Sinnesfreuden auf die Nahrungsaufnahme beschränken müssen. «Ach! Und wer waren Ihre Informanten, Sir Roger?»

«Die Jungs von MI6, die Sie der FIFA empfohlen haben, die wiederum von Miss Gundersons früherem Arbeitgeber, dem FBI, unterstützt wurden.»

«Ach ja», sagte Burlane. Um seine Bewunderer bei der MI6 zu würdigen, spießte er ein englisches Cocktailwürstchen auf. Auf seinem Rückzug von der Wurstplatte schnappte er sich schnell noch etwas Bacon und gab den ebenfalls auf seinen Teller. Es war englischer Bacon, der wesentlich besser schmeckte als das mit Geschmacksverstärkern behandelte Schweinefett, das die Amerikaner aus Furcht vor Herzerkrankungen aßen.

«Verraten Sie uns doch, Major Khartoum», bat Beauchamp,

«warum Sie entschieden haben, wie soll ich sagen, zu privatisieren?»

«Man hat mich vor Jahren rausgeschmissen, und ich hatte keine Lust, mich als Wache für einen Supermarkt zu verdingen. Mein Partner und ich haben genug zu tun. Mal hier, mal da. Wie Sie wissen, muß man heutzutage auf internationaler Ebene handeln.» Burlane nahm sich noch etwas englischen Cheddar. «Mann, das ist vielleicht ein Buffet.»

«Nach all den vielen Geschichten, die ich gehört habe, hatte ich Sie mir etwas gesundheitsbewußter vorgestellt, Major Khartoum», sagte Gunderson

Burlane biß lustvoll in sein Brötchen. Mit vollem Mund antwortete er: «Herzlichsten Dank, Miss Gunderson. Ich stehe ja noch unter medizinischer Überwachung, und um Ihnen die Wahrheit zu sagen, manchmal komme ich morgens kaum aus dem Bett. Ich tue aber mein Bestes. Ich weiß, daß man im Wok das Gemüse schonend zubereitet. Aus ästhetischen und spirituellen Gründen esse ich jede Menge Knoblauch. Ich führe mir die nötige Menge Vitamin E zu, ebenfalls Vitamin C. Den ganzen Spinat will ich erst gar nicht erwähnen.» Er biß wieder in sein Brötchen und sagte dann: «Und ich trinke Ginseng-Tee. Man behauptet, er würde einen absolut in Höchstform bringen.»

«Das habe ich auch gehört», antwortete Gunderson.

«Ich kaufe den Ginseng kiloweise. Lege ihn in den Kühlschrank.»

Gunderson blickte rasch zur Decke auf, als ob sie die Götter um Hilfe anflehen würde.

«Ganz gleich was Sie in den Zeitungen gelesen haben mögen, Major Khartoum, ich möchte Ihnen sagen, daß Peter Tarchalski und ich einander schätzten und respektierten», sagte Beauchamp.

Dusenberry schaute sich am Tisch um. «Sind alle fertig? Wenn es keine Einwände gibt, dann könnten wir bereits während des Frühstücks beginnen. Unter den gegebenen Umständen haben wir keine Zeit zu verlieren.«

«Wir alle wissen, was Peter Tarchalski und Willi Gochnauer nach dem Spiel gestern in Dallas wiederfahren ist», sagte Sir Roger Dusenberry. «Was wir noch nicht öffentlich bekanntgegeben haben, ist, daß Jens Steiner am Samstag nachmittag per Eilzustellung eine gelbe Karte ausgehändigt wurde, während er und sein Team sich das Video des Spiels Belgien gegen Norwegen anschauten.

Dann fand Steiner, als er sich schließlich gestern nacht in sein Zimmer zurückzog, dort einen weiteren Umschlag vor. Dieser beinhaltete eine rote Karte und zwei gelbe Karten. Auf der roten Karte war Tarchalskis Trikotnummer notiert und auf den zwei Gelben Gochnauers Trikotnummer. Wie diejenigen, die das internationale Fußballgeschehen verfolgen, vielleicht erinnern, wurde einem der argentinischen Spieler 1990 im Endspiel in Rom eine rote Karte gezeigt, ein anderer erhielt zwei gelbe Karten.»

«Er war mein Spieler», sagte Beauchamp. «Meiner. Teil der Gemeinschaft von Arsenal, und ich mußte im Fernsehen davon erfahren. Scheiß FIFA-Gesocks. Tun so, als wären sie anständige Gentleman. Und fair!»

«Wo genau wurden sie getroffen? Können Sie mir das sagen, Sir Roger?» fragte Burlane.

«Miss Gunderson, ich glaube, Sie kennen die Details besser als ich.»

«Gochnauer wurde im Ohr getroffen», sagte Gunderson. «Tarchalski im Hals, gerade unterhalb es Ohrs.»

«Womit?»

«Die Polizei sagt mit einer 308er Winchester, gleiches Kaliber wie die 7,62-mm-NATO Munition.»

«In welcher Reihenfolge wurden sie getroffen?»

«Zuerst Tarchalski, dann Gochnauer.»

«Und man hat keine Schüsse gehört, vermute ich.»

«Nichts. Sie wurden offensichtlich aus einiger Entfernung abgegeben, und der Täter benutzte zweifelsohne einen Schalldämpfer.»

«Zeitspanne?»

«Ungefähr 2,5 Sekunden. Zwei Kugeln. Zwei absolut tödliche Treffer. Aus einiger Entfernung. Er ist sehr, sehr gut. Besser als Lee Harvey Oswald.»

«Die Deutschen spielen in sechs Tagen wieder im Achtelfinale», sagte Dusenberry. Er nahm seine Brille ab und massierte sich die Augen.

Burlane wandte sich zu Gunderson. «Ich nehme an, daß die Polizei in Dallas und das FBI die Sache im Griff haben?»

«Sie tun alles, was in ihrer Macht steht. Aber es gibt kaum Hinweise und Indizien. Eine gelbe Karte. Zwei Schüsse. Zwei Treffer. Dann eine rote Karte und zwei gelbe. Sie suchen die Gegend ab, um herauszufinden, von wo die Schüsse abgefeuert wurden. Sie hoffen, dort irgendwelches Beweismaterial zu finden.»

«Und natürlich überprüfen sie noch mal ihre Liste der Irren, die draußen frei rumlaufen?» Burlane trank noch einen Schluck Kaffee.

«Sicher. Die Spieler gestern im Cotton Bowl waren genauso altmodisch geschützt wie John F. Kennedy 1963 in seinem offenen Wagen. Zu eng gefaßte Verteidigungslinien.»

«Wie in Troja. Wie in Leningrad. Wie in Dien Bien Phu.»

«Unsere Stellungen umfaßten das Spielfeld im Cotton Bowl. Wir dachten, sie wären in Sicherheit. Wir hatten die Spieler ja ohne Zwischenfälle vom Platz gebracht.»

Dusenberry verzog das Gesicht. «Miss Gunderson und die Sicherheitskräfte trifft keine Schuld an dem, was passiert ist, jeder weiß das. Das FBI und die Polizei, die die Untersuchung vornehmen, haben uns versichert, daß sie alles nur Mögliche unternehmen werden, und sie haben sehr schnell reagiert. Aber wir wissen alle, daß es eine ganze Reihe von Stimmen geben wird, die einen Verantwortlichen fordern werden. Der Tag wird kommen, an dem man mit Fingern auf uns zeigt. Habe ich recht, Mr. Beauchamp?»

«Da haben Sie verdammt recht.» Beauchamps Augen wurden zu Schlitzen.

«Die Leute erwarten, daß wir etwas Sinnvolles machen und daß wir sofort etwas unternehmen», sagte Dusenberry. «‹Das Leben junger Männer stand auf dem Spiel. Was haben Sie unternommen?› werden sie fragen. ‹Den Kopf in den Sand gesteckt?› Wir vertrauen darauf, daß die beteiligten Sicherheitsorgane in der Lage sein werden, den Schutz der deutschen Spieler zu garantieren, falls diese sich noch in Gefahr befinden sollten. Aber die FIFA muß sich selber schützen.» Nach Beauchamps Miene zu schließen, hätte er hinzufügen können, tat es aber nicht. «Deswegen haben wir Sie und Mr. Schott zu uns gebeten.»

Burlane blickte zu Schott hinüber. «Verstehe.»

«Miss Gunderson ist dafür verantwortlich, daß die Verbindung zum FBI aufrechterhalten wird und die Sicherheitskräfte beaufsichtigt werden. Sie spricht fließend Deutsch. Es ist deshalb sinnvoll, daß sie bei der deutschen Mannschaft bleibt. Sie stimmt mit uns überein, daß wir jemanden brauchen, der sich, falls nötig, frei bewegen kann, um Ermittlungen vorzunehmen.»

«Ich werde als Besitzer von Peter Tarchalskis Verein ja wohl vom Fortschritt der Ermittlungen Major Khartoums erfahren», sagte Beauchamp. «Ich bin keinesfalls den ganzen Weg von London hergeflogen, um dumm herumzustehen, während der Mörder meines Spielers frei herumläuft.»

Dusenberry schien diese Ankündigung nicht weiter zu überraschen. «Aber natürlich. Sicher. Das geht ohne weiteres, aber zunächst müssen wir noch erfahren, ob Major Khartoum und Mr. Schott überhaupt an unserem Vorschlag interessiert sind.»

Burlane sah zu seinem Partner hinüber.

Schott nickte zustimmend mit dem Kopf.

«Wir garantieren, daß Sie Ihr übliches Honorar erhalten werden», sagte Dusenberry.

«Wenn nötig, werde ich Ihre Dienste aus meiner eigenen Tasche bezahlen, Major», fügte Beauchamp schnell hinzu. «Sie ist vielleicht nicht so prall gefüllt, wie manche Leute meinen, aber dafür ist noch genug vorhanden.»

«Es scheint mir, daß die Übereinstimmung der roten und gelben Karten mit den Platzverweisen in Rom zu deutlich ist, als daß wir die Möglichkeit einer argentinischen Rache übersehen sollten», sagte Dusenberry. «Zufälligerweise kenne ich dort Inspektor Hector Villanueva, der Sicherheitsexperte für Fußballstadien ist. Er ist außerdem der frühere Mannschaftskapitän des Fußballteams der Polizei von Buenos Aires. Ich werde ihn anrufen, und ich bin mir sicher, daß er liebend gerne mit dem Ermittler der FIFA zusammenarbeiten wird.»

Beauchamp riß einen Brocken französischen Weißbrots ab. «Meinen Sie, die Argies sind immer noch wegen der Ereignisse von 1990 sauer? Alles was die können, ist doch Spieler umnieten und treten, wenn der Schiedsrichter gerade nicht hinsieht. Es sind ganz gemeine und hinterhältige Meckerbolzen, und sie haben in Rom bekommen, was sie verdienten.»

Dusenberry schaute milde zu Beauchamp hin. Dann sagte er an

Burlane gewandt: «Meinen Sie, Sie könnten als erstes nach Argentinien fliegen, Major Khartoum? Das FBI wird ohne Zweifel selbst jemanden nach Argentinien schicken, aber Inspektor Villanueva ist ein besonderer Freund der FIFA – gehört zur Familie, wenn man so sagen kann –, und ich denke mir, daß er mit jemandem von der FIFA besser zurechtkommt.»

«Das kann ich tun. Überhaupt kein Problem», antwortete Burlane.

Gunderson grinste. «Ein echter Cowboy.»

«Er meint, er wäre der Lone Ranger», sagte Schott, «da stimme ich zu, Miss Gunderson. Geben Sie ihm eine kleine schwarze Augenmaske, und er ist glücklich.»

«Peter Tarchalski war wie ein Sohn für mich», sagte Beauchamp. «Da können Sie jeden fragen. Wie ein Sohn.»

Kapitel 3

Santa Barbara, Kalifornien, 2 p.m.

Edson biß gedankenverloren in einen Hamburger und klaubte ein paar schlabbrige Pommes frites vom Beifahrersitz seines gemieteten Chevrolet, während er die großartige La Casa Blanca bewunderte. Er biß noch einmal in seinen Hamburger und trank dann einen Schluck Cola aus einem roten Pappbecher.

Er schaute auf die Uhr. Er hatte immer noch genug Zeit, um einen Flug nach San Francisco zu erwischen und sich richtig auszuschlafen.

(Als er den von fortähnlichen Mauern umgebenen Besitz zum ersten Mal gesehen hatte, hatte Edson gedacht, daß er wie der Alamo aussah. Tja, eigentlich auch wieder nicht ganz. Der Alamo war – wenn der Film mit John Wayne, den er gesehen hatte, auch nur etwas authentisch war – ein ganz normales Fort mit einem ordentlichen Tor, das sich geöffnet hatte, um die letzten, zum Untergang verurteilten Texaner einzulassen.)

Der ursprüngliche Besitzer des Anwesens, so hatte Edson erfahren, war Bert Hammond gewesen, ein Vaudeville-Sänger und Tänzer, der später ein Stummfilmstar wurde. Hammond hatte das Haus 1922 erbaut und es La Casa Blanca genannt. Er hatte den Namen in drei Fuß hohen, aus Eichenholz geschnitzten Buchstaben am Beginn der kurvenreichen Auffahrt aufgestellt.

In den zwanziger Jahren war La Casa Blanca für rauschende Feste berühmt, bei denen der Prohibitions-Gin freizügig floß und stets genügend willige Sternchen auf dem Weg zum Ruhm zur Verfügung standen. Fatty Arbuckle und Clara Bow hatten hier gefeiert. Stan Laurel und Oliver Hardy hatten die Gäste mehr als einmal unterhalten.

Kurz vor seinem Tod durch Krebs im Jahre 1931 verkaufte Hammond den Besitz an einen Geschäftsmann aus Los Angeles. 1987 wurde es dann wieder an jemanden aus dem Show-Business verkauft: an den argentinischen Popsänger Tony Artes, eine Art Julio-Iglesias-Imitation. Edson konnte die Begeisterung für keinen der beiden Sänger teilen, obgleich er kaum etwas von Musik verstand.

Jenseits der Umfriedung bestand La Casa Blanca aus einem weit ausladenden, ebenerdigen, spanisch oder auch mexikanisch wirkenden Gebäude mit weißen Mauern und einem rot gedeckten Dach.

Hinter den Stäben des schwarzen, schmiedeeisernen Tores konnte Edson einen Golfrasen erkennen, der sich zur Linken des Gebäudes erstreckte. Zur Rechten befand sich ein Tennisplatz. Obwohl er ihn nicht sehen konnte, wußte Edson, daß unten zum Meer hin auch noch ein Swimmingpool lag.

Der Besitz thronte auf einer Klippe, die über einem felsigen Strand aufragte. Zum Strand hinunter führte ein Pfad, auf dem man, so hatte man Edson erzählt, bis auf 15 oder 20 Fuß an sich sonnende Seehunde herankommen konnte. Wenn sie sich mal nicht sonnten, dann tollten sie in der Brandung herum. Edson wollte sich die Seehunde auf gar keinen Fall entgehen lassen. Sobald er seine Angelegenheiten hier erledigt hatte, würde er zum Strand hinunter wandern.

Kapitel 4

New York, 8 p.m.

Sir Roger Dusenberry logierte im Plaza Hotel am Südende vom Central Park. Elizabeth Gunderson fand, daß diese Entscheidung von größerer Stilsicherheit zeugte als die Harry Beauchamps, im Norman Hotel abzusteigen.

Sie trafen sich zu einem Drink an der Trader Vic's Bar des Plaza. Dort wollten Gunderson und Dusenberry die Tagesereignisse Revue passieren lassen und die Herausforderung analysieren, die vor ihnen lag. Trader Vic's, so sollte man vermuten, war im polynesischen Stil eingerichtet, ohne jedoch die Hitze und die Insekten und die schläfrige Langeweile dieser weit entfernten und angeblich glücklichen Inseln zu bieten. Gunderson schätzte Drinks, die aus Rum und Fruchtsäften zubereitet wurden, über alles. Und so bestellte sie einen Maui Wauie, eine Spezialität des Hauses, und Dusenberry bestellte aus Klassenbewußtsein und Loyalität zum britischen Königreich einen Scotch.

«Also, was meinen Sie, Sir Roger?» fragte Elizabeth Gunderson. Sie trank einen Schluck ihres Cocktails und fragte sich, ob das Management des Plaza wußte, daß man den Begriff Maui Wauie auch für das Marihuana benutzte, das auf ebendieser Insel gezüchtet wurde. Der Maui Wauie bestand aus vier verschiedenen Rumsorten, die der Farbe entsprechend hintereinander eingeschenkt waren, und wurde mit einem Minzeblatt und einer Maraschino-Kirsche am Glasrand serviert. Gunderson hätte durchaus auf die klebrige Kirsche verzichten können. Ekelhaft! «Wird die FIFA weiterspielen lassen oder nicht?»

Sir Roger Dusenberry kräuselte die Lippen, überlegte sich die Antwort und sagte dann: «Die Kontroverse ist die Währungseinheit der Demokratie, Miss Gunderson. Wo sie nicht nach Plan ausgegeben wird, da fälscht man sie aus Langeweile. Wenn laut Gesetz die gewählten Volksvertreter nach ihrem dritten nicht eingehaltenen Versprechen abtreten müßten, dann hätten wir es alle einfacher. Unter den gegebenen Umständen komme ich mir vor wie Ihre Generalbundesanwältin Janet Reno bei diesem schrecklichen Massaker von Waco, Texas. Alle konnten später lügen und behaupten, was man oder was man eben nicht in diesem Fall am besten getan hätte. Außer Ms. Reno und bei unserer Angelegenheit meine Wenigkeit. Nur, daß man mich zur Verantwortung ziehen wird. Man wird mich verdammen, falls ich es zulasse, und man wird mich verdammen, falls nicht.»

«Nur wenn das FBI Pech hat.» Gunderson seufzte. «Man weiß ja nie. Erinnern Sie sich an den Araber, der die Kaution für den Mietwagen, mit dem man den Sprengstoff ins World Trade Center gekarrt hatte, zurückverlangte? Das ist eine Weltklasse-Dummheit. Wenn die FBI-Ermittlung erfolgreich ist, es aber, und das ist schon wahrscheinlich, Wochen oder Monate braucht, um den winzigsten Hinweisen nachzugehen oder zu konstatieren, daß es gar keine gibt, dann sind sie genau so inkompetent und idiotisch, wie sie die Medien schon immer dargestellt haben.»

«Ich muß Ihnen nicht erst sagen, daß ich jede Information, die Sie bringen, gebrauchen kann. Dr. Coelho und das Exekutivkomitee möchten sofort von jeder neuen Entwicklung benachrichtigt werden.»

«Ladd McAllen und das FBI tun ihr Bestes, das versichere ich Ihnen. Sie haben die Fingerabdrücke von den Strafkarten genommen. Sie überprüfen, welcher Schiedsrichter beim Militär gedient hat oder andere Gründe hatte, daß seine Fingerabdrücke genommen wurden. Das wird ein paar Tage dauern, sagte man mir. Sie untersuchen den Parkplatz noch einmal, um herauszufinden, wo sich der Heckenschütze versteckt hatte. Vielleicht hat er ja etwas liegengelassen. Die deutsche Polizei durchforscht ihre Dateien nach berüchtigten Wirrköpfen. Während ich hier mit Ihnen rede, ist Major Khartoum schon unterwegs nach Buenos Aires.»

«Hatten Sie schon eine Gelegenheit, mit Harry Beauchamp zu sprechen?»

«Ich habe morgen nachmittag eine Verabredung mit Mr. Beauchamp. Ich habe gestern nacht mit der Mannschaft geredet, habe dann den ganzen Morgen am Telefon verbracht und mich mit den Freunden und Mannschaftskameraden von Gochnauer und Tarchalski unterhalten. Gochnauer war verheiratet und hinterläßt zwei kleine Töchter. Seine Frau und er besitzen ein Gewächshaus und vier Blumenläden in Frankfurt. Es scheint, daß er nicht viel getan hat, um andere zu verärgern – außer Tore zu schießen. Wegen der enormen Ablösesumme, die der 1. FC Köln für Tarchalski bezahlt hat, sieht es da etwas anders aus.»

Gunderson schaute nach, ob ihr Tonband auch lief. «Sir Roger, beim Frühstück heute morgen sagte Mr. Beauchamp, daß er und Peter Tarchalski eine Vater-Sohn-Beziehung hatten. Glauben Sie das?»

Sir Roger Dusenberry lächelte. «Was meinen Sie, gibt es Nilpferde, die singen? Oder Elefanten, die fliegen können?»

«Es war eine so offensichtlich unwahre und dumme Bemerkung, daß ich neugierig wurde.»

«Sie rührt von Harrys Vorliebe für das Dramatische her, Miss Gunderson.»

«Wie lange kennen Sie ihn schon?»

Dusenberry verzog nachdenklich die Augenbrauen. «Wie lange? Es müssen jetzt drei Jahre sein, denke ich. Seit er Arsenal gekauft hat. Warum fragen Sie?»

«Hat es Sie überhaupt überrascht, daß er hier aufgetaucht ist?»

«Es hätte mich eher überrascht, wenn er nicht gekommen wäre. Er läßt keine Gelegenheit aus.»

«Wofür?»

Dusenberry zögerte. «Um sich, eh, zur Schau zu stellen. Ich vermute, so könnte man es ausdrücken. Die meisten Besitzer von Spielern, die bei der Weltmeisterschaft mitspielen, sind vermutlich hier. Sie besitzen das Geld, und da sie einen Spieler in der Nationalmannschaft haben, sind sie automatisch Insider. Können sie dann stolz drauf sein, und es schadet niemandem.»

«Harry Beauchamp kam aber nicht her, bevor Tarchalski ermordet wurde.»

«Sie müssen daran denken, Miss Gunderson, daß Tarchalski ein deutscher Nationalspieler war, kein englischer. Harry kam her, weil wir ihn unter diesen Umständen nicht mehr fernhalten konnten. Sie glauben doch nicht, daß er irgend etwas mit den Morden zu tun hat? Harry Beauchamp?» Dusenberry schüttelte amüsiert den Kopf. «Das wäre zu verrückt.»

«Können Sie mir etwas über ihn erzählen, damit ich wenigstens so tun kann, als wäre ich mein Geld wert.»

«Meinen Sie das ernst?»

«Natürlich meine ich das ernst», sagte Gunderson. «Zwei Sportler sind tot, hinterhältig im dichtesten Gewühl menschlicher Leidenschaften gemeuchelt. Die Spuren führen in alle Richtungen. Es bringt nichts, von vornherein zu entscheiden, welche den Schuldigen und welche den Unschuldigen gehören. Wer weiß denn, wo eine Spur tatsächlich hinführen wird? Verstehen Sie?»

«Ja. Aber ich habe Harry immer noch am Hals, auch wenn das hier alles vorbei ist. Sie verstehen das doch sicher.»

«Was Sie mir sagen, verrate ich niemandem.»

Dusenberry schaute sie unsicher an.

«Ich brauche wirklich alles über ihn», sagte Gunderson. «Außerdem werden Ihnen Ladd McAllen und seine Leute genau die gleichen Fragen stellen, also denken Sie jetzt schon drüber nach.»

Dusenberry seufzte. «Wenn man den Gerüchten Glauben schenken darf, fing Harry als Laufjunge für die *London Times* an. Er behauptet, daß er kündigte, weil man ihm kein Volontariat ermöglichen wollte. Aber niemand bei der *Times* kann sich an sein Gesicht erinnern. Es stellte sich heraus, daß er ein gutes Händchen für den Handel hatte. Zuerst waren es Rohstoffe, dann Ölbohrrechte, dann Mediengeschichten. Er tätigte Geschäft um Geschäft, und bevor jemand verstand, was geschah, hatte er die halbe Fleet Street aufgekauft. Er kaufte alles, was er in die Finger kriegen konnte. Radiosender, Fernsehstationen, Zeitschriften jeder Art, Verlage, Zeitungen einschließlich der *London Times* und der *News of the World*.»

«Ehrgeizig!»

«Ja. Als die Regierung dann schließlich besorgt wurde, hörte er ganz vergnügt damit auf. Es war ganz klar, daß sich nach dem unglücklichen Zusammenbruch von Robert Maxwells Imperium die Stimmung wandelte. Wie auch immer, Harry sagte jedenfalls, er hätte im Moment alles, was er wollte.»

«Und ließ sich die Möglichkeit weiterer Käufe offen, sobald er das, was er bereits besaß, erst einmal konsolidiert hätte.»

«Ganz richtig. Es bestehen kaum Zweifel, daß er sich ein wenig übernommen hat. Aber Harry denkt voraus, das müssen Sie ihm zugestehen. Als er noch alles zusammenkaufte, zeigte er sich nicht in der Öffentlichkeit. Es gab nichts an ihm auszusetzen, er war einfach der mysteriöse Harry Beauchamp. Nach seinem Kaufstop, und nachdem man munkelte, er sei fast bankrott, da stellte er sich der Öffentlichkeit vor, wenn man so will.»

«Stellte sich vor?»

«Er sagte, daß jeder Dummkopf mit Rohstoffhandel und Versicherungen Geld machen könnte. Die Herausgeber der Times hätten ihn einmal verächtlich abgelehnt. Nun würde er diesen Leuten zeigen, daß er wüßte, wie man Zeitungen zum Laufen bringt.»

«Verstehe. Und hat er das?»

«Das muß sich erst noch herausstellen. Ich bin keiner seiner Buchhalter, also weiß ich es nicht. Seine Herausgeber wissen aber, wie die Butter aufs Brot kommt. Ich bin möglicherweise nicht der einzige Bürger Englands, der der, eh, Ansichten von Harry etwas müde geworden ist.»

«Seiner Ansichten?»

Dusenberry lächelte. «Die Rechnung seiner Anwälte muß ungeheuer hoch sein. Als er sein Augenmerk nur auf die Fleet Street beschränkte, konnte ich ihn noch ignorieren und tat es auch meistens. Es reichte ja, wenn ich weiterblätterte oder den Kanal wechselte. Ich werde den Tag niemals vergessen, als ich mich zum Frühstück hinsetzte und entdecken mußte, daß er der neue Besitzer von Arsenal war. Es war an einem Montag, daran erinnere ich mich noch genau. Meine Frau brachte mir meine Orangenmarmelade und meinen *Daily Telegraph* und sagte: ‹Liebling, du machst dich besser auf eine schlechte Nachricht gefaßt.›» Dusenberry schloß die Augen. «Er ließ verlauten, daß er als Schuljunge Mittelfeldspieler beim Rugby gewesen wäre. Und zwar in der Schulmannschaft der Schule, die er angeblich besucht hatte. Und daß er Arsenal zum Meisterschaftsspiel nach Wembley führen würde.»

«Angeblich?»

«Der Rugbytrainer dort sagte, daß ihm das ganz neu wäre.»

«Und hat er Arsenal nach Wembley gebracht?»

«Er kam in der letzten Saison bis auf einige Punkte an die Tabellenspitze heran – mit der Hilfe Peter Tarchalskis und anderer. Aber er hat es fast geschafft, das stimmt. Das sollte uns wohl besser das Maul stopfen, meine ich.»

«Verstehe.»

«Dann sagte er, er würde den Fußballverband ins 20. Jahrhundert führen. Sein erster Vorschlag war machbar. Der zweite schon weniger; denn die Dinge sind nun einmal so, wie sie sind.»

«War er denn wirklich als Junge Mittelfeldspieler?»

«Beim Rugbyteam weiß man offensichtlich nichts davon.»

«Vielleicht bezieht er sich auf Spiele, die er mal irgendwo auf dem Dorf gespielt hat.»

«Das scheint der Fall zu sein.»

«Er ist sicherlich ein Prolet und kein Gentleman.» Gunderson lächelte.

«Ich glaube, so könnte man es vielleicht ausdrücken.»

Sie zog eine Augenbraue hoch. «Und die Wahrheit über seine Beziehung zu Tarchalski?»

«Selbst wenn Peter besser gewesen wäre als Pelé, Eusebio, Franz Beckenbauer und Johann Cruyf zusammengenommen, wäre Harry noch nicht zufrieden gewesen. Für den Betrag, den er ihm zahlte, erwartete Harry jedesmal ein Tor, wenn er im gegnerischen Strafraum auftauchte.»

«Verstehe», sagte Gunderson. «Und was stellt Harry jetzt an, nachdem er all das Geld und all den Einfluß bekommen hat?»

«Er verbringt die meiste Zeit auf seinen Yachten. Er hatte einige Freundinnen, hat aber nie geheiratet. Seine früheren Geliebten munkeln von einer dunklen Seite, von ungezügeltem Temperament, aber die Beweise gehen über das Anekdotische nicht hinaus. Ab und zu fährt er mal ins Ausland, um sich seine ausländischen Besitztümer anzuschauen. Aber sicherlich zählen Sie Harry Beauchamp nicht zu unseren Mordverdächtigen. Er mag ja exzentrisch sein, aber er ist sicher kein Mörder.»

«Ein guter Torschütze verkörpert doch eine riesige Investition, Sir Roger. Es scheint mir, daß ein sensibler Besitzer versuchen würde, alles frühzeitig zu bemerken, was den Wert seines Besitzes zu reduzieren droht; denn etwas anderes ist ein Spieler ja nicht. Etwa Drogenkonsum. Oder Glücksspiele. Eine fatale Frauenbeziehung. Egal was. Ein gedankenloser Spieler kann seinen Besitzer eine Menge Geld kosten. Habe ich nicht recht?» Gunderson schaute Dusenberry fragend an.

«Das kann er.»

«Haben Sie irgendwelche Gerüchte über Tarchalski gehört? Er hat doch keine geheimgehaltene Verletzung oder so was?»

«Ich glaube nicht, daß Harry den Kölnern verdorbene Ware verkauft hat, sollten Sie das meinen?»

«Wenn der Mörder kein Verrückter ist oder von den Arabern

losgeschickt wurde, dann ist er vielleicht nur hinter Tarchalski oder hinter Gochnauer her. Und es macht einen Unterschied, hinter welchem von beiden. Außer dem Zusammenwirken beim Tor gegen die Koreaner gibt es kaum ein Motiv, beide umzubringen.»

«Das leuchtet mir ein.»

«Und wie steht es mit Beauchamps Behauptung, er würde Arsenal nach Wembley bringen? Was sollte daraus nach Tarchalskis Fortgang werden?»

«Arsenal ist eine solide Mannschaft. Wenn Harry mit seinem Phänomen aus Costa Rica ins Geschäft kommt und der wirklich so gut ist, wie Harrys Sportreporter schreiben, dann werden sie auch in der nächsten Saison vorne mitmischen. Der Costaricaner kann angeblich kaum Englisch. Wenn er clever ist, dann lernt er nur genug, um sich was zu essen zu bestellen und sich mit seinen Kameraden auf dem Spielfeld zu verständigen.»

«Der Costaricaner ist wohl billiger als Peter Tarchalski?»

«Ich würde sagen, bedeutend billiger. Harry weiß, wie man Geschäfte macht.»

«Bevor wir das Gespräch beenden, Sir Roger – es gibt noch etwas, was mich verwirrt und worüber ich mir nicht klarwerden kann. Vielleicht können Sie mir weiterhelfen. Wir nennen den Fußball hier in den Vereinigten Staaten ‹soccer›, während sie in England normalerweise von ‹football› sprechen. Aber der Begriff ‹soccer› ist britischen Ursprungs, soweit ich weiß.»

«Der Begriff stammt von einem Streit um die richtige Spielweise aus dem 19. Jahrhundert. Es gab eine Fraktion der von Mr. Beauchamp so geschätzten Rugbyspieler, und zwar aus einer Public School nahe Coventry in den Midlands, die sich dafür stark machte, die Hände zu benutzen und nach den gegnerischen Beinen zu treten, und die das ganze ‹shinning› oder ‹hacking› nannte.»

«Public School meint doch eine Privatschule in England?»

«Korrekt. In England, ja.» Er lächelte. «Die Fürsprecher des verfeinerten Spiels – kein Gebrauch der Hände und kein Treten – konzentrierten sich an der Cambridge University in Südengland. 1863 formierten Fürsprecher des Spiels aus Cambridge den Fußballverband in London. Die Studenten hatten damals die Angewohnheit, ein ‹er› oder ‹ers› an die Wörter zu hängen, zudem oft die letzte Silbe einfach wegzulassen. ‹I'm going ter have baker and egger for breker and chicker for luncher.› Hängen Sie ein ‹er› an die letzten Buchstaben der Abkürzung Football Assoc., dann kommt soccer heraus. Rugby wurde damals Rugger genannt.»

Gunderson lachte. «Also, da wissen Sie ja bestens Bescheid, Sir Roger.»

Dusenberry lächelte. «Sie sind nicht der erste Amerikaner, der mich das fragt, Miss Gunderson.»

«Also kein Gebrauch der Hände und kein Treten beim Gentleman-Spiel?»

«Wir tun unser Bestes, daß die Regeln eingehalten werden», erwiderte Dusenberry.

Kapitel 5

San Francisco, 10 a.m., Donnerstag, 28. Juni

Für ein oder zwei Übungssessions war es ganz schön teuer und ein ziemlicher Aufwand, aber Edson wußte, daß es besser war, den Anweisungen Muellers zu folgen, der ihm gesagt hatte, es sei dumm, ohne Aufwärmphase in einem Wettkampf anzutreten.

Edson hätte einen verkleinerten, maßstabgetreuen Nachbau einer romantisch aussehenden Spad oder einer Fokker mieten können, aber er widerstand der Versuchung. Er hatte einen Fokker-Nachbau geflogen, und es hatte Spaß gemacht, aber das war nicht das Beste für das, was er im Sinn hatte. Doppeldecker hatten einen guten Auftrieb, da sie zwei Paar Flügel besaßen, und so blieben sie auch bei niedriger Geschwindigkeit in der Luft, was für den Kunstflug ein Vorteil war.

Unglücklicherweise verhinderten die doppelten Flügel aber durch ihr Gewicht einen schnellen Steigflug. Laß dich niemals von sentimentalen Gefühlen leiten, hatte Mueller gesagt, und er hatte recht. Besorg' dir die beste Ausrüstung für deine Aufgabe und dann übe. Auch wenn er nur ein paar Tage Zeit hatte, war Training stets besser als Nichtstun. Bedeutende Sportler trainierten hart.

Um in den USA zugelassen zu werden, durfte ein ultraleichtes Flugzeug, ein sogenanntes Ultralight, nicht mehr als 254 Pfund wiegen, nicht mehr als 5 Gallonen Benzin mit sich führen, nicht schneller als 55 Meilen pro Stunde fliegen oder bei mehr als 27 Meilen in der Stunde überziehen. Es gab Ultralights mit tiefgelegten Flügeln für den Kunstflug, die wie schnittige Jagdflugzeuge aus dem zweiten Weltkrieg aussahen, aber Edson konnte keine Flügel unter sich gebrauchen. Er wollte den Boden sehen. Ein Flugzeug mit hochgelegten Flügeln schaute zwar plump aus, aber wenn man langsam und dicht über der Erde flog, wollte man schließlich den Boden sehen und nicht die Wolken.

Was Edson wollte und dann auch bekam, war eine Kolb Starfire, ein merkwürdig aussehendes, aber wendiges Ultralight. Die Flügel befanden sich weder unter noch über dem Piloten, sie befanden sich über und hinter ihm. Zudem gab es keinen Propeller vor dem Piloten. Der Rotax-Motor war hinten auf dem Flügel angebracht. Es gab nichts an der Kolb, was man wirklich einen Rumpf hätte nennen können. Sie bestand eher aus einem schlanken, verstrebten Stab, der die Heckflosse trug.

Das Ergebnis war ein Ultralight, das aussah wie ein fliegendes Insekt, eine Biene oder eine Libelle. Der Pilot saß hinter einem Plexiglaswindschutz verborgen im rundlichen Brustkorb des Insekts.

Falls er den Windschutz entfernte, konnte der Pilot im offenen Cockpit mit einer Pistole direkt nach oben oder nach unten oder direkt nach vorn zielen. So befand genau wie bei einer Biene der Stachel der Kolb vor und unter dem wütenden Gesumm. Die Kolb Starfire flog mit einer wenig anstrengenden, angenehmen Reisegeschwindigkeit, und wie ein Insekt war sie sehr wendig.

Edson wählte seinen Übungsplatz nach dessen Lage und Wetter. Und schließlich wegen Mueller. Mueller, der die Vorstellung verachtete, daß Politik, also der menschliche Wille, wie auch immer die bösartigen Ungerechtigkeiten des Wetters mildern oder kompensieren könnte. Er bezeichnete das als eine der dümmsten populistischen Täuschungen. Man brauchte sich doch nur eine Landkarte anzuschauen, da sah man sofort, daß alle kommerziell produktiven Gebiete der Erde, ob in Eurasien, Nordamerika oder

Australien, gemäßigtes oder subtropisches Klima aufwiesen. Die Tropen waren überall beschissen dran.

Und deswegen hatte Edson, neugierig, wie er war, begonnen, den Meereströmungen und den vorherrschenden Windrichtungen seine Aufmerksamkeit zu schenken.

Ihn erstaunten die Ähnlichkeiten der Geographie in ganz unterschiedlichen Gegenden der Erde. Er stimmte Mueller zu, der behauptete, daß man erst dann weitgereist sei, wenn man zusätzlich zu all den Hauptkulturen oder Territorien der großen Religionen auch die Hauptklimazonen der Erde bereist hatte.

Die in Nord-Süd-Richtung verlaufende Sierra Madre formte eine lange wirbelsäulenähnliche Bergkette, die an der östlichen Landesgrenze von Kalifornien entlanglief. Das mediterrane Klima westlich des schmalen Bergzugs mit seiner sonnendurchfluteten Luft – einst das Wahrzeichen Südkaliforniens, bevor die Autos kamen – war ein Grund, warum sich die ersten Filmstudios in Hollywood niederließen.

Ab San Francisco wurde das Wetter hauptsächlich von feuchten Meereswinden bestimmt, die vom Pazifik nach Nordkalifornien ebenso wie West-Oregon, Washington und British Columbia hineinströmten. Während Los Angeles für seine Filme berühmt war, und angeblich auch für seine Kinobesucher, waren Portland und Seattle, das wußte Edson, stets unter den führenden Städten Amerikas, was den Buchkonsum betraf.

Die Feuchtigkeit der vorherrschenden östlichen Winde vom Pazifik wurde von dem niedrigen Küstengebirge abgefangen und regnete auf die höheren Sierras hinunter. Auf den Sierragipfeln änderte sich die Landschaft plötzlich; zunächst Koniferen, dann Wüstenbewuchs und Mesquite-Kakteen. Dieses Wüstenklima mit kalten, trockenen Wintern traf man gleichermaßen im östlichen Oregon an, in der Republik Kasachstan nordwestlich des Kaspischen Meeres und in den argentinischen Pampas.

Wenn man Edsons Karten glauben durfte, dann war in den Bergen der Sierra Madre ab Lake Tahoe nördlich bis Oregon hinauf nicht viel an menschlicher Aktivität zu erwarten. Ein paar Holzfäller würden mit ihren Lastern herumfahren, und vielleicht würde Vieh auf Staatsland grasen.

Genau dorthin würde Edson fahren.

Er verließ sein Hotel beim Flughafen von San Francisco um 8

a.m. Er hatte auf seinem Nachtflug von Chicago ein wenig geschlafen, und so war er einigermaßen ausgeruht. Er fuhr mit einem Mitsubishi Minivan nach Norden und überquerte von San Francisco kommend die Oakland Bay Bridge, wandte sich weiter nach Norden und durchquerte Berkley. Neunzig Minuten später fuhr er auf der Interstate 5 in Richtung Oregon.

In Red Bluff bog er nach Osten ab und nahm den Highway 299 zuerst nach Susanville und dann weiter. Bald fuhr er durch die ersten Hügel der Sierras.

Als die Sonne hinter ihm unterging, hielt Edson vor einem Highway Motel. Die von Pinienduft erfüllte Luft war klar und rein. Die Qualität dieser Luft war genau das, was er in den Western von John Ford immer vermißt hatte.

Kapitel 6

New York, 1 p.m.

Elisabeth Gunderson trank noch einen Schluck von ihrem Martini. Harry Beauchamp und sie hatten sich in der Reading Room Bar des Norman Hotel verabredet. Der Raum war mit offenen Kaminen ausgestattet, und die Wände säumten Bücherregale voller staubiger Buchrücken, deren Titel sie anlachten, die sie aber nicht lesen konnte, da sie zu weit entfernt waren, um sie genau zu erkennen.

Sie erkannte allerdings eine Ausgabe von Mark Twains Huckleberry Finn, die sie gutheißen konnte. War das vielleicht sogar die Erstausgabe? Wohl nicht, denn sonst hätte bestimmt schon jemand das Buch mitgehen lassen, auch hier im Norman. Nicht alle Diebe Manhattans waren nur auf der Straße tätig.

(Gunderson fand außerdem Thorstein Veblens «Theorie der feinen Leute/The Theorie of the Leisure Class». Veblen hatte die Begriffe «Industriekapitän» und «Prestigekäufe» geprägt. War hier vielleicht auch Charles Beards «An Economic Interpretation of the Constitution» zu finden? In diesem Buch durchleuchtete Beard die Männer, die die Verfassung ausgearbeitet hatten, und er hatte herausgefunden, daß alle, gemessen am Standard ihrer Zeit, äußerst wohlhabend gewesen waren.)

«Ich hoffe, daß Sie mein kleines Tonband nicht stört, Mr. Beauchamp. Es hilft mir später, mich genau daran zu erinnern, was ich gefragt habe.»

Harry Beauchamp lachte. «Kein Problem. Ich nehme an, Sie werden sowieso alles in den Computer eingeben.»

«Ich reiche meine Informationen im Austausch an das FBI weiter. Deren Computer verarbeiten die Daten. Unser Problem ist der Zeitdruck. Wir haben nur noch drei Tage, bis an der Westküste Deutschland gegen Polen spielen soll. Wenn ich hier fertig bin, fliege ich sofort nach San Francisco.»

«Fragen Sie, was sie wollen. Ich wünsche genausosehr wie Sie, daß dieses verdammte Arschloch geschnappt wird.»

Gunderson lächelte. «Danke sehr, Mr. Beauchamp. Ich habe mich gestern abend bereits mit Sir Roger unterhalten. Ich werde mit jedem der Betroffenen reden, bevor ich den Fall abschließe.»

«Der aufrichtige Sir Roger.»

«Ich habe gelesen, daß er maßgeblichen Anteil daran hatte, daß die europäischen Vereine die Engländer wieder akzeptiert haben.»

«Das hat Sir Roger tatsächlich bewirkt, das gebe ich zu, und dafür soll man ihn preisen.»

«Sagen Sie mir, Mr. Beauchamp, wie haben Sie es geschafft, Arsenal vom Tabellenende in nur drei Jahren fast bis an die Spitze zu führen? Denn das haben Sie doch getan, oder?»

Beauchamp hatte nichts mehr zu trinken. Er bemerkte, daß Gundersons Glas auch leer war, und bestellte noch eine Runde.

«Wie haben Sie das angestellt?» fragte Gunderson. «War es nur das Geld? Oder auch Glück? Oder hatten Sie einen Plan? (Es gibt einige amerikanische Sportvereine, wie die Tampa Bay Bucaneers, die es nie zu etwas bringen. Andere wie die Los Angeles Dodgers sind vielleicht mal ein Jahr lang unten, aber im nächsten Jahr müssen die anderen Vereine sie gut im Auge behalten. Jeder weiß, daß sie wieder hochkommen werden, die Frage ist nur, wann.)»

«Ich verdanke das alles der FIFA und den ehrenwerten Herren des englischen Fußballbundes.»

«Wieso?» fragte Gunderson.

«Weil sie so ganz die alten bleiben, gaben sie mir die Gelegenheit, das heißt das Geld, die Spieler zu kaufen, die ich brauchte, einschließlich Peter Tarchalski. Wissen Sie, um ihre abgehobenen Ideale, also Ehrbarkeit und Fairness, beizubehalten – und um die Zuhälter und die neureichen Angeber aus dem Fußball rauszuhalten, das heißt Leute wie mich –, erklärte die FIFA schon früh, daß der Fußball den Direktoren und Anteilseignern der Vereine nicht als Profitquelle dienen dürfe. Ist das nicht toll? Soll nicht als Profitquelle dienen. (Man braucht nur das Wort Fußball durch Kapital zu ersetzen, und schon begreifen Sie, warum sich Generationen von Bürokraten in der FIFA häuslich einrichten konnten wie einst die Stalinisten im Kreml, die von dort aus die Fäden zogen und die alljährlichen Parties bei ihren Versammlungen planten. Daß auch ja die Huren herangekarrt wurden. Welche Gerichte und welchen Schnaps man bestellen sollte.) Diese Bürokraten sind die Diktatoren des Sportproletariats. Wenn Fußball gespielt wird, egal ob in Mozambique oder Peru, dann nur nach den Regeln, die der FIFA genehm sind.»

«Machtspielchen, nichts weiter.»

«Glauben Sie nie der idealistischen Schönrednerei, Miss Gunderson. Niemals. Dem Grundgedanken der FIFA-Bestimmungen entsprechend, begrenzte der englische Fußballbund den Gewinn des Eigentümers auf maximal 7,5 Prozent und ordnete an, daß der Direktor des Vereins ehrenamtlich arbeiten muß. Grund genug für arbeitslose Royals, einen Arbeitersport zu leiten.»

«Leute wie Sir Roger.»

«Er wird ja allgemein zum wohlhabenden Geldadel gezählt. Aber man hat ihm diesen Job verschafft, damit er die Stromrechnungen bezahlen konnte – das pfeifen die Spatzen von den Dächern. Soviel ich weiß, haben er und seine Frau den Familienbesitz in ein nobles Restaurant umgewandelt und wohnen jetzt selbst in den Dienstbotenwohnungen. Die Leute essen ihre Suppe vom Familiensilber der Dusenberrys.» Beauchamp sah angeekelt aus.

«Und was hat das mit dem Erfolg von Arsenal zu tun?»

«Wir hätten fast den Meistertitel gewonnen, aber den Titel des finanzkräftigsten Vereins haben wir sicher gewonnen, und das zählt am Ende wirklich.» Beauchamp schien sich zu freuen. «Der spanische Verein Real Madrid hat der Welt schon vor 20 Jahren gezeigt, wie man die FIFA umgehen kann. Die FIFA kontrolliert vielleicht die Peseten, die Real Madrid durch die Eintrittskarten einnimmt, aber nicht, was der Verein mit seinem Privatclub verdient. Stimmt's?»

«Ich glaube schon», antwortete Gunderson. «Clevere Spanier!»

«Sie verlangen von ihren Mitgliedern eine jährliche Gebühr und Monatsbeiträge. Dafür erhalten diese eine Zeitschrift mit Artikeln über ihre Helden und die Termine der nächsten Veranstaltungen. Mitgliedern, die Anteile kaufen wollten, um Real zu finanzieren, stellen sie Tenniscourts, Sporthallen, Schwimmbäder und Fußballplätze zur Verfügung. Sie bauten ein professionelles Basketballteam auf und errichteten auch noch ein Stadion, in dem es spielen konnte. Der Verein baute eine Eissporthalle, ein Restaurant und ein Leichtathletikstadion. Das bedeutet, Ms. Gunderson, daß sie ihre Fans von Zuschauern zu Teilhabern gemacht haben. Die Mitgliederzahl wuchs rasch auf 60000 an, und die neuen Mitglieder standen Schlange. Fußballvereine in São Paulo und Rio de Janeiro taten das gleiche und erwarben außerdem Theater, Nightclubs und Hotels.»

«Soweit ich weiß, ist in England eher alles beim alten geblieben.»

Beauchamp schlug in gespielter Verzweiflung die Hände über dem Kopf zusammen. «Es lag nicht daran, daß das Modell von Real Madrid irgendwie illegal gewesen wäre, es lag nur daran, daß diese Art der Promotion in England einfach nicht so, nicht so, wie soll ich sagen...»

«...eifrig betrieben wurde?» Gunderson grinste.

«Man hielt es für billig und unanständig, für unzivilisiert und so weiter. Legalität hat wenig damit zu tun. Ein Beispiel: Die englischen Gerichte erklärten die Transfervereinbarungen für illegal – aber die FIFA besteht immer noch darauf. Ich habe für Arsenal Sachen gebaut, die die Fans wirklich wollten. Einige Pubs mit erstklassigen Snooker-Tischen und Darts-Spielen. Ein Hotel in Blackbourne. Wir veranstalten Reisen für die Fans nach Portugal. Dort ist es billig, und man schätzt die Briten noch und auch ihr Pfund.

Ich klebe den Namen Arsenal überall drauf, wo es nur geht. Arsenal-Biergläser. Arsenal-Pullover. Arsenal-Hüte. Arsenal-Sportklamotten. Arsenal-Wolldecken. Ich vermarkte sogar ein eigenes Arsenal-Bier, das man in die Arsenal-Bierkrüge kippen kann. Die Fans wünschen sich eine Heimat, die ihnen etwas bedeutet. Die Politik und alles, was damit zusammenhängt, ist doch inzwischen kalter Kaffee. Arsenal ist die Volksarmee der einfachen Leute, verstehen Sie? Meine Spieler sind die besten Soldaten.«

«Das glauben Sie doch selber nicht!»

«Ich benutze den Profit, den ich mit den Privatclubs mache, um Stürmer wie Peter Tarchalski zu kaufen und Verteidiger, die andere umnieten können, ohne gleich verwarnt zu werden. Wie ich das geschafft habe? Da haben Sie die Antwort.»

«Und die Einwände des englischen Fußballverbandes?» fragte Gunderson.

«Ich glaube, es sind vier Haupteinwände. Zunächst: Ich bin derjenige, der es gemacht hat, und nicht sie. Zweitens: Ich habe sie nicht um Erlaubnis gebeten. Und drittens: Man braucht zuviel Kraft und Fantasie, um es zu tun. Denen reicht es doch, wenn sie einmal in der Woche ein paar Jungens zusehen können, die den Ball rumschieben, um dann nach dem Spiel zur Party zu gehen. Wenn sie es vorziehen, sich auszuruhen und sich zu bestätigen, wie zivilisiert sie sind, sollen sie doch. Wenn ich erst einmal Tabellenführer bin, dann werde ich genügend Geld machen, um die Spieler zu kaufen, die nötig sind, um auch da zu bleiben, und das wissen sie.»

«Und der vierte Einwand?»

«Der vierte?»

«Ich wette, daß der Fußballverband es nicht mag, daß Sie Ihre Zeitungen und Sender benutzen, um Arsenal groß rauszustellen?»

«Ach so. Na ja, sicher, das mögen sie nicht. Die anderen Besitzer protestieren, es sei unfair. Sollen sie doch ihre eigenen Zeitungen kaufen. Niemand hält sie davon ab.» Beauchamp grinste amüsiert. «Sagen Sie, Miss Gunderson, ich finde diese Bar ungemein aufgeblasen. Wir wissen doch beide, daß die Philister hier drinnen nur nach Geld gieren und keine Bücher mehr lesen. Kennen Sie zufällig das Cucumber's?»

Gunderson mußte lachen. «Ja, kenne ich.»

«Waren Sie schon mal dort?»

«Noch nicht.»

«Hätten Sie nicht Lust, unser Gespräch dort fortzusetzen? Wir sind schließlich erwachsen.»

«Warum eigentlich nicht.»

«Da sieht man eher die einfachen Leute. Es ist nur ein paar Blocks entfernt, soweit ich weiß. Ich habe so viel darüber gelesen, daß ich selbst sehen will, wie es ist. Ich lasse uns einen Wagen und einen

Fahrer besorgen. Es gibt wirklich keinen Grund, warum wir unsere Unterhaltung an solch einem langweiligen Ort fortsetzen sollten. Dadurch wird der Fall auch nicht schneller aufgeklärt.» Harry Beauchamp winkte einen Kellner herbei.

2:15 p.m.

Das Cucumber's war mit fotorealistisch genauen Repliken von Früchten und Gemüsen dekoriert, die alle wie menschliche Genitalien, Pobacken und Brüste aussahen: Gurken, Flaschenkürbisse und Zucchini dienten als Penisse; es gab Hoden aus Pflaumen, Aprikosen und Feigen; Canteloupe, Wassermelonen und Kürbisse lagen überall herum; es gab bewunderungswürdige Brüste aus Squash, Pfirsichen und Papaya, mit Kirsch-, Erdbeer- und Radieschen-Brustwarzen dekoriert. Und noch viel, viel mehr.

Elizabeth Gunderson und Harry Beauchamp wurden zu einem Tisch unter kräftigen Papaya-Schenkeln geführt, die von einer deformierten Aubergine abstanden, die einer Möse bemerkenswert ähnlich sah.

Beauchamp bestellte die Drinks und sagte: «Das gefällt mir schon wesentlich besser. Jeder weiß hier, was die Welt zusammenhält, und das sind bestimmt nicht diese muffigen Bücher in der Reading Room Bar. Eine purpurne Möse und gelbe Schenkel. Komplementärfarben, na bitte!» Beauchamp lachte. «Und schauen Sie sich doch mal diesen großartigen Flaschenkürbis da drüben an!» Er meinte einen gelbgefleckten Flaschenkürbis, der ganz genau wie ein enormer Schwanz aussah. Der Kürbispenis hatte rote Apfel-Hoden.

«Ein nettes Exemplar.» Gunderson schaltete ihr Tonband ein.

«Die Besitzer der Bar wissen, wie man Geld macht. In sechs Monaten wird es solche Bars überall in Europa geben, glauben Sie mir. Ihr Amerikaner seid gelegentlich ein bemerkenswert kreativer Haufen, bestimmt, Miss Gunderson. Und schauen Sie mal da: ein Kartoffelpimmel!» Beauchamp amüsierte sich.

«Um da fortzufahren, wo wir im Norman aufgehört haben, Mr. Beauchamp, könnten Sie mir sagen, was mit der Ablösesumme passiert?»

«Welcher Ablösesumme?»

«Dem Betrag für den Transfer von Peter Tarchalski nach Köln. Der 1. FC Köln mußte Ihnen doch sicher eine Ablösesumme zahlen.»

«Sie kleiner Schelm, Miss Gunderson. Natürlich mußten sie das. Aber natürlich! Peter war der Spitzenreiter der Torschützenliste der englischen Liga. Ein überaus wertvoller Spieler. Sie zahlten mir neun Millionen US-Dollars, wie Sie sicher aus der Zeitung erfahren haben.»

«Müssen Sie den Betrag zurückzahlen?»

Beauchamp lachte. «Zurückzahlen? Was soll der Mist? Außerdem habe ich das Geld schon als Anzahlung für eine Zeitung in Michigan verbraten.»

Gunderson schaute ihn überrascht an. «Wollen Sie mir damit sagen, daß dieser Mord den 1. FC Köln neun Millionen Dollar gekostet hat?»

Beauchamp grinste und schüttelte den Kopf. «Nein nein, um Himmels willen! Lloyds in London muß die neun Milliönchen hinblättern. Soweit ich weiß, hat der FC Köln den Spieler für den Zeitraum zwischen der Zahlung der Ablöse und dem Antritt in seiner Mannschaft hervorragend versichert. Das macht man immer so, aber ob sie es wirklich gemacht haben oder nicht, ist nicht mein Problem.»

«Ich verstehe das nicht», sagte Gunderson. «Ich dachte, Sie sind mindestens mehrere hundert Millionen schwer.»

«Tja, im Dezember hatte ich, wie heißt es doch so nett, ‹Liquiditätsprobleme›.»

«Sie waren fast pleite.»

«Nein nein, mir ging es finanziell ganz gut. Ich benötigte nur schnell etwas Bargeld, um legal eine Zeitung stehlen zu können. Das war gemein, aber weg ist weg ... Man kommt nirgends hin, wenn man neun Millionen Dollar einfach auf seinem Konto liegenläßt. Du meine Güte, Miss Gunderson!»

«Wohl nicht, nein.»

«Es war kein Problem, Peter weiterzuverkaufen. Ein paar Vereine wollten ihn. Verteidiger sind so häufig wie menschliche Esel, wissen Sie, aber Torschützen gibt es nur selten. Mir war es jedoch lieber, daß mein Stürmer noch in der deutschen Nationalmannschaft spielte, also schloß ich einen Kompromiß: Wenn Köln mich im Dezember auszahlen würde, dann könnte ich die Zeitung in Michigan kaufen, und Tarchalski könnte schon im August für sie antreten. Wenn er die Tabelle noch ein weiteres Jahr anführen würde, dann könnte ich für ihn eine Summe wie für Maradona verlangen, und das wußten die Kölner.»

«Es hieß also: Entweder tanzt ihr nach meiner Pfeife, oder es tut mir leid.»

«Wenn man über einen Fußballer von der Klasse eines Peter Tarchalski verhandelt, dann ist es eben so», sagte Beauchamp.

«Und was meint Lloyds zu all dem?»

«Was sollen die schon sagen? Sie haben den Vertrag mit dem 1. FC Köln schließlich abgeschlossen. Sie werden versuchen, sich herauszuwinden. Sie nehmen gerne Geld an, aber sie zahlen es nicht gerne wieder aus.»

«Gesundheitlich war er okay? Er war also keine verdorbene Ware oder so was?»

«Verdorbene Ware? Was wollen Sie damit andeuten? Er war der wertvollste Spieler in der ersten Liga. Peter war ein harter Bursche. Und er war topfit.»

«Und was passiert mit Arsenal, wenn er weg ist?»

«Ich habe mir Ricardo Montana geholt.»

«Das Wunder von Costa Rica.»

«Ein brillanter junger Kerl, der das Fußballspielen am Strand gelernt hat. Am Strand, jawohl! Aber Sie sollten ihn mal sehen, wenn er auf einem anständigen Fußballplatz spielt. Er ist wie Quecksilber. Diese Latinos sind außerdem viel einfacher zu handhaben. Ich werde ihm jede Menge Bohnen und Reis vorsetzen, und wenn er geistigen Beistand braucht, rufe ich den Papst an, kein Problem. Essen, Religion, ab und zu Weiber, bitte sehr, mehr braucht er nicht. Haben Sie denn tatsächlich angenommen, ich hätte Peter verkauft, wenn ich nicht schon jemand anderen in petto gehabt hätte, der ihn ersetzen kann?»

«Ein Artikel in *Newsweek* behauptete, Sie hätten Tarchalski öffentlich beschimpft, er würde in feuchten Schuhen rumlaufen, weil er nicht mal das Klo treffen könnte.»

Beauchamp lachte. «Der Reporter von *Newsweek* stand zufällig in der Nähe, und ich wußte es nicht. Peter hatte es verdient, der blöde Michel. Er hatte ein Tor vergeben, das selbst eine alte Oma geschossen hätte. Was ist denn so schlimm daran, daß man ab und zu mal die Wahrheit sagt? Bloß weil er gut war, heißt das doch nicht, daß er niemals auch nur eine schwache Minute hatte. Jetzt, da er tot ist, wird man sagen, daß er einer der größten Torschützen in der Geschichte des Fußballs war. Geschwätz. Miss Gunderson, verdächtigen Sie mich etwa, Peter Tarchalski ermordet zu haben?»

«Ich wäre doch kein guter Detektiv, wenn ich die Neun-Millionen-Dollar-Frage unbeantwortet ließe, oder?»

«Warum um alles in der Welt hätte ich Peter Tarchalski umbringen sollen? Ich habe ihn billig eingekauft und ihn, nachdem ich einen Ersatz gefunden hatte, teuer verkauft. Mein Risiko und mein Profit.» Beauchamp bestellte eine weitere Runde.

Gunderson dachte kurz nach. «Mmmmm. Den englischen Tageszeitungen habe ich entnommen, daß man die Ursache des Feuers in Ihrer Firma noch nicht gefunden hat. Wie hieß sie doch gleich?»

«Nottingham Ltd.» Beauchamp wirkte verärgert. «Es war Brandstiftung, ganz sicher. Scheißkerle. Das Feuer legte das ganze Produktionslabor in Schutt und Asche. Drei meiner besten Computerkünstler erstickten.» Er ärgerte sich wirklich. «Und jetzt stehen alle möglichen Leute Schlange, um mich zu verklagen. Anscheinend einige der Verwandten. Und Freunde. Außerdem auch ein vollkommen Fremder, soweit wir das beurteilen können, eine Tunte.»

«Sie verklagen? Weswegen denn?»

«Die Polizei behauptet, daß die Leute erstickt wären, weil die Fluchtwege mit Müll verstopft waren. Ich war dumm genug, für die Gebäudereinigung eine Firma von arschgesichtigen Pakistanis zu nehmen. Seien Sie freundlich, sagten sie. Es macht überhaupt keinen Unterschied, ob es die beschissenen Iren mit ihren Bomben sind oder die Pakis oder diese Bimbos. Alles Bürger von Großbritannien. Wenn wir denen keine Arbeit geben, werden sie unruhig. Also stell sie ein. Und was, wenn sie sich im Aufzug erleichtern? Sollen sie doch ruhig ihre Gebetsteppiche und Comics und Chipstüten vor dem Fluchtweg auftürmen. Idiotenpack!» Beauchamp war sauer.

«Der Artikel besagte, daß man dort gerade eine mit dem Computer animierte Version von Alice im Wunderland fertiggestellt hatte, obwohl ich nicht genau verstehe, was das heißen soll.»

«Das ist die Technologie der Zukunft. Die führt noch über die Tricks von Terminator II hinaus. Das bedeutet, daß wir in der Lage sind, auf dem Bildschirm zum Beispiel eine lebensecht wirkende

Kopie von Marylin Monroe als Alice auftreten zu lassen oder den Genossen Lenin als Mad Hatter direkt aus den alten Fotos abnehmen können oder Saddam Hussein in Humpty Dumpty verwandeln können und noch viel mehr. Ist doch ein Kinderspiel, ihn für diese Rolle ein bißchen dicker zu machen. Und ist lustiger als die dämlichen Dinos von Jurassic Park. Das ist das absolut moderne Märchenland, Miss Gunderson, (als ob wir 1914 in Sarajewo alle gemeinsam durch ein Mauseloch ins 20. Jahrhundert gekullert wären. Und am anderen Ende liegt wieder Sarajewo. Und jetzt das. Denken Sie mal über den Weg nach, den wir zurückgelegt haben.)»

Kapitel 7

Buenos Aires, 8 p.m.

In Buenos Aires war es eigentlich Winter, doch fühlte es sich nicht so an. Ein balsamischer Wind wehte über die Boulevards. James Burlane liebte Städte mit echten Boulevards, und Buenos Aires, das sehr europäisch wirkte, besaß mehr als genug davon.

(Weiter nördlich in den Tropen lagen herrliche Städte, aber die waren mit permanenter unerträglicher Hitze und Luftfeuchtigkeit geschlagen. In Buenos Aires fehlte dankenswerterweise diese inhumane äquatoriale Sauna. Hier wandelten die Männer mit federndem Schritt – und verströmten auch nicht diesen Hauch ziegenhaften Schweißgeruchs, der, weil allgemein, auch allgemein ignoriert wurde. Es war den jungen argentinischen Frauen möglich, frisch und modisch zu wirken und nicht feucht und verwelkt und außerdem nach Körperschweiß riechend.

Zivilisierter Weingenuß ersetzte all das labbrige Bier, das man in den Tropen in sich hineinschüttete, um das Austrocknen zu verhindern. Und schon die Vorstellung von Bohnen mit Reis, dem Hauptnahrungsmittel der Bananenrepubliken, ließ einen echten Argentinier erschauern. Die Argentinier, in deren Land es weite Pampas gab, die anständiges Rindfleisch und Getreide produzierten, liebten ihre Steaks und ihre Gemüse und ihr anständig gebackenes europäisches Brot.)

Burlane dachte, daß die Behauptung sicherlich stimmte, daß die Argentinier hispanisierte Italiener und Deutsche wären, die immer noch annahmen, sie wären Europäer. Sie hatten recht schwere Zeiten hinter sich, aber dennoch hatten die Einwohner von Buenos Aires, die Porteños, wie sie sich selber nannten, eine kosmopolitische, stilvolle, wenn auch etwas abweisende Art behalten, die besagen sollte: Das ist keine Bananenrepublik, Señor Norteamericano. Das hier ist Argentinien!

(Burlane fragte sich, ob Buenos Aires möglicherweise wie Paris wäre, das dem geduldigen und neugierigen Reisenden oft große Freuden bescherte. Die Sprache war normalerweise das Mittel, die stolze Abwehr der Einheimischen zu durchbrechen. Burlane hatte recht, Inspektor Hector wurde wesentlich freundlicher, als er entdeckte, daß Burlane etwas Spanisch sprach.)

Burlane und Villanueva saßen in der Casa de Carne an der Ecke Las Pampas und Bolivar und warteten. Sie hatten einen Platz gefunden, von dem aus sie auf die Bolivar blicken konnten, wo gestylte Argentinier und elegante Frauen in engen Kleidern und Stöckelschuhen den Taxis entstiegen. Am hinteren Ende des Restaurants, dort, wo die Köche hohe weiße ausgebeulte Kochmützen trugen, brutzelten über rauchender Grillkohle Rinderlenden, Rippchen, Zunge. Sag, worauf du Appetit hast, Amigo. Die Köche gehörten zum Ambiente, arbeiteten also höchst stilvoll. Sie schleuderten hier mit Verve ein T-Bone-Steak hoch und ließen dort eine Zunge genau auf die richtige Stelle gleiten. Als Burlane hinsah, warf einer dieser gelangweilt aussehenden Spezialisten ein riesiges Steak hinter seinem Rücken hoch, während er auf seine Armbanduhr schaute.

Schlanke Kellner in schwarzen Hosen, weißen Hemden und roten Krawatten brachten Ordnung in das Gewirr der Tische. Es war ein tolles Restaurant. Der Wein war gut. Burlane freute sich schon ganz außerordentlich auf das Fleisch, das sie gleich verzehren würden.

Inspektor Hector Villanueva, ein großer, kräftiger Mann mit schwarzem, lockigem Haar und einem bläulichen Bartstoppelschimmer auf bleicher Haut, goß sich ein weiteres Glas argentinischen Pinot Noir ein. Er schaute auf. «Sicherlich ist es nicht schwer, sich unsere Wut vorzustellen, Major Khartoum. Man hatte zwei unserer Spieler in Rom vom Platz gestellt. Nicht nur einen, sondern gleich zwei!»

«Dos. Ay!» Burlane schüttele voller Mitgefühl den Kopf.

«Caramba! Es war ungeheuerlich! Man hatte schon vier unserer besten Spieler mit der gelben Karte gestraft, bevor das Endspiel überhaupt begonnen hatte. Was für eine Chance hatten wir denn noch? Man hat das Spiel den Deutschen geschenkt.»

Burlane verzog das Gesicht.

«Die Spieler einfach so vom Platz zu stellen, das war der Gipfel.»

«Man sollte vielleicht statt dessen Strafminuten einführen, so wie beim Hockey oder Lacrosse. Eine Mannschaft spielt dann vielleicht 5 oder 10 Minuten mit verminderter Stärke, aber sie verliert den Spieler nicht für das ganze Spiel.»

Villanueva lächelte.

«Etwas anderes versuchen? Die Regeln wirklich ändern? Etwas Vernünftiges tun? Sie müssen verrückt sein, loco, Major Khartoum. Ein schlechter Witz. Sicherlich kennen Sie den Ruf der FIFA. Die FIFA wird niemals etwas ändern. Für sie ist futbol das perfekte Spiel. Sie werden heute und in aller Zukunft genau so spielen lassen, wie auch in der Vergangenheit gespielt wurde. Schon die bloße Erwähnung von Änderungswünschen sorgt für Streit. Sie fühlen sich als die Gralshüter des Erbes. Dios mio!»

«Verärgert genug, um einen Argentinier zum Mord zu treiben, was meinen Sie?»

«Señor!»

Burlane sog Luft durch die Zähne ein und nahm sich einen Zahnstocher, um Fleischreste aus den Zähnen zu puhlen.

«Es würde ein außerordentliches Motiv dazu gehören, zwei Fußballspieler zu ermorden. Ein Verrückter mit vollkommen unverständlichen Motiven könnte so etwas tun. Wir dürfen keine Möglichkeit ausschließen, nur um diplomatisch zu sein.»

«Also, ich weiß nicht recht. Man könnte sich Juan Carlos Rodriguez einmal vornehmen, aber das sind alles bloß Gerüchte.»

Burlane goß sich Wein ein. Er räusperte sich. «Könnten Sie mir bitte die Gerüchte erzählen? Wenn sie nirgends hinführen, na gut, aber wenigstens kann ich sagen, ich hätte sie überprüft.»

«Juan Carlos Rodriguez gehört der Fußballverein Independiente, und er hat sich sehr über die Platzverweise in Rom geärgert. Nachdem Argentinien gegen Deutschland verloren hatte, schwor Rodriguez, daß er die befleckte Ehre des argentinischen Fußballs rächen werde. Aber ich bin mir sicher, daß man das dem Macho-Gehabe zuschreiben kann.»

«Ein stolzer Mann also.»

«Ein stolzer Mann, der sehr viel Zeit hatte, um sich abzukühlen. Es ist immerhin vier Jahre her.» Villanueva grinste. «Aber natürlich, wo Ana Maria Varga beteiligt ist, da ist es mit dem Abkühlen so eine Sache.»

«Ana Maria Varga?»

«Wenn man den Gerüchten Glauben schenken darf, dann wurden Rodriguez' Rachegelüste durch die Begegnung mit der Fernsehschauspielerin namens Ana Maria ausgelöst.»

«Aha. Wollen Sie mir nicht davon erzählen? Vielleicht ist ja doch was dran.»

Villanueva lehnte sich zurück. «Es ist bestimmt nichts dran, da bin ich mir sicher. Rodriguez, der 30 Jahre älter als Ana Maria ist, wurde von ihr auf einer Heimkehr-Party für die argentinische Mannschaft bezirzt. Er war nicht der erste reiche und mächtige Mann, der sich in Ana Maria verliebte. Eigentlich war sie auch die ganze Zeit über, eh, wie lautet doch gleich das Wort in Ihrer Sprache, ‹besetzt›.»

«Ja, so könnte man unter Umständen sagen.»

«Aus den Augen, aus dem Sinn. Sie sammelte reiche Männer. Sie verführte sie und machte Videoaufnahmen von ihnen und gab deren Geld aus, bis sie sich langweilte. Dann zog sie zu jemandem weiter, der berühmter war oder noch wohlhabender.»

«Sie machte Videos?»

«Sie führt eine Art Video-Tagebuch. Wenn sie zu einer schicken Party geht, dann schleppt die süße und wunderschöne Ana Maria ihre Videokamera in der Handtasche mit, damit sie diese Momente mit ihren Bewunderern bei diversen Talk-Shows teilen kann. Leute, so sieht das aus, wenn man eine berühmte Schauspielerin ist, die auf Jet-set-Parties am Arm von reichen und mächtigen Männern eintrifft. Sie lesen davon in den Zeitschriften, und sie vermittelt ihnen dann im Fernsehen einen kleinen Endruck davon.»

«Ach so.»

«Ana Maria war über den Schindluder mit den roten Karten in Rom außer sich. Wo blieben die echten argentinischen Männer? Zeugen behaupten, daß Ana Maria diesen Vorwurf wiederholte, als man sie Rodriguez vorstellte. Rodriguez gefiel, was er sah, und mit einer ritterlichen Geste verpflichtete er sich, diese Schmach zu rächen. ‹Die schöne Dame fleht um Gerechtigkeit. Ich, der mächtige Juan Carlos Rodriguez, werde sie ihr verschaffen.›» Villanueva packte sich in den Schritt. «Das ist ein Eid aus den Cojones heraus, Major Khartoum. Los Cojones bewirken, daß sich die Männer wie Narren aufführen.»

«Armer Rodriguez. So verliebt!»

Kapitel 8

Susanville, Kalifornien, 6 p.m.

Erschöpft und fast ausgetrocknet von der langen Fahrt und voller Vorfreude auf eine heiße Dusche, fuhr Edson auf den Parkplatz von Chihuahua Charlie's mexikanischem Restaurant in Susanville. Dort bestellte er Chiles Rellenos und gebratene Bohnen, die er inzwischen gern mochte, und trank in aller Ruhe drei Flaschen kaltes Dos Equis.

Er begann die Reihe der Motels abzufahren, hörte aber bald auf, denn er war zu müde, um sich das beste Angebot auszusuchen. Er entschied sich schnell für Big Will's Wild West Motel, nur ein Arbys und ein Taco Time von Chihuahua Charlie's entfernt. Will's Motel, das mit Farb-TV, Kabel-TV und Filmen nur für Erwachsene warb, wurde von Hindus geführt. Ein Zertifikat an der Wand des Büros informierte Gäste und Passanten, daß der Eigentümer Mr. Chanda Sayani ein äußerst geschätztes Mitglied des Susanville Chamber of Commerce war.

Als Edson seine Rechnung zahlte, beobachteten ihn dunkelhäutige Kinder mit großen braunen Augen aus den Schatten des Motelhofs heraus.

Die Möbel in Will's Motel waren mit Plastikfurnier überzogen. Man hatte einfach künstlich auf Holz getrimmtes Plastik auf das echte Zeug geklebt. Ein Automat direkt neben seiner Tür enthielt Coke, Squirt, Sprite Orange und Dr. Pepper, mit denen sich ein Gentleman die herrlichsten Cocktails bereiten konnte. Edson hatte Amerika oft genug bereist, um zu wissen, daß es einem in ländlichen Gebieten durchaus begegnen konnte, daß ein Farmer oder ein Cowboy in einer Bar sich einen «Seven and Seven» bestellte. Damit beschaffte er sich Seagrams-7-Crown-Whiskey gemischt mit Seven-Up. Ekelhaft!

Der Toilettendeckel war mit einem Papiersiegel versehen, das dem Herrn oder der Dame beweisen sollte, daß diese Toilette auch hygienisch sauber war und daß sie/er sich somit an einem wirklich zivilisierten Ort für ihre/seine Nachtruhe befand. In den Vereinigten Staaten führten die Chinesen und Vietnamesen die Restaurants, die Koreaner hatten ihre Eckläden, und die Hindus hatten aus irgendwelchen Gründen alte Hotels und Motels gekauft. Edson fragte sich, wie es wohl passiert war, daß gerade diese Hindufamilie sich in Susanville, Kalifornien, niedergelassen hatte. Was mochten sie wohl wirklich davon halten, daß sie Papiersiegel über Toiletten klebten und Trinkgläser in Plastiktütchen verpackten? Edson warf seine Reisetasche in den hinteren Teil seines Mitsubishi Van. Es war bereits eine Woche nach der Tagundnachtgleiche, und es wurde – da wegen der amerikanischen Sommerzeit die Uhren eine Stunde vorgestellt waren – in den Bergen nicht vor 10 Uhr abends dunkel.

Er dachte an einen Cowboysong, bei dem man zwischen den Zeilen rhythmisch klatschen mußte:

Stars are white, big and bright
Clap, clap, clap, clap
Deep in the heart of Texas
Deep in the heart of California

Nein, es klappte einfach nicht.

Kapitel 9

Buenos Aires, 9 p.m.

Villanueva hatte gerade die Weingläser ein weiteres Mal gefüllt, als der Kellner mit dem ersten Gang erschien. Er bestand aus Fleisch, das man dramatisch auf einer großen, rustikal anmutenden Holzscheibe servierte: geräucherte Zunge und Meerettichsauce; herrliche T-Bone Steaks; Lendenscheiben, perfekt gegrillt mit Senfsauce dazu und ein großes Stück französisches Weißbrot mit gewürztem Mark.

Burlane kostete die exzellent zubereitete Zunge. «Und wissen Sie, ob Rodriguez sich jetzt in den Vereinigten Staaten aufhält?»

«Um sich die Weltmeisterschaft anzuschauen? Selbstverständlich. Er hat auch Ana Maria Varga mitgenommen. Que Tetas!» Villanuevas Augen leuchteten, und er formte seine Hände zu Schalen, um große, imaginäre Brüste anzudeuten.

Burlane grinste. «Eine Fernsehschaupielerin sagten Sie? Welche Rollen?»

«Sie ist ein Serienstar. Sie werden ihrem Foto auf den Titelseiten der Frauenzeitschriften von hier bis Mexiko begegnen. Auch in den Vereinigten Staaten. Ihre Serie ist auch im Kabelprogramm von amerikanischen Städten mit einer großen Zahl spanischsprechender Einwohner zu empfangen.»

«In Los Angeles, Miami und New York, vermute ich mal.»

«Ja natürlich. Und im ganzen Westen und Südwesten.»

«Spielt sie die Heldin oder die Böse?»

«Sie hat große grüne Augen und Haar, das ihr weit bis auf die Hüfte hinunterfällt. Sie spielt Annabella, ein einfaches Arbeitermädchen, das in die politisch einflußreiche Familie eines ruchlosen Medienmoguls eingeheiratet hat.»

«Kann ich mir vorstellen. Eine ultrageile Familie. Verführen die Nachbarinnen. Permanente Erektion. Reichtümer werden gewonnen und zerrinnen.»

Villanueva lachte. «Das versteht sich von selbst. Die große Frage in den Klatschspalten ist die: Ist die echte Ana Maria mit der engelsgleichen Annabella identisch, die eine Serientragödie nach der anderen erleidet, diese in edlem Schweigen akzeptiert und eimerweise Tränen vergießt? Manche behaupten, sie sei ein liebenswürdiges, süßes Ding, das von den Produzenten gewählt wurde, um sich selbst zu spielen. Andere widersprechen und meinen, daß sie eine Muchacha sei, die ihren Vorteil erkennt und ihn auch nutzt. Una vagina con los dientes.»

Eine Vagina mit Zähnen. Burlane grinste.

«Es scheint, daß Ana Maria Rodriguez wirklich liebt, oder zumindest sehr nahe daran herankommt. Dem Augenschein nach mag sie den Kerl wirklich.»

«Also kein weiterer reicher Klotz, den sie ihren Fans vorführen kann.»

«Vielleicht nicht.»

«Jedenfalls kennt sie das Geheimnis, wie man Rodriguez auf Touren bringt.»

«Que verdad, Major Khartoum. In diesem Fall es posible, daß es nur einen Schalter gibt, den man betätigen muß. Haben Sie gehört, was sie mit dem Engländer angestellt hat, der zu uns kam, um den Leuten von La Prensa und TV-PORTi zu zeigen, wie man die Sache richtig macht?» Villanueva grinste bei der Erinnerung.

«Nein, weiß ich glaube ich nicht. Wer war das?»

«Der Kerl, dem Arsenal in der English First Division gehört.»

«Harry Beauchamp?»

«Si, so hieß er.»

«Peter Tarchalski spielte für Arsenal. Ich vermute, Sie wissen das.»

Villanueva schlug sich mit der Hand auf die Stirn. «Dios mio. Si, si, hatte ich ganz vergessen. Ich hatte da keine Verbindung gesehen. Harry Beauchamp!»

9:30 p.m.

James Burlane betrachtete den roten Wein im Glas. «Ich habe einen Freund, der behauptet, wenn man Mehl, Sauerteigkulturen und Wasser von San Francisco nach Seattle fliegen würde und den Teig dort in einem genau identischen Ofen backen würde, würde das Ergebnis doch nicht gleich gut schmecken. Der Sauerteig von San Francisco sei unvergleichlich. Quatsch, habe ich gesagt. Meine Geschmacksnerven wurden zwar von Muttern trainiert, das stimmt, aber ich wette, daß die Franzosen auch keinen besseren Wein hinkriegen als diesen hier.» Dann fügte er noch nachdenklich hinzu: «Erzählen Sie mir doch bitte von Harry Beauchamp, Inspektor.»

Hector Villanueva goß Burlanes Glas voll. «Harry Beauchamp kam nach Buenos Aires, um den Angestellten seiner Neuerwerbungen La Prensa und TV-PORTi Anweisungen zu geben. Dort begegnete er Ana Maria Varga und verliebte sich in sie. Sie war damals schon die Freundin von Juan Carlos Rodriguez. TV-PORTi produzierte auch La Vida, die Serie von Miss Varga.»

«Aha.»

«Harry verliebte sich in sie, und mehrere Wochen sah man sie überall zusammen. Ana Maria hatte zwei Brüder und einen Cousin im Falkland-Krieg verloren, und man vermutete, daß sie die Briten haßte. Aber da war sie nun und vögelte mit dem arroganten britischen Scheißkerl, der La Prensa und TV-PORTi gekauft hatte. Wie konnte sie das tun?»

«Gute Frage.»

«Jeder dachte, die Antwort wäre klar, als Beauchamps Londoner Filmunternehmen hier aufkreuzte, um mit ihr in der Hauptrolle zwei Abenteuerfilme zu drehen. Harry schien nicht zu stören, daß der erste Film grauenhaft war, aber ein paar Tage nachdem der zweite im Kasten war, packte er seine Sachen und flog nach London zurück. Ein paar Wochen später verkaufte er La Prensa und TV-PORTi. Ana Maria kehrte zu Juan Carlos Rodriguez zurück, als ob nichts geschehen wäre.»

«Ach ja?»

«Bei diversen Talk-Shows erzählte sie ihren argentinischen Zuschauern, daß Beauchamp gern für sie herumgetollt sei, während sie ihn filmte. Sie brauchte nur mit den Wimpern zu klimpern, und er war hin und weg. Machte, was immer sie wollte.»

«Und überließ es den Zuschauern, sich vorzustellen, wie hin und weg er war, nehme ich an.»

«Genau. Dann las man hier und dort in den Klatschspalten der Zeitschriften Gerüchte von peinlichen Geheimvideos mit Beauchamp in der Hauptrolle.»

«Hoppla!»

«Ana Maria besaß anscheinend für Harry Beauchamp peinliche Videos, die Juan Carlos Rodriguez gern auf Parties zeigte. Ein Bekannter von mir, der zum Jet-set gehört, behauptet, drei gesehen zu haben: Harry masturbiert, während er in einem Pornomagazin blättert; Harry hopst mit frei baumelndem Glied herum und singt Blueberry Hill; und Harry wie er einen doppelten Martini trinkt, während er an einer Minderjährigen herummacht.»

«Was hatte denn Ana Maria zu diesen Gerüchten zu sagen?»

«Sie stritt sofort alles ab, aber nicht ohne ein Augenzwinkern. Allgemein nimmt man an, daß Ana Maria ein Mittel gefunden hatte, Harry Beauchamp zu verjagen, und daß sie ihr Ding ganz cool durchgezogen hat, einschließlich der durchgesickerten Gerüchte. Falls er bockig werden würde, könnte sie sich noch mehr Spaß auf seine Kosten erlauben. Der Big Boss war hier unten und amüsierte sich prächtig, plötzlich packt er seine Koffer. Wie wollte man das anders erklären?»

«Und Ana Maria ist immer noch der Star von La Vida, nehme ich an?»

«Ist sie immer noch. Und daß sie einen Weg gefunden hat, den verhaßten Briten ohne Mithilfe anderer nach Hause zu schicken, hat sie noch populärer gemacht. Sie hat geschafft, was die argentinische Armee nicht vermochte. Major Khartoum, ohne Ana Maria Varga wäre La Vida nada. Ana Maria ist glücklich, La Prensa und TV-PORTi sind glücklich. Und nun, da wir die Generäle los sind und unsere Finanzen saniert werden, blüht das Land auch wieder.»

Kapitel 10

Susanville, 8 a.m., Freitag, 1. Juli

Edson parkte seinen Wagen bei einem Denny's am Stadtrand von Susanville und studierte die Straßenkarte, während er ein amerikanisches Frühstück, bestehend aus Bacon, Eiern und Hash-Browns, zu sich nahm. Er entschied, in Richtung Reno runter in die Wüste von Nevada zu fahren, um festzustellen, ob es dort das gab, was er suchte.

(Edson schätzte das Wüstenwetter. Hier erlebte man an einem einzigen Tag alle Jahreszeiten. Der kühle Morgen, der die Verheißung des Frühlings in sich barg, begann mit einem purpurfarbenen Sonnenstreifen am Horizont. Schnell wurde es wärmer, und die Sonne wurde gelb. Gegen Mittag hatte die weißglühende Sonne die knochentrockene Luft aufgeheizt und schuf so ein angenehmes Klima für die Schlangen, Eidechsen und Insekten und sogar für die Menschen. Man hatte Edson erzählt, daß es manchmal in Arizona und Nevada so heiß würde, daß man sich Eier auf Felsen braten konnte oder Bohnen kochen.)

Nach dem Frühstück fuhr er auf einer kurvenreichen zweispurigen Straße nach Osten, die die Sierra Madre in Richtung Winnemuca in Nord-Nevada überquerte. Hier gab es kaum ein nennenswertes Vorgebirge; die Sierra Madre ragte steil aus der ebenen Wüste auf.

Nachdem er zwanzig Minuten gefahren war, hatte er einen guten Überblick über die Straße unterhalb von ihm, die schnurgerade ostwärts durch die Wüste lief. Er wußte, daß er dort unten kaum das finden würde, was er suchte. Es war zu ungeschützt, ein Fahrzeug würde man meilenweit sehen können. Außerdem war die Gegend etwas zu leblos, so daß er für seine Übungen nicht die geeigneten Ziele finden würde. Da unten gab es kaum etwas außer Schlangen und verschiedenstem Nachtgetier.

Er wendete, fuhr weiter in die Berge und bog auf die Straße, die nördlich von Susanville nach Alturas führt. Edson ließ sich Zeit, um die Straßen zu begutachen, die von der Hauptstraße abzweigten.

In der ersten Stunde testete er zwei Landstraßen, die zu Beginn nach Bäumen aussahen und nach Einsamkeit und Platz. An der einen fand er Viehherden vor, die die Anwesenheit von Cowboys vermuten ließen. Die zweite folgte einem Bach, aber als Edson einen Angler im Wildwasser stehen sah, wendete er und fuhr zur Hauptstraße zurück.

Schließlich fand er den geeigneten Ort ungefähr zwanzig Meilen östlich von Alturas.

Edson öffnete das Sonnendach des Minivan und stand auf. Unter ihm gingen die kahlen Vorberge langsam in die ebene Wüste über. Am Rand der Wüste hatten sich Wacholder und andere Hartholzbüsche am Boden enger Canyons angesiedelt. Dort unten würden jetzt sicher Hirsche liegen, um die Hitze des Tages zu verschlafen.

Noch weiter unten, dort wo die eigentliche Wüste begann, würde es Hasen und Coyoten geben. Der Ort war dem ganz ähnlich, den er am östlichen Vorgebirge der Anden als sein und Muellers Versteck gewählt hatte.

Das Wetter wird ähnlich sein, Mueller. Am Morgen wird es kühl sein. Dann wird die Temperatur rasch ansteigen, aber die Luft wird trocken und klar bleiben.

Palo Alto, Kalifornien, 9:14 a.m.

Piep!-Piep!-Piep! Piep!-Piep!-Piep! Piep!-Piep!-Piep!

Elisabeth Gunderson schaltete ihren Piepser aus. Sie wählte auf ihrem Funktelefon eine Nummer und wurde sofort mit James Burlane verbunden. «Sie wollten, daß ich gleich anrufe, wenn ich etwas entdeckt habe», sagte Burlane. «Tja, ich habe zumindest eine potentielle Spur entdeckt. Ich rufe aus einer Boing 747 unterwegs nach New York an. Habe mir gerade Terminator II angesehen. Erstaunlich, was man alles mit der Computeranimation anstellen kann. Fotorealistisch genau. Mit den Bildern werden die Leute in Angst und Schrecken versetzt. Eine Art High-tech-Comic. Danken Sie nicht auch manchmal, daß wir zu früh auf die Welt gekommen sind, Miss Gunderson?»

«Was haben Sie herausgefunden?»

Burlane berichtete ihr von seiner Unterhaltung mit Hector Villanueva.

Als er geendet hatte, sagte sie: «Mein Gott! Was hat das alles zu bedeuten? Daß Rodriguez die Männer ermorden ließ, um die Spieler von Rom zu rächen?»

«Absolut keine Ahnung.»

«Und diese Geschichte mit Harry Beauchamp und Ana Maria, wie heißt sie gleich?»

«Ana Maria Varga.»

«Und Harry Beauchamp?»

«Genau dem.»

«Und was sollten wir Ihrer Meinung nach jetzt tun? Sollen wir Ladd McAllen anrufen und darauf hoffen, daß wir einen Durchsuchungsbefehl für Rodriguez' Sachen bekommen?»

«Das würde ich an Ihrer Stelle versuchen.»

«Und uns dann noch mal mit Harry Beauchamp unterhalten?»

«Das würde ich an Ihrer Stelle nicht machen.»

«Nicht?»

«Natürlich muß sich jemand mit ihm unterhalten. Ich fliege nach New York, Sie befinden sich an der Westküste. Ich denke, Sie sollten mich das tun lassen, und danach fliege ich nach San Francisco, um am Samstag in Palo Alto mit dabeizusein. Verkabeln Sie mich und hören Sie zu, wenn Sie möchten. Außerdem scheint sich Harry als heroischer Individualist zu sehen, der das britische Establishment aus seiner Lethargie aufrüttelt.»

«Und Sie betrachten sich als eine Art Seelenverwandter.»

«Nicht ganz, aber ich finde ihn durchaus interessant. Nach allem, was ich weiß, wurde sein eigener Spieler umgebracht. Ich würde ihn mir gern ansehen, bevor er sich in den Medienrummel schmeißt, was er bestimmt machen würde, wenn Ladd McAllen ihn offiziell angeht. Ich klebe mir ein Mikrophon an den Körper, dann können Sie eine Mitschrift anfertigen. Ich werde schon das Richtige machen, keine Sorge.»

«Okay, schreiben Sie, was Sie von Inspektor Villanueva gehört haben, in eine eidesstattliche Erklärung, und faxen Sie sie an Ladd.»

«Und wie steht's mit dem Gespräch mit Beauchamp?»

«Bis Sie gelandet sind, haben wir das arrangiert. Rufen Sie unsere Nummer in New York an, dann wird man Ihnen die Transkripte meiner Unterhaltungen mit Dusenberry und Beauchamp von gestern aushändigen. Sie lesen sich die vielleicht besser durch, bevor Sie mit ihm sprechen.»

«Danke sehr, Miss Gunderson. Nett von Ihnen.»

«Gern geschehen, Major Khartoum.»

Kapitel 11

James Burlane nahm an, daß das Willard's die amerikanische Imitation eines englischen Clubs sein sollte. Die aus dunkelbraunem, glänzendem Holz bestehenden Wände schienen hart genug zu sein, um jede Kugel abprallen zu lassen. Nachgedunkelte Ölbilder von stattlichen Boxern, Reitern, Anglern und Billardspielern sowie Schützen, die am Long Island Sound Wasservögel jagten, hingen daran.

(Ihr Alter und die Art der Rahmen ließ vermuten, daß einige dieser Genrebilder durchaus von berühmten Malern stammen konnten. Aber die Wände hatten die Hauptfunktion, zufällig hereinschneiende Proleten zu verjagen, die so ungehobelt waren, nach dem Preis des Menüs zu fragen, das sie bestellt hatten, oder irgendwelche verrückten Getränke zu fordern, statt ein ehrliches Bier oder einen anständigen Scotch.

Die Gentlemen des Willard's – Frauen fielen auf und wurden nur wegen des Diktates der Neuen Ordnung geduldet – dinierten in einer Atmosphäre männlichen Gemurmels, das ab und zu von den Geräuschen des Bestecks unterbrochen wurde. Frauen zu tolerieren war eine Sache, sie zu akzeptieren war ganz etwas anderes. Egal wie oft sich diese Bräute auch hereindrängeln wollten, indem sie vorgaben, dazuzugehören und teilweise auch so weit gingen, Krawatten und gepolsterte blaue Jacketts mit eleganten Nadelstreifen zu tragen, es blieb doch dabei, daß sie nur Haare zwischen den Beinen hatten und nicht das dorthin gehörende Stück Fleisch.)

Burlane stammte aus einfachen, bäuerlichen Verhältnissen, und es hatte eine Zeit gegeben, da er sich in solch einer Umgebung äußerst unsicher gefühlt hatte. Jetzt konnte er ganz gelassen, falls es ihn denn überkam, einen hörbaren Furz lassen oder einen proletarischen Rülpser.

Harry Beauchamp, der sich bestimmt früher einmal mit solch unangenehmen Dingen wie Preisen beschäftigt haben mußte, bestellte Krabben und Chips, was in etwa so war, als würde man in einem teuren Steak-House einen Hot dog bestellen. Er hatte sehr selbstsicher bestellt und ohne etwas so Ordinäres wie die Karte zu bemühen. Burlane vermutete, daß der Küchenchef sicherlich versucht hatte, dieser krassen Bestellung so gut wie nur möglich nachzukommen. Und sicherlich hätte er gedämpfte Heilbuttbäckchen in Apfel-Tamarinden-Sauce meisterhaft gezaubert. Aber sogar ohne Übung, dachte Burlane, hätte ein Profi das Zeug besser zubereiten sollen. (War dies etwa ein Beispiel für den vielbeschworenen Fachkräftemangel?)

Harry Beauchamp tunkte ein Stück Krabbe in ein Papierbecherchen voll versalzenem, weißgelblichem Puddinggewabbel, das mit eingelegten Gürkchen und Essig verseucht war.

Burlane, der gerade an einem Stück kaute, sagte: «Dies puddingartige Gel nennt man hier in den Vereinigten Staaten Sauce Tartar. Angeblich stellt man es aus Mayonnaise her.»

«Ich hatte schon überlegt, was es sein könnte», antwortete Beauchamp.

«Außerdem scheint der Koch nicht zu wissen, daß der Zweck von heißem Öl der ist, das Äußere der Mahlzeit zu versiegeln, um so die Säfte drinnen zu behalten. Wenn er die Frittüre ungeduldig mit zu vielen Krabben füttert, dann fällt die Temperatur des Öls, und die Krabbben kommen mit Fett vollgesogen wieder raus. Wenn man es richtig macht, hat man fast gar kein Fett.»

«Es scheint mir tatsächlich so, als ob man etwas nicht ganz richtig gemacht hat.»

«Der Trick ist der, daß man langsam eine Krabbe nach der anderen ins Öl gibt, um die Temperatur zu halten. Das Öl muß kochend heiß sein.»

«So wie diese Dinger schmecken, könnte man glatt vermuten, ein Engländer würde als Koch beschäftigt, falls ich das sagen darf. Vielleicht ein verhungernder Katholik, der aus Nordirland geflohen ist.»

«Möglicherweise hat man ja diese Krabben am MIT geklont. Haben Sie mal darüber nachgedacht? Die bekamen Fördergelder vom Pentagon, um einen neuartigen Gummi zu entwickeln, und haben dabei diese zähen Krabben erfunden.»

Beauchamp verzog sein Gesicht. «Normalerweise frequentiere ich ein mexikanisches Café, aber heute wollte ich mal was anderes ausprobieren. Lektion gelernt.»

James Burlane trank sein Harp Lager aus und rief den Kellner heran, indem er mit dem Finger an die Flasche klopfte. Dabei schnappte er sich noch ein Stück Krabbe. «Harry, Harry, Harry. Wir sprechen hier von zwei Morden und der Weltmeisterschaft. Wir müssen ernst bleiben. Ich darf Sie doch Harry nennen?»

«Das haben Sie doch schon.»

«Ich möchte, daß Sie mir alles über diese Geschichte zwischen Ihnen und Ana Maria Vargas erzählen. Ich mußte bis nach Argentinien fahren, um diesen Unsinn zu erfahren. Scheiße!»

«Ach das!» Beauchamp wirkte angeekelt. «Ich vermute, daß Ihnen der Argie, mit dem Sie geredet haben, auch all die amüsanten Details verraten hat.»

«Er hat mir von skurrilen Gerüchten erzählt, die ihren Weg in die Zeitschriften gefunden haben. Er kennt jemanden, der behauptet, drei Videos mit Ihnen als Hauptdarsteller gesehen zu haben. Seien Sie doch bitte, bitte ein netter Medienbaron und sagen mir die Wahrheit. Was ist passiert?»

Beauchamps Gesicht verhärtete sich. «Diese Nutte hat Videos von mir gemacht, als ich nackt war, und ich war dumm genug, sie gewähren zu lassen. Mach es für mich, amor, por favor. Ich bewundere Männer, die wissen, wie man Theater spielt, amor. Mehr Ausdruck, amor! Laß dich gehen! Man hat mich in eine Falle gelockt, Major Khartoum. Sie tat es mit Absicht. Während meine ganze Aufmerksamkeit auf ihre patriotischen Argie-Titten gerichtet war, hatte sie die Linse auf meinen Schwanz gerichtet. Mein Gott. Ich habe *La Prensa* und TV-PORTi verkauft, um all das hinter mir zu lassen. Wie auch immer, es ist in unserem Fall vollkommen irrelevant.»

«Nur weil diese Verbindung heute nichts mehr bedeutet, heißt das nicht, daß sie bei ein bißchen Nachbohren nicht doch etwas hergibt. Wußten Sie von Rodriguez' Drohung, die im WM-Endspiel von 1990 vom Platz gestellten Argentinier zu rächen?»

Beauchamp machte ein obszönes Geräusch. «Ich schenke allem, was aus dem Maul dieses Argie kommt, überhaupt keine Beachtung. Er interessiert mich absolut nicht.»

«Aber Sie erinnern sich an Rodriguez' sogenannten Schwur, den Deutschen das Spiel heimzuzahlen?»

«Jetzt, da Sie es erwähnen, ja. Dieser behaarte El Señor Machismo. Er würde dies tun. Er würde das tun. Ermüdend. Ich versichere Ihnen, das letzte, an was ich denke, ist Ana Maria Varga. Sie ist eine von diesen Frauen, die Sie, wenn Sie sie das erste Mal sehen, denken lassen, Sie würden sie niemals vergessen. Ihr Ego schwillt mit Ana Maria im Arm wie ein Ballon an. Dann, wenn Sie diese Schlange wirklich kennenlernen...» Harry Beauchamp tunkte ein weiteres Stück Krabbe in die Sauce Tartar.

«Wenn ich doch nur fünf Cents für jede Frau bekäme, die mich verrückt macht. Die wissen intuitiv, wo unser Gehirn sitzt.»

«Diese verrückte kleine Episode kostete mich schon etwas mehr als nur fünf Cents, das kann ich Ihnen flüstern.»

«Da wir gerade von Geld sprechen. Es gibt da noch etwas, was mich beunruhigt, Harry. Ich kann mir immer noch nicht recht vorstellen, daß Lloyds in London den Kölnern einfach so neun Millionen Dollar rüberschieben wird. Das geht gegen jede Vernunft. Was, wenn irgendwas bei Tarchalski nicht gestimmt hätte? Irgendein Grund, warum er nicht hätte spielen können?»

«Ich dachte, ich hätte das bereits gestern mit Miss Gunderson geklärt. Und mit den Leuten vom FBI.»

«Das weiß ich. Ich habe die Transkription Ihrer Unterhaltung mit Miss Gunderson gelesen. Sie haben die Frage mit einer Gegenfrage beantwortet. Sie fragte sie, wie denn etwas mit Tarchalski nicht in Ordnung gewesen sein könnte, da er sich doch den Titel des besten Torschützen geholt hätte.»

«Ja, wie kann das sein?»

«Und wenn es irgendeine biologische Fehlfunktion gegeben hätte, die sein Spiel nicht sofort beeinträchtigen würde, aber auf lange Sicht schon. Ist das vollkommen ausgeschlossen?»

Beauchamp lachte. «Ach, nun kommen Sie. Wie sollte ich so etwas denn wissen können? Wenn ich Arzt wäre, dann vielleicht.» Er schob sich ein Stück Krabbe in den Mund.

«Nichts Peinliches, was ein Desaster wäre, wenn jemand wie Ana Maria es jemals herausgefunden hätte?»

«Nicht daß ich wüßte», erwiderte Beauchamps. «Soweit ich weiß, war Tarchalski weder insgeheim eine Tunte oder sonst etwas anderes. Ich kann mir nicht vorstellen, was das sein sollte.»

«Ich weiß, daß ihr Costaricaner sehr gut sein soll, aber er hat noch nie zur Probe in der First Division gespielt? Ich muß Ihnen ehrlich sagen, daß mich diese Frage beunruhigt. Fußball ist doch ein sehr wettbewerbsorientiertes Geschäft. Da ist nur natürlich, daß man möchte, daß das eigene Team gewinnt. Aber wir beide wissen doch auch, daß es nicht automatisch reicht, ein Star am Strand von Puntarenas oder Frijoles Grande in San Jose zu sein, um eine englische Mannschaft an die Tabellenspitze zu schießen. Seien wir doch realistisch.» Burlane trank noch einen Schluck Bier.

Beauchamp grinste triumphierend. «Ricardo Montana ist sein Geld wert, glauben Sie mir, Major Khartoum. Er hat begnadete Füße, und er weiß sie zu gebrauchen. Er ist ein harter, kleiner Bursche, genau wie Maradona. So angriffslustig wie nur etwas. Streut sich Chromosomen zum Frühstück auf die Eier. Und was Peter Tarchalski angeht, so haben ihn sowohl Lloyds als auch der 1. FC Köln einer rigorosen medizinischen Untersuchung unterzogen. Er hat sie ohne weiteres bestanden. Der Transfer wurde ganz legal durchgeführt, korrekt beim Fußballverband registriert, und die FIFA wurde pflichtgemäß informiert. Wie ich Ihnen schon sagte, hielt sich Tarchalski fit. Er war gesund.»

«Und falls er nebenbei kleine Mädchen belästigte oder ähnlich Schlimmes machte, dann würde sich das doch sicher nicht bei der ärztlichen Untersuchung gezeigt haben, oder?»

«Sie übertreiben etwas, Major Khartoum. Er war anständig, das versichere ich Ihnen.»

«Sagen Sie mir, wenn man beweisen könnte, daß Peter Tarchalski wegen der Versicherungssumme ermordet wurde, würde Lloyds dann zahlen müssen?»

Beauchamps verengte die Augen. «Worauf wollen Sie hinaus, Major Khartoum?»

«Lassen Sie es mich mal so sagen, es ist zwar nicht schön, das weiß ich, aber ich muß es aussprechen, das ist mein Job.»

«Sagen Sie es so, wie Sie möchten, Major Khartoum.»

«Was, wenn doch etwas mit Peter Tarchalski nicht in Ordnung war? Was, wenn Sie den Deutschen verdorbene Ware untergeschoben hätten und niemand es gemerkt hat?

Alturas, 10 p.m.

In Alturas übernachtete Edson im High Desert Inn, einem Motel mit Kabelfernsehen, Filmen für Erwachsene, Papiersiegel über dem Toilettendeckel und einem Getränkeautomaten neben der Tür. Es war genau so wie das andere in Susanville.

Er duschte, trank danach ein kaltes Budweiser, rauchte ein Pfeifchen von diesem überteuerten Haschisch, das er sich in San Francisco gekauft hatte, und stellte den Sexfilmkanal ein. Er schaute einem energiegeladenen jungen Paar einige Minuten zu, war aber viel zu müde, um davon erregt zu werden, anderen Leuten beim Vögeln zuzusehen. Sogar das gierige Gelutsche an den Genitalien langweilte ihn.

Er zappte und sah sich die San Francisco Giants bei ihrem Spiel gegen die New York Mets im Shea Stadion an. Diese Amerikaner mit ihrem Baseball! Er machte die Pfeife wieder an und nahm einen Zug. Baseball war ein stupides Spiel, aber zumindest kämpften die Amerikaner nicht fünf Tage lang gegeneinander wie die Briten bei ihrem albernen Cricket.

Er sah bei abgedrehtem Ton dem Spiel zu und schlief in der sechsten Runde ein.

Später, als er aufstand, um aufs Klo zu gehen, war das Baseballspiel bereits vorbei (und auf dem Bildschirm starrte ein langgesichtiger Mann mit Grübchen und einer enthusiastischen, jungenhaften Art geradewegs in die Kamera. Die Lippen bewegten sich. Seine Augen, die in einem merkwürdigen, vielleicht künstlich eingefärbten Grün strahlten, besagten oder sollten besagen: aufrichtig-aufrichtig-aufrichtig. Sein vertrauliches Grinsen – er zeigte dabei riesige Pferdezähne – fungierte als eine Art Interpunktion. Das kurze Aufblitzen der pferdegleichen Backenzähne war das Komma. Ein etwas längeres Lächeln der Gedankenstrich. Und der ganze prachtvolle Glanz seiner elfenbeinfarbenen Herrlichkeit fungierte als Punkt, Ende.

Edson starrte auf die athletische Oberlippe des Mannes, die für sich allein fast ein Solo vollführte. Wollte er gleich zu wiehern anfangen oder zu winseln? Was wollte er eigentlich? Noch eine Portion Heu? Edson drehte den Ton lauter.

Der pferdegesichtige Mann sagte mit ziemlich feuchter Aussprache, daß er nur 150 Dollar für sechs Videos wollte, die zeigten, wie man erfolgreich wird. Er behauptete weiter, wenn die Zuschauer wirklich erfolgreich sein wollten und sich vor ein wenig harter Arbeit nicht fürchteten, dann wäre das die Chance ihres Lebens. Es gäbe dann praktisch keine Grenzen mehr für das, was sie erreichen könnten. Aber, daran sollten sie denken, diese Bänder seien nur etwas für Leute, die wirklich hart arbeiten wollten. Andernfalls könne man es vergessen; es wäre ganz vergeblich.)

Edson machte den Fernseher aus und wollte wieder schlafen gehen, doch dann fiel ihm etwas ein. Den Amerikanern hatte man beigebracht, die Religion zu achten. Er vermutete, daß dies Empfinden systematisch eingetrichtert würde, denn die Kirchen hatten steuerfreies Geld zu vergeben, und die Politiker hängten sich gern an sie dran. Ronald Reagan war ein Meister darin gewesen.

Edson erinnerte sich, daß der Guru Bhagwan Shree Rajneesh in Oregon 28 Mercedes-Limousinen bei seinen Anhängern gesammelt hatte, die ihm so hörig waren, daß sie sogar Gift in den Restaurants von Antelope ausstreuten. Christliche Rechtsanwälte, die besorgt waren, daß die profitablen Geschäfte in Verruf geraten könnten, sagten für den Bhagwan vor Gericht aus. Und falls Christen so durchdrehten wie etwa in Jonestown oder in Waco, bezeichnete man sie sofort als Sekten, um sie von den richtigen Christen abzugrenzen, die mit dieser Idiotie nicht identifiziert werden wollten.

Wenn man in den USA gläubig war, dann verlieh einem das kritischen Respekt, und man unterstellte automatisch gute Absichten.

Edson wickelte ein Handtuch zu einem provisorischen Turban zurecht. Es gehörte zur Religion der Sikhs, einen Turban zu tragen und ein Metallarmband. Das war kein Problem. Alle Männer trugen ein Messer in ihrem Turban, was zwar die Sicherheitsbeamten am Flughafen wußten, aber nur wenige andere Personen außerhalb Indiens.

Er setzte sich den Frotteeturban auf und schaute sich im Spiegel an. Die diskreten und effektiven Sikhs wurden mit ihren exotischen Turbanen und ihren attraktiven Bärten respektiert, denn sie waren groß und elegant und gaben auf sich acht. Sie arbeiten als Bankwächter in Hongkong und waren dort als Dekoration mindestens genauso willkommen, vermutete Edson. Mit ihrem Ruf als skrupellos ehrliche und loyale Krieger hatten sie traditionellerweise den Premierminister von Indien bewacht, bis einer von ihnen Indira Gandhi gemeuchelt hatte.

Trotz dieses peinlichen Zwischenfalls, der ihren Ruf ein wenig trübte, stellte man einem Sikh keine Fragen. Man machte das einfach nicht.

Edson besaß braungefärbte Kontaktlinsen. Der Bart bereitete auch kein Problem, und es war auch nicht schwierig, die Haut etwas nachdunkeln zu lassen. Sicher, das würde funktionieren. Ein begnadeter Sikh, genau.

Kapitel 12

Alturas, 8 a.m., Samstag, 2. Juli

Edson bückte sich und öffnete einen Werkzeugkasten. Er wollte gerade die Teile für die hintere Hälfte der Kolb aus dem Van holen, als er sich sichtlich erfreut einen Fußball schnappte, der bei den Teilen verborgen gewesen war. Er sprang aus dem Wagen und trabte auf der Stelle, wobei er den Ball auf seinen Oberschenkeln hüpfen ließ.

Für dich, Mueller.

Er schoß den Ball geradewegs in den Himmel, so fest er konnte. Er rannte grinsend hinterher und versuchte, ihn zu fangen. Dann...

«Au!»

... die Sonne!

Mit schmerzverzerrtem Gesicht schloß er die Augen, um dem gleißenden Lichtstrahl zu entrinnen. Er hatte den Ball verloren. Er wußte nicht mehr, aus welcher Richtung er kam. Im letzten Augenblick entdeckte er ihn, sprang hoch und köpfte den Ball fort.

Nach dem Ball, den Einzelteilen des Ultralight und dem Werkzeug holte Edson noch eine Pappschachtel heraus, die mit zwölf platten Fußbällen und zwei Tanks gefüllt war, jeder nicht größer als ein Propantank in der Küche eines Wohnwagens. Er benutzte eine

Luftpumpe, um die Fußbälle aufzupumpen. Dann markierte er jeden Ball mit einem Filzschreiber. Zum Schluß verpaßte er jedem Ball durch das Gummiventil einen genau bemessenen Spritzer aus dem grünen Tank und überprüfte den Luftdruck mit einem Meßgerät. Auf einem Blatt notierte er die Nummern der Bälle, den exakten Druck, die Zeit und die Menge des Spritzers aus dem grünen Tank.

Dann legte er die Bälle der Reihe nach hin und widmete sich wieder dem Zusammenbau des Flugzeugs. Während der Arbeit bemerkte er sie plötzlich aus den Augenwinkeln heraus. Er erstarrte und sah hin.

Zwei Hirschkühe querten die Wiese ungefähr 30 Yards vor ihm. Sie wirkten feinknochig und zerbrechlich. Sie witterten mit ihren feuchten schwarzen Nasen sogar die feinsten Gerüche in der Luft. Weil er gegen den Wind stand, hatten sie ihn noch nicht gerochen.

Dann wechselte der Wind die Richtung.

Sie hielten die Nase noch hoch erhoben.

Verschreckt rochen sie den starken Duft des Fremden und liefen blitzschnell mit großen, eleganten Sprüngen los. Ihre kleinen Hufe verursachten ein rhythmisches Trommeln auf dem Boden.

Ja, hier draußen war wenigstens was los.

Er überprüfte die Bälle wieder mit dem Luftdruckmesser. Hoppla! Ball Nummer zwölf, der die größte Dosis aus dem grünen Tank bekommen hatte, verlor zu schnell den Inhalt. Er notierte die Zeit auf seinem Zettel.

Santa Barbara, 8:30 a.m.

Der Bezirksrichter in Los Angeles war zunächst etwas zögerlich, einen Durchsuchungsbefehl auf der Basis einer gefaxten Aussage eines argentinischen Polizeiinspektors auszustellen. Wer wußte denn, was dieser Hector Villanueva wirklich beabsichtigte? Villanueva saß da unten und der Richter war hier oben, im rechtschaffenen Gringoland.

Ladd McAllens Ersuchen wäre eher positiv beschieden worden, wenn es von einem Angestellten der amerikanischen Botschaft unterstützt worden wäre, den die amerikanischen Gerichte anerkannt hätten. Die Tatsache, daß James Burlane bei der FIFA angestellt war, konnte man vernachlässigen. Rodriguez hätte dies geschworen. Rodriguez hätte das geschworen. Wirklich? Villanueva wußte alles nur vom Hörensagen, was kaum zählte. Burlanes definitives ‹vielleicht› würde sicherlich der überarbeiteten Justizmaschinerie einigen Ärger verursachen.

Zudem war Juan Carlos Rodriguez ein reicher und mächtiger Mann, obwohl er in den USA nicht unbedingt einer der Wichtigeren war. Auch wenn er diese Unterstellung sicher abstreiten würde, war es für den Richter viel einfacher, einen Durchsuchungsbefehl für die Hütte eines Taxifahrers auszustellen als für den Palast eines Industriellen. Die Rechtsanwälte von Leuten wie Rodriguez konnten das Strafgesetzbuch im Schlaf herunterbeten.

Der Staatsanwalt gab zu bedenken, daß die ganze Weltmeisterschaft bedroht war und daß es sich hier um einen Durchsuchungsbefehl handeln würde und nicht um eine Verhaftung. Der Richter war sich der öffentlichen Konsequenzen bewußt, falls er ablehnen würde und Rodriguez für den Tod noch weiterer Fußballspieler verantwortlich wäre. Andererseits konnte es sich ein weißer Richter in Los Angeles kaum leisten, sich auf das Stereotyp vom heißblütigen lateinamerikanischen Temperament einzulassen.

Nachdem er die nötige Vorsicht hatte walten lassen, ging der Richter dann doch vor, als sei die Beweislast erdrückend und Inspektor Villanueva ein Beispiel japanischen Stoizismus. Er bewilligte den Durchsuchungsbefehl.

Als sie die Neuigkeit vernahm, unterbrach Elizabeth Gunderson die Vorbereitungen für die Sicherheitsvorkehrungen im Stanford Stadion und flog in einer halben Stunde von Palo Alto nach Santa Barbara herüber.

(Unterwegs erzählte Gunderson Burlane, daß sie sechs Jahre lang als McAllens Assistentin gearbeitet hatte, bevor sie die Stelle bei den Olympischen Spielen von Los Angeles angenommen hatte. Durch einen glücklichen Zufall bei ihrer Karriere war McAllen zum Hauptspezialisten des FBI für Stadiensicherheit aufgestiegen. Wo es unbeherrschbare Massen gab und Polizisten, die sich sorgten, da wurde McAllen gerufen. Er hatte die letzten 20 Superbowl-Spiele besucht, ohne je mehr als ein paar Spielzüge mitzubekommen.

McAllen war auch derjenige gewesen, der Gunderson beigebracht hatte, die Liste der absolut Irren zu durchforsten. Er hatte ihr beigebracht, Verteidigungsstellungen aufzubauen. Es gab eine Spezialaktik für Betrunkene, eine für Siegesfeiern und auch eine für Psychopathen.)

Der sechs Fuß fünf Inch große, fast glatzköpfige und grobschlächtige McAllen holte sie am Flugplatz ab. Er trug einen Van-Dyke-Bart und hatte stets eine Abneigung gegen Krawatten gehabt. McAllen und fünf seiner Spezialagenten fuhren mit Burlane und Gunderson nach Süden durch Los Angeles zur La Casa Blanca. Dort, mit Ausblick auf den Pazifik, residierten Rodriguez und seine Lady, während sie die Weltmeisterschaftsspiele im Rose Bowl und Stanford Stadion besuchten.

Tony Artes, der Eigentümer der Casa Blanca, war gerade auf einer Tournee in Europa unterwegs. Er hatte Rodriguez das Haus für die Weltmeisterschaftszeit angeboten.

McAllen berichtete, daß es Seehunde auf dem Felsenstrand gab, den man vom Grundstück aus sehen konnte. Es wurde erzählt, daß Fatty Arbuckel ihnen gern vom Pool aus zugeschaut hatte, vorzugsweise wenn er vollkommen betrunken war. McAllen meinte, daß Gunderson und Burlane schon genau hinsehen müßten, denn die Seehunde würden sich kaum von den Felsen unterscheiden. Sie konnten auch keine entdecken.

Eine amerikanische Fahne flatterte oben an einem Mast vor dem Haupteingang zu dieser spanischen Hazienda oder was auch immer das sein sollte.

Burlane und Gunderson blieben hinter McAllen und den schrotflintenbewehrten Agenten stehen, als McAllen den Durchsuchungsbefehl präsentierte, den Messingklopfer betätigte und an dem Dienstmädchen vorbeisauste, das die Tür geöffnet hatte.

Ein Mann schrie etwas auf spanisch.

Dann schrie eine Frau.

Agent Ramon Fernandez, ein breitschultriger Hispano-Amerikaner mit lockigem Haar, war der Übersetzer der Gruppe. Er schrie auch etwas auf spanisch.

«Immer mit der Ruhe, Mon», sagte McAllen. Mon war Ramon Fernandez Spitzname.

«Ay!» schrie die Frau.

Burlane ging hinter Gunderson ins Haus und sah McAllen dicht vor einem wütenden Lateinamerikaner stehen, der einen schütteren Cesar-Romero-Schnurrbart hatte und einen Brustkasten voller lockig gekräuseltem Haar. Er war dunkelhäutig, mittleren Alters und setzte ein wenig Fett an, wirkte dabei aber kräftig und männlich. Er trug einen Mickymaus-Frotteebademantel, einschließlich Schwanz und flauschigen Pantoffeln, die die Schlappohren Goofys mit schwarzen Plastikaugen darstellten. Hätte er nicht das Disneykostüm angehabt, er hätte wie ein verwegener Kerl ausgesehen, der nur ein wenig außer Form geraten war. Das war nun also der berühmte Corned-beef-Baron und Fußballiebhaber Juan Carlos Rodriguez, der Besitzer des argentinischen Vereins Independiente.

Hinter ihm stand eine der schönsten Frauen, die James Burlane je gesehen hatte. Das Gesicht dieser Schönheit verschlug einem den Atem. Es erinnerte teils an Ava Gardener, teils an Sophia Loren; es wurde von großen, träumerischen Augen beherrscht und übergroßen, sinnlichen Lippen und Brüsten, die eigentlich auf einen größeren Oberkörper gehörten.

Sie war vielleicht fünf Fuß fünf Inches groß, aber ihre Figur ließ sie größer wirken, auch sahen ihre Brüste größer aus. Burlane hatte einmal gelesen, daß Schauspieler, da eine Kamera die Darsteller größer erscheinen ließe, oft klein waren. Perfekte kleine Menschen. Ganz bestimmt war diese kleine Sirene, die so extrem provokativ aussah, das beste Beispiel dafür. Ihr schwarzes Haar war in einem Turban aus einem Handtuch mit Blumenmuster aufgesteckt. Ihre fingerhutgroßen Nippel preßten herausfordernd gegen ein Los-Angeles-Lakers-T-Shirt, dessen Saum kaum ihren nackten Po bedeckte.

Das also war Ana Maria Varga...

Und Ana Maria war sauer! Ay!

Sie stampfte mit dem Fuß auf und warf eine Vase in die Richtung McAllens.

McAllen duckte sich mit weit aufgerissenen Augen und sagte: «Oh Scheiße!» als die Vase gegen die Wand krachte. «Du sprichst ihre Sprache, Mon. Rede mit ihr.»

Fernandez tat sein Bestes, um Rodriguez zu erklären, was vor sich ging.

Rodriguez beäugte die automatischen Waffen und trat einen Schritt zurück. Das hier war eine ernste Angelegenheit. Er versuchte Fernandez zuzuhören, konnte es aber nicht, da hinter ihm weitere spanisch gesprochene Schimpftiraden seiner Lady auf ihn niederprasselten. Ihre schrille Stimme nahm an Intensität und

Tonhöhe noch zu. Man hörte nur noch rasend schnelle Vokalfolgen.

Plötzlich drehte sich Rodriguez um und brüllte: «Valgame Dios! Calle la boca! Pare!»

Ana Maria begann zu weinen und zu wehklagen.

Tränen rannen ihr Gesicht herunter. Sie weinte. Sie weinte. Oh, wie sie weinte! Ihr kleiner Körper schüttelte sich krampfhaft. Arme kleine Ana Maria.

Rodriguez, der wußte, daß er sich in einer Zwickmühle befand, aber nicht, warum, signalisierte McAllen mit einer Geste: Was soll man nur mit den Frauen anfangen? Sein Gesichtsausdruck sollte die Träger der automatischen Waffen bitten, etwas Geduld zu haben. Dann versuchte er Ana Maria zu trösten.

Aber Ana Maria war keineswegs in der Stimmung, sich trösten zu lassen. Sie schreckte vor ihm zurück, die Tränen rannen weiter. Ihr Blick verdammte Rodriguez: Er war gemein. Er hatte sie angeschrien. Süße liebe kleine Anna Maria. Wie konnte er nur? Was hatte sie getan, um das zu verdienen?

Burlane fragte sich, wie in aller Welt es irgendein menschliches Wesen fertigbrachte, so vollkommen todunglücklich zu klingen. Ana Maria demonstrierte ein Leiden, das nicht von dieser Welt war.

Rodriguez knirschte mit den Zähnen und war fast am Ende seiner Geduld. Er sagte ruhig: «Calle la boca!»

Sie weinte weiter.

Ohne Vorwarnung schlug ihr Rodriguez kräftig auf den Po und wies auf den hinteren Teil des Hauses zum Schlafzimmer und schrie: «Vaya! Mujer loca! Por Dios!»

Ana Maria schniefte, die Unterlippe zitterte auf und ab, dann tat sie wie ihr geheißen. Sie hielt das Kinn in die Luft gereckt und warf die Schultern zurück, um ihren Stolz zu wahren, aber sie verließ den Raum und zog sich zurück. Ihre bewunderungswürdigen Pobakken hopsten hin und her, das Auf und Ab des T-Shirts gab den Anblick dieser beiden unglücklichen Hälften immer wieder frei.

Sie hielt an der ersten Tür im Flur und drehte sich um, zeigte ihr Profil den Staatsbeamten und Rodriguez. Sie streckte ihr Hinterteil aus. Das T-Shirt schob sich hoch und gab ihren Po gänzlich frei. Sie rieb ihn mit der Hand und schaute Rodriguez mit geröteten Augen schmollend an. Ihre Gefühle waren verletzt worden. Ihre Lippen zitterten weiter. Sie schniefte erneut. Nachdem sie so den anwesenden Männern demonstriert hatte, daß sie extrem läufig war und daß sie sich alle von ihr aus bis in alle Ewigkeiten die Lippen nach ihr lecken konnten, verschwand sie.

Rodriguez wurde plötzlich mißmutig. Er sah aus, als hätte man ihn beim Verprügeln eines niedlichen kleinen Hündchens erwischt.

«Mon, zeigen Sie dem Mann den Durchsuchungsbefehl, und erklären Sie, was er bedeutet. Klären Sie ihn über seine Rechte auf, und sagen Sie, warum wir hier sind. Damit wir endlich fertig werden!»

Fernandez tat wie ihm befohlen.

Rodriguez, dessen Aufmerksamkeit von dem leeren Flur, in dem Ana Maria gestanden hatte, losgerissen wurde, sah erstaunt aus. «Caramba!» sagte er. Er brach in einen Wust argentinisches Spanisch aus und endete mit «Hijo puta!» Seine braunen Augen blitzten.

Fernandez sagte zu McAllen: «Er will wissen, ob wir verrückt sind. Ob er wie ein Mann aussieht, der rumläuft und Fußballspieler erschießt? Er bittet uns, das zu tun, was wir tun müssen, und dann zu verschwinden. Wie wir sehen könnten, würden wir Señorita Varga außer Fassung bringen.»

McAllen war erleichtert. «Also dann», sagte er und wies seinen Mitarbeitern den Weg ins Haus.

Rodriguez, dessen Gesicht noch immer angespannt wirkte, sagte etwas zu Fernandez. Ein aufgeregtes Palaver in Spanisch folgte. Es endete mit mierda! Ay!

Fernandez übersetzte. «Er fragt, was für ein verrücktes Land das sei? Eine Bananenrepublik? Ob wir wüßten, mit wem wir sprechen? Er sei Juan Carlos Rodriguez. Er sei Dollarmillionär. In Argentinien sei er so bekannt wie der Besitzer unserer Baseballmannschaft New York Yankees. Ihm gehört Independiente. Argentinien spielt in der Weltmeisterschaft. Sie sind in Gruppe A. Sie spielen zweimal im Rose Bowl. Er sei ein Sportfan. Das alles sei aberwitzig.» Fernandez hatte mierda als aberwitzig übersetzt, obwohl jeder im Zimmer wußte, daß es Scheiße bedeutete.

McAllen seufzte.

Ana Maria war plötzlich wieder da. Sie trug noch immer dieses zu kurz geratene Lakers-T-Shirt, doch umgab nun eine Stretchleggins ihre untere Körperhälfte wie eine zweite Haut. Sie konnte sich jetzt im Nacken kratzen, ohne die Männer zu foltern. Sie hatte rasch ihr Haar geföhnt. Es fiel ihr rabenschwarz glänzend fast bis auf die Hüften.

Sie lächelte ihr großartiges Lächeln, entblößte dabei ihre perfekten Zähne und streichelte freundlich Rodriguez' Arm, als ob nichts Außergewöhnliches geschehen sei. Sie hatte ihn fest gepackt, ihr kleiner, fester Bizeps trat durch den Druck hervor. Sie verabreichte ihn einen dicken, feuchten Schmatz auf die Backe und gurrte etwas auf spanisch ihm ins Ohr.

Die Berührung und der Kuß beruhigten Rodriguez augenblicklich. Er wechselte von Toben und Bravado zu Charme und Gelassenheit.

Der nun plötzlich hilfsbereite Rodriguez redete auf Fernandez ein.

Fernandez übersetzte: «Die Señorita möchte sich für ihren Temperamentsausbruch entschuldigen. Sie lebt sonst sehr zurückgezogen, und der plötzliche Anblick so vieler Fremder hat ihr einen tiefen Schock versetzt. Es hätten ja auch Banditen sein können. So etwas kommt manchmal in Argentinien vor. Sie lädt diejenigen von uns, die nicht mit der Untersuchung beschäftigt sind, in den Patio zu einer Tasse Kaffee mit ihr und Señor Rodriguez ein. Das Dienstmädchen wird frischen Kaffee mahlen, der in Kolumbien handverlesen wurde, und zwar in der Region, wo es wegen der Kokainschmuggler so gefährlich ist.»

McAllen lächelte. «Bedanken Sie sich, Mon. Sagen Sie ihr, wir nehmen an. Sagen Sie, daß Deutschland am Samstag gegen Polen antritt und daß wir deswegen sehr unter Druck stehen. Wir werden die Suche rasch beenden und dann das Haus sofort wieder verlassen.»

Ana Maria fügte noch etwas auf spanisch hinzu.

«Sie würde gern wissen, ob wir ihr erlaubten, die Tischrunde mit ihrer Videokamera zu filmen? Sie führt eine Art Videotagebuch. Es sei einfacher und mache mehr Spaß, als alles aufzuschreiben, sagt sie.»

«Sie macht was?»

«Sie will später ihren Freunden in Argentinien den amerikanischen FBI-Agenten zeigen können, der eines Morgens in ihr Haus in Kalifornien stürmte und einen Durchsuchungsbefehl präsentierte.»

McAllen seufzte. Ana Maria platzte fast vor Freude und sauste los, um ihren Camcorder zu holen.

Burlane war höchst erstaunt; Ana Maria hatte geschrien, geweint, sich entschuldigt, andere verführt und bezirzt – alles ohne einmal Pause zu machen. Wenn sie wünschte, daß Rodriguez sich aufregte, dann tat er es. Wenn sie ihn ruhig haben wollte, war er ruhig. Sie hatte ganz cool Rodriguez' Emotionen gesteuert, als ob sein Schwanz ein Gangschaltungsknüppel war. Wenn das gespielt sein sollte, dann war es eine preiswürdige Darstellung gewesen. Doch Burlane wußte genau, daß er die echte Ana Maria Varga in Aktion gesehen hatte.

Burlane, Gunderson, McAllen und Mon Fernandez begleiteten Ana Maria und Rodriguez zum Patio. Dort setzten sie sich an einen Tisch aus Redwoodholz, von dem aus man auf den Felsstrand und den Pazifik schauen konnte. Burlane schaffte es kaum, den Blick von Ana Maria abzuwenden, die jetzt bester Laune war, süß und ernst, während sie mit laufender Kamera um den Tisch hüpfte. Er war zwischen ihrem schönen Gesicht und ihren provokanten Nippeln hin- und hergerissen.

Als Ana Maria mit ihrem Tagebuch-Video fertig war, übersetzte Fernandez den Smalltalk. Burlane, Gunderson und McAllen unterhielten sich mit Rodriguez höflich über die Casa Blanca und die Chancen Argentiniens bei der Weltmeisterschaft. Über ihnen schwebten Seeschwalben schreiend im Wind und kurvten mit kleinsten Flügelschlägen mal hierhin, mal dorthin. Dann sah Burlane auf einmal vier Seehunde am Strand. Er zeigte sie den anderen, und für ein paar Minuten war jeder am Tisch mit den Seehunden beschäftigt.

Burlane wußte, daß Ladd McAllen und Mon Fernandez genau wie er sich darauf konzentrieren mußten, die Seehunde am Strand zu betrachten, die dort lagen und sich stupide sonnten, anstatt die Vorzüge von Ms. Varga zu genießen. Das war also die außergewöhnliche Frau, der Rodriguez öffentlich versprochen hatte, die Platzverweise der Argentinier von 1990 zu rächen. War sie außergewöhnlich genug, um auch einen Mord wert zu sein?

Während einer kleinen Pause in der Unterhaltung lehnte sich Gunderson zu Burlane hinüber und fragte leise: «Und, was meinen Sie?»

«Was?» Burlane blinzelte.

«Was halten Sie von dem Ganzen?»

«Ich bin überzeugt, daß Ms. Varga eine vagina con los dientes ist. Das Stichwort habe ich aus der Odyssee.»

Gunderson schaute ihn verwirrt an.

«Sie ist eine Sirene, die auf einem gefährlichen Felsen sitzt. Alle Seeleute müssen höllisch aufpassen.»

«Ich verstehe.»

«Und ich beziehe mich auf die populären Mythen.»

«Die wären?»

«Ich meine, daß man bei der Wahl seiner Prinzessin sehr vorsichtig sein muß. Die beste Taktik ist, auf einem Schimmel in die Stadt zu reiten und den Bösen zu besiegen. Das und weiter Ginseng-Tee trinken.» Er tat so, als würde er Gundersons Po ins Auge fassen.

Gunderson sagte: «Ach verdammt», aber Burlane meinte, sie wäre insgeheim erfreut gewesen.

Zehn Minuten später kehrte einer der Agenten zurück und berichtete vom Fund eines wasserdichten Plastikbehälters im Spülkasten der Toilette. Der Behälter enthielt Zeitungsausschnitte vom Mord an den deutschen Spielern, die in der spanischen Ausgabe des Miami Herald veröffentlicht worden waren, die kurze Biographie des österreichischen Schiedsrichters Reiner Schmidt und Bauzeichnungen des Rose Bowl sowie des Joe Robbie Stadion in Miami.

Alturas, 1 p.m.

Als die Kolb schließlich fertig war, präparierte Edson eine Rollbahn und befand sich nach wenigen Minuten schon in der Luft. Die 9-mm-Uzi lag vor ihm im Schoß und ein Beutel mit zehn vollen, jeweils 32 Schuß fassenden Magazinen. Die Waffe, die sowohl halbautomatisch als auch vollautomatisch feuern konnte, wog wackere 3.8 Pfund und hatte einen Lauf von 4.5 Inch Durchmesser.

Die Luft war klar und kühl, und Edson, der eine Schutzbrille trug und sich im offenen Cockpit wohl fühlte, flog mit ungefähr 35 Meilen Geschwindigkeit in etwa 300 Fuß Höhe und hielt den Blick fest auf die Canyons und das Gebüsch unter sich gerichtet.

Dann ging es urplötzlich los.

Fünf Hirsche: ein schönes männliches Exemplar, zwei Hirschkühe und zwei Kälber. Sie sprangen in großen Sprüngen davon, und ihre kleinen Hufe klackten verheißungsvoll.

Edson ließ die Kolb wie einen Falken hinunterstürzen, zumindest so gut es ging, und knallte den Hirsch und eine Kuh mit jeweils einem einzigen Schuß ab. Der Schuß auf den Hirsch war ein wenig danebengegangen, und er wand sich noch im Todeskampf. Obwohl der Hirsch irgendwann verenden würde, flog Edson hin und verpaßte ihm noch eine Kugel hinter die Ohren. Die Uzi war ein prächtiges kleines Ding, aber man mußte sich erst an sie gewöhnen.

Durch Edsons Unterbrechung für diesen Gnadenakt hatte es die zweite Kuh geschafft davonzulaufen.

Er flog wieder auf etwa 300 Fuß hinauf und sichtete die Kuh, die gerade durch das Unterholz brach. Sie gab sich wirklich alle Mühe zu entkommen, das mußte er zugeben. Er schob ein neues Magazin ein, schloß zur Kuh auf und zertrümmerte ihren Schädel mit einem ganzen Magazin der auf Vollautomatik umgestellten Uzi. Durch die volle Wucht der 9-mm-Kugeln schlidderte sie Hals über Kopf in einen Canyon. Es sah aus wie in einem Slapstick, und Edson mußte fast laut auflachen. Irre!

Edson flog in einem Kreis zurück, um die Hirschkälber zu finden, konnte aber nur eines entdecken, das er mit einem einzigen Schuß niederstreckte. Er würde einem Coyoten das Vergnügen gönnen, das andere zu jagen. Er hatte den Bussarden und Geiern eine freie Mahlzeit verschafft. Es gab schließlich noch mehr Kälber in den Sierras. Was sollte er sich da beschweren?

Edson konnte nicht begreifen, warum sich diese Grünen und all diese Umweltschützer so aufregten. Das Leben war stetig im Fluß. Das Wasser wurde zu Wolken. Die Wolken zu Regen. Der Regen nährte das Gras. Das Gras den Hirsch. Das Raubtier und die Beute. Leben war nur ein Aggregatzustand. Mueller hatte gesagt, daß die Welt eben so funktionierte, und er hatte recht. Wenn man das System von Gefühlsduseligkeit befreite, dann funktionierte es perfekt.

Edson kehrte zum Minivan zurück, um zu tanken und sich ein Sandwich und ein kaltes Bier aus seiner Kühltasche zu holen. Dann stieg er wieder auf und flog diesmal runter in die Ebene in Richtung Nevada, um nach Kaninchen Ausschau zu halten. Kaninchen waren schneller und kleiner als Rotwild und stellten deswegen eine größere Herausforderung für den Schützen dar. Noch besser wäre es, wenn er auf einen Coyoten stoßen würde. Ein Coyote war schnell und wendig und somit ein guter Test für Edsons Flug- und Schießkünste. Ein Kaninchen war vielleicht schwerer zu treffen, aber ein Coyote hatte etwas Besonderes – vielleicht wegen der Cartoonfigur Willy Coyote –, und deswegen machte es noch mehr Spaß, ihn von der Platte zu putzen.

Edson nahm nicht an, daß es so weit nördlich noch Roadrunner gab. Einen Roadrunner aus einem Ultralight heraus abzuknallen wäre eine echte Herausforderung gewesen.

Kapitel 13

Santa Barbara, 4 p.m.

Vor den Fenstern des FBI-Quartiers in Santa Barbara ging die Sonne langsam im Pazifik unter. Nachdem die morgendliche Durchsuchung von Tony Artes Besitz ein positives Ergebnis gezeitigt hatte, war die schwerfällige Justizmaschinerie, angetrieben von der Bedeutung der Ereignisse, in Gang gekommen – wenn auch immer noch langsam.

Während Ladd McAllen und Elizabeth Gunderson die gerichtsmedizinischen Berichte noch ein letztes Mal durchgingen, warteten die anderen Personen. James Burlane löste ein Kreuzworträtsel in der Morgenausgabe der *Los Angeles Times*; Mon Fernandez kritzelte auf einem gelben Stück Papier herum; Juan Carlos Rodriguez kaute an seiner Unterlippe, und Rodriguez' Rechtsanwalt, Armando Brillante, betrachtete seinen Handrücken. Brillante, ein Kubaner aus Miami, war ein hispanischer Staranwalt, der sich seine Reputation dadurch verschafft hatte, daß er Drogenhändler aus dem Kittchen raushielt.

McAllen hob einen durchsichtigen Beutel hoch, der die Artikel des *Miami Herald* über die Morde auf dem Parkplatz des Soldier Field enthielt. Er sagte: «Ihre Fingerabdrücke und die der Señorita

Varga wurden überall auf den Zeitungsausschnitten gefunden. Was sagen Sie dazu?»

Brillante ging sofort dazwischen. «Darauf muß mein Mandant nicht antworten.» Er flüsterte etwas in Rodriguez' Ohr. Rodriguez hörte zu und nickte dann. Er hatte verstanden. Er antwortete auf spanisch.

Fernandez übersetzte. «Wie wir wissen, würde ihm Independiente gehören, ein Fußballverein in Buenos Aires. In Argentinien ist das so, als ob ihm die New York Yankees gehören würden. Er ist hergekommen, um sich die Weltmeisterschaftsspiele anzuschauen. Argentinien spielte die beiden Erstrundenbegegnungen im Rose Bowl, wie wir sicher wissen würden. Er flog nach Orlando, um sich das Spiel Argentinien gegen Irland anzusehen, aber er übernachtete in Miami Beach. Warum sollte er auch in Orlando bleiben? Etwa, um sich Mickymaus anzusehen? In Miami sei schließlich etwas los. Selbstverständlich war er am Mordfall der Fußballspieler interessiert. Sicher, er hat die spanische Ausgabe des *Miami Herald* gelesen. Aber er hat diese Artikel nicht ausgeschnitten. Jemand anders hat das gemacht.»

«Wer?»

Rodriguez wußte, was «Wer?» bedeutete. «No se.»

«Señorita Varga?»

Rodriguez verstand auch das. Seine Augen wurden zu Schlitzen. Er feuerte eine Frage in Spanisch auf McAllen ab.

Fernandez übersetzte. «Er sagt, das sei grotesk. Er möchte wissen, warum sie so etwas tun würde? Er sagt, daß man Señorita Varga da rauslassen soll.»

Rodriguez sprach mit seinem Rechtsanwalt.

Fernandez verzog das Gesicht. «Er sagt gerade zu Mr. Brillante, daß er nicht möchte, daß Señorita Varga da mit hineingezogen wird. Er möchte wissen, ob Sie autorisiert sind, das zu veranlassen.»

McAllen wurde sauer. «Sagen Sie ihm, daß ich das bestimmt veranlassen kann, da kann er seinen Arsch drauf verwetten.»

«Wollen Sie wirklich, daß ich das übersetze?» fragte Fernandez.

McAllen lächelte. «Nein. Bringen Sie das für mich in eine anständige Form, Mon. Sie sollten in den diplomatischen Dienst eintreten.»

Brillante sprach mit Rodriguez. Dann sagte er auf englisch: «Ich habe ihm gesagt, daß es in Ordnung geht, Mr. McAllen. Sie müssen ihren Job machen und wollten Señorita Varga nicht beleidigen. Er ist Lateinamerikaner, Sie müssen das verstehen. Er sorgt sich um Señorita Vargas Karriere.»

Rodriguez, der sich von den Einlassungen Brillantes hatte beruhigen lassen, wollte noch etwas hinzufügen.

«Er sagt, als Señorita Varga und er in Miami Beach waren, haben sie beim Frühstück morgens immer dieselbe Zeitung gelesen. Sie liest den Sportteil genauso wie er, deswegen sind natürlich auch ihre Fingerabdrücke mit darauf.»

«Fragen Sie ihn, warum er eine Biographie von Reiner Schmidt in seinem Spülkasten versteckt hat?»

Brillante hielt die Hand hoch, bevor Fernandez die Frage übersetzen konnte. «Es ist noch gar nicht sicher, ob Señor Rodriguez überhaupt etwas in dem Kasten versteckt hat. Sie sagen, Sie hätten etwas gefunden, fein. Die Frage ist nun: Wie ist es dorthin gekommen? Und wer ist überhaupt dieser Reiner Schmidt?

«Okay, Mon. Fragen Sie Señor Rodriguez, ob er einen Österreicher namens Reiner Schmidt kennt.»

Fernandez fragte ihn.

«El no se.»

Fernandez wollte gerade übersetzen, doch McAllen unterbrach ihn. «Das Nein habe ich verstanden. Sagen Sie ihm, wer Schmidt ist.»

Fernandez machte es.

Rodriguez zuckte mit den Schultern. «El no se.»

«Er kennt keinen Schmidt», sagte Brillante. «Ich weiß nicht, wie er es noch klarer sagen könnte. Befinden sich die Fingerabdrücke von Señor Rodriguez auf der Biographie von Reiner Schmidt?»

«Nein.»

Brillante hob seine Handflächen gen Himmel. «Aber dann hätte ja jeder diese Sachen dorthin legen können, oder etwa nicht?»

McAllen sah nachdenklich aus. «Mon, fragen Sie ihn, warum seine Fingerabdrücke überall auf den Plänen des Rose Bowl und des Joe Robbie Stadions sind, die wir in dem Spülkasten gefunden haben.»

Bevor Fernandez irgend etwas sagen konnte, antwortete Brillante. «Die Deutschen wurden vor dem Cotton Bowl in Dallas, Texas, ermordet.»

«Fragen Sie ihn bitte, Mon.»

«Die Weltmeisterschaftsspiele werden in Orlando ausgetragen, nicht im Joe Robbie.»

«Das Joe Robbie befand sich ursprünglich auch auf der Liste der möglichen Austragungsorte, die von der FIFA in Betracht gezogen wurden. Mon?»

«Er muß diese Frage nicht beantworten.» Brillante flüsterte wieder etwas in Rodriguez Ohr.

Rodriguez lächelte und flüsterte zurück. Brillante schien mit dem, was er zu sagen hatte, zufrieden zu sein. Dann beantworte Rodriguez McAllens Frage.

Fernandez hörte zu und übersetzte. «Er ist Mitglied des Komitees, das der Bürgermeister von Buenos Aires eingesetzt hat, um die Baumöglichkeiten für ein neues Stadion zu prüfen. Er sagte, daß sie in den vergangenen 10 Monaten die Pläne von Stadien aus verschiedenen Ländern studiert haben. Im Rose Bowl finden mehr als 100.000 Zuschauer Platz. Das Joe Robbie hält man für vielseitig und relativ billig zu bauen. Die Miami Dolphins hätten es bezahlt und nicht die Steuerzahler von Florida.»

Brillante fragte: «Gab es noch andere Fingerabdrücke auf den Plänen?»

«Ja», erwiderte McAllen.

«Wessen?»

«Das wissen wir noch nicht.»

Brillante schlug sich mit der Hand vor die Stirn. «Das wissen Sie noch nicht? Ay!»

«Fragen Sie ihn, wieso die Pläne im Spülkasten der Toilette von Tony Artes Haus aufgetaucht sind, während er dort wohnt. Haben die Hausgeister sie dort hingelegt? Die Elfen?»

Fernandez schaute Brillante an.

Brillante schaute seinen Klienten an. Nachdem sie wieder miteinander geflüstert hatten, winkte er großzügig mit der Hand und erteilte die Erlaubnis zur Frage.

Fernandez übersetzte zuerst die Frage, ließ allerdings die Hausgeister und Elfen aus, und dann die Antwort. «Señor Rodriguez sagt, daß man vor einigen Monaten im Büro der Kommission eingebrochen hat. Man konnte nicht feststellen, was der Eindringling gestohlen hatte oder ob er überhaupt etwas gestohlen hatte. Er sagt, daß die Pläne in einem jedermann zugänglichen Metallschrank aufbewahrt wurden. Wenn jemand die Pläne vom Rose Bowl und Jose Robbie mitgenommen hätte, dann hätte es niemand bemerkt.»

«Wie viele Kommissionsmitglieder gibt es?»

Fernandez wiederholte die Frage.

«Doce», entwortete Rodriguez.

«Sehen Sie, auf jede Frage gibt es eine logische Antwort. Die Situation ist albern. Werden Sie ihn verhaften, weil ein unbekannter Idiot sich einen Spaß mit seiner Toilette erlaubt hat? Wollen Sie versuchen, ihn mit einer unmöglich hohen Kaution dazubehalten, weil er ein reicher Argentinier ist? Ihn ein wenig rumschubsen, à la Gringo?»

McAllen erwiderte: «Nein wir werden ihn nicht verhaften Mr. Brillante.» Zu Gunderson sagte er: «Hast du noch irgendwelche Fragen, Elizabeth?»

«In einer halben Stunde bestimmt ein ganzes Dutzend, aber im Augenblick fallen mir keine mehr ein.»

«Major Khartoum?»

Burlane schaute von seinem Kreuzworträtsel auf. «Ich brauche ein Wort mit fünf Buchstaben für das Reiseziel von Marco Polo.»

McAllen grinste.

«China», sagte Burlane schnell. Er trug die Buchstaben ein.

Zu Fernandez gewandt, sagte McAllen: «Mon, danken Sie bitte Señor Rodriguez in unserem Namen und sagen ihm bitte, daß wir seine Mithilfe zu schätzen wissen. Er kann gehen, wohin er will. Wir hoffen, daß er und seine wunderschöne Lady sich bei den Spielen gut unterhalten werden, aber sagen Sie ihm auch, daß wir immer noch hoffen, daß die USA den Titel gewinnen.»

Mon Fernandez übersetzte.

«Los Estados Unidos? La Copa del mundo?» Rodriguez mußte lauthals auflachen.

McAllen grinste. «Sagen Sie ihm, daß es das Herz und der Wille gemeinsam schon schaffen werden.»

«Und die Verteidigung», fügte Fernandez hinzu.

«Die auch», antwortete McAllen.

Fernandez ging wieder zum Spanischen über. Juan Carlos Rodriguez stand auf und gab McAllen die Hand. «Los Estados Unidos? Ay, Señor!»

Palo Alto, 9 p.m.

Elizabeth Gunderson rief James Burlane in seinem Hotel an, um ihm die Ergebnisse der kriminalistischen Untersuchungen des FBI mitzuteilen. Die Fingerabdrücke auf den roten und gelben Karten stimmten mit denen eines ehemaligen deutschen Soldaten überein, der inzwischen österreichischer Staatsbürger war. Der Österreicher befand sich zur Zeit in den USA, um als Schiedsrichter an der WM teilzunehmen.

«Tatsächlich?» Burlane schien beeindruckt.

«Ein deutscher Sportartikelhersteller vermarktet diese Karten in verschiedenen europäischen Ländern. Auf den Karten befanden sich deutliche Fingerabdrücke. Wer auch immer die Karten zuletzt in der Hand gehabt hat, mag sicherlich Wurst.»

«Wurst?»

«Eine Karte war mit einem Flecken Schweinefett, gewürzt mit Salz, Salbei, Bohnenkraut, Majoran und schwarzem Pfeffer versehen.»

«Nichts anderes?»

«Ist das nicht genug?»

«Er hatte Pizza, bevor er sein letztes Spiel gepfiffen hat. Hat McAllen ihn gefunden?»

«Sie haben ihn.»

«Okay! Sie werden sich wohl mit ihm unterhalten, nehme ich an.»

«Morgen früh in San Francisco.»

«Und der Name des Schiedsrichters?»

«Reiner Schmidt.»

«Reiner Schmidts Fingerabdrücke befanden sich überall auf den Karten?»

«Äußerst klar und vollkommen eindeutig zu bestimmen. Was meinen Sie?»

«Über Juan Carlos Rodriguez oder Reiner Schmidt?»

«Beide.»

«Keinen blassen Schimmer», sagte Burlane. «In Rodriguez' Fall ist sicher der Stolz ein mächtiger Beweggrund. Vielleicht erfährt ja McAllen bei seiner Unterhaltung mit Schmidt morgen früh irgendwas Interessantes. Vielleicht kann er den Fall dann beenden.»

«Mein Gott, das hoffe ich wirklich.»

«Sie werden wohl auch mit von der Partie sein?»

«Ja klar.»

«Das FBI, eh, wird doch immer noch das Kommen und Gehen von Señor Rodriguez und seiner Lady verfolgen, oder? Ihr Telefon anzapfen. Ihren Müll durchsuchen. Den Geruch ihrer Fürze klassifizieren. All diese tollen Sachen.»

Gunderson lachte. «Ladd McAllens Männer stehen in den Startlöchern, das garantiere ich Ihnen, Major Khartoum. Wenn er versucht, mit dem Mörder Kontakt aufzunehmen, wird es Ladd augenblicklich erfahren.»

Kapitel 14

San Francisco, 9:30 a.m., Sonntag, 3. Juli

(Ganz gleichgültig ob das FBI noch weitere Morde an Fußballern verhindert hatte oder nicht, zwei tote Spieler waren genug, um später ein brisante Mischung von ruinösen Anschuldigungen und Schuldzuweisungen heraufzubeschwören. Wann immer Mitarbeiter des FBI in solch einen Haufen Scheiße traten, gab es jede Menge Meinungen, wie man diese Scheiß-Anschuldigungen hätte vermeiden können.

Sollte die Mitschrift von Reiner Schmidts Befragung enthüllen, daß man sich nicht sorgfältigst an die legale Prozedur gehalten hatte, dann würden die Medien das FBI später in die Mangel nehmen, und McAllen wußte das.)

McAllen unterdrückte in dem sauberen, funktional eingerichteten Verhörzimmer des FBI in San Francisco das Bedürfnis, auf seiner Lippe herumzukauen. Das Wort, das man gebrauchte, lautete ‹Befragung›. Es war ein Euphemismus, der die Gerüchte über eigenmächtige Agenten in einem demokratischen Staat zerstreuen sollte. (‹Verhör› klang zu sehr nach dem bösartigen Gletkin aus

Arthur Koestlers ‹Darkness at Noon›.) Herr Schmidt wurde also befragt und nicht verhört.

Im Befragungszimmer standen ein Schreibtisch, drei Stühle und ein kleiner Spiegel an der Wand, durch den man offensichtlich von nebenan hereinschauen konnte. An der gegenüberliegenden Wand stand ein Regal voller juristischer Bücher, so als ob man den hier Verhörten versichern wollte, daß alles vollkommen legal sei. Überall waren versteckte Mikrophone angebracht, so daß die Kollegen jederzeit mithören konnten. Die Wände waren in einem blaß malve Farbton gehalten, der an eine Anstalt erinnerte. Die Farbe sollte wohl beruhigend wirken, vermutete McAllen. Er war aber alles andere als ruhig. Er las sich noch einmal seine Notizen durch.

«Herr Schmidt, wir möchten uns heute mit Ihnen unterhalten, weil wir Ihre Fingerabdrücke auf der gelben Karte gefunden haben, die Jens Steiner vor dem Spiel gegen Südkorea zugestellt wurde, und auf der roten Karte und den zwei anderen gelben, die man ebenfalls an Steiner schickte. Auf der roten Karte stand Peter Tarchalskis Name, und auf den beiden gelben war Willi Gochnauer aufgeführt.»

Schmidt blinzelte. «Meine Fingerabdrücke? Denken Sie etwa, ich hätte Peter Tarchalski und Willi Gochnauer ermordet?»

«Wir beschuldigen Sie zur Zeit keines Verbrechens. Sie dürfen sich aber jederzeit einen Anwalt nehmen. Sie können unsere Fragen beantworten oder auch nicht, ganz wie Sie möchten. Nach amerikanischem Recht können Sie jede Frage ablehnen, von der Sie annehmen, sie würde Sie belasten. Wenn Sie es vorziehen, können wir die Befragung verschieben, bis Sie jemanden vom österreichischen Konsulat erreicht haben. Haben Sie das verstanden?»

«Ja sicher. Ich werde Ihre Fragen aus freiem Willen beantworten.» Reiner Schmidt war schlank, gut gebaut und hatte blonde Haare. Er trug Khakihosen und ein Dallas-Cowboys-Sweatshirt.

«Sie sprechen sehr gut Englisch, Herr Schmidt, aber sollte ich zu schnell sprechen oder einen Ausdruck benutzen, den Sie nicht verstehen, dann bitte ich Sie, mich zu unterbrechen und um Klärung zu bitten.»

«Ich glaube nicht, daß wir Probleme haben werden, aber wenn ich etwas nicht verstehe, werde ich es Sie wissen lassen.»

«Ich möchte mich noch einmal für die Unannehmlichkeiten entschuldigen, die wir Ihnen verursachen. Wir möchten Besucher der USA sicher nicht belästigen. Morgen ist der 4. Juli, unser Unabhängigkeitstag. Wir feiern die Errichtung eines Rechtsstaates, nicht die eines Willkürregimes.»

«Sicherlich. Ich weiß zwar nicht, warum Sie sich mit mir unterhalten wollen, aber wenn ich Ihnen irgendwie helfen kann, den Mörder zu finden, werde ich mein Bestes tun. Meine Fingerabdrücke sind auf den Karten? Sie haben tatsächlich meine Fingerabdrücke gefunden?»

«Sie waren bei der deutschen Bundeswehr gespeichert. Würden Sie mir bitte Ihren vollständigen Namen, Ihren Beruf, Ihre Adresse und Ihren Geburtsort sowie das Geburtsdatum nennen?»

«Ich heiße Reiner Karl Schmidt. Ich wurde am 17. Oktober 1951 in München geboren. Ich wohne Müllerstraße 212 in Salzburg, Österreich. Mir gehört eine Bäckerei. Ich bin Schiedsrichter der österreichischen Liga.»

«Sind Sie verheiratet?»

«Seit 15 Jahren. Meine Frau heißt Erika. Ich habe einen elfjährigen Sohn namens Jürgen.»

«Warum halten Sie sich zur Zeit in den Vereinigten Staaten auf, Herr Schmidt?»

«Die FIFA hat mich als einen der Schiedsrichter für die Endrundenspiele ausgesucht.»

«Sagen Sie mir bitte, wie Sie Schiedsrichter geworden sind.»

Schmidt machte eine Pause. «Das ist eine lange Geschichte.»

«Würden Sie sie mir bitte erzählen.»

«Ich habe als Fußballspieler angefangen, als Außenläufer in einer Amateurmannschaft in Rosenheim, das ist eine kleine Stadt auf halbem Weg zwischen München und Salzburg. Man sagte, ich sei recht gut.» Es war offensichtlich eine Geschichte, die Schmidt nicht gern erzählte.

«Was geschah dann, Herr Schmidt?»

«1972, als ich 21 Jahre alt war, wurde ich zu einem Probespiel vom FC Bayern München eingeladen. Bayern München ist einer der bekanntesten deutschen Vereine. Das entspricht etwa einem Probespiel bei den Yankees, als sie die Baseballchampions waren. Franz Beckenbauer spielte für Bayern München. Bei einem Training knallte ich gegen einen Verteidiger und wurde bewußtlos. Ich wachte eine Woche später in einem Krankenhaus auf. Ich hatte im Koma gelegen.» Schmidt verzog das Gesicht.

«Was geschah dann?»

«Nach ein paar Stunden schon konnte ich aufstehen und wieder rumlaufen. Nach ein paar Tagen fühlte ich mich wieder wie der alte. Ich war jung. Ich war fit. Ich meinte, so gut wie vor dem Unfall spielen zu können. Ich war zwar mit dem Kopf aufgeschlagen, ja, aber ich hatte mich schließlich wieder erholt. Unglücklicherweise wollte mich niemand mehr versichern. Keine Versicherung, keine Bundesliga.» Schmidt schloß für einen Augenblick die Augen.

«Wir fühlten Sie sich damals?»

«Verbittert. Zunächst war ich sehr verbittert. Aber das war vor 22 Jahren. Die Zeit vergeht. Das Leben geht weiter.»

«Was haben Sie danach gemacht?»

«Ich habe eine Stelle bei meinem Cousin angenommen, der eine Bäckerei in Salzburg betrieb. Ich spielte weiterhin Amateurfußball, und als ich älter wurde, kaufte ich die Bäckerei meines Cousins und wurde Schiedsrichter. Ich habe mich immer für Sport interessiert, und es macht mir einfach immer Spaß, dabeizusein. Ich glaube sagen zu können, daß ich ganz gut bin, und deswegen wurde ich auch als WM-Teilnehmer ausgewählt. Das ist wirklich eine Ehre.»

«Sie besitzen einen österreichischen Paß. Sie sind also österreichischer Staatsbürger geworden? Stimmt das?»

«Ja, das stimmt. Mir gehört eine Bäckerei in Salzburg. Ich bin mit einer Österreicherin verheiratet. Ich war der Ansicht, ich sollte mich einbürgern lassen.»

«Sie waren in Dallas, um im deutsch-koreanischen Spiel notfalls als Schiedsrichter einzuspringen, falls der FIFA-Schiedsrichter von einer Blinddarmentzündung überfallen worden wäre oder so was ähnliches. Stimmt das?»

«Falls Mijnheer Guyen aus Holland etwas zugestoßen wäre, ja. Ich war als sein Ersatz vorgesehen.»

«Wo befanden Sie sich während des Spiels?»

«Ich habe es mir von meinem Dienstplatz aus angesehen.»

«Was machten Sie, nachdem das Spiel vorbei war?»

«Ich bin gegangen.»

«Sofort?»

«Ja. Ich bin mit der Masse der Zuschauer aus dem Stadion herausgeströmt.»

«Wohin sind Sie dann gegangen?»

«Das möchte ich nicht beantworten, falls es geht.»

McAllen, dem das nicht gefiel, blinzelte. «Nicht? Warum nicht?»

«Sie sagten, ich müßte die Fragen nicht beantworten, falls ich nicht wollte.»

«Ja, das habe ich gesagt, und dabei bleibt es. Haben Sie Zeugen für die Zeit nach dem Spiel?»

«Ich bin mir sicher, daß mich verschiedene Leute gesehen haben, aber ich bin mir nicht sicher, ob sie sich an mich erinnern werden.»

«Besitzen Sie eine Waffe, Herr Schmidt?»

«Was?»

«Ich fragte, besitzen Sie eine Waffe?»

Schmidt zögerte. «Eigentlich, ja.»

«Was für eine?»

«Eine alte deutsche Schrotflinte, die ich von meinem Vater geerbt habe. Ich habe sie an der Wand meines Wohnzimmers aufgehängt. Ich habe sie niemals benutzt, weil ich nicht wußte, ob man sie mit moderner Munition laden kann.»

«Haben Sie bei der Bundeswehr das Schießen gelernt?»

«Ich war zwar Kompanieschreiber, aber, ja, man hat es mir beigebracht. Ich ... ich war eigentlich auch ein ziemlich guter Schütze.»

«Wenn Sie unschuldig sind, dann ist es sehr wichtig für Sie, uns mitzuteilen, wo Sie waren, als die deutschen Spieler getötet wurden. So wie es jetzt aussieht, steht die Sache nicht allzu gut, oder? Denn soweit wir wissen, hat Sie ihr Unfall seit 20 Jahren immer weiter verfolgt und an Ihnen genagt. Was wäre, wenn Sie aus Verbitterung nach Salzburg gegangen sind und nicht allein wegen der Bäckerei? Wenn das so wäre, dann hatten Sie sowohl eine Gelegenheit wie auch ein Motiv. Wir müssen jeden verdächtigen, das ist unser Job. Die Deutschen sind unsere Gäste bei einem internationalen Wettkampf. Wir waren für ihre Sicherheit verantwortlich. Wir sind verpflichtet, äußerst sorgfältig vorzugehen.»

«Ich glaube, ich möchte mit jemandem vom österreichischen Konsulat sprechen.»

(«An einem Sonntag? Wir werden auf jeden Fall versuchen, jemanden aufzutreiben.»)

10:22 a.m.

Nebenan trank James Burlane einen Schluck Kaffee, und Elizabeth Gunderson schaltete den Monitor aus, an dem sie und Burlane die Befragung Reiner Schmidts verfolgt hatten.

«Was meinen Sie?» fragte Gunderson. Sie goß sich ebenfalls einen Kaffee aus der stählernen Kanne in der Ecke ein, schüttete dann eine Päckchen gelbliches Chemiezeugs rein, um den Kaffee etwas aufzuhellen.

«Es könnte doch sein, daß jemand ihm die Karten gestohlen hat.»

«Wenn er unschuldig ist, warum sagt er uns dann nicht, wohin er gegangen ist?»

Burlane zuckte mit den Schultern.

McAllen kam ins Zimmer. «Wir haben die Österreicher endlich erreicht. Sie schicken jemanden her. Es wird noch ein paar Minuten dauern.» Er schnappte sich eine Tasse und goß sich Kaffee ein. «Was meinen Sie?»

«Keine Ahnung», sagte Gunderson.

«Er klingt schon aufrichtig», sagte Burlane.

«Werden wir sehen», erwiderte McAllen.

Ein paar Minuten später kam ein Vertreter des österreichischen Konsulats an. Er hieß Joseph Rothman und war ein adrett und ansprechend wirkender Mann. Er trug eine lederne Aktenmappe bei sich.

McAllen ließ Rothman mehrere Minuten mit Schmidt allein und ging dann in das Zimmer nebenan, um die Befragung fortzusetzen.

10:32 a.m.

«Ich nehme an, daß Sie mit Herrn Schmidt alles besprochen haben», sagte McAllen. «Wir haben seine Fingerabdrücke auf den Karten gefunden, die Jens Steiner erhielt. Herr Schmidt streitet ab, irgend etwas mit den Morden zu tun zu haben. Er gibt an, er hätte das Stadion direkt nach dem Spiel verlassen, aber er will uns nicht sagen, wohin er danach ging.»

Rothman nickte. «Er hat mir mitgeteilt, was Sie ihn gefragt haben. Ich versichere Ihnen, Mr. McAllen, ich möchte genau wie Sie den Vorfällen auf den Grund gehen, doch muß ich Herrn Schmidts Rechte als österreichischer Staatsbürger respektieren.»

«Natürlich, wie wir auch», erwiderte McAllen.

«Herr Schmidt, wenn Sie meinen, Sie wären in ernsten Schwierigkeiten, haben Sie das Recht, einen Rechtsanwalt hinzuzuziehen. So sieht es das Gesetz der Vereinigten Staaten vor, und es gilt für Ausländer genauso wie für amerikanische Staatsbürger.»

«Das hat mir Mr. McAllen bereits mitgeteilt.»

«Ich kann Ihnen einen Anwalt besorgen, wenn Sie möchten», sagte Rothman.

«Ich brauche keinen.»

«Wenn Sie keinen Rechtsbeistand brauchen, und wenn Sie unschuldig sind, dann müssen Sie diesem Beamten mitteilen, wohin Sie nach dem Spiel gegangen sind. Mir fällt es schwer zu glauben, daß Sie das FBI wegen der Fingerabdrücke belügen würden. Das ist wichtig, Herr Schmidt.»

Schmidt seufzte. «In Ordnung, ich sage Ihnen, wohin ich gegangen bin. Aber ich werde es nur machen, wenn man mich an einen Lügendetektor anschließt. Ich will nicht, daß man an meiner Unschuld zweifelt. Wenn ich fertig bin, möchte ich als freier Mann diesen Raum verlassen und ohne Schwierigkeiten meinen Angelegenheiten nachgehen können. Ich bin an diesem Wochenende wieder als Ersatzschiedsrichter vorgesehen.»

«Geht in Ordnung. Wenn Sie nichts einzuwenden haben, Herr Rothman?»

«In Ordnung», sagte Rothman. «So ist es am besten, Herr Schmidt. Wenn Sie unschuldig sind, beweisen Sie es, und ich werde Sie zum Essen einladen.»

«Wenn er unschuldig ist, zahle ich die Rechnung», sagte McAllen.

(Schmidt seufzte.

«T-Bone Steaks aus Kansas-City», sagte McAllen.

«Na fein», sagte Rothman, «T-Bone Steaks.»

«Ja, ja», antwortete Schmidt. Er wirkte entmutigt.)

11:10 a.m.

Der Lügendetektor-Spezialist Miles Templeton war ein abwesend wirkender Mann Anfang Sechzig mit einer kugelrunden Nase. Er erschien zur Befragung Reiner Schmidts in einem zerknitterten braunen Anzug, der mindestens seit 20 Jahren schon nicht mehr modern war. Auch seine Brille, ein kräftiges Plastikgestell, hatte etwas Altmodisches. Seine enormen Augenbrauen hätten einen Schnitt gut vertragen können, ebenso sein wild wucherndes Nasenhaar und die Härchen in den Ohren.

Templeton arbeitete seit 32 Jahren am Lügendetektor. Das Interpretieren der Ausschläge war zum Teil eine Wissenschaft, zum Teil eine Kunst, weswegen kritische Liberale erfolgreich gegen die Zulassung als Beweismaterial vor Gericht gekämpft hatten.

Er las zuerst die Mitschrift von Schmidts Verhör. Dann besprach er die wichtigen Fragen mit McAllen. Danach befestigte er die Kontakte, die maßen, wieviel Schmidt schwitzte, an dessen Fingerspitzen, dann die Kontakte für den Puls und die für den Blutdruck.

Als Templeton mit seiner Vorbereitung fertig war und er sich versichert hatte, daß Schmidt auch bequem saß, begann er mit der Befragung. «Herr Schmidt, ich möchte, daß Sie mir die folgenden Fragen wahrheitsgemäß beantworten. Okay?»

«Das werde ich.»

«Wie heißen Sie?»

«Reiner Schmidt.»

«Wann wurden Sie geboren?»

«Am 17. Oktober 1951.»

«Wo wurden Sie geboren?»

«In München in Deutschland.»

«Wie hieß Ihr Vater?»

«Jürgen Schmidt.»

«Wie hieß Ihre Mutter?»

«Anna.»

«Sind Sie verheiratet?»

«Ja. Meine Frau heißt Erika. Ich habe einen Sohn namens Jürgen, den ich nach meinem Vater benannt habe.»

«Was für einen Beruf üben Sie aus?»

«Mir gehört eine Bäckerei. Außerdem bin ich Schiedsrichter.»

«Was empfanden Sie, als der Unfall Ihre Karriere beendete.»

«Mehrere Jahre lang war ich verbittert. Ich fand, daß mir nichts fehlte, doch die Versicherungsunternehmen waren übervorsichtig. Aber ich bin darüber hinweggekommen.»

«Ich möchte, daß Sie bei den beiden nächsten Fragen lügen. Haben Sie jemals Sex mit einer Kuh gehabt?»

Schmidt grinste. «Ja natürlich. Jeden Sonntag nachmittag auf der Weide meines Nachbarn.»

«Haben Sie jemals in der American Baseball World Series gespielt?»

«Ja. Ich war der Outfielder der Oakland Athletics.»

«Ich werde Ihnen einige Fragen stellen, die Sie bitte mit ja oder nein beantworten. Besitzen Sie eine Waffe?»

«Ja.»

«Was für eine Waffe?»

«Eine alte Schrotflinte.»

Haben Sie Peter Tarchalski oder Willi Gochnauer erschossen?«

«Nein.»

«Wissen Sie von irgendeiner Verschwörung, deutsche Fußballer zu ermorden?»

«Nein.»

«Und jetzt, Herr Schmidt, sagen Sie mir bitte die Wahrheit. Haben Sie das Stadion direkt nach dem Spiel Deutschland gegen Korea verlassen?»

«Ja.»

«Wohin sind Sie gegangen?»

«Ich ging zu einer Bar namens Apollo Theater. Ich hatte sie am morgen bei einem Spaziergang entdeckt.»

«Sie meinen den Morgen des Spieltages?»

«Ja. Sie hat 24 Stunden offen.»

«Was machten Sie im Apollo Theater?»

«Da, ehm...» Schmidt sah dümmlich drein. «Da gibt es Live Sex auf offener Bühne. Na ja, wie sich herausgestellt hat, war es simuliert, so heißt das doch wohl. Ich ... solche Bars gibt es auch in Frankfurt oder Hamburg. Wissen Sie...»

Templeton, der den Nadelausschlag von Schmidts Reaktion auf diese Frage verfolgte, kräuselte die Lippen. «Warum haben Sie die Antwort auf diese Frage vorhin abgelehnt?»

Schmidt holte tief Atem und ließ ihn durch die geblähten Backen wieder heraus. «Die FIFA ist sehr um den Ruf der Spieler und Offiziellen besorgt. Es reicht schon, wenn sich nur ein unbedeutender FIFA-Beamter aufregt. Man muß wissen, daß ihr Wort Gesetz ist. Man kann nicht mit ihnen streiten und gewinnen.»

«Wir haben hier einmal eine Reihe ungewöhnlicher Ausschläge, aber ich glaube, wir können davon ausgehen, daß er die Wahrheit sagt.»

«Wo waren diese Ausschläge?» fragte McAllen.

Tempelton sah noch einmal im Ausdruck nach. «Als er uns sagte, er wäre in das Apollo Theater gegangen, aber es gibt ja gute Gründe, warum er dort heftig reagiert.»

Schmidt räusperte sich. «Ich will, daß damit alles gegessen ist. Verstehen Sie? Ich möchte nicht, daß sich mein Name durch eine Indiskretion in den Artikeln über ihre Untersuchung wiederfindet.»

«Soweit es uns betrifft», erwiderte McAllen, «geht es weder die Medien noch die FIFA etwas an, wohin Sie nach dem Spiel gegangen sind, Herr Schmidt.»

«Herzlichen Dank, Mr. McAllen», sagte Rothman.

McAllen lächelte. «Kein Grund, mir zu danken. So steht es im amerikanischen Gesetz. Wir tun unser Bestes, um den Mörder zu schnappen. Wie ich schon sagte, ist es nicht unsere Aufgabe, Menschen aus Spaß zu drangsalieren. Aber hier stehen wir vor einem wirklich ernsten Problem.»

«Ach, übrigens, ich bin auch mal in so einen Laden gegangen, in Amsterdam», sagte Templeton.

«Wirklich?» fragte Rothman.

«Es war schon etwas merkwürdig, muß ich sagen. Da war nichts simuliert, glauben Sie mir.»

«Und ich habe gedacht, ich hätte meine Karten verlegt. Ich hatte ja keine Ahnung.»

Palo Alto, 11 p.m.

(Die Deutschen würden am 4. Juli gegen die Spanier spielen. James Burlane war eigentlich der Meinung, daß die Amerikaner diesen Tag den LaFayette Day nennen sollten, denn ohne die Hilfe des Marquis LaFayette wäre George Washington nur einer dieser wirren Politiker gewesen, ein Mann mit falschen Zähnen, der liebend gern im Schnee kampierte.

Burlane stimmte den Engländern zu, daß es ein Unabhängigkeitskrieg gewesen war und kein Revolutionskrieg. Es war möglich, zumindest taten das die amerikanischen Historiker gern, Washington einen Kampferfolg im Unabhängigkeitskrieg zuzuschreiben: den Sieg in der Schlacht von Trenton gegen die hessischen Söldner. Doch was für ein Sieg sollte das gewesen sein, da sich die Briten bereits aus den meisten Stellungen zurückgezogen hatten, bevor der heroische Washington und seine Männer eintrafen?

Für Burlane war die akurateste Version dieser ganzen Geschichte die, daß die Kolonisten ein teurer Spaß gewesen waren und daß die Briten schließlich das einzig Vernünftige gemacht hatten, indem sie vorgegeben hatten, es interessiere sie nicht mehr, was die Kolonisten treiben würden.

George III. und die britischen Imperialisten waren zumindest Gegner, die die Amerikaner mit Ausdauer und Herz besiegen konnten. Der Mörder mit der roten Karte war jedoch ein tödlicher Einzelgänger mit beschränktem Programm. Er war vielleicht schon fertig, vielleicht aber auch nicht. Seine nächsten Züge könnten voraussagbar sein, vielleicht aber auch nicht. Er könnte ein Forderung stellen, vielleicht auch nicht. Wenn er eine Forderung stellte, dann würde sie vielleicht einen Sinn ergeben, vielleicht aber auch nicht.)

Um den Abend vor dem Unabhängigkeitstag würdig zu begehen, hatte sich Burlane eine Sechserpackung Henry-Weinhard-Bier geholt, dazu Kartoffelsalat, eine koschere saure Gurke, größer als der Schwanz eines Rabbi, ein Viertel Grillhähnchen und zwei Hot dogs mit viel Zwiebeln und hellgelbem Senf.

(Diese Senfsorte war ein Picknick-Klassiker und wurde ohne Zweifel von profunden Kennern zivilisierten Essens verachtet, und das war richtig. Burlane schätzte zwar den scharfen deutschen oder englischen Senf, aber heute war schließlich der Vorabend des 4. Juli. Diesen Feiertag mußte man mit Bier und Hot dogs begehen, mit feingehackten Zwiebeln und Everymans Mostert. Der Hot dog, obwohl man ihn immer als aus reinem Rindfleisch hergestellt anpries, war eigentlich ein Schlauch voller kleingestampfter Schlachtabfälle, vermischt mit Fett, Knoblauch und Salz. Sehr unappetitlich, ja sicher, aber am amerikanischen Unabhängigkeitstag war es ein notwendiges Ritual.

Er prostete seinem toten Vater still zu, der die Zwiebeln, den Senf und das Bier geliebt hatte.)

Burlane machte eine Dose Bier auf und probierte den Kartoffelsalat. Der seiner Mutter war besser gewesen, aber dieser war auch nicht allzu schlecht. Der echte Kartoffelsalat mußte seiner Meinung nach ziemlich viele Ingredienzien aufweisen: kleingeschnittene hartgekochte Eier, Dill Pickles, rote Zwiebeln, Sellerie und Gürkchen. Burlane meinte, die beste Art, Kartoffelsalat zu machen, sei, zunächst in Würfel geschnittene, gekochte Kartoffeln in French Dressing zu marinieren und sie dann vor der Weiterverarbeitung abkühlen zu lassen. Aber nur wenige Menschen unterzogen sich dieser Mühe. Außerdem mußte die Mayonnaise ein klein wenig von diesem ekligen hellgelben Senf enthalten.

Für Burlane war der 4. Juli der wichtigste amerikanische Feiertag. Die Umzüge und die Picknicks und das Feuerwerk waren auf ihre Art alle prima und anständig. Aber Burlane mochte es, diesen Tag alleine zu feiern, weit entfernt von den Massen und den Reden und dem Lärm. Auf diese Weise konnte er dieses demokratische Experiment richtig genießen, das es irgendwie geschafft hatte, sich durch den wirren Lauf der Geschichte zu mogeln. Burlane prostete seinen aufrichtigen Landsleuten mit seiner Flasche Henry Weinhards zu und hoffte sehr, daß sie der Killer an diesem Tag in Ruhe lassen würde.

Kapitel 15

Palo Alto, Kalifornien, 10 a.m., Montag, 4. Juli

(Vor Jahren, als James Burlane eine fröhlich plaudernde portugiesische Reisegruppe auf einer Fähre an der Mündung des Guadiana-Flusses gehört hatte, hatte er erkannt, daß die Franzosen die Streichinstrumente im Sprachkonzert spielten, während die Spanier das

Blech vertraten. Von einer Frau gesprochen, die über einen Bahnhofslautsprecher Durchsagen machte, klang Russisch unglaublich sexy. Die Chinesen bellten und jaulten.

Es war eine Wohltat, den deutschen Fußballspielern zuzuhören, während sie ihr Frühstück herunterschlangen. Ihre männliche Sprache mit diesen wundervollen gutturalen Vokalen drang tief aus dem Brustkasten und aus der Kehle, und wenn diese Laute noch von Spitzenathleten auf der Höhe ihre Könnens kraftvoll geäußert wurden, war der Effekt besonders toll. Ein Raum voller Holländer hörte sich ebenfalls gut an.

Da das Spiel bereits um 2 Uhr begann, wollte der deutsche Trainer seine Spieler nicht mit fetttriefenden Würsten und Eiern vollstopfen, sondern sie mit Kaffee und Brot und Croissants bis zu ihrem Spezialmix vor Spielbeginn fithalten.

Jetzt wurde sich mit Kohlehydraten und Zucker vollgestopft. Der Trainer ließ den Salat aus, er war an Vitaminen und Wasser nicht mehr interessiert. Die Spieler begannen statt dessen mit einer deutschen Grießklößchensuppe, gefolgt von Kartoffelbrei und großen Mengen von Nudeln und Hähnchen.

Der Tisch quoll über von Vollkornbrot, dazu Butter und reichlich Marmelade. Die Kellner des Gifford Hotel rannten hin und her, damit er stets gefüllt blieb.

Die Spieler konnten zwischen Preiselbeermarmelade und Erdbeermarmelade und Himbeermarmelade wählen, oder auch Orangenkonfitüre. Magst du Marmelade, Fritz? Probier die mal. Wie wär's mit der? Nimm noch einen Löffel, Hans. Ein bißchen Zucker hat noch keinem Mittelfeldspieler geschadet. Ist das Brot nicht lecker, Hans? Wurde extra für uns von einer Bäckerei in Palo Alto gebacken. Wir haben denen unser Rezept gegeben. Iß noch was. Die guten alten Kohlehydrate. Eine echte Verteidigermahlzeit!)

Burlane saß fast am Kopfende des Tisches nahe bei Sir Roger Dusenberry, der Elizabeth Gunderson gegenübersaß. Jens Steiner, der deutsche Trainer, hatte das Tischende Dusenberry angeboten, doch Dusenberry hatte abgelehnt. Steiner war der Trainer der deutschen Mannschaft, und die stand am Vorabend eines Weltmeisterschaftskampfes. Der Ehrenplatz gehörte korrekterweise ihm.

Falls die Spieler wußten, wer Dusenberry war, dann zeigten sie es nicht, und Burlane war ihnen vollkommen fremd.

(Trotz all der herzhaften deutschen Leckerbissen hatte Burlane doch nicht den Appetit, den er gehabt hatte, als er in New York das Angebot der FIFA akzeptiert hatte.)

Ladd McAllen nahm an, sie hätten mit Juan Carlos Rodriguez den Täter bereits gefunden. McAllen hatte fast die Hälfte der kalifornischen Polizei für seine Überwachung abgestellt. McAllen vermutete jedoch nicht, daß Rodriguez selber geschossen hatte, sondern daß das jemand für ihn übernommen hatte.

Burlane stimmte zu, daß Rodriguez sicherlich nicht selber geschossen hatte, falls er beteiligt war. Trotz der ausgefeilten Sicherheitsmaßnahmen, die die deutsche Mannschaft schützten, hatte Burlane ein flaues Gefühl im Magen. Als sie fertig waren und sich nur noch der Kaffee auf dem Tisch befand, stand Steiner auf, um zu seinen Spielern zu sprechen. Sie kannten seine Art und wußten, daß es jetzt ernst wurde, und so widmeten sie ihm augenblicklich ihre volle Aufmerksamkeit.

Steiner stellte Sir Roger vor, der sich erhob und im Namen der FIFA zu ihnen sprach. Elizabeth Gunderson stand ebenfalls auf. Obwohl die meisten Spieler ein wenig Englisch sprachen, gab es einige, die nichts verstanden hatten. Gunderson übersetzte; sie sprach besser Deutsch als Steiner Englisch.

«Das amerikanische FBI hat einen Mann entdeckt, von dem man annimmt, er hätte die Morde beauftragt», sagte Dusenberry. «Das FBI beobachtet im Augenblick alles, was er macht, und hört jedes Wort mit, das er spricht. Aber der eigentliche Mörder von Peter und Willi ist bis jetzt unbekannt. Deswegen haben das FBI, die kalifornische Highway Patrol und die Polizei von Palo Alto jede nur erdenkliche Maßnahme getroffen, um Sie zu beschützten. Und zwar zusätzlich zu Miss Gundersons Sicherheitskräften.» Dusenberry machte eine Pause, um einen Schluck Wasser zu trinken. Er räusperte sich, bevor er fortfuhr.

«Aber wir können Ihre Sicherheit nicht hundertprozentig garantieren. Letztlich werden Sie allein entscheiden müssen, ob Sie spielen wollen oder nicht. Herr Steiner hat mir gesagt, daß er keinen Spieler aufstellen wird, der nicht ganz bei der Sache ist, und ich kann das verstehen. Herr Steiner, vielleicht möchten Sie etwas hinzufügen.»

Steiner erhob sich und sprach mit seinen betroffen wirkenden Spielern auf deutsch.

«Er hat ihnen gesagt, daß sie eine Geheimabstimmung durchführen. Wenn sie sich entscheiden sollten, nicht zu spielen, wird er die FIFA informieren», teilte Gunderson Burlane mit.

2:14 p.m.

James Burlane, der wie ein deutscher Offizieller gekleidet war und humpelte, begleitete die deutschen Spieler zum Ausgang des Tunnels. Dort warteten sie darauf, vorgestellt zu werden. Als Titelverteidiger mußten sie als zweite auf den Platz.

Sie konnten hören, wie die Spanier von einer sanften Männerstimme über die Lautsprecheranlage des Stadions vorgestellt wurden.

Als Jens Steiner Burlanes Spazierstock mit dem Elfenbeinhandgriff bewunderte, baute ihn Burlane zu einem Gewehr um.

«Clever! Wunderschöne Arbeit», sagte Steiner. Er trat von einem Fuß auf den anderen, um die Spannung abzubauen.

«Muß ja ziemlich nervenaufreibend sein, in so einem Wettkampf anzutreten. Sie müssen auf jeden Fall den Titel gewinnen, wenn das möglich ist. Keine Ausflüchte.»

Steiner grinste. «Es bringt den Blutdruck ziemlich auf Touren, so ist das nun mal.»

«Als ich aufs College ging, spielten die Stanford Indians hier; später änderten sie ihren Namen in Stanford Cardinals.»

«Ach ja? Und warum?»

«Die indianischen Ureinwohner beschwerten sich, daß es diskriminierend sei. Die Studenten dachten wohl, daß sie ihre Schuldgefühle abbauen würden, wenn sie nun Vögel statt Krieger wären.»

«Schuldgefühl?» Steiner sah ihn erstaunt an. «Wofür?»

«Klug genug zu sein, um in Stanford zugelassen zu werden, und reich genug, die Studiengebühren zahlen zu können. Übrigens, alle zwei Jahre sind die Golden Bears von der University of California at Berkley hier zu Gast, die im Nordosten auf der anderen Seite der Bucht von San Francisco liegt. Das ist bei uns das große Spiel.»

«Um herauszufinden, wer hier der Beste ist?»

«Es entspricht etwa der Paarung Liverpool gegen Manchester United in England. Die Emotionen gehen hoch, obwohl man vermutlich nicht so viel Bier am Wettkampftag trinkt wie in England.»

«Gehen Sie davon aus, daß Sie heute nachmittag eine Gelegenheit finden werden, Ihren tödlichen Spazierstock zu benutzen, Major Khartoum?»

«Ich hoffe nicht», erwiderte Burlane.

«Meinen Sie, daß es der Mörder wieder versuchen wird?»

«Keine Ahnung. Vielleicht ist er mit seiner Arbeit fertig. Vielleicht auch nicht. Das hängt von seinen Motiven ab.»

«Welche sind das Ihrer Meinung nach?»

Burlane zuckte mit den Schultern. «Ich komme einfach nicht dahinter. Das ist das Problem. Das Motiv eines Terroristen kann so verquer sein, daß unmöglich vorauszusehen ist, was er als nächstes tun wird.»

«Meinen Sie, man wird ihn fangen?»

«Wir werden ihn kriegen.»

«Was werden Sie dann machen?»

«Sie meinen, wenn ich ihn vor der Mündung habe?» Burlane tippte mit seinem Fuß gegen die Waffe.

«Ja.»

«Ich werde dem Arschloch mitten zwischen die Augen schießen.»

«Sie glauben nicht, daß man mit ihm verhandeln kann?»

«Verhandeln?» Burlane lachte.

«Araber, was meinen Sie?»

«Irakis. Serben. Kurden. Bleichgesichter. Wer weiß? Irgendein beleidigter Feigling. Beim Fußball ist der Angriff der Verteidigung nicht gewachsen. Hier ist es genau umgekehrt. Bei all den Waffen und Bomben, die man sich inzwischen besorgen kann, sind jeder miesgelaunte Arsch oder sein Cousin potentielle Mörder. Sie tauchen einfach in der Menge unter, und dann ist es fast unmöglich, sie zu entdecken.»

6:30 p.m.

Die vier Bell-Jet-Ranger-Hubschrauber hoben einer nach dem anderen vom Spielfeld des Stanford Stadion ab und flogen über Palo Alto in nördlicher Richtung nach San Francisco.

Die deutschen Spieler waren bester Laune. Sie hatten Spanien zwei zu null geschlagen und Peter Tarchalskis Ersatzmann, Dieter

Bauer, hatte beide Treffer erzielt. Es hatte keine Zwischenfälle gegeben. Jetzt waren sie ins Viertelfinale eingezogen. Eins nach dem anderen. Sie würden ihre Herausforderer ein Spiel nach dem anderen besiegen.

Die Hubschrauber flogen an den Montara-Bergen entlang und wandten sich dann nach Nordosten über die Interstate 280 hinweg mit San Mateo und der San Mateo Toll Bridge zur Rechten und dem Flughafen von San Francisco zur Linken. Dann bogen sie wieder nach Norden ab, und die San Francisco/Oakland Bay Bridge lag gerade vor ihnen.

Der Pilot zeigte ihnen während des Fluges die Sehenswürdigkeiten: Unter ihnen – die Sonne versank langsam kühler werdend im Meer – erstreckte sich die Bucht von San Francisco in vollkommener Schönheit. Sie flogen zwischen dem Candlestick Park zu ihrer Linken und dem Oakland Colliseum zu ihrer Rechten durch. Sie überquerten die San Francisco Oakland Bay Bridge und Treasure Island. Dann lag Alcatraz etwas zu ihrer Linken unter ihnen, und etwas weiter entfernt wurde westlich von ihnen die rötliche Sommersonne von der Golden Gate Bridge eingerahmt.

Steiner, der über den deutschen Sieg hochbeglückt war, aber unsicher, wie groß die verbleibende Gefahr für die Spieler war, setzte sich auf dem Rückflug neben Burlane.

Nachdem sie den Sonnenuntergang jenseits der Golden Gate Bridge angeschaut hatten, war die Formation der vier Hubschrauber wieder nach Osten abgebogen. Steiner, der bisher nur von der Schönheit der Landschaft unter ihnen geredet hatte, fragte Burlane: «Und was meinen Sie jetzt, Major Khartoum? Hat der Killer aufgegeben? Wird er uns in Ruhe weiterspielen lassen?»

«Da unter uns liegt die University of California in Berkley. Ich glaube, er hat uns freiwillig eine einwöchige Pause gegönnt, damit wir uns sicher fühlen.»

«Warum sagen Sie das?»

«Er ist ein außergewöhnlich guter Schütze, also muß er häufig trainieren. Diese Disziplin verbindet sich mit der Liebe für das Fußballspiel als auch die Jagd. Er wußte, daß wir bei diesem Spiel genau aufpassen würden. Es ist jedoch schwierig, diese Konzentration aufrechtzuerhalten, wenn nichts passiert. Das weiß er.»

«Und was macht er nun?»

«Sie sind ein erfahrener und guter Trainer. Ihre Mannschaft hatte die gegnerische Verteidigung eingelullt und ihnen vorgegaukelt, die Gefahr sei vorbei. Sie können genausogut die Frage beantworten. Sagen Sie es mir.»

«Wir erzielten dann rasch einen weiteren Treffer.»

«Wenn die Deutschen also noch zu gut bewacht sind und der Killer das weiß?»

«Dann wird er jemand anderen umbringen.»

«Wenn ich wetten müßte, würde ich darauf setzen. Aber es würde immer noch von seinem Motiv abhängen, welches wir noch nicht kennen.»

«Sie stimmen also nicht mit dem FBI überein. Sie meinen nicht, daß der Argentinier dahintersteckt?»

«Ich weiß es nicht. Ich kann es nur schwer glauben, aber man sollte sich wohl besser daran erinnern, daß zweifelhafte Spielentscheidungen richtige Kriege in Lateinamerika ausgelöst haben. Ein paar deutsche Fußballspieler als Vergeltung für die Platzverweise von Rom umzunieten scheint für den verrückten Argie genau das Richtige zu sein.»

Sie überflogen die Bergkette gerade östlich des Campus von Berkley. Dann bogen sie nach Südwesten ab, und ein paar Minuten später setzten sie sicher auf dem Spielfeld einer High-School in Orinda, Kalifornien, auf. Dort erwartete sie bereits eine Mahlzeit in ihrem Hotel. So viel Knödel und Wiener Schnitzel und Bier, wie sie nur vertragen konnten. Danach würde man sie zum Feuerwerk, das zur Feier des Unabhängigkeitstages gezündet wurde, mitnehmen.

(Die deutschen Spieler hatten sich schon auf einen freien Abend gefreut. Eigentlich wollten sie sich die weltberühmten schrägen Vögel von San Francisco anschauen, und jetzt hockten sie hier in diesem Ort namens Orinda, jenseits der Berge und von all diesen vielgerühmten Attraktionen meilenweit entfernt. Aber sie beschwerten sich nicht. North Beach und die Tuntenköniginnen der Polk Street würden warten können, sie hatten schließlich einen Weltmeistertitel für ihre gefallenen Kameraden zu verteidigen.)

Nachdem James Burlane die Deutschen sicher in ihrem Quartier abgesetzt hatte, flog er zurück zum Flughafen von San Francisco. Von dort jettete er weitere fünf Stunden nach New York, damit er am Sonntag den Sicherheitskräften beim Spiel der USA gegen die

Niederlande zur Hand gehen konnte. Als letzte noch verbleibende Supermacht waren die USA offensichtlich ein begehrtes Ziel ambitionierter Wirrköpfe geworden.

Tewes, New York, 9:30 p.m.

Aus der Dunkelheit schaute Edson den Hausbewohnern und ihren Gästen durch ein Nachtfernglas zu.

Er beobachtete, wie sie auf dem Patio lachten und Witze machten, während sie Decken zusammensuchten und Klappstühle und Thermoskannen voller heißem Kaffee.

Edson hörte ihrem Geplauder zu.

Der Gastgeber war einer der Topmänner der New-York-Mets-Baseballmannschaft, vielleicht sogar einer der Eigentümer. Edson fand seine spindeldürre Ehefrau ekelhaft, die gelassen umherschwebte und sich um die Gäste kümmerte. Sie erzählte Sven Torberg, daß dies eines der spektakulärsten privaten Feuerwerke im ganzen Land war und man es dem Patriotismus und der Großzügigkeit eines der Seeanwohner verdankt, der an der Wall Street zu Reichtum gelangt sei.

Sie sagte, daß es selbstverständlich möglich sei, die Raketen am anderen Ende des Sees von ihrer Veranda aus zu sehen, aber sie würden etwas am Ufer entlanggehen, um sich mit einigen ihrer Freunde zu treffen. Die gelassen wirkende Frau war sich sicher, daß Torberg die Andersons gern kennenlernen würde, denn sie hätten schwedische Vorfahren und würden Torberg zu Ehren ganz bestimmt eingelegten Hering als Snack mitbringen.

Ein Trupp Erstsemester der Princeton University wäre bereits vorausgegangen, einschließlich des Sohnes ihrer Freunde, um einen Platz zu reservieren. Ihre eigene Tochter und ihr Freund, beide Studenten von Mt. Holyokk, würden später nachkommen.

Torberg ließ sich noch einen Absolut Vodka eingießen und erwiderte, er würde sich auf das freuen, was noch kommen würde.

Eine einzelne gelbe Rakete stieg am anderen Ende des Sees auf. Der Gastgeber sagte, es sei das verabredete Signal, und man hätte jetzt noch ein halbe Stunde Zeit. Eine grüne Rakete würde abgeschossen, wenn noch 15 Minuten blieben. Seine Frau schloß das

Haus ab, und glücklich plaudernd machten sich alle auf den Weg, um die Show mitanzusehen.

«We hold it self evident, that all men are created equal...»

Edson grinste. Er hob seine Werkzeugtasche auf und ging zum Haus rüber. Edson, der Schuster. Edson mit Schuhen, die repariert werden mußten.

Am anderen Ende des Sees stieg eine grüne Rakete auf.

Kapitel 16

New York, 9. a.m., Dienstag, 5. Juli

(In Manhattan schien es wenig Bedarf an nicht-verrückten Kleidungsstücken zu nicht-verrückten Preisen zu geben. Deshalb fand es Reiner Schmidt schwierig, ein Paar Khakihosen, ein leichtes Baumwollhemd und ein sommerliches Sportsakko zu erwerben. Und Schuhe. Ein einfaches Paar Schuhe, in denen man gut laufen konnte.

Schmidt mußte feststellen, daß er in Greenwich Village durchaus eng sitzende Hosen kaufen könnte, die vor dem Unterleib eine Art Gürtel in Form einer Hand hatten. Oder er könnte zu Brooks Brothers gehen in der Nähe des Rockefeller Centers und sich einen Geschäftsanzug für 900 Dollar kaufen, oder ein Paar Ode-Haan-Schuhe für 400 Dollar. Es schien auf jeder Straße der Insel Jogging-Schuhe, Kameras und Uhren im Ausverkauf zu geben. Er fragte sich, was der ganze Schwindel sollte. Waren es vielleicht alles Imitationen?)

Schmidt wußte, daß überall FBI-Agenten auf ihn lauerten und ihm zusahen, wie er einkaufte; aber sollten sie doch. Er hatte einmal irgendwo gelesen, daß das FBI Manhattan mit Agenten praktisch vollgestopft hatte, um dem sowjetischen Meisterspion Rudolph Abel heimlich hinterherzuspionieren. Sollten sie doch an ihren

Walkie-Talkies rumquatschen. Sollten sie sich doch Notizen machen. Sollten sie doch denken, was sie wollten. Die amerikanischen Steuerzahler blechten dafür, nicht er.

Entweder hatte das FBI dem alten Mann und seiner Interpretation des Lügendetektorausdrucks geglaubt, dann würden nur ein paar Agenten ihm folgen, oder sie wußten, daß er ihnen eine alberne Lüge aufgetischt hatte, und sie würden überall sein, wie Läuse. Sie auch nur ein paar Minuten abzuschütteln würde eine interessante Aufgabe sein.

Schließlich fand er ein Geschäft auf der Lexington Avenue und kaufte seine Sachen. Er nahm die U-Bahn zu seinem Hotel auf der Sheraton Park Avenue, das die FIFA für ihn reserviert hatte. Dort zog er die neuen Kleidungsstücke an. So konnte er sicher sein, daß nirgendwo ein Miniatursender versteckt war. Dann füllte er beide Taschen mit kleinen Papierkügelchen und verließ das Hotel. Er ging zügig die Park Avenue herunter.

Bei der ersten Ecke ließ er ein Kügelchen in einen Abfalleimer fallen und ging weiter.

Er wiederholte dies bis zum Ende des zweiten Blocks und bog dann eine Weile mal links mal rechts ab und steckte noch mehr Papierkügelchen in Abfalleimer.

Dies war eine ganz einfache Taktik. Die Amerikaner wußten nicht, ob es sich um einem Einzeltäter handelte oder um eine Verschwörung mit unbekannter Mitgliederzahl. Da jedes Papierchen möglicherweise eine Nachricht enthielt, war es für die Agenten des FBI sinnvoller, bei den Abfalleimern zu bleiben und zu warten, ob irgend jemand das Papier abholte.

So wurde jeder Mülleimer zu einem Magneten, der die Aufmerksamkeit eines oder mehrerer Agenten fesselte. Und je mehr Leute sich um die Mülleimer kümmern mußten, desto weniger konnten ihm folgen.

Nachdem er seine Taschen vollkommen geleert hatte, betrat Schmidt die U-Bahn-Station am Washington Square, deren Zustand und deren rein zufällige Auswahl an New Yorker Typen ihn an die dreckige, gewalttätige Zukunftswelt des Films Mad Max erinnerte. In europäischen U-Bahnen konnte sich die Zivilisation noch irgendwie halten.

Als Schmidt herunterging, wurde er mit einem gerade erst gesprayten Erguß versorgt: Lutsch meinen Schwanz, Bürgermeister

Dinkins, du Pimmel. Diesem folgten schon etwas ältere Sprüche, Bobby + Lou; heißes Blei & riesige Schwänze; luv needles; wir haben alle AIDS; friß McShit und stirb; schrei Baby.

Solche Sprüche, zusammen mit gezackten und gewalttätig wirkenden Kreisen, Dreiecken, Hakenkreuzen und christlichen Kreuzen waren in jeder nur denkbaren Farbe fast überall auf die Kacheln gesprayt: in leuchtendem Grün, Orange und Gelb, Schwarz, Purpur, Blutrot. Ein frustrierter Picasso hatte einen erigierten schwarzen Penis gesprayt. Ein anderer hatte enorme Augäpfel zusammen mit Comiczeichen, die Bewegung andeuteten, gesprayt, die den gekachelten U-Bahn-Eingang wie große, geäderte Basketbälle herunterpurzelten. Schmidt stellte sich vor, was Dante über die U-Bahn von New York geschrieben hätte, wäre er noch am Leben. Unter diesen Künstlern, so vermutete Schmidt, existierten Überbleibsel von entfernten Urenkeln und Urenkelinnen solch vorbildlicher Amerikaner wie Thomas Jefferson oder Davey Crockett. Sie hatten einst ein Paradies entdeckt; nun waren sie, zumindest was New York betraf, hüfthoch im Müll versunken.

Obwohl auch normal aussehende Menschen am Washington Square ein und aus gingen, sah man doch ständig die merkwürdigsten Typen. Es schien, daß ihre Kleidung und ihr Gesichtsausdruck auf verschiedenste Weise besagten: Ich liebe es, im Rampenlicht zu stehen, und ich würde töten, um ins Fernsehen zu kommen; ich bin auf Speed und töte nur so zum Vergnügen; ich habe meinen Job verloren und töte, um meine Frustration sichtbar zu machen; ich leide unter Erscheinungen und töte, um die Geister zu beruhigen; ich bin auf meine Frau sauer und würde töten, um ihr zu zeigen, was ich empfinde; ich bin ein christlicher Fanatiker und würde töten, um euch vor dem Teufel zu retten; ich bin ein islamischer Fanatiker und sprenge vielleicht im Namen des einzigen wahren Gottes den Zug in die Luft; ich bin das Opfer einer unvorstellbaren Besessenheit, ihr haltet euch besser fern von mir.

Schmidt erinnerte sich an den Text der amerikanischen Nationalhymne, die er gestern gehört hatte.

O'er, the land of the free.

And the home of the brave.

Schmidt vermied jeden Augenkontakt. Würde man Augenkontakt zu den falschen New Yorkern herstellen, so hatte man ihm gesagt, wäre es, als würde man einem tollwütigen Hund Fleisch vorwerfen. In New York waren die Untergrundbahnen das Spielzeug Satans, elektrifizierte Särge auf Rädern, die gefährlich klikkend und klackend durch die Dunkelheit der unterirdischen Nacht ratterten.

Er kaufte sich eine U-Bahn-Münze für eineinviertel Dollar und steckte sie in den Schlitz des Drehkreuzes. Er folgte den grünen Schildern, die Lexington Avenue Line north besagten, und ging rasch über einen mit Drahtverhau versehenen Übergang, der U-Bahn-Gleise querte. Unter ihm rumpelte ein Zug aus einem Tunnel. Mit lautem Geklapper und schrill quietschenden Bremsen hielt er gerade unter ihm. Das Geräusch von Metall auf Metall ließ ihn erschauern. Die Schulden des Big Apple waren inzwischen so enorm, daß keine Finanzmittel mehr vorhanden waren, um die U-Bahn-Bremsen neu zu belegen. Also quietschten sie weiter und rieben die Nerven ebenso wie das Metall ab, und Jahr für Jahr wurde alles schlimmer.

Sollen doch die Bürger die Zähne zusammenbeißen.

Während Schmidt die Treppe zum Bahnsteig hinunterging, beobachtete er die Menschen, die gerade aus dem haltenden Zug ausstiegen. Einer, ein mittelalter, fetter Mann mit Brille, trug sein Haar im Irokesenstil. Er war wie ein Indianer angezogen, trug Mokassins und Lederhosen nach Art, so vermutete Schmidt, des Films ‹Der letzte Mohikaner›. Schmidt war erleichtert, daß er weder Bogen noch Köcher und Pfeile dabei hatte.

Schmidt wartete. Ein Zug Lexington Ave. #4 kam schrill quietschend zum Halt. Es war schlimmer als Kreide auf einer Schiefertafel. Er stieg rasch ein und ging zur nächsten Tür weiter. Als sich die Tür zu schließen begann, sprang er hinaus, gerade als mit ohrenbetäubendem Quietschen auf der anderen Seite des Bahnsteigs ein Zug, der nach Süden zur Wall Street fuhr, hielt.

Er sprang hinein. Er wollte eigentlich nicht zur Wall Street fahren, also würde er beim nächsten Halt wieder aussteigen und versuchen, ein Taxi zu ergattern. Oder er würde wieder in die nächste U-Bahn Richtung Norden einsteigen und in Richtung Lexington Avenue north zurückfahren. Die Möglichkeiten waren nahezu unbegrenzt.

Schmidt hatte Glück und fand einen Sitzplatz. Als der Zug rappelnd durch die Dunkelheit sauste, entdeckte er oberhalb des Fensters eine Anzeige, die verschiedene Fortbildungsmöglichkeiten verhieß. Englisch wurde unterrichtet, auch die Benutzung eines Computers. Auf einer anderen Tafel wurden Reisende gebeten, keine Nadeln miteinander zu teilen. Eine andere Werbetafel, die sich umarmende Männer zeigte, forderte zum Gebrauch von Parisern auf.

Man brauchte anscheinend eine bestimmte Art Bildung in New York, doch Schmidt war sich nicht ganz sicher, welche. Er hatte gehört, wie Amerikaner in Europa behaupteten, New York gehöre nicht zu den Vereinigten Staaten. Durch einen historischen Zufall sei New York das amerikanische Finanz- und Medien-Zentrum geworden, und dieses Rückgrat des Handels war die Hauptnahrungszufuhr der Stadt, und so mußte sich der Rest der Nation eben mit diesem Big-Apple-Scheiß abfinden.

(Schmidt hatte drei Tage in Atlanta verbracht, nachdem er das Spiel Griechenland gegen Argentinien in Orlando gepfiffen hatte. Atlanta bekam mehr als genug Beachtung, denn das Hauptquartier von Ted Turners CNN befand sich dort. Schmidt fand, daß Atlanta eine wunderschöne Stadt war, ein Ort, der zu funktionieren schien. Und seine Bewohner hatten sich die Spraydosen verbeten; man konnte sich tatsächlich vorstellen, dort zu leben. New York besaß die Anziehungskraft eines Zoos. Einige Menschen liebten Zoos, andere, wie er selbst, waren mit einem gelegentlichen Besuch schon zufrieden.

Raubvögel waren in New York keineswegs selten, einschließlich verschiedener Habichtarten, aber wirkliche Adler waren schon selten. Die famosen, scheuen Adler nisteten auf einsamen Wolkenkratzerklippen hoch über den Straßen. Falls jemand einen Adler sah, der in einen Geschäftsanzug gekleidet und von einer großen Entourage begleitet war, dann schwebte dieser mit wachsamen Augen im Wind der Möglichkeiten und suchte nach Beute. Schmidt hatte gehört, daß man die Eulen, diese wirklich weisen Vögel, fast niemals zu Gesicht bekam.)

Er fragte sich, ob die FBI-Agenten noch hinter ihm her waren.

Ob sie ihn wohl noch beobachteten? Noch in ihre Funkgeräte plapperten? Sich Gedanken machten?

Er würde es bald herausfinden.

Kapitel 17

10 a.m.

Federal Express lieferte zwei Kartons mit Fußbällen an. Nachdem er in die Kartons geschaut hatte, nahm Bob Knowles, der Ausrüstungswart des amerikanischen Teams, die Lieferung an und unterzeichnete die Quittung.

Die 24 Adidas-Galaxy-Lederbälle, die speziell für diese Weltmeisterschaft in Lendershien, Frankreich, hergestellt worden waren, waren einfach hervorragend. Sie wurden von einem kurzen Brief begleitet, der auf dem Briefpapier des Schweizer Vorsitzenden des Finanzkomitees, Hans Schwartz, geschrieben war.

> Sehr geehrter Mr. Knowles,
> diese spielfertigen Bälle werden Ihnen von adidas aufgrund einer Vereinbarung mit der FIFA geliefert. Falls Sie irgendwelche Fragen haben, so rufen Sie mich bitte vor 11 Uhr an. Danach werde ich im Stadion sein, um mir ein Spiel anzusehen.
>
> Herzlichst
> Hans Schwartz, Vorsitzender,
> Finanzkomitee.

Knowles titschte einen der Bälle auf. Er schien die richtige Elastizität zu besitzen. Dann fischte er einen Luftdruckmesser aus seinem Kram und steckte ihn in das enge Gummiloch, das als Ventil diente. Der Druck betrug 9.75 Pfund pro Quadratinch, was auf Meereshöhe gerade richtig war. Die Regeln besagten, daß der Druck zwischen 0,6 und 0,7 Atmosphären betragen konnte, was 9 bis 10.5 Pfund pro Quadratinch entsprach oder 600 bis 700 Gramm pro Quadratzentimeter. Er wog den Ball. Fünfzehn Unzen. Die Regel verlangte zwischen 14 und 16 Unzen. Der Ball maß 27.5 Inches im

Durchmesser, lag also genau zwischen den von der FIFA geforderten 27 und 28 Inches. Es war ein schneller Ball. Wunderbar.

Er rief das Finanzkomitee an.

Eine Frau hob ab. «FIFA-Finanzkomitee. Kann ich Ihnen helfen?»

«Ich würde gern mit Mr. Schwartz sprechen.»

«Wer spricht dort bitte?»

«Bob Knowles, Ausrüstungswart der amerikanischen Mannschaft.»

«Einen Augenblick.»

«Ja, Mr. Knowles? Hans Schwartz am Apparat.»

«Federal Express hat gerade 24 Adidas-Galaxy Bälle geliefert. Aber wir haben erst letzte Woche 24 neue bekommen, Mr. Schwartz. Was sollen wir mit den alten Bällen machen? Wenn das so weitergeht, werden wir bald von den Bällen überschwemmt sein.»

Schwartz lachte. «Unser Vertrag mit adidas besagt, daß sie korrekt aufgepumpte, neuen Spielbälle und Trainingsbälle für ausgewählte Spiele, die auf ihren europäischen und lateinamerikanischen Märkten übertragen werden, zur Verfügung stellen sowie für alle Spiele vom Viertelfinale an aufwärts. Ihre Bälle sind angeblich die weltbesten, und adidas möchte, daß sie im Fernsehen und in den Zeitungen oder Zeitschriften strahlend weiß und wie neu aussehen. adidas bezahlt uns deswegen einen bestimmten Betrag, und dafür benutzen wir ihre Bälle. Ich glaube nicht, daß sich irgendwer darum kümmert, was Sie mit den alten machen. Geben Sie sie doch den Pfadfindern, oder lassen Sie sie von den Spielern signieren und verschaffen sich so einen kleinen Nebenverdienst.» Er zögerte kurz. «Verraten Sie aber bitte niemandem, daß ich das gesagt habe.»

«Ah», sagte Knowles. Diese Bälle waren jeder 150 Dollar wert, zusammen also 3600 Dollar. Und mit den Spielersignaturen? «Ich wollte nur sichergehen. Wollte der FIFA nicht in die Quere kommen. Ein Tor, egal mit welchem Ball erzielt, würde uns heute schon reichen.»

«Es sind gute Bälle, soweit ich weiß. Haben Sie sie schon ausprobiert?»

«O ja, sie sind erstklassig.»

«Ich meine, man sollte doch erwarten können, daß man bei der

Weltmeisterschaft mit anständigen Bällen spielt. Viel Glück heute.»

«Danke», sagte Knowles. «Sieht so aus, als könnten wir's brauchen.»

«Die Überraschungsmannschaft aus Amerika. Wer hätte das gedacht?»

«Wir haben ein paar echte Profis und dazu ein paar Jungs, die den Ball treffen. Wir werden unser Bestes geben. Vielen Dank für die Mühe, Mr. Schwartz.»

«Nichts zu danken.»

Jan Vanderkellen, der Ausrüstungswart der Holländer, erhielt ebenfalls eine Ladung von Adidas-Galaxy-Bällen. Vanderkellen wollte sich ebenfalls nicht mit der FIFA anlegen, und so rief auch er Hans Schwartz vom Finanzkomitee an und erkundigte sich, was er mit den alten Bällen tun sollte.

Kapitel 18

10:30 a. m.

(Ein Lügendetektor arbeitete zunächst einmal mit wissenschaftlich überprüfbaren Ergebnissen, denn er basierte auf einer meßbaren physischen Reaktion. Wenn sie eine Lüge erzählten, zeigten Menschen physische Veränderungen. Man hatte ihnen beigebracht, nicht zu lügen, und wenn sie es dennoch taten, dann beschleunigte sich der Puls, oder sie begannen ein wenig zu schwitzen.

Außerdem war die Reaktion für jede Lüge nicht dieselbe. Eine große, dramatische Lüge würde eher eine große, dramatische Reaktion auslösen als eine kleine Lüge, die zudem mit Wahrheit gemischt war. Ein Computer konnte die Reaktionen in Kurven aufzeichnen und dem Fachmann so verraten, wo die Anomalien aufgetaucht waren. Aber wie sollte ein Computer die menschlichen

Kontextvarianten knacken, das heißt die Art der Lüge und die Motivation des Lügners.

Wie Miles Templeton aus langer professioneller Erfahrung wußte, gab es zum einen Lügner, die es praktisch fanden, es mit der Wahrheit nicht so genau zu nehmen, und zum anderen gab es die Lügner, so wie Charles Laughton in ‹Zeugin der Anklage› Marlene Dietrich mit einem schweren, wütenden, anklagenden Blick, die vollen Lippen vor Leidenschaft zitternd, angeschaut hatte. Tempelton besaß den Film von 1957 auf Video, und wenn er zuviel getrunken hatte, dann zeigte er ihn mit Vergnügen seinen Freunden. Er liebte es, mit dem Kopf zu wackeln, wie es der perückenbewehrte Charles Laughton getan hatte, und mit ausgestrecktem Finger anklagend zu sagen: «Und Sie, Madame, sind eine Lügnerin!»

Es gab Psychopathen, die aus der Realität entschwanden, ohne den Unterschied zu bemerken. Die Welt war für sie eine Sammlung von Bildern und Eindrücken dessen, was gewesen, was hätte sein können oder was sein könnte. Psychopathen dieser Art logen nicht wirklich, sie tauchten nur in Träume und Alpträume ein und erschienen eine Minute als Dwight Eisenhower und eine andere als Captain Kangoroo. Da konnte man die Logik vergessen und auch den Lügendetektor.

Dann wieder gab es kreative, unterhaltsame Lügner, von denen jeder wußte, daß sie voller Lügen steckten. Diese Lügner fühlten sich gezwungen, ihre Vergangenheit mit ungewöhnlichen Abenteuern auszuschmücken, und waren außerordentlich versiert darin, Wahrheit und Unwahrheit zu mischen – so unterhielten sie ihre Freunde mit spontanen Erfindungen. Templeton hatte persönlich einige dieser Lügner jahrelang gekannt, einschließlich eines Bekannten aus der Collegezeit, der angeblich mit Harry Truman Poker gespielt hatte und mit Mickey Mantle Baseball. In dem Spiel hatte The Mick angeblich zuviel Blatz-Bier getrunken und vier klare Home Runs über ein Ulmenwäldchen weggeknallt. Diese Lügner waren oft darin geübt, ein merkwürdiges Detail einfließen zulassen, wie das von Mick, der Blatz-Bier trank, damit ihre Geschichten glaubhafter wirkten.

Es gab Lügner, die so in sich verschlossen waren, so unzugänglich und unhaltbar, bösartig selbstsüchtig, daß sie meinten, jeder Anspruch oder jede Aussage zu ihren Gunsten sei vollkommen gerechtfertigt und also nicht wirklich eine Lüge. Was auch immer von ihren hysterischen Lippen kam, war die reine Wahrheit. Sie hatten recht. Sie waren gut. Lügen war falsch. Lügen waren böse. Sie logen ja nicht.

Diese von Emotionen beherrschten Lügner waren niemals erwachsen geworden. In ihrer Psyche erklang nur ein einziges Wort: ich ich ich. Templetons hysterische Ex-Frau war auch so gewesen. Am Vorabend der Scheidung hatte sie dem Richter erzählt, daß Templeton sie geschlagen hätte und sie noch weiter bedrohte. Er sei gefährlich. Auf der Basis dieser ungeheuerlichen, unbarmherzigen Lüge hatte der Richter – der die Aussage der Widerspenstigen für glaubhaft erachtet und keine weiteren Beweise verlangt hatte – einen Haftbefehl ausgestellt. Die arme mißbrauchte Frau, geschlagen von diesem brutalen Übeltäter! Sie war doch gezwungen gewesen, sich um Hilfe an das Gericht zu wenden!

Templeton konnte ja nicht zum Richter gehen und sagen: Hey, das ist 'ne hysterische Ziege, und die lügt wie gedruckt. Er saß in der Klemme.

Diese Lüge war ein peinlicher Fleck auf seiner Ehre, und es machte ihn wütend. Er war kein Mann, der Frauen schlug, und er würde diese Lüge niemals vergessen oder vergeben. Es gab keine Strafe, die sich der Großinquisitor oder Luzifer ausdenken konnten, die jemandem angemessen gewesen wäre, der so auf Kosten eines anderen posierte, weder sie lebend zu häuten noch sie mit einem Baseballschläger zu Brei zu schlagen, noch ihren Kopf von durchgedrehten Bienen zerstechen zu lassen, noch sie die Ewigkeit damit verbringen zu lassen, sich bei anderen Menschen zu entschuldigen. Diese Art Lügner konnte einen unerfahrenen Lügendetektorfachmann austricksen. Aber nicht Miles Templeton. Nein, niemals. Er sah direkt durch die vergoldete Fassade hindurch, die sie zum Schutz errichtet hatten. Das war einer der Gründe, warum er nun bei den Lügendetektoren des FBI gelandet war.

Dann gab es da noch die cleveren Lügner, die alles über Lügendetektoren und deren Begrenztheiten wußten und ihre Lügen im voraus kalkulierten. Ihnen standen Erinnerungen an bestimmte emotionsgeladene Situationen direkt zur Verfügung, sagen wir mal an eine sehr peinliche Situation, die im Endeffekt etwas Ähnliches wie eine Lüge produzierte. So vermischten sie Wahrheit und Lüge und glichen die Wahrheit und die Fiktion einander an, um die gewünschte doppeldeutige Reaktion zu erzielen.

Manchmal war auch eine Auslassung, das heißt etwas, das nicht gesagt wurde, soviel wie eine Lüge, und wenn der Befrager nicht alle Fragen durchging und geduldig war, dann konnte ein guter Lügner schon durchschlüpfen.

Diese Lügner waren harte Nüsse, und Miles Templeton vermutete, daß man ihn mehr als einmal reingelegt hatte. Noch einmal schaute sich Templeton die Ausschläge an.

Er hatte das Ergebnis mehre Male durch den Computer gejagt. Jedesmal hatte der Computer ausgedruckt, es gäbe eine Anomalität, also eine potentielle Lüge, bei der Angabe Reiner Schmidts, er hätte sich im Apollo Theater Live-Sex angeschaut.

War Schmidt gar nicht im Apollo gewesen? Oder war da noch etwas anderes, etwas, das Schmidt verbergen wollte, das ihn so auf diese Frage reagieren ließ?

Plötzlich war Templeton zu seinem eigenen Erschrecken überzeugt, daß, ja, daß Reiner Schmidt auf diese Frage gelogen hatte. Was für ein Zeitpunkt, um Mist zu bauen. Scheiße!

Er rief sofort Ladd McAllen an.

Kapitel 19

12:30 p. m.

Branko Markovics Mund wurde augenblicklich trocken, als er den Umschlag geöffnet hatte und die gelbe Karte sah und die aus Zeitungsschlagzeilen ausgeschnittene Botschaft, fein säuberlich auf der Karte arrangiert:

SAGEN SIE DAS SPIEL AB
ODER ICH WERDE BEIDE MANNSCHAFTEN
VOM PLATZ WEISEN.
ROTE KARTEN SIND ÜBERALL.

Markovic rief augenblicklich Elizabeth Gunderson und Ladd McAllen an.

Gunderson telefonierte mit Sir Roger Dusenberry. Dusenberry sagte, daß er nur ein paar Minuten bräuchte, um die Mitglieder des Krisenstabs zu versammeln, da alle mit Piepsern ausgerüstet seien.

Während seine Sekretärinnen sich an die Arbeit machten, rief Dusenberry den Italiener Italo Fasi, Präsident des Exekutivkomitees, an. Der wiederum telefonierte mit Señor Vizepräsident Diego Sanchez aus Spanien nebst den weiteren sieben Vizepräsidenten und 12 ordentlichen Mitgliedern.

Dusenberry sagte Fasi, daß er direkt zum Essex House, 160 Central Park South, gehen würde, wo sich die amerikanische Mannschaft einquartiert hatte. Elizabeth Gunderson und Ladd McAllen würden ihm dort Genaueres mitteilen. Von dort würde Dusenberry den Krisenstab telefonisch befragen und dann wieder Fasi anrufen, um eine Entscheidung des Exekutivkomitees zu bekommen.

1 p.m.

Sir Roger Dusenberry, der Elizabeth Gunderson beobachtete, Ladd McAllen und Trainer Branko Markovic, kniff seine Lippen zusammen und legte den Hörer wieder auf die Gabel zurück. Er schloß die Augen. Er biß sich auf die untere Lippe. Er öffnete die Augen und starrte auf den Boden. «Sie sagen, es wird gespielt...»

«Aber!» sagte Gunderson.

«...wenn ich überzeugt bin, daß es sicher ist. Die Vizepräsidenten des Exekutivkomitees stimmen alle Fasi zu, daß es eigentlich die Entscheidung des Krisenstabs ist. Die Mitglieder des Krisenstabs sagen gemeinsam, daß ich der Vorsitzende bin, der auch aus dem Grund gewählt wurde, weil er sich angeblich in der Sicherheitsproblematik von Stadien auskennt, außerdem sei ich vor Ort. Sie schieben mir die Verantwortung zu. Die Entscheidung darf ich treffen. Sie haben zwar Geschmack an der Macht, wissen Sie, aber kein Verantwortungsgefühl. Titel schätzen sie. Bewundern sie. Verantwortung?» Dusenberry schüttelte verneinend den Kopf.

«Was haben Sie geantwortet?» fragte Gunderson.

«Ich habe geantwortet, daß ich mich noch nicht eindeutig

entschieden habe, und das stimmt auch.» Dusenberry verzog sein Gesicht. «Kann man denn wirklich annehmen, ich sei qualifiziert, allein eine Entscheidung zu treffen? Unser Hauptproblem in England sind die Betrunkenen, nicht die Terroristen, obwohl wir schon mit den Irren von der IRA rechnen müssen. Wenn die anderen Komiteemitglieder allesamt die Verantwortung auf mich abwälzen, dann kann ich sie zumindest eine Weile im unklaren lassen, finden Sie nicht?»

«Das würde ich auch tun.»

«Miss Gunderson, wie würden Sie sich fühlen, wenn Sie ein Halbfinalspiel wegen einer gelben Karte absagen, und es stellte sich später heraus, daß Karte und Warnung von einem pickligen Jugendlichen stammen?»

«Wenn Sie garantieren könnten, daß Menschenleben gerettet würden, wenn Sie das Spiel absagen, dann wäre es eine einfache Entscheidung, vermute ich. Aber es gibt keinen Weg, es vorher herauszufinden.»

«Ein adliger Engländer, der diese Entscheidung für die Arbeiterklasse trifft? Trotz seiner ganzen Ambitionen ist Fußball doch ein Arbeitersport. Der große Gleichmacher. Burschen aller Rassen und fast jeder Größe können gute Spieler werden. Wenn ich das Spiel freigebe, und der Killer tritt erfolgreich an, wird man mich beschuldigen, aus reinem Egoismus Menschenleben aufs Spiel gesetzt zu haben. Wenn wir herausfinden, daß die Karte als Scherz geschickt wurde, hat man mich zum Narren halten können, und ich habe mich lächerlich gemacht. Man wird mich bis über meinen Tod hinaus verlachen.»

«Ich kann Sie verstehen. Eine Zwickmühle», sagte Gunderson.

«Ja, nicht wahr? Ich werde einfach eine Münze werfen. Glauben Sie mir, wenn irgend etwas schiefläuft, wird es kein Mitglied der beiden FIFA-Gremien geben, das zugeben würde, daß es ihm an Rückgrat gefehlt hat und sie mir so die Entscheidung aufgezwungen haben. Sie werden mich ganz höflich schmoren lassen.»

«Und ihre Alternativen?» fragte McAllen.

«Ich glaube, wenn er noch lebte, würde mein Cousin Sir Winnie (ein entfernter Cousin vielleicht, aber immerhin) sagen, daß die Weltmeisterschaft als Symbol viel zu wertvoll sei, als daß man sie einfach den Launen unehrenhafter Schweine opfern könnte; und daß man Schweinen nie ihren Willen lassen sollte, ohne sie ernsthaft bekämpft zu haben. Unser Gegner wedelt mit der gelben Karte, notiert sich unsere Namen und informiert uns, daß wir das Spiel abblasen sollen. Ich meine, soll er uns doch die rote Karte zeigen, wenn er denkt, er könne das, aber wir werden das Spiel wie geplant ansetzen.» Dusenberry zog eine Augenbraue hoch. «Falls die amerikanischen Gastgeber nichts dagegen haben. Es ist schließlich immer noch ihre WM.»

1:12 p.m.

Die Versammlung fand in der Umkleidekabine der Heimmannschaft statt, die normalerweise von den New York Giants der National Football League benutzt wurde. Ein Footballteam, das sich auf Angriff wie Verteidigung gleichermaßen verlassen können muß, dazu noch Spezialisten für Punts und Kickoffs benötigt, braucht etwa Platz für 50 Spieler in der Umkleidekabine. In angrenzenden Räumen gab es Tische, auf denen massiert werden konnte oder bandagiert oder wie auch immer man die Spieler auf den bevorstehenden Einsatz vorbereitete.

Daneben wiederum lagen die Räume mit dem Whirlpool und allen möglichen Krafttrainingsgerätschaften, damit die Athleten sich durch harte Arbeit die Muskelkraft besorgen konnten, die ihnen durch die wachsende Besorgnis um Anabolika verwehrt wurde.

Ladd McAllen und seine Mitarbeiter hatten es geschafft, beide Mannschaften in diese Räume zu zwängen, dazu noch die gesamte Sicherheitscrew des Giants Stadion – insgesamt fast 200 Personen. Die Sicherheitskräfte waren in die Hauptumkleidekabine gepfercht, und die Spieler hörten aus den angrenzenden Räumen zu.

Die Stimmung war ernst und nervös. (Die Sicherheitscrew bestand aus uniformierten Beamten der New Jersey State Police und der Centurion Inc. vom Meadowland-Sportkomplex nahe Rutherford, New Jersey, aus FBI-Agenten, die eine spezielle Anti-Terror-Ausbildung absolviert hatten, und aus Elizabeth Gundersons FIFA-Sicherheitskräften.

Die Räumlichkeiten des Giants Stadion waren mit die modernsten im Land, doch egal wie oft auch hier gereinigt wurde, der Schweißgeruch blieb haften.)

James Burlane sah der Versammlung aus einer Ecke der Umkleidekabine zu. Er wollte so unauffällig wie möglich bleiben. Während er gestern mit auf der deutschen Mannschaftsbank gesessen hatte, wollte er heute bei den Holländern sitzen.

«Ich will Hunde an allen Eingängen», sagte McAllen. «Sie können doch das Scheißzeug riechen, das explodiert. So verdienen die sich die Hundekuchen. Dann werden wir ja sehen, ob sie was taugen oder ob es nur Angeber sind. Ich will, daß jeder Großkotz nebst Freundin an einer guttrainierten Nase vorbeimarschiert. Es ist mir egal, ob es kleine Kinder sind oder alte Ladies; sie werden beschnüffelt. Legt den Hunden Maulkörbe an, damit die Leute nicht durchdrehen. Das sind Schnüffler, keine Beißer. Wenn sie Scheiße bauen, sind sie auch verantwortlich.

Das gleiche gilt für die Metalldetektoren. Ich will, daß jedes menschliche Wesen im Stadion an einem Metalldetektor vorbeigegangen ist. Keine Ausnahmen. Weder die Journalisten noch die Kerle, die Bier und Hot dogs verkaufen. Weder die FIFA Angeber noch irgendwelche Hochwohlgeborenen. Auch nicht ihre Großmutter. Niemand. Noch nicht mal Hillary Rodham Clinton.

Ich will, daß alles von den Suspensorien bis zu den Bällen den Metalldetektor passiert. Es sind keine Thermosflaschen im Stadion erlaubt. Sollen sie uns doch beim Obersten Bundesgericht verklagen, wenn sie wollen, aber ich sage nein. Wenn sie sich heute das Spiel anschauen wollen, dann müssen sie sich unseren Regeln fügen. Jede Kamera wird geöffnet und inspiziert, andernfalls lassen wir sie nicht rein, kein Scheiß ‹aber› oder ‹wenn› oder ‹und›. Wenn sie dumm genug sind, Film drin zu haben, ihr Pech.»

«Das gilt auch für die Damenhandtaschen», sagte Gunderson. Das sollte kein Scherz sein. Frauen dachten irgendwie, daß ihre Handtaschen, sogar wenn einige kaum kleiner waren als Koffer, aus Rücksichtnahme auf ihr Geschlecht, wenn nicht sogar göttliches Recht, von Inspektionen ausgenommen waren. (Aus Gründen, die vielleicht nicht unbedingt mit diesen zusammenhingen, waren Frauen häufiger als Männer Ladendiebe.)

«Danke, Elizabeth. Die Handtaschen werden auch durchsucht. Wir wissen nicht, ob das Arschloch ein Mann oder eine Frau ist, und wir wissen nicht, mit wem er oder sie zusammenarbeitet. Und wenn Sie auch nur eine Person nicht durchsucht haben sollten, auch nur eine einzige, dann sind Sie dran. Ich scheiß drauf, für wen Sie arbeiten oder welchen Rang Sie haben, das garantiere ich Ihnen!» McAllen schrie jetzt fast. Er brach ab. Er leckte sich die Lippen. Er seufzte. Seine Stimme war wieder normal.

«Verstehn Sie, ich muß so schreien und drohen. Das ist nun mal der Drill. Falls ich nicht die angemessene Lösung des Problems serviere, dann ist mein Arsch dran, wenn irgendwas schiefläuft, und ich habe eine Frau und zwei Töchter, die gern telefonieren. Nach dem Spiel werden Hubschrauber einfliegen, um die Spieler abzuholen. Es wird kein Mensch mehr im Giants Stadion sein, wenn das passiert, außer uns. Kein einziger. Egal aus welchem Grund. Ich will, daß alles mit Hunden abgesucht wird, um sicherzugehen. Die Spieler bleiben in der Umkleidekabine, bis wir wissen, daß die Luft rein ist. Wenn nötig, werden wir sie dort mit Essen versorgen und von mir aus auch mit Konkubinen, wenn sie das beruhigt. Aber wir werden kein Menschenleben aufs Spiel setzen. Die Steuerzahler finanzieren uns zu ihrer Verteidigung, also geben wir ihnen den besten unter den gegebenen Umständen möglichen Schutz.»

«Wir sind alle auf derselben Funkfrequenz zu erreichen», sagte Gunderson. «Wenn Sie Ihren Namen hören, dann seien Sie aufmerksam, denn es wird wahrscheinlich in Ihrem Sektor etwas geschehen.»

«Tun Sie, was Ihnen befohlen wird», fuhr McAllen fort, «und tun Sie es gleich. Wenn Sie irgend etwas bemerken, das Ihnen merkwürdig oder deplaziert erscheint, melden Sie es. Wenn Sie sehen, daß irgendein Arschgesicht eine Waffe zieht, erschießen Sie ihn, und fragen Sie ihn nachher. Besser wir erschießen einander, als daß der Killer durchkommt.»

Sir Roger Dusenberry drehte sich um und sagte: «Genau wie ein Fußballtrainer, der seine Jungs auf das große Spiel einstellt, was Major Khartoum?»

«Hat die Taktik klar zum Ausdruck gebracht», antwortete Burlane. («Er hat's ihnen im Vince-Lombardi-Stil eingetrichtert, genau so, wie Sie Ihre Entscheidung getroffen haben.»

«Tatsächlich?»

«Die Green Bay Packers spielen in den Play-offs von 1967 gegen die Dallas Cowboys. Es ist spät im Dezember, minus 13 Grad Fahrenheit. Ein eiskalter Wind bläst träge Schnee über das Lambeau Field. Den Packers fehlen drei Punkte, und es bleiben ihnen noch 16 Sekunden. Sie sind 12 Inch vom letzten Down entfernt. Sie nehmen ihre letzte Auszeit. Werden sie ein Tor schießen und dann versuchen, in der Verlängerung zu gewinnen, oder werden sie einen Touchdown versuchen und alles auf eine Karte setzen? Wenn sie das versuchen und versagen, haben sie verloren.»

«Ein erinnerungswürdiger Moment des Football, nehme ich an.»

«Das war es bestimmt. Der Platz war schrecklich, und die Packers standen einer unglaublichen Mauer aus texanischen Klötzen gegenüber. Der Quarterback der Packers, Bart Starr, konferierte mit Coach Lombardi. Die Hände hatte er unter die Achseln gesteckt, um sie warm zu halten. ‹Was soll'n wir machen?› fragt er Lombardi.»

«Was hat Lombardi geantwortet?»

«‹Versuch den Touchdown, du Pfeife.›»

Dusenberry lächelte. «Ein wortgewandter Gentleman. Was geschah?»

«Der rechte Guard der Packers, Jerry Kramer, schob sich an einem gigantischen Cowboy-Verteidiger namens Jethro Pugh vorbei, und Bart Starr, der direkt hinter ihm war, wieselte zum Touchdown. Es war ein bemerkenswerter Augenblick, und es war ein echtes Glücksspiel, was immer man davon halten mag.»)

2:45 a.m.

Pat Duffy fühlte sich locker und entspannt. Eins nach dem anderen, hatte Trainer Markovic gesagt. Und sie hatten einen Schritt nach dem anderen gesetzt. Ein Klischee, sicher. Aber es stimmte auch. Duffy war stolz darauf, seine Landsleute im Viertelfinalspiel zu vertreten, und er konnte aus den kräftiger werdenden Anfeuerungsrufen im Giants Stadion schließen, daß seine Landsleute wie ein Mann hinter ihnen standen.

Bei der Weltmeisterschaft geschah es oft, daß die Heimmannschaft das Endspiel erreichte. 1990 waren die Italiener extrem enttäuscht, daß sie es nicht bis ins Endspiel schafften. Bei dieser Weltmeisterschaft schien es von Anfang an unmöglich.

Die Holländer erwarteten ohne Zweifel, daß die Amerikaner sich ganz auf ein Defensivspiel eingestellt hätten. Tja, Coach Markovic sagte, genau das würden sie nicht tun; sie waren so sattelfest in der Verteidigung, daß sie zuerst ein wenig vorn rumspielen konnten, um so vielleicht einen raschen Führungstreffer zu erzielen. Wenn sie nicht in Führung gingen, dann würde die wahrscheinliche holländische Taktik darin bestehen, sie mit ihren Pässen und ihrem Ballgeschick auszulaugen. Markovic würde an ihrer Stelle das gleiche machen. Sollen doch die Holländer auch mal in der Defensive sein, hatte er gesagt.

Das war vielleicht einfacher gesagt als getan, aber sie waren hochmotiviert. Als die Weltmeisterschaft begonnen hatte, waren sie schon zufrieden gewesen, beweisen zu können, daß sie in dieselbe Klasse wie alle anderen auch gehörten. So weit zu kommen schien unmöglich gewesen, ein Traum. Aber dann, nach ihrem erstaunlichen Sieg gegen Brasilien, war ihr Selbstvertrauen gewachsen.

Pat Duffy und Luis Garcia und noch weitere Mannschaftskameraden bildeten einen Kreis und spielten den Ball gemächlich hin und her, den Augenblick genießend. Nach all der Plackerei waren sie nur noch drei Spiele von dem großen Traum entfernt. Nur noch drei Spiele.

Wen sie ins Endspiel einziehen würden, tja, aber hallo...

Garcia schob Duffy von gegenüber einen Paß zu. Der Ball, der vorhin noch ganz brauchbar schien, hatte inzwischen wohl etwas nachgelassen.

Er trat mit seinem Fuß gegen den schlappen Ball und ärgerte sich darüber, daß die amerikanischen Gastgeber noch nicht einmal in der Lage waren, anständige Trainingsbälle zu besorgen.

Dann wurde die Aufstellung bekanntgegeben, und das Spiel konnte beginnen. Pat Duffy grämte sich etwas, denn er sollte nicht von Beginn an mitspielen, da er einen angestauchten Knöchel hatte, der ihn etwas langsamer sein ließ als gewöhnlich. Aber wenn Trainer Markovic einen Verteidiger brauchte, der auch vorn und im Mittelfeld mitmischen konnte, dann würde er Duffy sicher auf den Platz schicken, egal ob der Knöchel nun angestaucht war oder nicht.

Er trat den Ball zur Trainerbank hin und begab sich mit den anderen Spielern zu Markovic, um sich die letzten Anweisungen anzuhören.

Während der Balljunge die Bälle hinter und unter der Bank verstaute, meinte Duffy schwarzen Pfeffer zu riechen. Vielleicht nicht echten schwarzen Pfeffer, aber einen chemischen Geruch, der diesem sehr ähnlich war, vielleicht mit noch etwas Benzingeruch gemischt.

Er hörte noch, wie Teddy Lee, ein Mittelfeldspieler, der für die schottische Mannschaft in Aberdeen antrat, sagte: «Mein Gott, wer hat hier einen fahren lassen?»

Sie lachten alle nervös. Sie rochen es alle. Jemand hatte einen echten Stinker losgelassen.

Trainer Markovic zog ein Gesicht. «Heh, ist doch nur ein Fußballspiel», sagte er.

«Jemand hat ein Stinktier gegessen, ay!» sagte Luis Garcia.

Hinter Duffy sagte einer der Balljungen: «Scheiße, was ist denn mit den Bällen los?»

Der Geruch nach schwarzem Pfeffer oder was auch immer, wurde nun kräftiger. Was roch so?

«Denkt dran, konzentriert euch, geht in den freien Raum, gebt ab, und schießt, wenn ihr könnt. Wir werden das erste Tor erzielen. Wir werden die Führung halten. Wir werden das Spiel gewinnen. Sie sind vielleicht gut, aber es sind auch keine Übermenschen. Dies ist unser Platz. Heute ist unser Tag. Wir werden unsere Landsleute nicht enttäuschen. Und jetzt los!»

Die amerikanischen Spieler stellten sich in einem Kreis auf und reichten einander die Hände. Dabei riefen sie: «Let's go. Let's go. Let's go.»

Duffy setzte sich auf die Bank, und seine Mannschaftskameraden liefen auf den Platz zum Schiedsrichter hin.

Der Geruch wurde immer stärker.

Was war los?

Duffy war leicht benebelt.

Er glitt von der Bank auf den Rasen. Plötzlich konnte er kaum noch atmen. Er konnte die Arme und Beine nicht mehr bewegen. Er konnte sich überhaupt nicht mehr bewegen. Er versuchte es mit ganzer Kraft, es ging nicht.

Er war bei Bewußtsein, aber das Giants Stadion und alles darin drehte sich langsam.

Er sah neben sich einen Mannschaftskameraden auf dem Rasen liegen.

Er sah alles verschwommen.

Schwarzer Pfeffer.

Es war der Geruch nach schwarzem Pfeffer. Mußte es sein.

Die schlappen Bälle.

Schwarzer Pfeffer.

Duffy schaffte es kaum noch zu atmen. Er bekam keine Luft mehr.

Schreie. Er vernahm Schreie. Er brauchte alle Kraft, um seine Lungen in Bewegung zu halten.

Er schaffte es, den Kopf etwas zu drehen und aufzuschauen.

Er schaffte noch einen Atemzug.

Er hatte etwas eingeatmet, das wie schwarzer Pfeffer roch. Wo war es hergekommen?

Die Bälle und der Geruch.

Pat Duffy mußte daran denken, wie seine Mutter früher das Frühstück gemacht hatte. Sie gab viel schwarzen Pfeffer an die Eier, denn sie wußte, wie sehr er das mochte.

Der Geruch kam von den Bällen.

Den Bällen unter der Bank.

Der Pfeffer war ein Gift.

Den Bällen entströmte Giftgas.

2:46 p. m.

James Burlane verstand, ohne den genauen Grund zu kennen.

Die Bälle.

«Weg von den Fußbällen. Rennt weg von den Bällen. Weg von den Fußbällen. Den Bällen. Fußbällen. Fußbällen. Nein, nein, nein! Nicht atmen! Nicht atmen! Weg da! Weg da!»

Kapitel 20

10 p.m.

Egal, ob James Burlane nun für die FIFA arbeitete oder nicht, er konnte sich kaum vorstellen, daß Elizabeth Gunderson oder Ladd McAllen ihn dabeihaben wollten, wenn sie den ganzen Medienzirkus absolvieren mußten.

Burlane wußte, daß Gunderson ihm die ganzen Details der Untersuchungsergebnisse des FBI mitteilen würde, wenn sie denn etwas gefunden hatten. Er erwartete eigentlich, daß es gleich Null sei; der Terrorist mit der roten Karte hatte sich von den Deutschen abgewandt und sich einfach auf die Amerikaner und Holländer gestürzt.

Also ging Burlane mit seinem Piepser in der Tasche spazieren und dachte in aller Ruhe nach. Er ging ins Bald Eagle's, eine neumodische Sports Bar, die nur einen halben Block vom Royalton Hotel auf der West Forty Street entfernt lag, wo die FIFA ihn untergebracht hatte. Wenn sie ihn brauchten, was er allerdings bezweifelte, dann konnten sie ihn ja anpiepsen.

(Das Bald Eagle's war nach einem der großartigen Quarterbacks der New York Giants aus den Sechzigern benannt, nach Yelberton Abraham «Y.A.» Tittle. Ein Foto von Tittle, den Helm in einer Hand haltend, die andere auf seine Glatze gelegt, hing an der Wand. Daneben ein Foto des Allround Halfback Frank Gifford, des berühmten Linebackers Sam Huff, des riesigen Tackle Roosevelt Greer, des mächtigen Defensive End Andy Robustelli, des Place Kicker Pat Summerall, des Quarterback Phil Simms, des Fullback John Riggens und der restlichen Giants aus vergangenen, wenn nicht uralten, Zeiten.)

Burlane betrachtete beim Eintreten die Fotos und dachte, daß seine Landsleute doch schon ein merkwürdiges Volk seien, da sie solch ein Spiel wie Football erfunden hatten. Er fand einen leeren Tisch. In der Bar redete man über das schreckliche Ereignis im

Giants Stadion, und auf den Bildschirmen war eine Wiederholung der Szene mit den zusammenbrechenden Spielern zu sehen. Die Deutschen hatten unter den verrückten Arabern von München leiden müssen. Jetzt waren die Amerikaner an der Reihe.

Drei amerikanische Spieler und zwei Holländer waren tot, sieben weitere lagen im Krankenhaus. Unter den toten Amerikanern waren Leon Harrison, der für Aberdeen in der schottischen ersten Liga gekickt hatte, Jeff Trumpey, ein Verteidiger aus der Mannschaft der University of Michigan, und Teddy Halloran, ein Mittelfeldspieler von der University of Massachusetts. Die toten holländischen Spieler waren Jan Vandenberg, ein Mittelfeldspieler von Ajax und Teo de Leuw, ein Verteidiger von Feyenoord.

Die Trainingsbälle, jeweils 24 unter jeder Bank, waren mit einem Nervengas gefüllt gewesen und mit einer gasförmigen Säure, die sich langsam durch den Gummi des Ventils gefressen hatte, so daß das Nervengas dann ausströmen konnte. Die Bälle hatten gleichzeitig bei beiden Mannschaften das Gas verströmt. Manche Gassorten sind schwerer als Luft, andere leichter. Die leichteren Gase steigen in die Ozonschicht auf, die schwereren Gase schweben über dem Boden. Das Gas in den Bällen war schwerer gewesen und hing todbringend über dem Boden. Im abgeschlossenen Giants Stadion hatte kein Windhauch geweht, der das Gas hätte vertreiben können.

Der brasilianische FIFA-Präsident Dr. Antonio Coelho und Sir Roger Dusenberry verkündeten gemeinsam, daß am Montag über den weiteren Fortgang der Weltmeisterschaft entschieden würde, nachdem die FIFA die Möglichkeit gehabt hatte, sich mit den amerikanischen Sicherheitskräften zu beraten.

Auf dem Monitor in der Ecke der Bar erschien die Botschaft, daß in zehn Minuten das internationale Sportquiz wieder beginnen würde, und so bestellte sich Burlane ein Bier und eine Fernbedienung.

(Bei einem Ereignis wie diesem bellten die Reporter ihre Fragen wie reizbare Hunde – als ob man die Wahrheit, einen saftiger Knochen, ohne guten Grund ihren Reißzähnen vorenthalten würde. Sie waren doch die Volks-Schnüffler, und man konnte sie nicht einfach verhungern lassen. Ihr Knurren und ihr Zähnefletschen war rechtschaffen. Sie waren hungrig. Außerdem wurden sie schließlich nach der Anzahl ihrer Zuschauer oder Leser bezahlt.

Die bekannteren Journalisten wechselten sich in der Führung des

Fragespiels ab: Was-wenn? bellte einer. Was-könnte-sein? knurrte ein zweiter. Was-würde-passieren? keifte ein dritter.

Danach folgte ein gemeinsam gesungener Refrain, eine Art ritueller Gesang: Wer ist verantwortlich? Wer ist verantwortlich? Wer ist verantwortlich?

Diejenigen, die in der Sicherheit ihres Wohnzimmers zuschauten, waren vermutlich erstaunt und gespannt, wie sich das veritable Drama weiterentwickeln würde. Die Offiziellen würden den Volks-Schnüfflern genau die saftigen Häppchen zuwerfen, die sie entdecken konnten, aber die gnadenlosen Kläffer würden nicht zufrieden sein.

Die Fernsehjournalisten waren wie moderne griechische Götter. Sie sahen menschlich aus – es waren stets attraktive oder hübsche Exemplare ihrer Gattung, und sie hatten ernste Gesichter und volle Stimmen – aber sie hatten Hunde-Gehirne. So wie Sisyphus dazu verurteilt war, den Felsen niemals ganz den Berg hinaufrollen zu können, so waren sie zu permanentem Hunger nach der unerreichbaren Wahrheit verdammt.

Der Mann, der die roten Karten ausgeteilt hatte, mußte noch eine Forderung stellen oder eine Drohung aussprechen. Matschhirnige Fanatiker, die in einem Bereich von Stupidität agierten, waren normalerweise beglückt, wenn ihre Forderung über die Medien bekanntgemacht wurde. Der Mann mit den roten Karten wußte jedoch, daß man zu diesem Zweck zuerst eine Machtposition aufbauen mußte, dann eine Bedingung stellen, die tatsächlich befriedigt werden konnte, meist geheim und bestimmt ohne Beteiligung der Öffentlichkeit. Solche Forderungen wie «Vernichten Sie Israel bis morgen nachmittag», oder «Übergeben Sie Nordirland den Katholiken, am besten gestern» bewirkten einfach nichts.)

Auf den Monitoren im Bald Eagle's erschienen die Namen der besten NTN-Sportquiz-Spieler, zusammen mit der Information, wo und wann sie teilgenommen hatten. EDSON führte in beiden Kategorien: Er hatte das beste Einzelspiel gespielt, und er führte auch bei den insgesamt drei besten Spielen durch ein Spiel in Delany's in Chicago am 28. Juni und die in Hurrying Hugh's in San Francisco am 4. und 5. Juli. ESYMNY war Zweiter, mit starken Spielen im Ausin Hotel in Vancouver B.C. am 5. Juni, 18. Juni und 21. Juni.

EDSON spielte wieder mit.

Edson Arantes de Nascimento war Pelé. War Pelé Edsons Inspiration gewesen?

Noch vier Minuten bis zum Spielbeginn.

Burlane bemerkte, daß verschiedene Spieler sich umschauten. Der NTN-Champion saß in der Bar. Herr Weißalles. Wer war es? Unglücklicherweise für neugierige Beobachter hatte Bald Eagle so viele Nester wie Schwalben Löcher in einem Kreidefelsen, und Edson hätte in jedem der fünf oder sechs Räume am Monitor sitzen können.

Aber vielleicht war es ja auch ein Scherz. Irgendein Betrunkener hatte gedacht, er sei mal ulkig, und hatte EDSON eingetippt.

Drei Minuten.

Um dem Geist der Weltmeisterschaft seinen Tribut zu zollen, gab Burlane GBANKS ein. Gordon Banks war der englische Torwart gewesen, als England Deutschland mit 4:2 beim Endspiel 1968 im Wembley Stadion in London besiegt hatte.

Dann tippte jemand NOGOAL ein.

Burlane fragte sich, ob NOGOAL nicht vielleicht auch EDSON war, eine Art Herausforderung an den, der sich GBANKS nannte. Das Endspiel von 1968 war von einem Schuß des Engländers Geoff Hurst verdorben worden, der die Latte traf und wieder auf das Spielfeld zurücksprang, ohne auch nur einmal die Torlinie zu überqueren. Der Schiedsrichter wollte die Proteste der englischen Fans beruhigen und konsultierte deswegen den russischen Linienrichter, der vollkommen von Sinnen herrisch mit seiner Flagge wedelte und so zu verstehen gab, daß ein Tor gefallen sei. Das Spiel, das England 4:2 gewann, war als das beste je gespielte Endspiel bekannt, aber Burlane war noch keinem Deutschen begegnet, der, sobald dies Thema angesprochen wurde, sich nicht fragte, was passiert wäre, wenn England nicht so früh diesen Treffer geschenkt bekommen hätte. Wenn es jemals einen entmutigenden Auftritt gegeben hatte, dann war es für die Deutschen das Tor von Hurst gewesen.

War GBANKS herausgefordert worden? Nur Sekunden bevor die Liste der Mitspieler geschlossen wurde, gab Burlane, der ein wenig albern war, RDCDFY ein.

Welche Nation gewann drei olympische Viererbob-Wettkämpfe zwischen 1976 und 1988?

Schweiz.

Österreich.

Sowjetunion.

Italien.

DDR.

Burlane wählte DDR. Er wartete. Die Runde war beendet. Auf dem Monitor stand: Schnellster Teilnehmer NOGOAL, dann kam der Punktestand durch. NOGOAL und RDCDFY hatten je 1000 Punkte erzielt.

Die nächste Frage erschien. *Emil Zatopek, ein Tschechoslowake, war was?*

Dreifacher Billardweltmeister.

Gewinner des olympischen Fechttourniers von 1945.

Gewinner im olympischen 10.000-m-Lauf 1948 in London.

Der beste Schnellfeuerpistolen-Schütze, der je gelebt hat.

Zweimaliger Weltmeister im Bogenschießen.

Burlane drückte augenblicklich 10.000 Meter und wartete auf die Ergebnisse.

Auf dem Monitor stand: Glückwunsch RDCDFY.

Obwohl er Erster gewesen war, bemerkte er, daß NOGOAL auch 1000 Punkte erzielt hatte.

Nadia Comaneci bekam die erste glatte 10-Punkte-Wertung in der Geschichte der Olympischen Spiele in welcher Disziplin?

Schwebebalken.

Bodenturnen.

Fünfkampf.

Springreiten.

Burlane zögerte und entschied sich dann für den Schwebebalken.

Nadia Comaneci, eine Rumänin, erhielt bei den Olympischen Spielen von 1976 in Montreal eine glatte 10 auf dem Schwebebalken. Schnellster Spieler wieder NOGOAL.

Wie hieß die 12-Meter-Yacht, mit der Ted Turner 1977 den Americas Cup gewann?

Courageous.

Enterprise.

Columbia.

Bad News.

America.

Burlane tippte sofort auf Courageous.

Ted Turners Courageous, die für den New York Yacht Club an

den Start ging, schlug die Australia in dem Rennen, das in jenem Jahr vor Newport, Rhode Island, ausgetragen wurde. GBANKS Schnellster.

●

Edson fragte sich, wer dieser oberschlaue RDCDFY war. Bedeutete RDCDFY ‹red card for you›? Man konnte es so verstehen. RDCDFY kannte sich offensichtlich ein wenig im internationalen Sportgeschehen aus, vielleicht war er ein Europäer auf Besuch in den USA.

Die nächste Frage erschien. *Wo lernte Bill Johnson, der einzige Amerikaner, der jemals eine Goldmedaille bei einer Winter-Olympiade im Abfahrtsrennen der Männer gewonnen hat, das Skifahren?*

Aspen, Colorado.

Squaw Valley, Idaho.

Mt. Hood, Oregon.

Stowe Mountain, Vermont.

Snoqualmie, Washington.

Edson, der RDCDFY schlagen wollte, stürzte sich auf Mt. Hood.

Billy Johnson aus Gresham, Oregon, lernte das Skifahren am Mt. Hood. RCDCFY sagt: Strengt euch an Leute.

Edson war beleidigt. Wieso hatte das jemand schneller beantworten können als er? Edson und RDCDFY lagen gleichauf in der Punktezahl, doch war RDCDFY einmal schneller als er gewesen.

Edson hatte Billy Johnson erlebt, als dieser die Goldmedaille in Sarajewo gewonnen hatte. Johnson hatte solches Glück gehabt. Wenn diese Altweiberabfahrt dort nicht für einen Gleitspezialisten derart maßgeschneidert gewesen wäre, dann wäre er noch nicht einmal unter die ersten 20 gekommen. Er war in der Lage, sich während des ganzen Rennens schön klein zu machen, und das war auch alles. Er hatte Waden, die keine Krämpfe kriegten. Na und! Wen kümmerte es denn, wo der das Skifahren gelernt hatte?

Wie hieß der Sportler, der beim Gewinn der Goldmedaille im Zehnkampf einen Weltrekord aufstellte?

Bob Richards.

Rafer Johnson.

Daley Thompson.

Bruce Jenner.

C. K. Yang.

Edson gab Daley Thompson ein und fluchte, daß er den Namen nicht schneller entdeckt hatte.

Der britische Zehnkämpfer Daley Thompson hatte bei der Olympiade von 1980 in Moskau mit 8495 Punkten einen Weltrekord aufgestellt. Glückwunsch RDCDFY, wieder geschafft.

Edson bestellte noch ein Bier und schüttelte den Kopf, um die Gedanken zu klären. Jetzt wurde es ernst. Bei der nächsten Frage reagierte er augenblicklich. Aus welchem Land stammt der frühere Weltmeister im Schwergewicht Primo Carnera? Aus Argentinien. Primo Carnera war der wilde Bulle der Pampas.

Zum Schluß hatte NOGOAL mit 28.500 Punkten RDCDFY besiegt, der 28.250 Punkte erzielt hatte, aber es war ein knappes Finish gewesen. Dennoch war Edson zufrieden, daß er wieder einmal alle anderen Spieler in Nordamerika geschlagen hatte. Es war doch zu leicht, diese Amerikaner in einem albernen Quiz zu schlagen, denn sie kümmerten sich nur um Football, Basketball und Baseball. Na gut, die Kanadier kannten sich noch im Hockey aus, klar, bei all dem Eis da oben im Winter. Und was gab es noch? Tja, die Kanadier hatten noch Lacrosse, das, wie Edson wußte, ursprünglich von den amerikanischen Ureinwohnern gespielt worden war. Edson konnte sich kaum einen unterschätzteren Mannschaftssport als Lacrosse vorstellen.

Edson wünschte sich, daß Mueller hier bei ihm wäre. Mueller hätte sich bei dem Duell NOGOAL gegen RDCDFY sicher amüsiert. Während RDCDFY sich ganz klar in der internationalen Szene auskannte, war es offensichtlich, daß die große Mehrheit der Kunden in der Bar nicht die geringste Vorstellung vom Sport in anderen Teilen der Welt hatte, und Edson vermutete, daß es ihnen außerdem auch ziemlich egal war.

(Edson sympathisierte mit den Europäern und Lateinamerikanern, denen es vollkommen gleichgültig war, ob sich die Amerikaner jemals für richtigen Fußball erwärmen würden. Vielleicht gab es ja ein paar Sachen, bei denen es viel angenehmer war, wenn die Amerikaner nicht mit von der Partie waren. Amerikaner, Amerikaner, Amerikaner. Edson hatte es schon lange satt, immer nur von ihnen zu hören. Es war langsam schwierig geworden, ohne die Erlaubnis der Amerikaner zu atmen, die den zweifelhaften Grundsatz aufgestellt hatten, daß das, was gut für sie sei, auch für jeden anderen gut sein mußte. Schon das Wort Amerikaner ging ihm auf die Nerven.

Wenn sich die Amerikaner jemals entscheiden sollten, Fußball ernst zu nehmen, dann würden sie sicher Schaumgummifußbälle vermarkten, die den Jungens unbedingt in die Wiege gelegt werden mußten. Sie würden nicht eher zufrieden sein, bis das Hauptquartier der FIFA von Zürich nach Salt Lake City verlegt worden wäre. Die Amerikaner waren schwer zu kontrollieren, wenn sie sich erst einmal etwas in den Kopf gesetzt hatten. Man mußte sich den Köder genau überlegen, den man vor ihren Augen baumeln ließ.)

Edson winkte der Kellnerin. Er wollte nicht in derselben Bar wie RDCDFY bleiben. Er vertraute ihm nicht.

Du mußt wissen, wann du vorsichtig zu sein hast, hatte Mueller immer gesagt.

1 a.m., Mittwoch, 6. Juli

Reiner Schmidt wußte, daß der FBI-Beamte am Lügendetektor sich wegen seiner Reaktion auf die Frage, wohin er nach dem Spiel Deutschland – Korea gegangen sei, nicht sicher war. Er hatte ausgesagt, daß er sich im Apollo Theatre Live-Sex auf der Bühne angeschaut hatte. Sie hatten ihn aber nicht gefragt, ob es Männer und Frauen oder Männer mit Männern gewesen waren, und er hatte keinen Grund gesehen, freiwillig darüber Auskunft zu geben.

(Kein Wunder, daß er so reagiert hatte. Und jetzt dachten sie vermutlich, er hätte gelogen und sei ein Terrorist. Als er das FBI am Morgen an der Nase herumgeführt hatte und als danach am Nachmittag die Spieler vergiftet worden waren, waren sie wahrscheinlich durchgedreht und hatten den armen Beamten mit Gummischläuchen geprügelt.)

Nach Schmidts Ansicht hätte das FBI, wenn es sich nach dem Apollo erkundigt hätte, leicht herausfinden können, daß es eine Schwulenbar war. Und wenn sie nur ein bißchen darüber nachgedacht hätten, dann hätten sie die Reaktion auf ihre Frage auch verstanden. Es hatte ohne Zweifel der Moral der political correctness nicht entsprochen, nachzufragen, ob er sich Schwänze oder Mösen angeschaut hatte, und deswegen war es auch nicht geschehen. Amerika!

Schmidt war das Versteckenspielen jetzt leid.

Sollten sie ihn doch beobachten, wenn sie wollten. Sollten sie ihm doch folgen. Sollten sie doch auch der FIFA Bescheid sagen, wenn sie wollten. (Schmidt war der Anstrengung müde, zu verbergen, daß ihm nackte Männer eine Erektion verschafften. Es war ja nicht so, daß Schmidt in perverser Abweichung von der Norm seinem Schwanz einfach erlaubt hätte, sich unanständig zu benehmen. Wissenschaftler behaupteten jetzt, daß es Unterschiede im Gehirn homosexueller und heterosexueller Männer gab. Ach tatsächlich, Herr Doktor? Sie reden über das Naheliegende.)

Nackte Männer verursachten bei ihm eine Erektion. Heterosexuelle Männer schätzten es, nackte Frauen zu betrachten. Warum sollte man Homosexuellen nicht dasselbe Vergnügen gönnen? Die Wahrheit war, daß die Hetreosexuellen meinten, zur hormonellen Elite zu gehören. Die Heterosexuellen waren richtig herum geboren worden. Die Schwulen waren eben falsch herum. (Sieh dir mal die ausgeflippte Tunte an. Ha, ha, ha.)

Was hätte er denn machen sollen? Er hatte doch nicht freiwillig entschieden, sich eine Leidenschaft zuzulegen, die sein Leben versaute und die er nicht kontrollieren konnte. Ein Mensch darf sich doch gewisse Freiheiten nehmen. Ein wenig Entspannung. Tut keinem weh. Und die Tatsache, daß er insgeheim homosexuell war, behinderte in keiner Weise seine Fähigkeiten als Schiedsrichter bei der Weltmeisterschaft. Er war einer der besten in Europa, und jeder wußte das. Er hatte allen Grund, stolz zu sein.

Wenn das FBI ihn wieder holen würde, dann würde er ihnen die volle Wahrheit sagen, damit endlich Ruhe war. Ladd McAllen hatte gesagt, daß seine persönlichen Vorlieben die amerikanische Regierung nichts angingen, und Schmidt meinte, daß McAllen aufrichtig war. (Schmidt glaubte aber, daß die Wärter dieses dubiosen amerikanischen Zoos ihr Bestes taten, um so viel verschiedene Tiere unterzubringen wie möglich. Sie hatten ja keine andere Wahl.)

2:30 a.m.

«Earl?»

Der Mann namens Earl, der die Hoteltür im Auge behielt, drückte auf einen Knopf an seinem Funkgerät. «Bin schon da und absolut wach. Meine Leute sind alle auf ihrem Posten.»

«Irgendwas Neues, seit unser Freund zurückgekommen ist?»

«Er sieht sich im Fernsehen immer noch ‹Picknick› an. Vielleicht ist er eingeschlafen, aber das kann ich mir bei wie heißt sie gleich und ihren Titten kaum vorstellen.»

«Kim Novak. Kim Novak und William Holden.»

«Richtig. Kim Novak. Mein Gott, war die nicht scharf! Und außer ihren Titten hatte sie auch noch diese Augen.»

«Erinnerst du dich, am Anfang kommt William Holden mit einem Güterzug in die Stadt, abgebrannt, aber attraktiv und charmant. Ein Mann mit Vergangenheit. Eine Versuchung für Kim Novak, die mit dem Besitzer des Getreidesilos oder so was ähnlichem verlobt ist.»

«Vor ungefähr 10 Minuten ist ein Sikh mit einem Taxi von einem Bummel zurückgekehrt. Er steht auf der Gästeliste, Mr. R. Singh.»

«Haben die Sikhs nicht Messer in ihrem Turban versteckt? Verlangt das nicht ihre Religion?»

«Auweia.»

«Ich dachte, das hätte ich irgendwo gelesen.»

«Vielleicht in einem Comic-Heftchen. Du mußt nur mal aufhören, dauernd Spider Man zu lesen. Er ist ein Sikh, du Pfeife, ein gläubiger Mensch.»

«Ich laß dich jetzt wieder in Ruhe, damit du dich weiter befummeln kannst.»

«Wo hast du denn die Scheiße her? Herrgott!»

«Sobald was passiert, laß es uns wissen.»

4:40 a.m.

Sir Roger Dusenberry wachte auf, ohne zu wissen, warum.

Es war jemand in seinem Zimmer. Er machte seine Nachttischlampe an. «Sie!» Er rieb sich die Augen. Er schielte zur Tür.

«Es war kinderleicht», sagte der blonde Mann. «Ich wette, Sie haben über meine Existenz kein Wort verloren. Kein einziges. Es gab also keinen Grund, Sie zu beschützen ... Brauchte nur abzuwarten. Wie dumm.» Er schüttelte den Kopf.

Dusenberry befeuchtete seine Lippen.

Der blonde Mann lächelte. «Ich sehe, daß Sie sich fragen, was das soll.» Er tippte gegen die Pistole in seiner Hand.

«Ja, das frage ich mich tatsächlich.»

«Dies ist eine 22er Automatik. Eine deutsche Walther P-38. Das Ding hier am Ende vom Lauf ist ein Schalldämpfer. Man braucht ihn vielleicht bei einer 22er nicht, aber es sieht gemein aus, nicht wahr? Eine 22er gibt ein lautes Plop von sich. Es hört sich fast wie ein kräftiges Spucken an.» Der blonde Mann imitierte das Geräusch einer Walther mit Schalldämpfer. Plop. Plop. Plop.

Dusenberry zuckte zurück. «Ich ... bitte.»

Der Blonde grinste. «Ich wette, daß euch FIFA-Arschlöcher die ganze Chose fast wahnsinnig macht?»

«Hören Sie, ... wenn Sie...»

«Wenn ich was? Sie haben mich nicht erwartet? Nach all dem? Kein Wunder, daß ihr Briten euer Empire verloren habt. Wirklich Sir Roger. Sie enttäuschen mich.»

Kapitel 21

6:12 a.m.

Das Telefon klingelte gerade, als der letzte Rest heißen Wassers durch den Stahlfilter am Boden der vietnamesischen Kaffeemaschine lief, die James Burlane in Ho-Chi-Minh-Stadt gekauft hatte und die er nun überallhin mitschleppte, zusammen mit seinem Stahl-Wok aus Hongkong, der inzwischen ordentlich geschwärzt war.

«Gut geschlafen?» fragte Elizabeth Gunderson.

«Ich habe Krabbenplätzchen in einer Kneipe bei mir in der Nähe gegessen und Bier getrunken. Habe ein Quiz zu Sportfragen gespielt und bin dann wieder ins Hotel gegangen.»

«Gewonnen?»

«Ich hatte meinen Spaß», erwiderte Burlane. «Sonst noch was?»

«Sie haben wohl noch keine Nachrichten gehört?»

«So früh am Morgen? Bitte, Miss Gunderson, verschonen Sie mich damit.»

«Letzte Nacht hat er zweimal zugeschlagen.»

«Wie?»

«Um Viertel vor fünf erhielt das FBI die frohe Botschaft, daß jemand sich in das Hotelzimmer Sir Roger Dusenberrys eingeschlichen hatte und dreimal aus nächster Nähe mit einer 22er Pistole auf ihn geschossen hat.»

«Uffff!»

«Er lebt noch. Zwei Kugeln sind ihm in den Magen gedrungen, und die dritte traf auf eine Rippe und steckt im Herzen, doch hatte Sir Roger glücklicherweise gebeten, ihn um 5 Uhr zu wecken und ihm Kaffee zu bringen, um sich auf sein Frühstück bei der FIFA um 7:30 Uhr vorzubereiten. Dusenberry erwiderte den Weckanruf nicht, und die Hotelrezeption unternahm tatsächlich etwas. Und das in New York? Können Sie sich das vorstellen? Das grenzt an ein Wunder!»

«Das FBI muß sie gewarnt haben.»

«Sicher, schon, aber trotzdem.»

«Kann er sprechen?»

«Die Ärzte haben ihn an eine Herzmaschine angeschlossen, bis er eine Transplatation vertragen kann. Im Augenblick liegt er im Koma, und sie wissen nicht, ob er durchkommt oder nicht. Unsere zweite peinliche Überraschung hat mit Reiner Schmidt zu tun. Er ist etwas nach Mitternacht in sein Hotel zurückgekehrt. Das FBI hat nicht die geringste Ahnung, wo er sich den ganzen Tag herumgetrieben hat. Er hätte sich in irischen Bars einen antrinken können, aber er hätte ebensogut die tödlichen Fußbälle verteilen können. Ladd sagte, daß sie ihn vor ein paar Minuten zu einem zweiten Verhör abholen wollten, und dabei haben sie ihn mit durchschnittener Kehle gefunden.»

«Was?»

«Von Ohr zu Ohr.»

«Haben Sie irgendeine Vermutung, wer das war?

«Ladd sagte, sie halten das gesamte Hotel in Gewahrsam und nehmen sich jeden einzeln vor. Aber das ist nur Show für die Medien. In Wahrheit hoffen sie nur.»

«Sie haben demnach überhaupt keinen Verdächtigen?»

«Es hätte ein Sikh sein können, ein Gast namens R. Singh, der um 2:30 Uhr zum Hotel zurückkehrte und eine halbe Stunde später wieder fortging.»

«Ach übrigens, waren Fingerabdrücke auf den Todesbällen?»

«Was meinen Sie denn?»

«Mmmmm. Und was ist mit dem Gas? Was sagen McAllens Leute dazu?»

«Nicht viel. Das Nervengas kann aus vielen Quellen stammen. Aus dem Irak vielleicht. Nordkorea. Sogar China. Oder es kann genausogut aus alten sowjetischen Beständen kommen, die ihren Weg auf den Schwarzmarkt gefunden haben. (Es ist die gleiche weitverbreitetet Sorte, mit der vor 25 Jahren nahe bei Dugway Proving Ground in Utah mehrere hundert Schafe getötet wurden. Erinnern Sie sich daran?»

«Ja. Vom Standpunkt der Schafe aus war es ein übler Windhauch, der an diesem Tag über Dugway strich.)»

«Unser Killer mußte nur herausfinden, wie lange die Säure brauchte, um sich durch den Gummi zu fressen – und dann sssssss, wupps, strömte das Nervengas aus. Wenn das Gas auf dem Spielfeld ausgeströmt wäre, hätte der Trick nicht geklappt. Aber so ist das Gas präzise zu dem Zeitpunkt ausgetreten, als die Spieler auf den Bällen saßen. Sie bemerkten den Geruch, als Trainer Markovic ihnen die letzten Instruktionen erteilte. Und als sich die Ersatzspieler hinsetzten, waren die Ventile schon vollständig zerfressen.»

«Eine ziemlich krude, aber effektive Bombe. Und was sagt die FIFA? Wird das Spiel gewertet?»

«Das Exekutivkomitee und der Krisenstab treffen sich um halb acht zum Frühstück. Darauf wollte sich Sir Roger vorbereiten.»

«Wer wird der neue Vorsitzende des Krisenstabs werden?»

«Vizepräsident Sven Torberg aus Schweden wird vorübergehend einspringen. Er hat Ladds Aktionen zusammen mit Dusenberry verfolgt, also weiß er, wie es steht. Aber Dr. Coelho und das Exekutivkomitee werden letztlich die Entscheidung treffen. Sie sagen möglicherweise: spielt weiter. Sie können aber auch die gesamte Weltmeisterschaft absagen. Sie können die Entscheidung hinauszögern. Wir werden es erst wissen, nachdem sie zusammengekommen sind.»

«Sie werden die Entscheidung verzögern wollen», sagte Burlane.

«Das denke ich auch.»

Santa Barbara, 9:04 a. m.

In Kalifornien befingerte gerade Juan Carlos Rodriguez die feuchten unteren Partien Ana Maria Vargas, als das Telefon klingelte. Er hielt bei seinen fürsorglichen Bemühungen inne. Das Telefon klingelte weiter.

Verärgert kniff er zärtlich den Venushügel Ana Marias und nahm den Hörer ab. «Digame! Digame!»

Der Mann sprach argentinisches Spanisch mit einem deutschen Akzent. «Tony Artes hat einen Computer in seinem Büro. Wissen Sie, wie man einen Computer bedient?»

«Es ist neun Uhr morgens!» Rodriguez war immer noch wütend über die Störung.

«Ich habe Beweismaterial, das Sie bei der FIFA ein für allemal reinwaschen würde. Wenn Sie nicht aufpassen, dann werden die Sie für das Gasattentat im Giants Stadion festnageln wollen und außerdem noch für die Morde an Tarchalski und Gochnauer. Sind Sie interessiert?»

«Ich würde gern sehen, was Sie haben, ja.»

«Und wissen Sie, wie Sie den Computer bedienen?»

«Ich habe einen im Büro stehen, um meine Investitionen zu verfolgen und damit ich kontrollieren kann, ob meine Manager etwas unterschlagen.»

«Ihr Gastgeber benutzt Microsoft Word für Windows. Lassen Sie sich von Miss Varga Stift und Papier geben, dann werde ich Ihnen mitteilen, was Sie tun müssen.»

Rodriguez schaute Ana an und machte eine Handbewegung, die Schreiben andeuten sollte. Sie sprang vom Bett und holte ihm einen Stift.

Als er den Stift in der Hand hielt, sagte Rodriguez: «Fertig.»

(Der Mann sagte ihm, wie er Artes Computer über ein Telefonmodem an seinen eigenen anschließen konnte. Dann sagte er ihm, wie er den Ordner Martha12.doc öffnen konnte, der mit einer Notiz für eine von Tony Artes Freundinnen gefüllt war. Dann sagte er ihm, wie er ein Hilfsprogramm PCSHELL öffnen konnte, um dessen delete-Funktion zu benutzen.)

«Zuerst müssen Sie unsere beiden Computer verbinden. Wenn Sie uns nicht innerhalb einer Minute nachdem ich aufgehängt habe, verbunden haben, ist das Geschäft geplatzt. Das Betriebssystem in Artes Computer ist so modifiziert worden, daß das Modem die Kommandos, die Sie dem Textverarbeitungsprogramm geben, übermittelt, aber nicht den Inhalt eines der Ordner. Ich werde also mitverfolgen, wie Sie Martha12.doc öffnen. Wenn Sie den Inhalt gelesen haben, werde ich sehen, wie Sie PCSHELL benutzen, um ihn zu löschen. Ich werde auch sehen, ob Sie die Sicherheitskopie Martha12.bak löschen. Aber ich werde die Datei nicht selbst lesen können, und die Leute, die unsere Unterhaltung überwachen, ebenfalls nicht. Wenn Sie versuchen sollten, Martha12.doc zu kopieren oder diese Datei und die Sicherungskopie nicht löschen, werde ich es sofort wissen, und das Geschäft ist geplatzt.»

10:14 a.m.

Der Spezialagent, der die Überwachung von Juan Carlos Rodriguez und Ana Maria Varga durchführte, benutzte ein Funktelefon, um diesen Anruf von Santa Cruz an das FBI-Hauptquartier in Washington weiterzuleiten. Der Agent wartete auf Anweisungen.

Zwei Minuten später zeigte sein Tonband an, daß es digitale Informationen von Tony Artes Computer aufzeichnete. Auch diese wurden nach Washington weitergeleitet.

10:26 a.m.

Martha12.doc lautete:

Sehr geehrter Sr. Rodriguez,

wie Sie wissen, besitzt Tony Artes zwei ganze Wände voller Bänder in dem Zimmer, in dem er seine Musiksammlung aufbewahrt. Auf der

A-Seite von Artes' Lieder-Sammlung, Ojos de Argentina, werden Sie ein paar Sätze aus einer Unterhaltung finden.

Hören Sie sich die gekürzte Version an.

Wenn Sie die ganze Unterhaltung haben wollen, die diese Zitate in den rechten Zusammenhang rückt und Sie entlastet, fahren Sie nach Los Angeles und suchen eine Telefonzelle. Benutzen Sie keine Kreditkarte. Benutzen Sie Münzen. Rufen Sie Ihren Mitarbeiter Terry Herman bei Kensington Ltd. an. Geben Sie ihm eine Tango-Delta-Anweisung für 250.000 Dollar auf die Kontonummer RobART-0/0J4-34R ebenfalls bei Kensington Ltd. Keine Bedingungen bei Tango Delta. Wenn das Geld auf dem Konto ist, Kondition Foxtrott Able, wird Ihnen das vollständige Band in der Brown Bear Bar auf dem Hollywood Boulevard innerhalb einer Stunde übergeben.

Kensington Ltd. war Rodriguez' Bank auf den Caymaninseln. Tango Delta war der gegenwärtige Code für eine einfache Bewegung flüssiger Mittel. Kensington hatte Codes, die eine Kombination von Bedingungen einschlossen, die man an Tango Delta anhängen konnte. Eine automatische Zurückstellung war einer. Ein Rückruf und eine Bestätigung war ein weiterer.

Foxtrott Able war die Anweisung, daß der Eigentümer von Konto RobART/0J4-34R das Geld zu jedem ihm genehmen Zeitpunkt bewegen konnte, egal ob innerhalb oder außerhalb von Kensington Ltd. Es existierten weniger Restriktionen bei Beträgen, die innerhalb Kensingtons umgeschichtet wurden, als etwa bei Kontobewegungen zu einer anderen Bank. Die Banken hatten nichts dagegen, wenn man Geld bei ihnen verschob, aber sie gaben ihr Geld nur widerwillig an andere Banken weiter.

10:44 a.m.

Auf der A-Seite von Ojos de Argentina waren zwei Stimmen zu vernehmen, beide waren elektronisch verfremdet, um die Stimmidentifikation zu verhindern, und so hörte es sich an, als ob Computer oder Roboter in einem Science-fiction-Film miteinander sprachen. Das Timbre der Stimmen, die einzigartige Qualität, die sie von anderen Geräuschen derselben Tonhöhe und Lautstärke unterschied, war elektronisch verfremdet worden. Der Zuhörer merkte jedoch genau, daß dies echte Menschen waren; nur wer, das würde ein Geheimnis bleiben.

Stimme A: «... Tarchalski und noch einer?»
Stimme B: «Ja, zwei, um die roten Karten von Rom zu rächen.»
...
Stimme B: «Können Sie das wirklich? Schießen Sie so gut?»
Stimme A: «Ich gewinne jeden Wettkampf.»

Kapitel 22

Santa Barbara, 2:30 p. m.

Juan Carlos Rodriguez hatte ein Privatflugzeug gemietet, um mit Ana Maria Varga von Santa Barbara nach Los Angeles zu fliegen. Dort benutzte er das Telefon am Flughafen, um Terry Herman anzurufen.

Einige karibische Inseln verdingten sich an die Tourismusindustrie, eröffneten Casinos und Freihäfen. Andere, wie die Bahamas, hatten lasche Steuergesetze. Die Cayman-Inseln, die sich ihrer Nähe zum lateinamerikanischen Drogenhandel bewußt waren, warben mit ihrem Bankgeheimnis. Die Schweiz beherbergte den Reichtum der Diktatoren und Wirtschaftsverbrecher. Die Cayman-Inseln setzten auf die Kokain-Dealer und die Steuerflüchtlinge. Kensingtons Angestellte, so auch Terry Herman, sprachen fießend Spanisch.

Rodriguez gab Hermans eine Kontonummer durch, dazu den Code Tango Delta – Kontobewegung –, die Anweisung, daß man Bargeld von seinem Konto transferieren sollte. Er sagte, daß man 250.000 Dollar auf das Konto RobART-0/A-0J4-34R in derselben Bank überweisen sollte. Die Bewegung und die Codes waren korrekt, und seine Stimmerkennung war gültig.

«Irgendwelche Bedingungen, Señor?»

«Nada. Solo Tango Delta.»

Die Chance, daß es sich bei der Transaktion um Waffen- oder

Drogengeld oder um Diebesgut der einen oder anderen Form handelte, stand nicht schlecht, aber Herman war ein Profi und kümmerte sich um solche Nebensächlichkeiten nicht. «Buena suerte», wünschte er.

«Gracias Señor», erwiderte Rodriguez.

3 p.m.

Die Brown Bear Bar war für Juan Carlos Rodriguez und Ana Maria Varga vertrautes Terrain. Bei einem früheren Abenteuertrip hatten sie herausgefunden, daß die Brown Bear Bar, ein unauffälliges Café mit Fenstern auf den Bürgersteig hinaus, ein großartiger Ort war, um Menschen zu beobachten.

In Argentinien war es der wunderschönen Frau nicht möglich, sich wie jeder normale Mensch in ein beliebiges Café zu setzen, ohne daß sie sich augenblicklich inmitten einer wildgewordenen Fangemeinde befand. In Hollywood war das glücklicherweise anders. Dort lag das neue Babylon, und schöne Frauen gab es jede Menge. (Möchtegern-Schauspielerinnen präsentierten sich als Köder in diesen hormonell angereicherten Gewässern, und jede hoffte, daß ein Stück Schenkel oder eine kurvenreiche Brust das Auge eines vorbeigehenden Regisseurs oder Produzenten wohlgefällig auf sich lenken könnte.)

Juan Carlos Rodriguez war in Buenos Aires ein bekannter Mann, obwohl sein Bekanntheitsgrad kaum an den von Ana Maria heranreichte. Er sah gut aus und wirkte auf eine robuste, ungelenke Weise etwas wie weiland Cesar Romero. Er hatte eine attraktiv gekrümmte römische Nase. Er verströmte Männlichkeit. Auf dem Hollywood Boulevard hätte er leicht als mittelalter Gigolo durchgehen können. Oder als ein Möchtegern-Filmproduzent. Oder als reicher Nachtclubbesitzer, der der schleimigen, verdreckten Luft von Mexico City entkommen war.

Ana Maria konnte sich einfach hinsetzen und beobachten und sich relativer Anonymität erfreuen. Sie sah so gut aus, daß die Passanten einfach hinsehen mußten. Das war eine Tatsache, die sie seit langem akzeptiert hatte. Hier besagte ihre außergewöhnliche Schönheit, daß sie etwas mit dem Showbusiness zu tun hatte, auch wenn es vielleicht nicht mehr war, als ihre Beine in Pornofilmen zu spreizen. Doch zumindest war sie hier Ana Maria Varga, der Augenfang, und nicht die wunderschöne Annabella, die Weinerliche von La Vida.

(Juan Carlos und Ana Maria beobachteten einen großen Afroamerikaner mit weißem Filzhut, weißem, doppelreihigem Anzug und roten Schuhen, wie er, die Hand auf dem Po seiner Begleiterin, einherstolzierte. Diese war ebenfalls schwarz oder vielleicht bräunlich, aber mit gekräuseltem Haar, das clownrot gefärbt war und nach allen Seiten wirr wegstand, als hätte man sie unter Strom gesetzt.

Sie sahen eine ältere Frau mit einer gewaltigen Nase und kräftigen blauen Schuhen, die drei schwarze Zwergpudel hinter sich her schleppte, alle mit juwelenbesetzten Halsbändern und maßgeschneiderten Jacketts behängt. Ein Jackett trug den Namen seines kastrierten Eigentümers: Abe. Der zweite Pudel, ebenfalls ein Kastrat, hieß Looie. Abe und Looie besaßen blaue Krägen. Dovie, der dritte Pudel, war ein plump aussehendes Weibchen, was vermuten ließ, daß man sie sterilisiert hatte. Dovies Kragen war rosa.)

Sie sahen zwei große blonde Frauen mit voluminösen Titten à la Dolly Parton. Es waren Schwestern oder vielleicht auch Zwillinge.

Als er sie erblickte, sagte Juan Carlos Rodriguez: «Que tetas! Dos y dos son quatro. Ay! Caramba!»

Woraufhin ihn Ana Maria kräftig mit dem Ellbogen traktierte. «Alta su boca!»

«Dios mio!» Er machte Kußgeräusche und bedachte die vier Titten weiter mit seiner Zuneigung.

«Ay!» Ana Maria hatte ihm noch eins verpaßt.

Rodriguez sah auf seine Uhr. Eineinhalb Stunden waren vergangen, seit er das Geld überwiesen hatte. Bis jetzt waren keine Tonbänder aufgetaucht.

7 p.m.

Juan Carlos und Ana Maria, die sich mit Kaffeetrinken die Zeit vertrieben, beobachteten weiterhin die vorbeiströmenden Tunten, Teeny Bopper und Touristen durch das Fenster der Brown Bear Bar.

Eine Schwadron dickbäuchiger Biker mit Bärten und Los-Angeles-Dodgers-T-Shirts brummte mit zwischen die Schenkel geklemmten Harley-Davidson-Maschinen den Boulevard herunter. Ein Grüppchen Hare-Khrishna Anhänger in safranfarbenen Roben und hochgeschlossenen Nike-Joggingschuhen strolchte gemächlich den Bürgersteig entlang.

Sie hörten in die Konversation des mexikanischen Paars am Nebentisch herein und erfuhren so, daß Sir Roger Dusenberry nach einer Notoperation, bei der temporär ein mechanisches Herz eingesetzt wurde, noch im Koma lag. Die FIFA hatte alle Entscheidungen über die Zukunft der Weltmeisterschaft auf nächsten Dienstag verschoben.

Ein paar Minuten später kam ein anderes mexikanisch-amerikanisches Paar herein. Die Augen der Frau weiteten sich automatisch beim Anblick von Ana Maria Varga.

Ana Maria schaute rasch zu Juan Carlos herüber. Waren das die richtigen? Brachte ihnen die Frau ihr Band?

Die Frau zögerte und kam dann zu ihnen. «Annabella?» fragte sie.

Ein Fan. «Si», sagte Ana Maria und unterdrückte ihre Enttäuschung. «Como se llama?»

«Luisa.»

Ana Maria kritzelte «Vaya con Dios, Luisa. Annabella» auf eine Serviette und hob einen Finger an die Lippe, um zu signalisieren, daß sie unerkannt bleiben wollte.

Die Frau verstand. «Por supuesto, y muchas gracias.»

Rodriguez blickte wieder auf seine Uhr. Zwei Stunden waren nun vergangen. «Mierda.»

Ana Marias Gesicht verhärtete sich. «Cabron!» Sie bezog sich auf den Gringo, der gerade Rodriguez um eine Viertelmillion Dollar betrogen hatte. Ay!

«Was machen wir jetzt?»

«Wir lassen ihm noch einen Tag Zeit, falls etwas schiefgegangen ist, was er nicht vorhersehen konnte. Dann schützen wir uns. Wir gehen mit dem, was wir haben, zum FBI.»

Kapitel 23

New York, 11:30 a.m., Donnerstag, 7. Juli

Die Wände des Pancho Villa in Greenwich Village waren mit übergroßen Sombreros dekoriert, die breit genug waren, um einem ganzen mexikanischen Dorf Schatten zu spenden. Von der Decke hingen bunte Kampfstiere aus Papiermaché und Esel und stolze Truthähne und Schweine mit Ringelschwänzchen.

Die Kellner, Puertoricaner mit riesigen Schnurrbärten, trugen Banditenkostüme mit Sombrero, Pistolen und Munitionsstreifen quer über der Brust. Die Señoritas trugen lange Röcke und Bauernblusen, die von ihren übergroßen Brüsten fast gesprengt wurden.

Harry Beauchamp blickte sich im Restaurant um und schien leicht belustigt. «Ich hoffe nur, daß die Pistolen unecht sind und nicht zum Rausschmeißen benutzt werden.»

David Byrne, der Herausgeber der *New York Post*, bereits neun Monate mit den Lehren des Beauchampismus konfrontiert, räusperte sich.

«Und Gott sei Dank haben sie auch nicht diese großen mexikanischen Messer. Sie wissen doch, diese Zuckerrohrmesser oder so. Und das in Manhattan, können Sie sich das vorstellen? Ich hätte Sie sonst mit ins Cucumber's genommen, aber die Einrichtung dort ist vielleicht etwas zu gewöhnlich für Sie. Haben Sie überhaupt eine Ahnung, warum ich Sie hierher eingeladen habe?» Beauchamp legte den Kopf schief und wartete auf eine Antwort.

Byrne beäugte den Haufen Bohnen auf seinem Teller. «Wegen des guten Essens, dachte ich.»

«Ich will, daß Sie sich aus erster Hand die dämlichen Fantasien ihrer Leser ansehen, und ich will, daß Sie was essen, von dem Sie furzen müssen.»

«Wie bitte?»

«Wie richtige Menschen voller Saft und ungestillten Bedürfnissen. Ihre Leser furzen, nicht wahr? Wenn Sie das nicht machen würden, dann würden sie explodieren. Ich möchte Ihnen gern diese Erfahrung vermitteln. Wird Ihnen guttun.»

Byrne lachte und kaute weiter.

«Ich wurde mit Bohnen großgezogen, wußten Sie das?»

«Ich ... em, nein, das wußte ich nicht.»

«Sie hätten es vorgezogen, mit mir in irgend so ein Angeberloch zu gehen, wo es einem für ein paar hundert Dollar besorgt wird. Ich weiß das. Bohnen sind reich an Protein und Ballaststoffen. Deswegen gehen sie geradewegs durch Sie durch. Fürze machen Spaß, wenn man sie rausläßt. Wissen Sie, ich bin voll auf mexikanisches Essen abgefahren, als ich vor wenigen Jahren eine mexikanische Zeitung gekauft habe. Die Mole Sauce. Mmmmm. Und die Chiles rellenos. Sagen Sie mir, Mr. Byrne, erinnern Sie sich noch an das letzte Mal, als Sie aus dem Fenster gepißt haben?»

«Also, ich ...»

«Ich will diesen Sonntag ein Feature lesen, das sich mit den Abenteuern und Schwierigkeiten des Notpissens beschäftigt. Nicht nur aus Fenstern, jeder amüsante Ort. Im Schrank. Die Schuhe. Ich kenne einen Biertrinker, der am Straßenrand anhält, als ob er eine Motorschaden hätte. Er hebt die Motorhaube hoch, beugt sich über den Radiator und sieht betroffen rein, was er ja auch ist, und während er den Motor ‹repariert›, pinkelt er vor die Stoßstange. Kenne keinen weiseren Menschen.»

Byrne grinste. «Nicht schlecht.»

«Sehen Sie! Ich will ein paar amüsante Anekdoten von Männern mit schmerzlich vollen Blasen, die sagen, scheiß auf die guten Manieren, und die einen Weg gefunden haben, sich zu erleichtern. Ich will einen Bericht darüber, wie Ronald Reagan sich einmal die Schenkel benetzte, als er versuchte, mit seinem kleinen Piephahn in die Coke-Flasche zu treffen. Ich will von John F. Kennedy lesen, der, bis zu den Schultern von einer Ziegelsteinmauer verdeckt, Bostoner Schulkindern zulächelt, während er ein Veilchenbeet mit seinem Strahl wässert. Und vergessen Sie nicht Colin Powell, wie er, totsal unter Druck, verstohlen am Hosenlatz rumfummelt. Wir müssen uns alle mit solchen Sachen rumschlagen. Wir brauchen sie, um uns fortzupflanzen und unerwünschte Flüssigkeiten loszuwerden. Müssen wir das nicht ernst nehmen? Das ist es, was die Leute lesen wollen.»

Byrne zögerte. «Ja, ich vermute, das wollen sie lesen.»

«Leser-Blatt-Bindung.»

«Sagen Sie mir einfach, wie so viele Menschen es geschafft haben, ein ganzes Leben lang nicht wie ein preußischer Hengst pissen zu müssen, wenn kein Klo innerhalb der nächsten zehn Meilen aufzutreiben war. Einen Journalisten, der nichts über volle Blasen zustande bringt, den will ich bei meiner Zeitung nicht sehen.»

Byrne zog einen Notizblock hervor und notierte sich schnell etwas.

Beauchamp verzog vor lauter Frustration sein Gesicht. «Und nehmen Sie auch ein paar Frauen rein, eine Schauspielerin und eine Politikerin. Eine kann während einer Party ihren Hintern aus dem Fenster halten. Sie suchen die Frauen aus. Nein, besser ich mache das. Ich will diese hübsche Schauspielerin Roberta Roberts und Hillary Rodham Clinton. Und erzählen Sie mir nicht, daß Miss Clinton nicht pinkeln müßte. Aber keinesfalls, ich wiederhole keinesfalls Madonna. Sie ist so to-tal lang-weilig. Die Leser kümmern sich schon längst nicht mehr um sie. Sie könnte auf einen Elektrozaun pissen, und die Leute würden gähnen.»

Byrne blinzelte Beauchamp an.

«Ich kann alle möglichen Leute kriegen, die gerne Herausgeber wären, Mr. Byrne. Sie bringen ihre Leser zum Einschlafen, Mann.» Er schüttelte den Kopf. «Mein Gott, wie lange mag es dauern, bis ihr Leute hier kapiert, wie man eine Zeitung macht? Es ist doch kein Wunder, daß Sie jedes Jahr Geld verlieren.»

«Ich bin mir sicher, daß wir auch auf dieser Seite des Atlantik mit den Dingen zurechtkommen können.»

Beauchamp kniff die Augen zusammen. «Vor zweihundert Jahren habt ihr uns gesagt, haut ab, und seitdem kann ich keinen großen Fortschritt entdecken, wenn ich nach der *New York Post* der letzten paar Wochen urteilen müßte.»

Byrne räusperte sich.

«Ich will ein Feature über Verdauung», erklärte Beauchamp weiter. «Jeder hatte doch schon das eine oder andere Mal seine Schwierigkeiten damit, und die amerikanischen Baby Boomers werden auch älter. Ihre Essensgewohnheiten werden sich verändert haben. Ich will einige vertrackte Geschichten über harten Stuhl, der außer Rand und Band geraten ist; vielleicht ein Mann, der nach einem ganzen Monat strengster Enthaltsamkeit braune Kugeln verschießt. Sagen Sie Ihren Schreibern, sie sollen ihre Fantasie benutzen. Ich will ungewöhnliche Rezepte von exotischen Orten, Borneo, Tibet, egal was. (Boise in Idaho.) Ich will einen Leitartikel über Masturbation mit der Überschrift: Das Allerneueste darüber, wie die alte Latte neue Blüten treibt. Schreiben Sie das mit, wenn Sie Ihren Job schätzen, Mr. Byrne.»

Byrne nahm sich seinen Notizblock. Er kritzelte rasch etwas hinein.

«Ich will, daß der Masturbationsartikel eine schmucke Überschrift hat. Darunter sollte stehen: Männliche Teenager immer noch erfinderisch – jedes Jahr jede Menge neuer Einfälle.» Beauchamp amüsierte sich. «Benutzen Sie ein paar saftige Euphemismen. ‹Rubbel die Stange›. ‹Schmirgel die Rute›. ‹Polier den Knopf›. Sehen Sie mich nicht so an, Mr. Byrne. Jeder weiß doch, daß Jugendliche ihre Prügel bei jeder Gelegenheit anspitzen. Sie können nicht anders. Portnoy hat's getan. Sie haben's getan. Ich hab's getan. Werden Sie ein bißchen lockerer.»

Ein Kellner stand plötzlich neben ihnen. «Ich habe einen Anruf für Mr. Harry Beauchamp.»

Beauchamp wirkte überrascht. «Einen Anruf?»

«Ja, Sir, der Herr sagte, es sei äußerst dringend. Er wartet. Wenn Sie möchten, kann ich Ihnen ein Telefon bringen.»

«Ja bitte, wenn das möglich wäre.»

Der Kellner nickte und ging das Telefon holen.

«Und nehmen Sie da auch ein paar Frauen rein. Frauen lesen auch Zeitungen, ja? Begreifen Sie jetzt, wo ich hinwill?»

«Identifikation», sagte Byrne.

«Ich will einen Artikel mit der Überschrift: ‹Endlich! Alle sexuellen Probleme gelöst›.» Beauchamp schaute Byrne triumphierend an.

Byrne wirkte nachdenklich; er trank einen Schluck Bier.

«Sagen Sie Ihnen, daß die Lösung in zwei Worte gefaßt lautet: Langeweile eliminieren. Sie verscheuchen die Langweile, indem sie sich vorstellen, sie würden es mit jemand anderem treiben. So einfach ist das. Immer nur Beschwerden! Diese albernen Schwächlinge haben doch keine Fantasie. Kein Wunder, daß sie Schund lesen! Sie bezahlen uns, damit wir für sie denken!»

Der Kellner kam mit dem Telefon zurück.

«Hier spricht Harry Beauchamp.»

«In der Hotellobby wartet ein Paket auf Sie, Mr. Beauchamp.

Darin befindet sich ein Video und ein Tonband. Spielen Sie das Video zuerst ab, dann das Tonband. Wenn Sie das ganze ungeschnittene Tonband zu Ihrer Sicherheit haben wollen, dann nehmen Sie ein Taxi in die Stadt und rufen aus einer Telefonzelle Ihre Bank in Zürich an. Sagen Sie Herrn Mann, er soll eine Million Dollar bei der Banque de Credit Suisse Internationale deponieren. Wollen Sie sich gerade Stift und Papier besorgen? Ich werde Ihnen die Nummer geben, die Sie brauchen.»

Beauchamp machte eine Geste zu Byrne und sagte: «Ja, bitte.» Dann sagte er mit dem Stift in der Hand: «Okay.»

Der Mann gab ihm den Code. «Denken Sie dran. Kein Geld, keine Entlastung. Wenn Sie das Geld überweisen, dann werde ich das Tonband heute nacht in Ihrem Hotel abliefern lassen.» Er hängte auf.

Beauchamp, der befürchtete, daß sich Abdrücke des Geschriebenen durch das Papier abgezeichnet hatten, riß mehrere Seiten aus dem Notizbuch von Byrne heraus, bevor er es zurückgab. «Ich hasse es, wenn ich ein nettes Gespräch so abrupt beenden muß, Mr. Byrne, aber ich muß mich um dringende Geschäfte kümmern. Sollen wir morgen weiterreden? Zur selben Zeit?»

«Aber gern.»

«Kein Ort zum Pinkeln. Können nicht scheißen. Den Kopf voll Sex. Frustration in allen drei Fällen, und das trotz aller ökonomischen und rassischen Unterschiede. Keiner bleibt verschont. Wer gibt denn nur einen Pfifferling darauf, was die Serben und Kroaten sich antun? Es gibt nichts in diesen Bergen, was irgendwer haben will. Sollen sie doch ihren grausigen Spaß haben. Und keine Geschichten von verhungernden Afrikanern. Wie langweilig. Igitt! Ich möchte, daß Sie morgen für mich eine Liste mit Ideen für Artikel fertig haben. Ich möchte sehen, was Sie so aus dem Hut zaubern.»

Byrne notierte sich noch etwas. «Verstanden, Mr. Beauchamp.»

1 p.m.

Harry Beauchamp kehrte zu seinem Hotel zurück und fand tatsächlich ein Paket für sich an der Rezeption vor. Er begab sich in sein Zimmer und legte das Video ein. Als das Band begann und die

Bilder auf dem Monitor erschienen, machte er es sofort wieder aus und brüllte: «Du, Scheißwichser!»

Erschüttert goß sich Beauchamp einen doppelten Scotch ein und trank ihn mit einem Schluck. Er goß sich schnell noch einen ein.

Seine Hand zitterte, als er die Kassette einlegte. Sein Gesicht war gespannt. Er befeuchtete die Lippen. Er schaltete das Gerät an.

Stille.

Dann hörte man zwei Stimmen, die verfremdet worden waren...

Stimme A: «Tarchalski und noch einer?»

Stimme B: «Ja, zwei, um die roten Karten von Rom zu rächen. Jeder weiß von Rodriguez' Macho-Gehabe und seinem berühmten Schwur für Ana Maria. Wir hängen es Rodriguez an.»

...

Stimme B: «Und wie steht es damit, Rodriguez echte Beweise anzuhängen? Das wird etwas schwieriger sein.»

Stimme A: «Ich bin ein Profi. Wenn das Teil meiner Aufgabe ist, dann sehe ich zu, daß es gemacht wird, und zwar korrekt. Ich weiß, was ich mache und wie ich es machen kann.»

9 p.m.

Harry Beauchamp trank amerikanischen Bourbon und sah fern. Er wollte nicht, daß man ihm Pizza hochschickte. Er wollte keine Massage. Er wollte auch keine Musikanten oder Akrobaten oder Haschisch oder Tänzerinnen oder ein 1000-Dollar-pro-Nacht-Callgirl, das sich für das alte Rein-raus-Spielchen entblätterte.

Er wollte allein sein, bei solide verschlossener Tür, um fernzusehen und auf das Band zu warten. Dabei ging er die Fakten durch, die ihm bekannt waren, und versuchte, die Identität seines Gegners zu entdecken.

(Der Fernsehapparat war in den USA eine Art Schlüsselloch, durch das der Ausländer direkt auf die Amerikaner schauen konnte, wie sie sich befummelten und über den Tisch zogen. Die meisten Amerikaner glaubten leidenschaftlich an die Vervollkommnungsfähigkeit des Menschen, was zu allen möglichen quasioffiziellen Halbwahrheiten geführt hatte und allgemein verbreiteten Lügen. Die Nachricht vom Unglück im Giants Stadion verdrängte alles in dieser Sommernacht, denn sie war ungeheuerlich, und zudem war es noch auf der anderen Seite des Hudson River sozusagen in der Nachbarschaft geschehen. Dies war die Heimat der Giants, einer Footballmannschaft, die im öffentlichen Bewußtsein mit New York identifiziert wurde, was sie zu einer Art Nabel des Universums machte, welches sich auf der Insel Manhattan befand. Normalerweise dachte man in New York, New Jersey hätte die Klasse und die Romantik von gebrauchtem Motoröl.)

Beauchamp zappte von Kanal zu Kanal und ließ sich berieseln. Auf Kanal eins begutachteten ernsthaft wirkende Kerle ein Schachdiagramm an einer Wand. Clevere semitische Typen, stellte er sich vor. Weiß bedrohte einen schwarzen Springer mit einem Bauern. All diese furiose geistige Aktivität! Er zappte zu den Teenagermutanten Ninja Turtles, die gerade mal wieder japanische Monster bekämpften. Er fand einen Kanal, auf dem man sehen konnte, wie Chirurgen einen Tumor vom Hintern eines Mannes wegoperierten. Auf einem anderen Kanal machten sich die Mets für das Spiel gegen die Padres in San Diego fertig.

Er schaute lange genug einen Nachrichtenkanal, um zu erfahren, daß Sir Roger Dusenberry bereits den zweiten Tag mit seinem Kunstherzen überlebt hatte, aber daß er noch immer im Koma lag. Die FIFA hatte ihre Entscheidung über die Zukunft der Weltmeisterschaft 1994 auf Mittwoch vertagt.

Er zappte zum nächsten Sender. Ein älterer Mann zeigte seinen Zuschauern, wie man am besten seinen Garten von Unkraut befreite. Auf dem nächsten Kanal folgte ein Kameramann rennenden, brüllenden Polizisten durch die Slums von Detroit. Was nicht alles los war!

Er entschied sich schließlich für Sean Connery in ‹Goldfinger›, einem frühen James-Bond-Film. Shirley Basseys böses, blechernes Vibrato ertönte wie ein Echo in seinem Kopf:

Gold-finger,
He's a man...

Beauchamp sah auf die Uhr: 22 Uhr. Wie lange wollte man ihn denn warten lassen, fragte er sich.

Kapitel 24

New York, 8:30 a.m., Freitag, 8. Juli

«Hallo?»

«Miss Elizabeth Gunderson bitte.»

«Am Apparat.»

«Miss Gunderson, hier spricht Harry Beauchamp. Gestern nachmittag habe ich für eine Million Dollar zwei Bänder gekauft, über die Sie Bescheid wissen sollten.

«Eine Million Dollar?»

«Für ein Video und ein paar Sätze einer verfremdeten Männerstimme auf einer Tonbandkassette. Ich habe vielleicht vorschnell gehandelt, aber ich habe sie immerhin. Ich war dumm genug, vielleicht auch verzweifelt genug, für die vollständigen Bänder im voraus zu zahlen, bekam sie dann aber nicht. Ich wurde reingelegt, das ist passiert. Ein solider Tritt in den Arsch.»

«Und keine Chance, ihr Geld wieder zurückzubekommen?»

«Keine. Es ist der Rote-Karten-Terrorist, Miss Gunderson. Er muß es sein.»

«Meinen Sie?»

«Wer sonst? Das Problem ist allerdings, daß ich, wenn man beide Bänder zusammennimmt, ziemlich schuldig aussehe. Es wirkt so, als hätte ich konspiriert, Peter Tarchalski und Willi Gochnauer zu ermorden. Wenn ich Ihnen diese Wertgegenstände per Boten bringen lasse, würden Sie mich dafür mit Major Khartoum in Verbindung bringen? Ich würde gerne mit ihm sprechen, bevor Ihr Mr. McAllen und seine Freunde mich noch einmal ausquetschen. Major Khartoum ist doch hinter der Wahrheit her, oder nicht? So wie Sie? Und allein die Wahrheit zählt.»

«Absolut. Wenn wir die Wahrheit kennen, können wir mit der Weltmeisterschaft weitermachen. Bitte schicken Sie die Bänder, Mr. Beauchamp. Ich werde veranlassen, daß Major Khartoum Sie so schnell wie möglich anruft. Sind Sie jetzt in Ihrem Hotel?»

«Ja, bin ich.»

«Haben Sie schon Ladd McAllen angerufen?»

«Er steht als nächster auf meiner Liste. Ich dachte, ich sollte erst Ihnen und der FIFA davon erzählen.»

«Rufen Sie ihn an. Unter diesen Umständen mag er es für nötig halten, Sie unter Polizeischutz zu stellen, vielleicht sogar ein Versteck für Sie zu besorgen.»

Beauchamp lachte. «Ich würde ihm normalerweise nur sagen: von mir aus springen Sie doch in den Hudson. Ich mache immer noch, was ich will. Aber in diesem Fall, Miss Gunderson, da der Irre noch frei draußen herumläuft, werde ich Ihren Mr. McAllen machen lassen, was er für richtig hält.»

«Sagen Sie mir, was meinen Sie, warum der Terrorist Sir Roger umbringen wollte?»

«Das ist wirklich eine harte Nuß. Das muß ich zugeben, Miss Gunderson. Warum – das frage ich mich selber. Ich habe noch keine Antwort darauf gefunden. Dusenberry ist ein alter Knabe, der eigentlich unter all dieser Adelsscheiße ganz in Ordnung ist, würde ich mal sagen.»

9 a.m.

«Miss Gunderson?»

«Am Apparat.»

«Miss Gunderson, hier spricht Mon Fernandez. Ich habe Juan Carlos Rodriguez auf dem anderen Apparat. Er sagt als Besitzer des FC Independiente und Mitglied der FIFA besitze er Beweise, die Anschuldigungen, die das FBI gegen ihn erhoben hat, widerlegen können. Ich sagte ihm, daß Sie verpflichtet sind, sie dem FBI mitzuteilen. Es macht ihm nichts aus. Er will uns nur einfach etwas zappeln lassen.»

«Beweise?»

«Die die Morde bei der Weltmeisterschaft betreffen. Er sagt, er hätte Beweise, daß man ihn anschwärzen wollte. Ladd, der am anderen Apparat wartet, meint, man soll nicht mit ihm diskutieren, sondern Sie ranlassen.»

«Haben Sie ihn gefragt, ob er mit seinem Rechtsanwalt darüber gesprochen hat? Mit Brillante?»

«Ja, habe ich. Aber ihm ist es egal, ob Señor Brillante dabei ist oder nicht. Er will das Material dem Sicherheitschef de FIFA übergeben. Und das sind Sie.»

«Um was für Beweismaterial handelt es sich?»

«Beweismaterial, das ihn eine Viertelmillion Dollar gekostet hat, wie er sagt. Es ist eine Kassette mit zwei Männern, die miteinander reden. Ihre Stimmen sind verfremdet worden, sagte er, aber es ist ganz klar, was sie vorhaben, und zwar ihm die Morde von Peter Tarchalski und Willi Gochnauer anzuhängen. Vielleicht können Sie etwas damit anfangen.»

«Hat es irgendwas mit den Vorfällen im Giants Stadion zu tun?»

«Nicht, daß er wüßte, sagt er.»

«Ist es ein langes Band?»

«Es ist relativ kurz.»

«Haben Sie ihn gefragt, ob er es Ihnen am Telefon vorspielen würde?»

«Ja, habe ich und ja, macht er.»

«Dann lassen Sie es sich vorspielen und geben mir eine Kopie. Okay Mon? Ihr Latinos und eure Egos, ay!»

Fernandez lachte. «Wird gemacht, Elizabeth.»

9:22 a.m.

Die Bänder von Harry Beauchamp lagen in einem gefütterten Umschlag. Elizabeth Gunderson unterzeichnete den Lieferschein, machte sich eine Tasse Kaffee und holte die Bänder aus dem Umschlag. Sie legte sie in den Recorder, trank einen Schluck Kaffee und drückte auf den Play-Schalter.

Das Band lief an.

Ein nackter Mann.

Noch ein nackter Mann.

Sie blinzelte überrascht.

Sie machte den Recorder aus, gab die andere Kassette in ihr Tonband und hörte rein.

Dann rief sie Ladd McAllen an. «Sitzen Sie gerade?» fragte sie.

«Ich sitze.»

«Ich habe mir gerade ein absolut außergewöhnliches Video angesehen, das Sie vielleicht interessiert.»

«Und?»

«Zwei nackte Männer, Peter Tarchalski und Reiner Schmidt.»

«Sagen Sie das bitte noch mal, Elizabeth.»

«Lebensgroß. Homosexuelle. So nackt, wie Gott sie schuf, und die beiden machen, was man so üblicherweise macht. Ich füge natürlich gleich hinzu, daß ich mir nicht die ganze Show angesehen habe. Nachdem ich bemerkt hatte, was da lief, habe ich abgeschaltet. Jungens beim Pimpern zuzusehen interessiert mich nicht so brennend. Jungens und Mädels schon eher, da kann ich mich mit einem der Partner identifizieren. Es gab absolut keinen Zweifel daran, wer es war und was sie machten.»

«Meinen Sie das ernst?»

«Natürlich meine ich das ernst. Denken Sie etwa, ich würde so. was erfinden? Schlechter Scherz, Ladd. Und falls Sie fragen wollen, ich rauche gerade kein Gras und esse auch keine Pilze. Ich bin ebenfalls im Besitz von Unterhaltungsfragmenten zweier Männer. Ihre Stimmen sind verfremdet worden, aber es hört sich ganz so an, als ob Harry Beauchamp unser Mann wäre.»

«Wo in aller Welt haben Sie...»

«Beauchamp hat sie mir geschickt. Er sagte, er hätte eine coole Million Dollar an eine Person oder an Personen, die er nicht kennt, bezahlt. Er sagt, daß man ihn kontaktierte, als er gerade mit einem seiner Herausgeber in einem seiner Lieblingsrestaurants in New York, einem Mexikaner nahe beim Village, lunchte.

«Ist er Stammgast dort?»

«Wenn er in New York ist, geht er immer hin.»

«Haben Sie ihn gefragt, warum wohl irgend jemand Roger Dusenberry ermorden wollte?»

«Ja, habe ich. Er sagt, er hat keine Ahnung. Man kann wohl behaupten, daß nun alles in einem neuen Licht erscheint.»

«Ja, glaube schon. Aber in welchem neuen Licht, da bin ich mir nicht so sicher. Ich würde sagen, wir suchen ihm erst mal ein sicheres Versteck, falls er so unschuldig ist, wie er behautptet. Und wenn er schuldig ist, ist er zumindest dort, wo wir ihn im Auge behalten können. Das letzte, was wir brauchen können, ist eine Wiederholung dessen, was mit Schmidt und Dusenberry geschehen ist.»

«Ich habe bereits die Idee mit dem Versteck angesprochen.»

«Haben Sie das? Sehr gut. Was hat er gesagt?»

«Er willigt ein. Wird Dusenberry es schaffen?»

«Kann man noch immer nicht wissen, sagen die Ärzte. Vielleicht. Vielleicht auch nicht.»

10:13 a.m.

«Wir können überhaupt keine Vermutungen formulieren», sagte Burlane. «Darauf zählt er. Bei normalen Gegnern können wir etwas vermuten. Nicht bei ihm. Er hatte bei seinem Schuß auf Dusenberry einfach Pech. Der Killer stand genau vor dem ungedeckten Tor. Unmöglich vorbeizuschießen, würde man denken.»

«Herzschußdistanz.»

«Erinnern Sie sich, was bei unserem Spiel gegen Brasilien passiert ist? Rubio und Antonio sind ohne Zweifel das beste Torschützenduo der Welt. Und dennoch, gegen uns haben sie bei Schüssen danebengetroffen, die sie normalerweise im Schlaf reingetan hätten.»

«Major Khartoum, werden Sie Harry Beauchamp anrufen und mit ihm reden? Er will Sie sprechen, bevor er sich mit Ladd McAllen unterhält. Ich meine nicht, daß daran etwas falsch sein könnte.»

«Beauchamp? Sicher, ich werde ihn anrufen und mal schauen, ob ich was Neues erfahre.»

5 p.m.

«Haben Sie es sich angeschaut?» Harry Beauchamps Stimme klang gepreßt.

«Elizabeth Gunderson hat mir gesagt, was drauf zu sehen war», antwortete James Burlane. «Das muß aus Ihrer Sicht doch eine unvorhergesehene Wende der Ereignisse bedeuten.»

«Ein Homo. Ein Scheißschwuler. Warum habe ich ihn kaufen müssen? Pudert Schiedsrichter! Warum ich? Haben Sie sich auch die Kassette angehört?»

«Miss Gunderson hat sie mir am Telefon vorgespielt, und ich habe sie aufgenommen. Ich habe sie mir mehrmals angehört.»

«Was meinen Sie dazu?»

«Ich bin mir nicht sicher. Es gibt allerhand Möglichkeiten, denke ich.»

«Zum Beispiel?»

«Zum Beispiel, daß Sie Peter Tarchalski haben ermorden lassen und uns alle belügen. Seien Sie nicht gekränkt, Mr. Beauchamp, aber wenn ich es mir aus meiner Perspektive anschaue, ist das wirklich eine Möglichkeit. Sagen wir mal, es wäre eine List, um den Schurken in Gewahrsam zu nehmen, während seine Helfershelfer das offene Tor umkreisen. Ein netter Schachzug.»

«Stuß!»

«Sie haben eine Million Dollar hingeblättert. Ich weiß, daß sie reich sind, aber heh...»

«Wenn Sie nicht glauben, daß ich den Betrag überwiesen habe, werde ich Ihnen meine Kontonummer mitteilen.»

«All diese Nummern und keine Namen. Sie hätten sich doch auch das Geld selber überweisen können, Harry. Machen Sie mal 'ne Pause, bitte. Ich bin doch nicht von gestern.»

«Ich sage Ihnen, daß das eine böswillige Täuschung ist. Irgendeine haßerfüllte Sau versucht, mich in eine Scheißfalle zu locken. Und wenn man sich den armen Dusenberry ansieht, dann kann man sich doch fragen, was er als nächstes vorhat?»

«Wenn Sie unschuldig sind, dann hat unser Gegner augenscheinlich die potentiellen Motive studiert. Was hat Sir Roger mit alldem zu tun, was meinen Sie?»

«Keine Ahnung.»

«Wußten Sie, daß Tarchalski ein Homosexueller war?»

«Peter Tarchalski? Schwul? Sind Sie verrückt? Natürlich nicht. Das ist doch Unsinn.»

«Und dennoch ist er auf dem Video zu sehen, wie mir Miss Gunderson sagte. Er und Reiner Schmidt.»

«Er hatte doch ständig Frauen. An beiden Armen hingen sie ihm. Der Star von Arsenal. Der Torschützenkönig der englischen Liga. Und sagen Sie mir ja nicht, das war alles nur Getue, und es hätte keine Action gegeben. Sie wollten doch alle auf seiner deutschen Wurst rumreiten, und soweit ich sehen konnte, tat Peter sein Bestes, um so viele Frauen wie möglich mitzukriegen. Die Aufmerksamkeiten der Weiber sind die kleinen Zugaben, die man in der englischen Liga bekommt, so ist's nun mal. Sie wollen doch nicht von irgend so einem versoffenen Kerl, der einen Scheißlaster fährt, genagelt werden. Es ist ein Wunder, daß Tarchalski noch genug Kraft zum Fußballspielen hatte.»

«Sie hatten wirklich keine Ahnung und keinen Verdacht, daß er schwul war? Überhaupt nicht?»

«Wie denn? Überhaupt nicht die geringste Ahnung. Ich war vollkommen überrascht, als ich das Video sah, das kann ich Ihnen flüstern. Es einem Schiedsrichter zu besorgen sei einfach undenkbar? Es ist selbstmörderisch. Warum in aller Welt sollte er so etwas tun? Ein Wunder, daß er sich kein Aids geholt hat bei der Vorliebe. Und dann noch zu erlauben, daß man es aufnimmt. Das ist so mies wie...» Beauchamp hatte es die Sprache verschlagen.

«Ana Maria Varga?»

«Die gemeine Schlange!»

«Sehen Sie. Sie haben eine ganze Menge Gründe, es Rodriguez heimzuzahlen. Bis wir da nicht klarsehen, stecken Sie bis zum Hals in der Scheiße.»

«Ich habe es nicht getan. Ich bin unschuldig.»

«Das sagen alle.»

«Aber Sie glauben mir doch, Major Khartoum? Sie bewundern ja vielleicht nicht alles an mir, aber Sie wissen doch, daß ich kein Mörder bin.»

«Vielleicht. Wir werden sehen», sagte Burlane.

«Was soll ich sagen, wenn Elizabeth Gunderson und ihre Leute hier auftauchen, um mit mir zu reden?»

«Sie nehmen sich einen Anwalt und sagen ihnen die Wahrheit, die ganze Wahrheit und nichts als die Wahrheit.»

«Das habe ich doch schon. Ich habe ihnen alles gesagt, was nach meiner Ansicht wichtig sein könnte. Es gibt nichts weiter zu berichten. Ich war in dem Restaurant. Man hat mich angerufen. Und jetzt das.»

«Dann lautet mein Rat, sich einen wirklich, wirklich guten Anwalt zu nehmen. Wenn Sie sich an irgend etwas erinnern können, das mir helfen würde, den Fall zu lösen, dann rufen Sie mich sofort an, egal zu welcher Tages- oder Nachtzeit.»

«Das ist doch derselbe Killer, der Tarchalski und Gochnauer umgebracht hat, oder? Er hat die Fußballspieler vergiftet und Schmidt im Bett umgebracht und hat das auch mit Roger Dusenberry versucht. Der selbe Scheißverrückte. Dieser beschissene Irre.»

«Könnte ein und dieselbe Person sein. Ist vielleicht aber kein beschissener Irrer.»

«Major Khartoum, wenn Sie die Wahrheit herausfinden und ich lebe noch, werde ich alles für Sie tun. Das meine ich ernst.»

«Wirklich?»

«Absolut.»

«Wenn ich Sie raushaue, Mr. Beauchamp, dann möchte ich, daß Sie einen zivilisierten Käufer finden und ihm die *New York Post* verkaufen.»

«Da muß man schon großes Glück haben, wenn man überhaupt einen findet, der sie kaufen will.»

«Sie sagten, alles.»

«Leicht zu sagen, weil ich ja nichts verbrochen habe. Ich bin unschuldig. Finden Sie die Wahrheit heraus. Dann werden Sie es sehen. Sie sind doch an der Wahrheit interessiert, Major Khartoum?»

«Ja, ich möchte, daß die Wahrheit ans Licht kommt.»

«Khartoum! Was für ein Name ist das denn? Eine Stadt voller schwarzer Nichtsnutze. Herrgottnochmal!»

Burlane seufzte und gab ihm seine Telefonnummer.

«Ich hab nicht alles ernst gemeint, wirklich. Wenn Ihnen so etwas passiert wäre, wären Sie auch aufgeregt. Ein Schwuler? Wie hätte ich das wissen sollen?»

«Das mit der Post meine ich ernst», sagte Burlane und hängte auf.

Kapitel 25

10 p. m.

James Burlane kochte Reis und sah im Fernsehen einer Diskussion grimmig wirkender Männer zu, die die Konsequenzen der verschiedensten Möglichkeiten zur Beendigung der Weltmeisterschaftskrise durchdiskutierten.

(Burlane schaute sich gern solche Diskussionen an. Was die Offiziellen und angeblichen Experten wohl zu sagen hatten? Da sie keine Trikots mit Nummern trugen, benutzten sie Kostüme, Manieren und politische Chiffren, um sich verschiedene Sticker und Erkennungsmerkmale anzuheften, damit die Zuschauer – die meistens ganz damit zufrieden waren, vollkommen unwissend zu bleiben – wußten, wer auf welcher Seite stand. Die Zuschauer wollten einzig wissen, wann sie zu schreien oder zu jubeln hatten und wann sie aufmerksam sein sollten.

Burlane erriet den Standpunkt des Diskutanten nach dem Aussehen und nicht nach dem Programm, das er vertrat, obwohl die Namen ständig unten im Bildschirm eingeblendet wurden. Er vermutete, daß man das wegen der tauben Zuschauer machte und damit Leute wie er besser zuhörten.

Später würden dann die Teilnehmer, vom Journalisten bis zum FIFA-Offiziellen, sagen, wie schrecklich das Ereignis sei, ein Alptraum, aber Burlane vermutete, daß sie insgeheim erfreut waren, mit dem Schrecklichen aus nächster Nähe zu tun zu haben. Eines der herausragenden Happenings des Jahrzehnts und sie waren dabei. Eine wundervolle Pause in all der Langeweile.

Keine Entscheidung oder Ankündigung, egal wie klein oder unwichtig, entkam dem Wirbel der Kontroverse. Die Fakten des Falls, so wie sie von FIFA und FBI öffentlich verlautbart wurden, waren spärlich; irgend etwas mußte die Fernsehzeit und die Spalten auf den Titelseiten doch füllen, die solch einer Tragödie angemessen waren. Dieses Vakuum wurde mit Gequatsche und künstlichen Streitereien gefüllt: wohlbekannte Tatsachen wurden atemlos wiederholt, nur die Syntax wurde ein wenig geändert, um sie irgendwie neu klingen zu lassen.)

Die dramatische Frage dieser Stunde war, ob Prince Charles nach New York fliegen sollte, um Sir Roger Dusenberry beizustehen, oder ob er es unterlassen sollte. Nichts von all dem Gerede würde ihn am Flug hindern können, denn er saß bereits hoch über dem Atlantik in einer Concorde. Wenn es eine Chance gab, daß Dusenberry durchkam, wollte Charles dasein.

Aus London kam ein lautstarker Protest, denn die Amerikaner seien unfähig, die Weltmeisterschaft zu schützen. Ein Terrorist hätte sich in das Turnier eingeschlichen. Es sei kompletter Irrsinn, daß der britische Thronerbe sich solch einer Gefahr aussetzte. Wußte denn Charles nicht um seine Verpflichtungen für das britische Königreich?

Andere wiederum sagten: toller Bursche, braver Kerl, mutig und so weiter. Daß Charles an der Seite seines Freundes weilen wollte, machte dem zukünftigen König alle Ehre und ließ hoffen, sagte man. Konnte man als Untertan dagegen etwas sagen? Wer wollte einen König, der einen Freund ignorierte, der im Sterben lag?

Burlane benutzte sein Schweizer Armeemesser, um ein Stück Ingwer zu zerkleinern, das zweimal so groß wie sein Daumen war, dazu ein halbes Dutzend Frühlingszwiebeln, wobei er die weißen Teile von den grünen trennte.

Dann stellte er seinen Wok auf den transportablen Brenner und gab das Drahtsieb hinein, das den Wok zu einem Dampfgartopf machte. Dies war sein Reisewok, darum mußte er den Seebarsch in zwei Hälften schneiden, damit er hineinging.

Burlane betrachtete die Helden im TV, wie sie ihre Mäuler auf und zu klappten, die ein gewichtiges und aufgeregtes Gemurmel produzierten. Jeder hatte eine Meinung, so schien es. Sie sahen alle so feierlich aus. Er fragte sich, ob ihre Gesichter nicht von all der Maskerade um die angemessene Ernsthaftigkeit schmerzten. Niemand wollte die Weltmeisterschaft abbrechen. Niemand wollte einem Terroristen nachgeben. Aber andererseits … Niemand wollte, daß man ihn später für irgendeinen Todesfall verantwortlich machte, falls die FIFA sich entscheiden würde, das unterbrochene Spiel USA – Niederlande zu wiederholen.

Ein Sprecher von Prince Charles sagte, seine Hoheit nehme doch an, daß es eine Verbindung gäbe, obwohl er sich zur Zeit nicht vorstellen könne, was das Attentat auf Sir Roger mit dem Mord an den beiden deutschen Spielern und der Gasattacke im Giants Stadion zu tun habe. Charles betrachte es als eine Frage der britischen Ehre, den Terroristen am Erreichen seines Ziel zu hindern. Das britische Volk hätte auch früher schon einiges mitgemacht, und man wäre nicht bereit, vor einem Barbaren zu kapitulieren. Charles war sich sicher, daß Sir Roger, wenn er denn aus seinem Koma erwachen würde, dasselbe sagen würde: Die Spiele sollten letztendlich fortgesetzt werden. Der Terrorist würde eine Verzögerung erreichen, aber nicht mehr.

Der brasilianische FIFA-Präsident Dr. Antonio Coelho gab eine unbegrenzte Vertagung des Spiels, bis zu dem Zeitpunkt, an dem die Gefahr für Leib und Leben vorbei war, bekannt. Die

FIFA würde die Daten für die nächsten Spiele neu festsetzen, aber wann – und wo – blieb noch geheim. Coelho sagte, daß die FIFA ständigen Kontakt mit dem FBI und den internationalen Polizeiorganisationen hielt, die mit allen verfügbaren Kräften die Untersuchung vorantrieben. Sobald man der FIFA das OK geben würde, würden die Spiele fortgesetzt werden, um den Weltmeister des Jahres 1994 zu bestimmen.

Dann erschien Henry Kissinger auf dem Bildschirm. Er gab ernst mit seinem üblichen Gurgeln und Murmeln seine Meinung zum besten. Kissinger war zwar nur Ehrenvorsitzender der FIFA, aber er war immerhin noch Henry Kissinger. Er schüttelte vor Ärger über den Terroristen den Kopf. Er stimmte der Entscheidung zu, die Spiele zu vertagen, aber er war leidenschaftlich dagegen, die WM ganz abzusagen.

Nach acht Minuten holte Burlane den Fisch heraus und legte ihn auf einen Plastikteller, der Teil seines Reisekochsets war. Er goß das Wasser aus dem Wok und erhitzte einen kräftigen Schuß Maisöl – ein paar Teelöffel – aus einer Plastikflasche, die nicht mehr als eine halbe Tasse faßte. Während das Öl heiß wurde, arrangierte er silbrige Ingwerfäden auf dem Fisch, gefolgt von dunkelgrünen und weißen Frühlingszwiebelstreifen.

Nachdem das Öl zu qualmen begonnen hatte, goß er es schnell über den Fisch. Das Öl erhitzte den Ingwer und die Zwiebeln und ließ deren Geschmack in den Fisch sickern. Darüber gab er einige Spritzer Sojasauce.

Als sein Abendessen endlich fertig war, öffnete er eine Flasche Rolling-Rock-Bier, gab Reis auf seinen Teller und polierte dann einen Granny-Smith-Apfel auf seinem Oberschenkel; eine Kombination aus Salat und Nachtisch, um seine Mahlzeit abzurunden.

Auf dem Bildschirm hielt eine hübsche CNN-Reporterin zwei gutgekleideten, aber möglicherweise alkoholisierten Herren in einer Bar ein Mikrophon unter die Nase. Man konnte sie nun überall auf der Welt sehen. Sie wirkten mitteilsam. Sie waren in der rechten Laune, einen Kommentar abzugeben.

Ehrliche Menschen, gut betucht. Burlane stellte schnell den Ton lauter.

Der erste sagte: «Warum sollte Charles nicht nach Amerika fliegen, wenn er es doch will? Beweist wenigstens ein bißchen Mumm, wenn er seinem Kumpel helfen will. Sieht doch so aus, als würde die alte verschrumpelte Königin sich ewig an den Thron klammern, oder etwa nicht? Trägt die Krone ja noch auf dem Klo.»

Sein Freund fügte hinzu: «Man sagt doch auch, daß der arme Kerl zum Hahnrei gemacht wurde. Vielleicht zieht er sich mal flott 'n Stück amerikanisches Weiberfleisch rein? Wem schadet das? Es heißt doch, daß einem diese amerikanischen Frauen die Batterien wieder aufladen.»

«Aber paß dabei auf deine Brieftasche auf.»

Beide lachten.

Der erste Mann sagte: «Und vergiß nicht, ein Kondom zu benutzen.»

Sie lachten noch lauter.

Der zweite Mann sagte: «Und versichere dich, daß es nicht in England hergestellt wurde.»

Was ein übermäßiges Losprusten und Schenkelklatschen bewirkte. Ha! Ha! Ha!

«EG-Standard», sagte der erste und war kaum noch in der Lage, seine Heiterkeit zu kontrollieren.

Kapitel 26

New York, 9:32 a. m., Samstag, 9. Juli

Das ultranoble Emmanuel-Greenblatt-Krankenhaus in der New Yorker Upper East Side vermied es sorgfältig, zu gewöhnliche Patienten aufzunehmen. Um ernsthaft erkrankte VIPs unterzubringen, hielt das Krankenhaus spezielle Appartements für besorgte Verwandte bereit oder für extra hinzugezogene Ärzte. Jetz waren dort die FBI-Agenten und der FIFA-Ermittler James Burlane untergebracht.

(Ein Patient, der unglücklicherweise ans Bett gefesselt war, mußte sich damit begnügen, mittels Fernbedienung die gutsortierte

Auswahl von CDs auf dem Hight-Tech-Gerät des Zimmers zu durchforsten. Den Filmfreunden wurde ein großer Bildschirm in der Wand dem Bett gegenüber zur Verfügung gestellt. Man konnte aus einer Sammlung von Filmen wählen; außerdem gab es noch vier Ledersessel für Gäste, die sich ebenfalls die Filme anschauen oder die Musik hören wollten. Falls der Patient den Bildschirm für Computerspiele benutzen wollte, dann konnte er das auch tun.

Dem Patienten, der bereits herumgehen durfte, standen noch wesentlich mehr Möglichkeiten offen. Das Fenster in Sir Roger Dusenberrys Zimmer im 16. Stock gab den Blick auf einen bepflanzten Balkon frei. Dort befanden sich ein weißer Marmortisch und vier Stühle mit gepolsterten Sitzen und Rückenlehnen, von denen aus die Patienten und ihre Gäste die New Yorker Skyline bei Nacht betrachten konnten. Falls man sich ein bestimmtes Zimmer oder etwas auf der Straße genau ansehen wollte, hatte man dafür ein Swarkovski-40 × 75-Teleskop, das auf ein Stativ montiert war.

Die Erfrischungen für die Balkontratscher oder die Teleskop-Voyeure mußten aus einem riesigen Kühlschrank geholt werden, der in die Wand eingelassen war. Er enthielt vom Krankenhaus freigebene Snacks und Getränke; aber die Patienten, die etwas anderes wollten, konnten sich per Fernbedienung einen Helfer kommen lassen, der ihnen zusätzliche Snacks oder Getränke brachte.)

Es reichte Ladd McAllen nicht, daß an Sir Roger Dusenberrys Bett eine Krankenschwester saß, die alles mitschrieb, was ihm ins Gedächtnis kam, wenn oder falls er zu Bewußtsein kam. Er wollte stets einen FBI-Agenten in der Nähe haben, der wußte, welche Fragen Dusenberry beantworten sollte. McAllen übernahm die Tagesschicht von 8 bis 16 Uhr, Elizabeth Gunderson übernahm die Schicht von 16 bis 24 Uhr und wurde dann von Mon Fernandez abgelöst, der von 24 bis 8 Uhr Wache schob.

Wenn das Gerede in den Medien stimmte, dann war Dr. Avi Abramowitz der beste Kardiologe, den es gab. Er war also der richtige Chirurg, um das künstliche Herz einzusetzen und zu überwachen, bis der Patient kräftig genug war, eine Transplatation zu überstehen. Um 9:31 Uhr, als McAllen gerade Dienst hatte, klingelt die Schwester nach Abramowitz und Burlane, dessen Appartement sich im Krankenhaus an das von Abramowitz anschloß.

Eine Minute später betrat Abramowitz das Zimmer, dicht gefolgt von Burlane.

Dusenberry, dem durchsichtige Plastikschläuche aus beiden Armen und den Nasenlöchern herausragten, blinzelte. Er sah einen leicht korpulenten Mann in blaßgrünem OP-Kittel und dazu passenden Schuhüberziehern. Abramowitz war blaß und hatte durchdringende grüne Augen. Sein schwarzes Haar war wellig, und er trug einen kurzen, sauber gestutzten Vollbart. Er war Ende Dreißig.

«So!» sagte Abramowitz. «Oy!»

Dusenberry, dessen Stimme kaum hörbar war, sah McAllen an. «Ich muß mit Ihnen reden.»

Abramowitz unterbrach ihn. «Also mal langsam mit den jungen Pferden. Vielleicht sollten wir einen Schritt nach dem anderen machen, meinen Sie nicht auch? Ich bin Dr. Abramowitz, und ich habe Ihnen gestern eine künstliche Pumpe eingepflanzt. Wollen Sie mehr darüber wissen?»

McAllen stellte seinen Recorder ein, damit er sich Dusenberrys mit kaum vernehmbarer Stimme vorgetragene Geschichte zur Not noch einmal anhören konnte.

«Ein Pavianherz?» fragte Dusenberry.

Abramowitz schüttelt den Kopf. «Plastik. Das neueste Modell.»

Zu McAllen sagte Dusenberry: «Ich kann Ihnen helfen, ihn zu finden.»

McAllen blickte rasch zu Abramowitz herüber.

Abramowitz kräuselte die Lippen. «Es ist auch äußerst wichtig, daß Sie sich ausruhen, Sir Roger. Wie lange brauchen Sie etwa?»

«Es sind möglicherweise noch weitere Menschenleben in Gefahr.»

Abramowitz seufzte. «Okay. Ein paar Minuten, die davon abhängen, wie sich Ihr Gesamtzustand entwickelt und ob Sie überhaupt wach bleiben können»

«Wir müssen ihn stoppen.»

«Ich hasse es, so plump zu sein, aber das viele Reden wird Sie umbringen. Das ist nun mal so, und es tut nicht gut, die Fakten zu ignorieren.»

«Ich riskiere mein Leben, wollen Sie das sagen?»

«Ich muß ehrlich zu Ihnen sein.»

«Danke. Dieses Gespräch ermüdet. Vielleicht könnte ich jetzt doch ein Nickerchen machen.» Dusenberry schloß die Augen.

Zur Krankenschwester gewandt, sagte Abramowitz: «Sie rufen mich, wenn er wieder aufwacht. Ich will anwesend sein und werde bestimmen, wie lange er reden darf.»

Dusenberry öffnete noch einmal die Augen. Er sah McAllen an und flüsterte: «Falls ich es nicht schaffe. Scherz. Irreführung. Dimitri Rassileva. Deutscher Akzent. Spanisch. La Prensa. TV-PORTi. Er wußte.» Er schloß die Augen wieder und schlief ein.

«Was meinen Sie, Major Khartoum?» fragte McAllen.

«Schwer zu sagen. Wir haben jetzt etwas irgendwie Russisches und scheinbar einen Hinweis auf Rodriguez.»

10 a.m.

«Soweit die Leute in der Firma sagen können, handelt es sich bei dem Mann, von dem Dusenberry gesprochen hat, um Dimitri Rassileva, einen überzeugten Stalinisten, der für die Wettkämpfe unter den Ländern des Warschauer Paktes verantwortlich war, bevor der eiserne Vorhang fiel», teilte Ara Schott aus Maryland mit.

«Wo ihn Dusenberry vermutlich kennengelernt hat.»

«Schon möglich. Er begleitete schließlich diverse englische Fußballmannschaften zu Spielen in anderen Ländern. Jetzt hat sich Rassileva in einen glühenden Anhänger des Kapitalismus verwandelt.»

(«Er hat wohl die allerwichtigste Frage begriffen.»

«Die wäre?»

«Wer bleibt auf, um sich um die kranke Kuh zu kümmern? Nur haben das die Bolschewiken nie kapiert, die blöden Säcke.»

Schott lachte. «Ich weiß nicht, ob du von dem Laden in Moskau gehört hast, der so einen Hilfsfonds für schäbige und schlecht geführte russische Firmen nutzt, um Joggingschuhe zu verkaufen. Die Lenin's.»

Burlane lachte. «Ich habe mir ein Paar gekauft, Ara. Hab mir gedacht, daß Nike meine Kohle nicht mehr braucht. Man gibt, aber zumindest bekommt man auch was für sein Geld.»

«Das ist Rassilevas Firma.»)

«Verstehe. Prima! Hat er einen deutschen Akzent?»

«Nein», antwortete Schott. «Er spricht etwas Deutsch, aber sein Englisch hat einen russischen Akzent.»

«Jemals in Argentinien gewesen?»

«Der KGB sagt nein. Auslandsreisen ja, nach Afrika, Europa und Nordamerika, aber Argentinien ist in seiner Akte nicht vermerkt.»

«Dann hat Dusenberry von Rassileva und noch jemand anderem geredet, jemandem, der Englisch mit deutschem Akzent spricht und vielleicht auch noch Spanisch.»

«So hört sich's an. Jemand, der sich in Argentinien auskennt.»

«Ein Argentinier oder ein deutscher Emigrant. Die Russen versuchen doch Rassileva zu finden?»

«Wenigstens einmal ist es gut, sie auf unserer Seite zu haben. Sie sagen, daß sie ihn sich bald schnappen werden, und wenn er nicht kooperieren will, werden sie zusehen, daß er es doch macht. (Wie sind denn deine Lenin's?»

«Nicht schlecht. Sie stammen wahrscheinlich vom selben chinesichen Fließband wie die Schuhe von Reebok oder Adidas, also haben die arbeitslosen Russen wieder nichts davon. Ich mag das Porträt von Lenin an der Seite. Leuchtend rot. Er sieht gut aus mit seinem Bart und so weiter. Sind coole Schuhe. Ich hoffe nur, daß sie nicht in einem chinesischen Gefängnis hergestellt wurden.»

«Was meinst du, wird man in hundert Jahren Lenin eher mit Joggingschuhen in Verbindung bringen als mit verrückter Politik?»

«Nachdem wir jetzt wissen, daß diese Schuhe in China hergestellt werden, wird sich herausstellen, daß Rassileva nur den Strohmann für ein amerikanisches Werbeunternehmen ist.»

«Das wiederum in Wirklichkeit einem japanischen Elektronikkonzern gehört», erwiderte Schott.

«Der wiederum in den Fängen der Yakuza ist. Das ist die schöne neue Welt der freien Marktwirtschaft.»)

11:15 p.m.

Ladd McAllen legte seine OP-Maske an und lehnte sich nahe zu Sir Roger Dusenberry hin. «Lassen Sie sich Zeit, Sir Roger. Keine Eile.» Die Schwester klingelte nach Abramowitz und Burlane.

«Es ist eine lange Geschichte.»

«Ruhig, nur ruhig.»

«Harry Beauchamp...»

«Fangen Sie vorne an zu erzählen, aber ganz ruhig. Lassen Sie sich Zeit.»

«Wir hatten die Idee im Club, wissen Sie, mein Freund Reg James und ich. Das heißt, ich hatte den Einfall. Harry Beauchamp hatte in aller Öffentlichkeit mit Peter Tarchalski gestritten und an ihm rumgemeckert, was an und für sich nichts Ungewöhnliches war. Harry stritt sich dauernd mit irgend jemandem. Wir hatten auch von seinem sogenannten Wunder von Costa Rica gehört und wußten, daß er sich deswegen nicht weiter um die Gefühle von Tarchalski kümmerte.»

Dusenberry schloß die Augen.

McAllen lehnt sich weiter vor.

Dusenberry schaute erneut auf. «Je mehr man über den Spieler aus Costa Rica hörte, darüber, wie unmöglich es sei, ihn zu decken und so weiter, desto härter und schärfer wurden Harrys Bemerkungen über Tarchalski. So war Harry nun einmal. Niemand schien ihn jemals zufriedenstellen zu können. Ich glaube fast, er fand es nicht richtig, daß er seine Spieler für ihre Arbeit bezahlen mußte. Egal, Reg hatte einen Neffen namens Ron...» Dusenberry verzog sein Gesicht.

Abramowitz und Burlane kamen gleichzeitig an.

McAllen blickte zu Abramowitz hinüber und suchte dessen Erlaubnis fortzufahren.

Abramowitz schaute auf die Monitore der medizinischen Apparate und nickte zustimmend. «Ihr Freund Charles ist gekommen, um Sie zu besuchen», sagte Abramowitz. «Er ist unterwegs hierher.»

Dusenberry lächelte. «Charles. Anständiger Kerl.»

«Ist Dimitri Rassileva ein ehemaliger russischer Sportfunktionär?» fragte McAllen.

«Ja.»

«Der Killer spricht Englisch mit deutschen Akzent und vielleicht Spanisch?»

«Ja.»

«Er kennt sich in Argentinien aus?»

«Zumindest schien es so.»

«Argentinier oder Deutscher?»

«Ich weiß nicht.»

«Sie hatten angefangen, mir von Ron James zu berichten.»

Dusenberry nickte. «Ein Computeranimations-Spezialist bei Nottingham Ltd., einer von Harrys Angestellten.»

«Lassen Sie sich ruhig Zeit.»

«James hatte ein bißchen Geld, und er ging gern einen trinken. Also habe ... ich ... wir ...»

«Langsam. Langsam, Sir Roger.»

«Reg und ich sind zusammen zur Schule gegangen, wissen Sie, nach Eton. Wir waren ziemlich betrunken, und einer von uns beiden hatte diesen witzigen Einfall. Es sollte nur ein Scherz sein, Mr. McAllen. Sie müssen mir das glauben. Solche Streiche waren Teil unserer Zeit in Eton, und wir haben ein paar wunderbare Erinnerungen daran. Zum Beispiel fuhr unser Direktor mittags immer mit dem Fahrrad nach Hause, um bei seiner Frau zu essen. Da haben Reg und ich eines Tages eine hauchdünne Schicht Kleber auf den Sattel geschmiert, kurz bevor er sich draufsetzte.» Dusenberry lächelte schwach. «Wir haben eine ziemliche Strafe riskiert, aber es ist nie herausgekommen, wer es getan hat. Ein Streich. Sie verstehen so was doch?» Er schloß die Augen. «Eine Art jugendlichen Humors würde ich sagen.»

McAllen schaute zu Abramowitz rüber.

Abramowitz nickte zustimmend. «Er hält noch durch.»

Dusenberry holte einmal tief Luft. «Also, die Familie hat es mit ihrem Geld ermöglicht, daß der kleine Ron nach Amerika ging und dort Computeranimation und Special Effects studierte. Er ging zu UCLA und bekam einen Job in Hollywood. Unter anderem hat er bei Terminator II mitgearbeitet. In England haben wir unsere Filmindustrie ja fast durch unsere Steuergesetze abgemurkst, aber in den letzten Jahren sind die Gesetze geändert worden, und die Filmindustrie blüht wieder auf. Als Harry dann in Nottingham ein Studio einrichtete, mit all der Ausrüstung, die man auch in Hollywood hatte, ließ sich Ron James von ihm einstellen. Unglücklicherweise behandelte Harry seine Mitarbeiter bei Nottingham genau so wie die Fußballer von Arsenal – deswegen haßten ihn alle.»

«Einschließlich Ron James», sagte McAllen.

«Ron überlegte, ob er nicht für eine italienische Firma in Mailand arbeiten sollte. Man hatte ihm ein attraktives Angebot gemacht.»

«Erzählen Sie mir von Ihrem Streich.»

«Also, die Einzelheiten des Verkaufs von Tarchalski an den 1. FC Köln waren gerade in der Presse bekanntgegeben worden. Der gute alte, leicht durchschaubare Harry. Er brauchte dringend Bargeld, aber er wollte auch die große Party in Amerika nicht verpassen.»

«Die Weltmeisterschaft.»

«Ja, ich … Das ist sehr schwierig. Ich möchte doch lieber noch ein wenig schlafen, Mr. McAllen.»

«Worin bestand denn der Streich?»

Roger Dusenberry nickte ein.

1:10 p.m.

James Burlane und Dr. Abramowitz saßen im Wohnzimmer von Abramowitz, spielten Cribbage und aßen Popcorn, als der Empfang über Interkom mitteilte, daß sich Prince Charles und sein Gefolge auf dem Weg nach oben befänden.

Burlane zählte weiter seine Punkte. Als er mit der Zählung fertig war und seine Klötzchen über die Ziellinie steckte, klingelte es an der Tür.

Abramowitz, der sich ärgerte, so vernichtend geschlagen worden zu sein, nachdem er Burlane zweimal hintereinander besiegt hatte, ging mit einem Bier in der Hand zur Tür. Dort stand Charles, der Prince of Wales, Duke of Cornwall, umgeben von einer Gruppe von dienstbaren Geistern und Sicherheitskräften.

Burlane hatte sich nie richtig für die Königshäuser interessiert, aber wie jeder andere auch war er neugierig, der Privatperson Charles zu begegnen und nicht auf die Aura der Königswürde. Es war ihm recht, daß sich die Amerikaner gegen Adelstitel und alles, was damit verbunden war, entschieden hatten, aber er mißgönnte den Engländern ihre Royal Family keinesfalls. Es sprach durchaus etwas dafür, daß ein Land eine Institution besaß, an der die Proleten ihre Klatschsucht abreagieren konnten, während der Premierminister in aller Ruhe seinen Aufgaben nachgehen konnte.

Charles schien überhaupt nicht königlich, sondern ziemlich normal. Er war seiner Stellung entsprechend, makellos angezogen. Er trug graue Hosen mit rasiermesserscharfer Falte, ein blaues Hemd aus merzerisiertem Baumwollstoff, eine gedeckte rote Krawatte und ein dunkelblaues Sommerjackett mit Goldknöpfen, dessen fein gesäuberte Nähte auf einen guten und wohl teuren Schneider schließen ließen. Burlane vermutete, daß neben seiner stets vorhersagbaren Kleidung es das zentrale Problem von Charles Leben war, daß er seinen Stummel nirgends heimlich unterbringen konnte, ohne daß eine Affäre für das Empire draus wurde und Schmierstoff für die Typen von Fleet Street. Man tat so, als hätte sich noch nie ein männlicher Prolo im ganzen British Commonwelth jemals sexuellen Ausschweifungen hingegeben oder der Anregung von etwas aufreizend Fremdem. Es gab eben nichts umsonst, auch nicht für den Thronfolger des Vereinigten Königreichs.

Burlane konnte sich nicht vorstellen, daß jemand diese permanente Ehrerbietung ertragen konnte. «Ja, Euer Majestät. Selbstverständlich, Majestät. Guter Gedanke, Eure Majestät. Sofort, Majestät.» Niemals, aber auch niemals, ein freundliches «Fick dich selber, Charles, du alberner Tölpel!» Niemals. Armer Bastard.

Charles' sauber manikürte Hände und sein perfekter Haarschnitt verliehen ihm ein wesenlos steriles Aussehen, das eher auf einen Zwangsneurotiker schließen ließ. Im China der Kulturrevolution schickten die Roten Garden Leute mit solchen Haarschnitten und Händen aufs Land, damit sie auf Schweinefarmen arbeiteten. Aber man konnte Charles nicht persönlich für sein perfektes Aussehen verantwortlich machen, das wußte Burlane. Es wurde von ihm erwartet. Es war ihm nicht erlaubt, schmutzig zu sein oder zerzaust, außer vielleicht beim Polo. Nur beim Sport, wo maskulines Schwitzen angemessen war, durfte sich Prince Charles so etwas erlauben. Kein Wunder, daß Charles und sein Vater Prince Philip solch begeisterte Sportler waren! Burlane konnte das verstehen. Er hatte kurz die Fantasie, daß er Charles eine Perücke auf den Schädel stülpen und ihm eine neue Nase verpassen würde, damit er sich mal eine Nacht unerkannt in der Stadt rumtreiben konnte.

Falls Abramowitz die Tatsache beeindruckte, daß Prince Charles angekommen war, um seinem vom Schicksal geschlagenen Freund Beistand zu leisten, ließ er es sich nicht anmerken. (Er war hier der Kapitän, und sein ewiger Widersacher, der schreckliche schwarze Pirat, stand schon vorn am Bug.) Es war eine Herausforderung für Abramowitz, Sir Roger durchzubringen, und da gab es niemanden, der ihm Befehle geben konnte, noch nicht einmal der zukünftige – aber vielleicht auch nicht? – König Charles.

Aus Ehrerbietung für Prince Charles wischte sich Abramowitz seinen Mund mit seinem Handrücken vom Bierschaum sauber.

2 p.m.

Prince Charles schaute zunächst Ladd McAllen an und dann hinunter auf Sir Roger in seinem Bett; dann atmete er tief ein und langsam wieder aus. «Wird er durchkommen?»

Abramowitz überlegte seine Antwort. «Ich weiß nicht. Wenn Sir Roger jünger wäre und wir das richtige Transplantat hätten, dann würde ich ihm größere Chancen einräumen. Aber so wie es jetzt aussieht, bei diesem verletzen Magen, ist es schwierig. Sogar wenn wir ein gutes Herz für die Transplantation hätten, wäre es gefährlich, die Operation vorzunehmen, bevor er nicht wieder kräftiger ist. Er braucht Ruhe.»

Charles sah nicht zufrieden aus.

«Sie wollen genau wissen, wie groß die Chance ist?»

«Ja bitte.»

«Gerade jetzt befinden wir uns in einer kritischen Phase. Sir Roger braucht Ruhe, Ruhe und nochmals Ruhe. Wird sein Körper all die benötigte Energie sammeln können, die er braucht, um zu überleben? Das ist die Frage. Er hat vielleicht eine vierzigprozentige Chance, kräftig genug zu werden, damit wir ihm eine biologische Pumpe einsetzen können. Dann wird er durch einen weiteren Zyklus der Genesung gehen müssen. All das ist für den Körper sehr anstrengend. Er muß es wollen. Es braucht sowohl körperlichen als auch geistigen Einsatz.»

«Haben Sie mit ihm gesprochen?» fragte Charles.

«Ja. Ich habe ihm gesagt, daß ihn die Gespräche töten könnten, aber er antwortete, das würde nichts machen. Er ist schwach und man kann nicht sagen, wann er wieder zu sich kommen wird, wenn überhaupt. Und wenn, dann kann man nie sagen, wie lange er wach bleiben wird. Sie haben nur ein paar Minuten. Wenn sich sein Zustand verschlechtert, muß ich Sie rauswerfen.»

«Wir werden nehmen, was wir kriegen können», sagte McAllen.

«Man hat mir berichtet, daß Roger bereits tot wäre, wenn Sie nicht gewesen wären, Dr. Abramowitz», sagte Charles.

Abramowitz wurde rot. «Wir tun nur unser Bestes, und das basiert auf unserem Wissen und der Qualität unserer Ausrüstung. In fünfzig Jahren wird solch eine Situation vielleicht gar nicht mehr schwierig zu bewältigen sein. Aber so wie es zur Zeit aussieht...» Er zog die Schultern hoch.

«Ich möchte Ihnen trotzdem danken», sagte Charles. «Man kann doch wohl angemessenerweise sagen, daß Sie im Angesicht des Feindes nicht davongelaufen sind, oder? Sie haben getan, was Sie tun mußten. Man hat mich ein paar Häuser weiter in so einem schnieken Schuppen einquartiert. Könnten Sie mich beim nächsten Mal anrufen, wenn er zu sich kommt? Ich werde so schnell wie möglich herkommen.»

4:30 p.m.

Sir Roger Dusenberry schaute zu Elizabeth Gunderson hoch und befeuchtete seine Lippen.

«Sie hatten uns von einem Streich erzählt, Sir Roger, und von einem Computeranimations-Spezialisten, der bei Nottingham Ltd. arbeitete», sagte Gunderson.

«Ja, das stimmt. Ich fragte meinen Freund Reg, ob sein Neffe Ron es schaffen würde, den Kopf Peter Tarchalskis auf den Körper eines anderen Mannes zu kopieren. Er bejahte das. Ich sagte gut, dann soll Ron ein Video von Peter machen, wie er mit Reiner Schmidt, dem österreichischen Schiedsrichter, von dem alle vermuten, er sei insgeheim ein Schwuler, rummacht.»

«Mit einem Schiedsrichter bei internationaler Spielen?»

«Einem FIFA-Veteranen und einer wahrscheinlichen Wahl für die Weltmeisterschaft. Wissen Sie, wenn es jemals herausgekommen wäre, daß Tarchalski eine Beziehung mit einem Schiedsrichter gehabt hätte, dann hätte das Harrys Geschäft platzen lassen.»

«Und Tarchalskis Karriere auch.»

«Das sicherlich, aber wir erwarteten nicht, daß es soweit kommen würde. Es war ein Scherz, verstehen Sie. Ein ziemlich blöder Streich. Ron brauchte vier Monate, in denen er nachts und an den Wochenenden im Studio arbeitete. Er machte seine Sache recht gut, aber es kam uns nie in den Sinn, daß Harry nicht kapieren würde, daß das Video bei ihm im Studio frisiert worden war.»

«Harry begriff nur, daß Tarchalski auf dem internationalen Markt wertlos sein würde, wenn das Video ans Tageslicht kam.»

«Neun Millionen Dollar. Verpufft. Er hatte eine Auseinandersetzung mit Tarchalski. Ich fragte mich, wann Harry den Betrug entdecken würde, aber das passierte einfach nicht.»

Burlane, der bis jetzt McAllen und Gunderson den Vortritt gelassen hatte, sagte: «Harry sagte mir, er hätte das Video in seiner Hotelsuite in den Recorder geschmissen, und sobald er begriffen hatte, wer da was tat, hätte er die Kassette gestoppt. Der Ausschnitt hätte ihm gereicht, um zu wissen, daß er kurz davor war, seine neun Millionen Dollar Transfersumme zu verlieren.»

Dusenberry schloß die Augen und öffnete sie wieder. «Peter setzte sich über die Köpfe des englischen Fußballverbands hinweg und wandte sich direkt an die FIFA. Er verlangte eine Sitzung des Exekutivkomitees der FIFA nach der Weltmeisterschaft. Er sagte, es sei dringend, und das Exekutivkomitee stimmte zu. Er wollte ohne Zweifel vor der Weltmeisterschaft nicht in einen Skandal verwickelt werden.

Der Hamburger SV wollte Peter ebenfalls. Hamburg war seine Heimatstadt, und dort wollte Peter auch gern spielen. Peter nahm vielleicht an, daß Beauchamp das Video in seinen Studios hatte herstellen lassen, um irgendwelche Einwände seinerseits gegen das Geschäft mit Köln zu unterbinden.» Dusenberry befeuchtete seine Lippen. «Wenn ich . . . ich fühle mich . . .»

Abramowitz sagte rasch: «Ich denke das war's für heute, meine Damen und Herren. Es sieht aus, als würde er sich überanstrengt haben, und das können wir nicht gebrauchen.»

Ohne seine Augen zu öffnen, sagte Dusenberry: «Ein kleines Nickerchen wäre prächtig.»

Sir Roger schlief gerade ein, als Prince Charles das Zimmer betrat.

Kapitel 27

9 p.m.

Prince Charles, der unbedingt an Dusenberrys Bett wachen wollte, bis dieser wieder bei Bewußtsein war, kam an diesem Abend mit dem aktuellen amerikanischen Bestseller zurück, einem Buch mit den neuesten wissenschaftlichen Erkenntnissen über das Ökosystem. (Es würde also kein Rübersausen vom Hotel zum Krankenhaus mehr geben, nur um anzukommen, wenn Sir Roger gerade wieder einschlief.) Charles machte es sich gemütlich. Wie lange es auch dauern würde, er wollte sichergehen, daß er anwesend war, wenn sein Freund aufwachen würde.

Elizabeth Gunderson hatte noch Dienst, als Dusenberry wieder aufwachte und Abramowitz, dicht gefolgt von Burlane, wie gewöhnlich innerhalb einer halben Minute auftauchte, um die Gesundheit seines Patienten zu überwachen.

Als Dusenberry bemerkte, daß Charles sich im Zimmer befand, schien er von neuer Energie erfaßt zu werden. «Eure Hoheit!»

«Dachte, ich schau mal vorbei», sagte Charles. «Vibriert dieses Ding da unten etwa? Ein echtes mechanisches Herz? Meine Güte, Roger. Obwohl man es dem eines Pavians sicher vorziehen sollte, denke ich.»

«Es tut gut, Sie zu sehen, Charles.» Dusenberry schien erfreut. «Würde das Herz eines Pavians mich um Jahre jünger machen, was meinen Sie?»

«Ich weiß, daß das, was Sie der Dame hier zu sagen haben, sehr wichtig ist. Wir beide können uns später unterhalten.»

«Es ist schrecklich, daß sich Eure Hoheit das anhören muß. Es ist so peinlich. So dumm.»

«Na, na, so schlimm wird's schon nicht sein, Roger. Sprechen Sie sich ruhig aus. Das ist alles, was zählt.»

«Sie sagten, daß Ron, der Neffe Ihres Freundes Reg James, ein Video von Peter Tarchalski fälschte», sagte Gunderson, «auf dem zu sehen ist, wie er es mit dem FIFA-Schiedsrichter Reiner Schmidt treibt. Harry Beauchamp konfrontierte Tarchalski, und Tarchalski ersuchte die FIFA um eine Sitzung nach der Weltmeisterschaft. Und dann? Was machten Sie dann?»

«Ich hatte keine Ahnung, was da bei der FIFA-Sitzung durchsikkern würde. Aber ich wußte, daß es sehr wahrscheinlich war, daß man das Video überprüfte, wenn sich Scotland Yard darum kümmerte. Wenn sie die Spur jemals zu mir und Reg verfolgen könnten, wäre ich entehrt und würde in hohem Bogen aus dem Fußballverband herausfliegen, wenn nicht noch schlimmer. Ich mußte etwas tun, bevor sich Tarchalski mit der FIFA unterhalten hatte.»

«Denn wenn Tarchalski mit der FIFA sprach, dann würde sich das Video als Fälschung herausstellen, und sie hatten nun das Problem, wie sie es Harry anhängen konnten?»

«Genau. Ihr Amerikaner habt kein Monopol mehr auf die Ausrüstung, die man braucht, um so etwas zu machen. Was ihr habt, ist Geld und das Verteilersystem, um teuere, spielfilmlange Filme zu produzieren und zu vermarkten. Die Szene hätte man bei Nottingham fälschen können, aber sie hätte auch genausogut in irgendeiner von vielen Firmen in den Staaten oder in Europa oder sogar in Japan entstehen können.»

«Dann dachten Sie also, na ja, was, wenn sie ein dramatisches, aber ergebnisloses Attentat auf Tarchalski anzetteln könnten und die Spur zu Beauchamp führen würde?»

«Ganz genau. Beauchamps Motiv war klar: Ein toter Tarchalski bedeutete, daß Lloyds of London die neun Millionen verlieren würde, und nicht er. Verstehen Sie, was ich sagen will? Ein Mordversuch war alles, was ich brauchte. Scotland Yard würde schließen, daß Harry Scheiße gebaut und sich einen Killer gemietet hatte. Tarchalskis Reputation wäre gerettet. Jeder wäre glücklich gewesen.»

«Außer Harry Beauchamp», sagte Gunderson.

«Tja, das stimmt. Aber mit all seinem Geld und dem Einfluß würde er sich rauswinden können, das wissen wir doch alle. Und ab da ging alles schief.»

Dusenberry, der offensichtlich noch mehr sagen wollte, versuchte fortzufahren, aber Abramowitz unterbrach ihn. Dusenberry protestierte nicht und schlief schon nach ein paar Sekunden wieder ein.

Kapitel 28

New York, 6:30 a.m., Sonntag, 10. Juli

Sir Roger Dusenberry, dem offensichtlich der Besuch von Charles sehr schmeichelte, war außergewöhnlich kräftig, um die vorletzte Episode seiner Mißlichkeiten zu berichten. Diese Sitzung wurde von Mon Fernandez durchgeführt, mit Dr. Abramowitz als Zeugen, sowie Burlane und der Schwester vom Dienst.

«Sie haben uns erzählt, daß ab dem Zeitpunkt Ihrer Idee für das Attentat alles schiefging», sagte Fernandez.

«Ich wollte Tarchalski nicht töten, das müssen Sie verstehen, ich wiederhole es, ich wollte es nicht. Nein, nein, nein. Ich wollte nicht, daß Harry Beauchamp ins Gefängnis geht. Ich wollte Harry lediglich aus dem englischen Fußball rauswerfen und ihn irgendwo anders hinmanövrieren, wo er seine Talente und seine Persönlichkeit optimaler einsetzen konnte. Er war ein unglaublicher Stein des Anstoßes für uns alle geworden. Ich wollte nur, daß er aus der Fußballverband fliegt. Und nicht mehr. Und ich wünschte Peter Tarchalski sicherlich nichts Schlechtes. Ich bin von dem, was mit ihm geschehen ist, so schockiert wie jeder andere auch.»

«Und was taten Sie dann?»

«Ich mußte mir doch jemanden besorgen, der die Sache für mich erledigen konnte. Einen Profi. Ich wollte nicht, daß er aus England stammt. Wenn möglich wollte ich jemanden aus dem Ausland. In den zwölf Jahren als Sicherheitschef der FIFA hatte ich eine Menge Leute kennengelernt. Während des kalten Krieges wurden die Wettkampfprogramme der Sowjetsportler vom Staat durchgeführt, und es gab Profis, die aufpaßten, daß sich ihre Sportler in Übersee nicht ins Ausland absetzen. Ich fragte mich, ob ich nicht so jemanden mit den entsprechenden Fähigkeiten anheuern konnte. Also rief ich Dimitri Rassileva an und fragte ihn hintenrum danach. Ich behauptete, ich würde mich für einen Freund erkundigen.»

Fernandez räusperte sich.

«Ja, ich weiß. Von jetzt aus betrachtet, war ich unglaublich töricht. Rassileva sagte, er kenne einen Profi, der in Argentinien leben würde und der vielleicht meinem Bekannten helfen könnte. Er würde den Mann anrufen und ihm meinen Wunsch unterbreiten. Falls der Mann nicht interessiert wäre, würde Rassileva es mir mitteilen. Falls er interessiert wäre, würde er sich selbst mit mir in Verbindung setzen. Rassileva rief nicht zurück, und eine Woche später hatte ich Besuch, ein blonder, großer, mittelalter Mann, der sich Fritz nannte. Ich vermute jedoch, daß der Name falsch ist. Er teilte mir nichts weiter über sich mit. Er wirkte topfit und sah athletisch aus. Er sprach amerikanisches Englisch mit einem deutschen Akzent. Aber er benutzte hier und da ein spanisches Wort. Ich vermutete, daß er in Argentinien lebte, denn da schien er sich bestens auszukennen.

Wir machten einen Spaziergang und unterhielten uns im Park. Ich erfuhr von ihm zum ersten Mal, was Beauchamp in Argentinien passiert war. Es gab Gerüchte, daß er in eine Art Fiasko reingeraten war, aber über den Vorfall erschien hier nichts in den Zeitungen.

Er sagte, daß Harry Beauchamp jeden nur denkbaren Grund hätte, Peter Tarchalski umzunieten, und er wäre sicherlich wütend auf Ana Maria Varga und Juan Carlos Rodriguez in Buenos Aires. Warum also nicht Tarchalski einen Tritt in den Arsch verpassen – hatte da ja jede Menge Fett, und es würde ihm nicht weh tun – und alles Rodriguez anhängen? So würde man sich in England an den saftigen Details von Beauchamps Demütigung in Argentinien erfreuen können.»

«Und seine Bedingungen?» fragte Fernandez.

«Er wollte 50.000 Pfund Sterling; halb soviel, wie er normalerweise verlangte, aber er wollte das Geld sofort, nicht nachdem er Tarchalskis in den Arsch gekickt hätte. Ich mußte ihm vertrauen. Er sagte, er würde seinen Auftrag vor oder während der Weltmeisterschaft erledigen, damit es auch glaubwürdig sei, daß Rodriguez es getan hätte, und bevor Tarchalski vor die FIFA getreten wäre, um mich und Reg zu schützen.»

«Hatten Sie denn 50.000 Pfund auf Ihrem Konto? Oder mußten Sie sich den Betrag leihen?»

«Ich mußte ihn mir leihen.»

«Von wem?»

«Von einem Freund.»

Fernandez schrieb etwas auf. «Ein Freund? Wer?»

«Ist das so wichtig? Eine hochgestellte Persönlichkeit. Er wußte nicht, wofür es bestimmt war.»

«Vielleicht so ein größerer Kerl mit festen Kinn und königlichem Profil?»

Dusenberry sagte nichts.

«Er sagte aber auch, er würde es Juan Carlos Rodriguez anhängen. Stimmt das?»

«Ja, das sagte er. Er würde auch einen zweiten Spieler aufs Korn nehmen müssen. Das war nötig, verstehen Sie, damit die Rache für die beiden roten Karten glaubhaft wäre.»

«Damit die falsche Spur dann wieder auf Harry Beauchamp weisen würde.»

«Damit alle Indizien auf Harry wiesen. Ja. Der Deutsche schien vernünftig und wirkte glaubhaft. Ich vertraute ihm. Ich mußte ihm nur noch 50.000 Pfund zahlen und auf den Spaß warten.»

Hier unterbrach Abramowitz wieder Dusenberrys Erzählung, und Dusenberry schlief sofort wieder ein.

10 a.m.

Ladd McAllen nahm den letzten Rest von Sir Roger Dusenberrys Bericht am nächsten Morgen auf. Sir Roger war gestärkt aufgewacht und von dem Willen beseelt, seine Geschichte zu Ende zu erzählen. Diese Sitzung wurde wieder von der diensthabenden Schwester und Dr. Abramowitz bezeugt, der mit James Burlane im Schlepptau ankam.

«Sie berichteten von dem Scherz mit dem gefälschten Video und wie alles schiefging», sagte McAllen. «Ein blonder Mann, der Ihnen von Dimitri Rassileva empfohlen wurde, verlangte 50.000 Pfund, um Tarchalski einen Denkzettel zu verpassen. Was geschah dann?»

«Ich lieh mir das Geld und gab es ihm eine Woche später. Dann wartete ich. Die Weltmeisterschaft rückte näher. Nichts geschah. Ich hatte keine Sorge, daß man mich reingelegt hatte, ich wußte, er würde seinen Auftrag ausführen. Dann wachte ich eines Tages auf und las, daß Ron James und zwei weitere Männer bei einem schrecklichen Brand in den Gebäuden der Nottingham Ltd. gestorben waren. Einem Bericht einer Freundin zufolge hatte Ron immer noch das Angebot der italienischen Firma in der Tasche. Ich schwöre Ihnen, daß der Tod von Ron James nie Bestandteil unserer Abmachung war. Ich hatte ihm erzählt, daß Ron das Video hergestellt hatte, ja sicher, aber ich erwähnte keinesfalls, daß er umgebracht werden sollte. Reg war todtraurig, aber er wußte nichts von meinem Geschäft mit Fritz. Ich hatte niemandem davon erzählt.»

«Uff!» sagte McAllen.

«Er machte alles, was ich wollte, und legte mich dann rein, als er den Finger am Abzug hatte. Hat einfach zwei deutsche Sportler ermordet. Ich kann das nicht verstehen.»

«Können Sie sich daran erinnern, wer die Details der argentinischen Affäre Harry Beauchamps auf den Tisch brachte, Sie oder Fritz?» fragte Burlane.

Dusenberry dachte einen Moment nach. «Er war's, bestimmt.»

«Und wer schlug vor, Juan Carlos Rodriguez als falsche Fährte für Harry zu benutzen?»

«Hm, das war auch wieder er. So gesehen denke ich, er sah in mir eine Gelegenheit, die ich nicht erkannte, und ich vermute, ihm kam die richtige Idee im Park, als wir uns unterhielten.»

«Wirklich?» fragte Burlane. «Wieso?»

«Als ich ihm die Geschichte erzählte, hatte er plötzlich diesen merkwürdigen, amüsierten Blick.»

«Meinen Sie denn nicht, daß Sie eine ganze Menge Leute merkwürdig anschauen würden, wenn Sie ihnen Ihren Vorschlag unterbreitet hätten?»

«Nein, es war mehr als das. Er dachte kurz über meine Geschichte nach und bat mich dann, sie zu wiederholen. Er hörte intensiv zu, offensichtlich meiner Bitte sehr zugetan. Ich denke jetzt, daß er plötzlich irgendeine Möglichkeit bemerkte, ein weitaus größeres Ziel, das ich nicht kannte, zu verfolgen.»

«Er war sicher mit der Arbeitsweise der FIFA und des Fußballbundes vertraut», sagte McAllen.

«Er wußte alles. Und er kannte sich im Sport aus, das muß ich sagen. Als ich ihn das erste Mal sah, dachte ich, ich hätte ihn schon einmal gesehen. Er hatte, wie soll man sagen, so etwas an sich, als ob er früher an Wettkämpfen teilgenommen hätte.»

«Ist es möglich, daß Sie ihn in Ihrer Funktion als Sicherheitschef des Fußballbundes schon einmal gesehen hatten? Es ist doch Ihre

Aufgabe, die englische Mannschaft bei Auswärtsspielen zu begleiten?»

«Ja sicher. Und ja, es ist schon möglich.»

«Ist es auch möglich, daß Sie den Killer bei einem Ihrer Aufenthalte im früheren Ostblock gesehen haben?»

«Sicher möglich.

«Ostdeutschland?» fragte McAllen. Er blickte zu Burlane herüber.

«Natürlich, in Ostdeutschland», sagte Dusenberry.

«Und er kannte sich auch in Argentinien gut aus, sagten Sie?» fragte Burlane.

«Er kannte sich dort gut aus.»

(«Demnach wußte er alles über La Prensa und TV-PORTi und so weiter?»

«Er kannte die Viehranches von Rodriguez in der Pampa und seine Nachtclubs und Hotels und Ferienanlagen. Er kannte Ana Marias Rolle in der Serie. Sie heißt, glaube ich, *La Vida*, wenn ich mich nicht irre. Als wir uns die Hand gaben, sagte er, er sei ein *cavazhero*, und er würde sein Wort halten. Was ist ein *cavazhero?* Oder vielleicht sagte er auch *cabazhero*. Es war schwer zu sagen.»

«Das ist Spanisch und bedeutet Gentleman, buchstabiert c-a-b-a-l-l-e-r-o, wörtlich Pferdemann. Es wird im kastilischen Spanisch *cabalyo* ausgesprochen und im lateinamerikanischen Spanisch *cabayo* außer in Argentinien, Uruguay und Paraguay, wo das doppelte L mit einem scharfen S-Laut ausgesprochen wird, wie im Deutschen Süß. Dann klingt es wie *cabazhero* oder wie das *cavazhero*, das Sie gehört haben. Sie müssen auch daran denken, daß das spanische B nicht annähernd so hart ist wie das deutsche – es liegt irgendwo zwischen unserem B und W. Für uns klingt Habana wie Hawana.»

«Dann hat er also sein Spanisch in Argentinien gelernt», sagte Dusenberry.

«Vielleicht. Oder in Paraguay», erwiderte Burlane. «Wahrscheinlich nicht in Uruguay. In Argentinien und auch Paraguay wohnen viele Deutsche, auch in Südbrasilien.»

«Ein Scherz, und nicht mehr», sagte Dusenberry. «Es war einer diese dummen Pennälerstreiche, von denen man immer liest.»)

3

Der Catenaccio von Rowayton

ABC Sport, ESPN und ein Team der europäischen Fernsehanstalten – der Hauptsender wegen seiner großen Erfahrung in der Fernsehübertragung von Fußballspielen – sandten aus dem International Broadcast Center in Dallas, Texas, ihre Signale um den Erdball.

Die Sender hofften während der Weltmeisterschaft von 1994 bei den 52 Spielen des Turniers 31 Milliarden potentielle Zuschauer in 180 Ländern zu erreichen, wovon 2 Milliarden Fans sich das Endspiel ansehen würden. Die Schätzung beruhte auf den 13,5 Milliarden Zuschauern, die sich 1986 die Weltmeisterschaft von Mexiko angesehen hatten, und den 26,7 Milliarden, die 1990 die Weltmeisterschaft in Italien gesehen hatten. Mehr als eine Milliarde Zuschauer hatten das Endspiel Deutschland gegen Argentinien gesehen. Der National Football League Super Bowl, das Endspiel der amerikanischen Football Liga, zog 1993 in den USA 253,4 Millionen Zuschauer an.

28 der 52 Spiele waren bereits gespielt worden, als der Terrorist das erste Mal beim Spiel Deutschland gegen Korea am 27. Juni im Cotton Bowl in Dallas, Texas, zugeschlagen hatte.

Kapitel 1

10:20 a.m., Sonntag, 10. Juli

James Burlane hatte den Telefonhörer zwischen Hals und Schulter eingeklemmt und schälte eine Banane, während er redete. «Du hast mit deinen Freunden in Virginia gesprochen, nehme ich an.»

«Oh, sicher», sagte Ara Schott. «Das FBI hat sie schon auf diesen Fall angesetzt, aber sie teilen uns ebenfalls alles mit, was wir wissen wollen. Sie wissen, daß wir für die FIFA arbeiten, und sie wollen uns helfen. Es gibt da immer noch Leute, die sich an dich erinnern, Jimmy. Sie betrachten dich noch als einen der ihren. Du bist ihr Main Man bei alldem.»

Burlane biß ein Stück Banane ab.

«Erinnerst du dich an Jack Hart von der Research-Abteilung?»

«Der mir geholfen hat, Sid Khartoum zu erschaffen.»

«Genau. Er sagte, als er in der *Washington Post* gelesen habe, daß die FIFA Major Sid Khartoum als ihren Ermittler eingestellt hatte, hätte er vor Freude laut aufgeschrien. Er wollte wissen, wie es dir geht, und ich habe ihm gesagt, daß es dir abgesehen von permanenter Geilheit, der Enttäuschung über die Leistung der Chicago White Sox und einem gelegentlichen Ausbruch von Schuppenflechte ganz gut gehen würde.»

«Ich erinnere mich, daß ich zunächst einfach nur an Sid Khartoum als Namen gedacht hatte, aber Hart sagte nein. Ich sollte ihm einen Hauch Exotik mitgeben, dann würde es echter wirken. Eine überzeugende Lebensgeschichte würde hier und da Spuren einer eigenen Handschrift zeigen. Er fragte, wie wär's mit Major M. Sidarius Khartoum? Bingo, das war's dann. Mir gefiel es bestens.»

«Hart freut sich, daß Major Khartoum noch existiert. Sie hatten dich ja damals kaltgestellt, auf Anweisung von ganz oben.»

«Von diesen in der analen Phase steckengebliebenen Schwanzlutschern.»

«Egal, jedenfalls freuen sie sich, dir zu helfen, wo sie nur können. Sie meinen, daß sie vom Steuerzahler immer als die Bösen hingestellt werden. Als ein Faß ohne Boden für die Steuergelder. Und jetzt haben sie genau das, was wir brauchen.»

«Und was läuft?»

«Sie füttern ihre Computer mit Profil-Details, die ihnen Ladd McAllen gegeben hat und hoffen, uns bald eine Liste von potentiellen Killern zu überreichen.»

«Wie lange werden sie benötigen?»

«Ich weiß nicht. Zehn Minuten vielleicht. Eine halbe Stunde. Die Computer sind schnell, aber es muß alles ordentlich von Hand eingegeben werden. Sie haben Tausende Dossiers in ihren Computern drin und eine ganze Menge blonder Schützen aus dem Ostblock in ihren Akten. Sie müssen erst diejenigen ausfiltern, die aus irgendwelchen Gründen nicht in Frage kommen. Eine gut sichtbare Narbe zum Beispiel, die Dusenberry sicher bemerkt hätte. Oder so was.»

«Was hat ihnen McAllen gegeben? Man weiß ja nie, vielleicht habe ich etwas entdeckt, was er übersehen hat.»

«Okay, McAllen sagte ihnen, es handele sich um einen hellhäutigen Mann kaukasischen Typs, Mitte bis Ende Vierzig, der offensichtlich westeuropäische oder nordeuropäische Vorfahren hat. Er sei sechs Fuß bis sechs Fuß zwei Inches groß und athletisch gebaut. Er sei ein sehr guter Schütze. Er wüßte, wie der englische Fußballverband funktioniert und wie die FIFA das Spiel kontrolliert. Er spreche amerikanisches Englisch mit deutschem Akzent. Er sei vorsichtig und präzise. Er plane alles im voraus. Er sei mit Argentinien vertraut. Er würde vielleicht sogar in Argentinien leben. Er sei von Dimitri Rassileva, einem sowjetischen Sportfunktionär, empfohlen worden. Er besäße Kontakte zum internationalen Waffenmarkt.»

«Wegen der Nervengas-Fußbälle.»

«Richtig. Er kann gut mit Computern umgehen. Er weiß wie die Banken in der Schweiz und auf den Caymaninseln arbeiten. Er war möglicherweise auch in Hollywood.»

«Weil er Juan Carlos und Ana Maria in die Brown Bear Bar geschickt hat.»

«Korrekt.»

«Ich wüßte nicht, was ich dem hinzufügen kann. Vielleicht sollte McAllen vorschlagen, daß sie mit den Arschlöchern anfangen, die die Ostblocksportler überwacht haben.»

«Die stehen ganz oben auf der Liste.»

«Er hatte Roger Dusenberry genau vor der Mündung und hat nicht richtig getroffen. Er hatte ein klein wenig Pech, wie die Briten sagen würden. Wenn das nicht passiert wäre...»

«Spielerglück, James. Hast du ein Fax besorgt?»

«Hab ich.» Burlane gab ihm seine Faxnummer durch.

«Bleib auf Empfang. Wir werden sehen, was wir kriegen.»

11:03 a.m.

Das Faxgerät summte und James Burlane sprang auf, um sich die Liste der Biographien anzuschauen, die von der Central Intelligence Agency in Langley, Virginia, durchgegeben wurde.

Burlane las den ersten Eintrag auf der aus Langley angebotenen Liste von Personen der höchsten Wahrscheinlichkeitsstufe, die das Fax Zeile um Zeile freigab.

SUBJEKT: Ernst Karl HEIN, Hauptmann der ostdeutschen Volkspolizei, Größe: 6'2", Gewicht: 180 Pfund, braunes Haar, blaue Augen, keine besonderen Kennzeichen. Geboren am 24. Oktober 1948 in Dresden. HEIN ist der Adoptivsohn des ostdeutschen Diplomaten Günther Hein. Seine Adoptivmutter Bettina Kohl Hein, war die Schwester von Jürgen Kohl, einem der wichtigsten Männer der ostdeutschen kommunistischen Partei.

HEIN besuchte die High-School in Reston, Virginia, und erhielt einen Abschluß von der George Mason University in Virginia. 16 Jahre lang war HEIN, ein Protegé des Vopo-Sicherheitschefs Friedrich Mueller, der hauptverantwortliche Babysitter der ostdeutschen Sportler im Ausland. Mueller sitzt nun eine lebenslange Haftstrafe in Stuttgart-Stammheim wegen Folter und mehrfachem Mord ab. HEIN, sein ebenfalls verurteilter Komplize bei mehreren der Verbrechen, die Mueller zur Last gelegt werden, entkam den deutschen Polizeikräften, und man nimmt an, er habe sich nach Argentinien abgesetzt. HEIN ist Pilot und ein geübter Schütze. Er gewann 1968 die Bronzemedaille bei den Olympischen Spielen in Mexico City im Kleinkalibergewehr-Schießen.

Volkspolizei. Amerikanisches Englisch mit deutschem Akzent. Schütze. Argentinien. Der war's. Ihr Mann. Burlane las noch die anderen Kandidaten durch, doch schien niemand so wahrscheinlich.

11:08 a.m.

«Aha», sagte Elizabeth Gunderson. «Ich wette, Sie rufen wegen Ernst Hein an.»

James Burlane lachte. «Ja, tatsächlich.»

«Sie wollen sicher wissen, ob die FIFA ehemalige DDR-Fußballspieler zu finden versucht. Major Khartoum, ich bitte Sie. Ich muß mich für Sie schämen. Denken Sie nach.»

Burlane war verwirrt, fuhr sich über die Augenbrauen und dachte nach. «Jens Steiner!» Der deutsche Trainer Jens Steiner war ein einstmals gefeierter Überläufer aus der DDR.

«Ganz richtig. Herr Steiner war der Stürmerstar beim VfB Leipzig und der beste Torschütze der ostdeutschen Mannschaft. 1979 schlüpfte er eine Sekunde vor einem Spiel gegen die Tschechoslowakei in Prag aus der Umkleidekabine. Dann wurde er drei Wochen lang nicht gesehen, bis er in Westdeutschland auftauchte und einen Vertrag bei Borussia Mönchengladbach unterschrieb.»

«War Ernst Hein damals sein Bewacher?»

«Ja, war er.»

«Unter Heins Aufsicht abgehauen. Uff! Jemand sollte Steiners Hintern möglichst schnell aus der Schußlinie bugsieren.»

«Wir haben ihn sicher in einer Geheimwohnung in Los Angeles untergebracht. Wollen Sie sich mit ihm über Konferenzschaltung zusammen mit mir unterhalten? Das können wir innerhalb von ein paar Minuten einrichten.»

11:35 a.m.

«Wie gut ich Ernst Hein kenne?» Jens Steiner lachte verbittert. «Wo soll ich anfangen? Fragen Sie mich, wie der Teufel aussieht, und ich würde Ihnen Hein beschreiben. Aber ich habe ihn seit dem Tag, an dem ich abgehauen bin, nicht mehr gesehen. Nach dem, was ich in den Zeitungen gelesen habe, dachte ich, er würde in Südamerika leben.»

«Was für ein Mensch ist er?» fragte Elizabeth Gunderson.

Steiner schwieg eine Weile und sagte dann: «Lassen Sie es mich so sagen, Ernst Hein ließ niemals einen Regelverstoß ungestraft vorübergehen, niemals, nie. Er war ein hingebungsvoller, disziplinierter Offizier der Volkspolizei. Er sagte, daß jeder, der versuchen würde, zum Klassenfeind überzulaufen, die rote Karte bekommen würde. Vor mir hatten schon mal zwei andere Sportler versucht abzuhauen, und er hatte beide getötet.»

(«Er war ein Volkspriester», sagte Burlane.

«Wie?»

«Ein Volkspriester. Gottes Wille geschehe oder Allahs Wille geschehe. Setzen Sie einfach Idiot ein, wie in des Idioten Wille geschehe. Es waren Idioten, die die Bombe im World Trade Center gelegt haben. Der Wille des Volkes?» Burlane klang angeekelt.)

«Was geschah, nachdem Sie übergelaufen waren? Hat man Sie in Westdeutschland beschützt?»

«Drei Jahre lang. Nachdem man annahm, daß sich Hein ein wenig beruhigt hatte, hörte man auf damit, denn es war eine ziemlich teure Geste, wie ich hörte. Ich habe mich nicht beschwert.»

«Aber Sie haben sich bestimmt immer mal wieder nach den Vopos umgesehen», sagte Gunderson.

«Nicht nach der Volkspolizei, sondern nach einem ganz bestimmten: Ernst Hein. Soweit ich weiß, bin ich der einzige, dem es je gelang, ihm zu entkommen. Alle anderen sind tot. Nach der Wiedervereinigung wurde ich etwas ruhiger. Wir wollten alle den ganzen Mist hinter uns lassen. Aber wenn mir Ernst Hein sagt, es würde für eine bestimmte Tat die rote Karte geben, und ich mache es dennoch, dann denke ich auch weiterhin daran, das muß ich zugeben. Seine Hingabe und seine Pflichterfüllung liegt jenseits des Normalen. Es ist so, als würde man mit einer ständigen Angst leben müssen.»

«Erzählen Sie mir mehr über Heins Beziehung zu Friedrich Mueller», bat Elizabeth Gunderson.

«Mueller ist wahrscheinlich dafür verantwortlich, daß er so wurde.»

«Ein Fanatiker?»

«Ja. Mueller übernahm die Rolle des Mentors, vermute ich, oder des Lehrers oder so etwas ähnliches. Ein Guru. Das ist das richtige Wort. Hein war klug und es schien, er würde alles tun können, was er sich nur vornahm. Er war Muellers Vorzeigeschüler. Es war ganz offensichtlich, daß Hein ganz genau wie er werden sollte.»

«Ein Mueller-Klon.»

«Mueller war Linguist mit großem Interesse an allgemeinen Sportfragen. Ebenso Hein. Mueller interessierte sich für Gewehre und Schießwettkämpfe. Hein gewann 1968 in Mexico City eine Bronzemedaille. Verstehen Sie, worauf ich hinauswill?»

«Erzählen Sie mir mehr über das Interesse an allgemeinen Sportfragen», bat Burlane.

«Mueller und Hein begleiteten die Sportler überall hin, und sie redeten beständig über Wettkämpfe und Sportarten und Champions und wie man zum Champion wird und so weiter. Wenn sie nicht mit uns zusammen waren, dann waren sie bei den Schwimmern oder den Skiläufern oder anderen. Da war es ja ganz natürlich, daß sie viel über Sport redeten. Sie waren doch die ganze Zeit mit uns zusammen. Im Bus. Im Flugzeug. Es war unmöglich, nicht mitzubekommen, was sie plapperten. Sport, immer nur Sport, den ganzen Tag Sport.»

«Kampf», sagte Burlane.

«Kampf und Sieg. Wer sind die Sieger und warum? Was braucht man, um beständig zu siegen? Ihnen zuzuhören war für mich eine Art Unterricht, das muß ich zugeben, und ich habe bei meiner jetzigen Arbeit eine Menge ihrer Ideen umgesetzt. Aber für mich ist Fußball ein unpolitischer Sport. Mueller glaubte an ihn als eine Art rituellen Kampfsport. Die besten Sportler waren genau wie große Krieger; und genau wie Individuen ihre Potenz durch einen Sieg demonstrierten, demonstrierte die DDR die Überlegenheit des Sozialismus durch ihre zahlreichen Erfolgssportler. Ich war einer von ihnen.»

«Und was war nach Muellers Meinung der Schlüssel zum Erfolg?»

Disziplin. Konzentration. Ausdauer. Mueller redete dauernd von Ausdauer und Konzentration. Man gab niemals auf, niemals.»

«Und eine gute Taktik gehörte auch dazu?»

«Ja sicher. Wir traten niemals in einem internationalen Spiel an, ohne daß wir über unsere Gegner genau Bescheid wußten. Wir waren durch und durch fit und bestens vorbereitet. Wenn wir verloren, dann konnte man uns das nicht vorwerfen. Wir waren sozialistische Krieger.»

«Kurz gesagt, das ostdeutsche Team stimmte also mit den Ansichten Muellers überein.»

«Richtig. Er pflegte uns zu sagen, daß ein römischer Legionär sieben Jahre benötigt hatte, um sein Schwert richtig beherrschen zu können. Ob wir annahmen, daß das Fußballspielen leichter zu erlernen sei? Ich denke manchmal, daß ich sicher auch deswegen ein so erfolgreicher Trainer geworden bin, weil ich mit Muellers Ideologie indoktriniert wurde. Wenn das wirklich stimmen würde? Wenn ich Trainer der deutschen Nationalmannschaft geworden wäre und es so weit gebracht hätte, weil ich von Friedrich Mueller gelernt habe, von einem Mann, der mich gefangenhielt? Wäre das nicht ein Ding?»

«Ich nehme an, daß es für Mueller undenkbar war, daß sich irgendeiner in den Westen absetzen wollte?»

«Für Mueller und auch für Hein. So etwas war unmöglich, durfte nicht toleriert werden. Deswegen war Mueller so wütend auf Hein, nachdem ich übergelaufen war.»

«Sie sagten, Mueller war sauer?» fragte Gunderson. «Erzählen Sie mehr darüber.»

«Ich hörte durch Freunde aus dem ostdeutschen Team, daß Mueller Hein vor versammelter Mannschaft zusammengestaucht hatte. Meine Freunde sagten, sie hätten Mueller noch niemals so fuchsteufelswild erlebt. Er wäre hin und her getrabt und hätte Fußbälle gegen die Umkleidekabinenschränke gedonnert. Er schrie Hein an und drohte ihm an, ihn rauszuschmeißen. Ich sei einfach auf Nimmerwiedersehen aus der Kabine hinausgelatscht. Hein hätte versagt. Wie hätte es nur zu so etwas kommen können? Wie? Mueller warf dann angeblich einen Mülleimer durchs Fenster.»

«Hoppla!» sagte Gunderson.

«Man hat es mir zwar nur aus zweiter Hand berichtet, aber ich glaube jedes einzelne Wort. Nur Mueller hätte er so was durchgehen lassen.»

«Wieso?»

«Hein hätte jeden anderen umgebracht. Daran gibt es keinen Zweifel. Aber mit Mueller war es etwas Besonderes. Mueller durfte ihm alles an den Kopf werfen, und Hein ließ es durchgehen.»

«Woher kam das?»

«Ich möchte Hein ja keiner Analyse unterziehen, aber wie Sie wissen, wurde er adoptiert und kam mit dem Mann, der ihn adoptiert hatte, nicht gut aus. Aber er tat alles nur Mögliche, um Mueller zu gefallen. Und Mueller erwartete nur das Beste von ihm. Wenn ihn Mueller so auseinandergenommen hat, dann war das seine Art, Zuneigung zu zeigen.»

«Gab es irgendeinen Hinweis, daß ihre Beziehung homosexueller Natur war?» fragte Gunderson. «Das würde seine Kenntnis der geheimen Vorliebe Reiner Schmidts erklären.»

«Eine ganze Menge Leute vermuteten, daß Schmidt von der anderen Seite war, aber es interessierte niemanden wirklich. Ich glaube, daß Mueller und Hein nur besonders gute Freunde waren. Mueller war ein älterer Mann, der weitergeben wollte, was er beobachtet und was er daraus geschlossen hatte. Hein war ein jüngerer Mann, der ein ungewöhnliches Talent erkannt hatte und von ihm lernen wollte. Sie schätzten die Gesellschaft des anderen. Mueller war Heins Guru.»

«Außerdem glaube ich, daß die Volkspolizei Listen von Personen führte, die sie erpressen konnte, was sicher auch Fußballschiedsrichter einschloß.»

«Genau. Die Homosexualität Schmidts war ein offenes Geheimnis. Niemand interessierte sich dafür, solange er seine Sache auf dem Platz gut machte, und er war ja ein außergewöhnlich guter Schiedsrichter.»

«Haben Sie gehört, was mit Mueller und Hein nach dem Fall der Mauer geschah?» fragte Gunderson.

«Man verurteilte Mueller, weil er mehrere politische Gefangene gefoltert und getötet hat. Er sitzt immer noch seine Strafe in Stuttgart-Stammheim ab. Die beiden hatten es jahrelang sehr gut, wissen Sie. Sie reisten mit den Bogenschützen, den Gewehrschützen, den Skiläufern, Eisläufern, Bobfahrern, Fußballspielern, Leichtathleten, Biathlonläufern, mit allen, wirklich allen. Und wenn wir im Ausland unterwegs waren, hatten sie größere Freiheiten als wir. Wir sahen nur das Innere der Züge und Flugzeuge und Busse und Hotelzimmer, aber das war auch schon alles. Fast alles, was wir sahen, haben wir hinter Glas oder hinter einer Mauer oder hinter einem Zaun gesehen. Wenn wir einkaufen gehen konnten, dann sah uns Hein dabei über die Schulter. Wir waren Gefangene. Mueller und Hein waren Volkspolizisten, und denen vertraute man eben. Sie konnten hingehen, wohin sie wollten, und tun, was sie wollten.»

«Babysitter der Volksathleten», sagte Burlane.

«Genau. Sie hatten natürlich Helfer, aber Mueller und Hein waren diejenigen, mit denen wir es dauernd zu tun hatten. Das wußten wir alle. Es gab ein paar Spieler, die besser nicht im Team gewesen wären, und wir vermuteten alle, sie wären Spione. Aber wir konnten nichts beweisen. Wie auch? Wir wagten ja noch nicht mal, an die Möglichkeit des Überlaufens zu denken, und schon gar nicht, darüber zu reden. Außerdem hatten wir als Starathleten anständige Wohnungen und andere Vergünstigungen. Wir aßen gut. Wir hatten Autos. Und obwohl wir konstant an der Leine gehalten wurden, war es uns möglich, auf unseren Reisen modische Kleidung zu kaufen und andere nette Sachen und sie unseren Freunden und Freundinnen mitzubringen. Sie müssen verstehen, daß niemand aus Dummheit seine Vergünstigungen verlieren wollte.»

12:25 p.m.

«Sie sagten, daß Mueller und Hein an Sportfragen interessiert waren, und sie erwähnten das Schießen und die Jagd. Was machten sie noch?» fragte Burlane.

«Sie gingen mit ein paar ihrer Freunde vom KGB in Rußland angeln. Sie hatten einmal eine Phase, wo sie sich nur mit ferngesteuerten Flugzeugen beschäftigten, nachdem sie ein paar für ein Parteimitglied mitgebracht hatten. Dann, ein oder zwei Jahre bevor ich mich absetzte, kamen die ultraleichten Flugzeuge auf den Markt, und jeder von ihnen brachte sich eins aus Kanada mit.»

«Also recht frühe Modelle, so eine Art fliegender Flügel.»

«Genau. Sie sahen wie Modellflugzeuge aus, die von Rasenmähermotoren angetrieben wurden. Ich weiß, daß ich mein Leben nie so einem Ding anvertrauen würde. Aber Mueller und Hein waren einfach verrückt danach, mit diesen blöden Dingern zu fliegen. Sie benutzten unseren Übungsplatz als Landebahn.»

«Sie hatten bestimmt ihren Spaß dabei?»

«Mueller war nicht schlecht. Natürlich war er älter, und seine Reflexe wurden langsamer. Aber Hein war richtig wagemutig dabei, das muß ich sagen. Er war echt gut. Mueller nannte ihn den Goldenen Truthahn.»

«Wegen seinem blonden Haar?» fragte Gunderson.

«Ja. Mueller neckte ihn natürlich damit. Wenn man Hein in dieser Maschine mit irgendeinem Vogel vergleichen wollte, dann eher mit einem Habicht oder Adler. Er konnte alle möglichen Tricks damit ausführen. Alles, was das kleine Flugzeug konnte, das schaffte er auch damit. Sie scheinen sich auch mit diesen Dingern auszukennen?»

«Mein Nachbar besaß eines dieser frühen Ultralights, ein billiger Leinwandflügel über Aluminiumgestänge mit einem 28-PS-Rotax-Motor, und der Pilot war in ein Gestänge darunter geklemmt.»

«Ja, genau, fliegende Flügel.»

«Motorgetriebene Handgleiter. Die späteren Modelle sahen schon wie richtige Flugzeug aus. Aber man sollte noch immer nicht versuchen, bei Wind, der stärker als 20 Meilen pro Stunde bläst, zu landen, das steht jedenfalls fest.»

«Wie steht es mit seiner Familie oder Freunden? Erzählen Sie uns etwas über Heins Freunde», sagte Gunderson.

«Sein Job war sein ein und alles. Mueller war seine Familie. Ich glaube nicht, daß er mit seinen Adoptiveltern viel zu tun hatte. Seine einzigen Freunde neben Mueller waren einige Ultralight-Piloten, die innerhalb der Partei die richtigen Beziehungen hatten.»

«Um sich diesen Luxus auch leisten zu können.»

«Stimmt. Waren fast alles Mitglieder der Volkspolizei. Sie haben kleine Vorführungen für Parteimitglieder veranstaltet. Hauptmann Hein war angeblich der Star unter den Piloten.»

«Hein hat ohne Zweifel ihre Karriere mit Interesse verfolgt», sagte Burlane.

«Ich kann mir nicht vorstellen, daß es ihn zu Begeisterungsschreien veranlaßt hat, daß der Mann, der seinen Ruf als Top-Aufpasser befleckt hat, jetzt eine gute Chance hat, Deutschland zum Weltmeistertitel zu führen. (Wir Trainer bekommen auch unsere Anerkennung. Franz Beckenbauer hat die Weltmeisterschaft von 1990 gewonnen.) Ich verkörpere Heins einzige Niederlage, und nun führe ich das Team der verhaßten Bastarde, die seinen geliebten Mueller eingekerkert haben.»

«Er wird außer sich sein, wenn er merkt, daß wir ihn enttarnt haben und Sie außer Gefahr sind», sagte Gunderson.

«Oh, er wird nicht aufgeben. Er wird weitermachen. Es ist, als ob Friedrich Mueller für alle Ewigkeiten ihm über die Schulter schauen würde. Hein denkt, er müßte der Schnellste sein. Der Klügste. Der Geschickteste. Der Beste auf jede erdenkliche Art und Weise.»

«Der perfekte Sohn. Und er muß es beweisen», sagte Burlane.

«Er ist sicher geistig normal, aber er ist so tödlich wie nur etwas.»

«Er will Ihnen die rote Karte verpassen, bevor man ihn schnappt», sagte Burlane.

Steiner seufzte. «Da bin ich mir fast sicher, wenn ich Hein richtig einschätze. Ich weiß nicht, warum ich nicht schon früher draufgekommen bin, aber es ist mir einfach nie eingefallen. Ich habe die Verbindung nicht herstellen können. Als ob ich ihn zusammen mit meiner Vergangenheit entsorgt hätte.»

«Und jetzt ist er auf einmal wieder da», sagte Gunderson.

«So wie er es wahrscheinlich sieht, bin ich unerlaubterweise mit etwas durchgekommen, und das hat seinen Ruf ruiniert, und er will sich rächen. Er wird nicht nachgeben. So ist er nun mal. Ich weiß, daß er der Killer da draußen ist. Es gibt überhaupt keinen Zweifel.»

«Er sieht sich als der letzte Vopo.»

«So etwas wird es sein, denke ich. Hein ist zwar Mueller, aber Mueller ist nicht Hein. Fragen Sie Mueller, was er tun würde.»

Kapitel 2

1 p.m.

«Beauchamp, Rodriguez und Dusenberry auseinanderzunehmen», sagte James Burlane, «das war alles nur ein Ablenkungsmanöver. Mueller hat ihn so trainiert, daß er alle Optionen bedenkt und einen funktionierenden Plan ausarbeitet.»

«Dann erklären Sie mir doch Ernst Heins Plan, Sherlock», erwiderte Elizabeth Gunderson.

«Okay. Sir Roger Dusenberry verschaffte Ernst Hein die richtige Gelegenheit, und Hein merkte das sofort. Er hatte eine Chance, Mueller aus dem Gefängnis zu holen und gleichzeitig Jens Steiner zu nageln. (Die Einlaufwette eines Erpressers.)»

«Danach ging er auch vor.»

«Er suchte sich zuerst alle Fakten zusammen und präparierte dann sein Terrain. Er fand heraus, wieviel seine Zielpersonen im Notfall sofort zahlen konnten. Dann ließ er in Buenos Aires das Gerücht kursieren, Rodriguez hätte einen bezahlten Killer angeheuert. Er stahl die Pläne der Stadien, die von Rodriguez gehandhabt worden waren. Dann fuhr er in die USA und deponierte die Pläne in dem Haus, in dem Rodriguez wohnen würde. Und danach Miss Gunderson?»

«Danach legte er Tarchalski und Gochnauer in Dallas um und zwang die FIFA in die Knie.»

«Korrekt. Er attackierte dabei auch Beauchamp und Rodriguez. Er weiß, das wir die Spiele nicht absagen wollen, und so wird er jeden Moment die Freilassung Muellers fordern.»

«Er wird es über private Kanäle laufen lassen.»

«Er will die Resultate sehen, ihn interessiert es nicht, daß sein Name öffentlich genannt wird oder daß sein Bild im Fernsehen gezeigt wird. Nachdem Mueller in Südamerika in Sicherheit ist, wird er Jens Steiner erschießen. Jemand anders kann dann die deutsche Mannschaft zum Endspiel führen.»

«Was passiert, wenn wir Mueller nicht freilassen?»

«Er wird wieder zuschlagen.»

«Was sollten wir Ihrer Meinung nach tun?»

Burlane schien überrascht zu sein. «Was wohl? Uns verteidigen! Wir sind jetzt die Volksverteidiger.»

11:17 p.m.

James Burlane war ruhig, fast abwesend, als er sich den Medienzirkus im Fernsehen anschaute. Auf allen Kanälen waren die Meldungen ähnlich. Das FBI hatte den Terroristen als den Hauptmann der Volkspolizei Ernst Hein identifiziert, der früher dafür verantwortlich war, das Überlaufen ostdeutscher Sportler in den Westen zu verhindern.

Ladd McAllen teilte mit, daß Hein sich an einem ehemaligen Überläufer rächen wollte und gleichzeitig seinen Freund und Vaterersatz aus dem Gefängnis befreien wollte.

Das Objekt der Rache von Ernst Hein sei Jens Steiner, der Trainer der deutschen Nationalmannschaft. Steiner hatte sich als Stürmer des VfB Leipzig 1970 in den Westen abgesetzt. Jedoch hatte Heins Vaterfigur und Guru, der verurteilte Vopo-Mörder Friedrich Mueller, vor Gericht im Tausch für eine früheren Entlassungstermin aus dem Gefängnis gegen ihn ausgesagt.

Um dem FBI zu helfen, würde Mueller bei dem Viertelfinalspiel Niederlande gegen die USA dabeisein, das Montag abend im Giants Stadion wiederholt werden würde.

McAllen sagte, das FBI nehme an, daß Hein mittlerweile 15 Menschen umgebracht hatte: den russischen Geschäftsmann Dimitri Rassileva, drei Filmtechniker von Nottingham Ltd., den österreichischen Schiedsrichter Reiner Schmidt und neun Fußballspieler – zwei Deutsche, vier Amerikaner und drei Holländer.

Die Frau auf dem Bildschirm, die die Nachrichten über die Weltmeisterschaft mit ernstem Gesicht gemurmelt hatte, schaute betroffen auf das, was sie nun auf dem Teleprompter las. Sie nickte der Abendregie zu.

Auf dem Bildschirm sah man nun Aufnahmen eines lachenden Sir Roger Dusenberry, der gerade mit Prince Charles vom Golfspielen kam. Burlane stellte den Ton lauter.

Die Frau kommentierte die Bilder mit traurigem Gesichtsausdruck: «...ince Charles war bei Sir Roger, als er starb. Dr. Avi Abramowitz, der Kardiologe, der das künstliche Herz implantiert hatte, sagte, daß wegen der Bauchschüsse die Chancen für Dusenberry die ganze Zeit über sehr schlecht gestanden hätten. Er sagte, daß Dusenberry, der von ganzem Herzen den Mörder überführen wollte, all seine Energie bei den Gesprächen mit dem FBI über den Mörder eingesetzt hatte. ‹Er verbrauchte die Kraft, die er zum Überleben benötigt hätte. Er gab im wahren Sinn des Wortes sein Leben.› sagte Abramowitz. Durch einen Sprecher ließ Charles folgendes mitteilen: ‹Sir Roger bat uns eindringlich, nicht aufzugeben. Spielt weiter.›»

Es wurde nicht erwähnt, daß der Scherz, den sich Dusenberry erlaubt hatte, schiefgelaufen war. Aber Burlane fand nichts daran auszusetzen. Abramowitz hatte vielleicht recht. Zum Schluß hatte Sir Roger sich aufgerappelt und das Richtige getan.

Man sah jetzt, wie Prince Charles den Tränen nahe mit trauerumflortem Gesicht in seine Limousine stieg.

Die Sprecherin sagte: «Sir Roger Dusenberry, der nach der Zählung des FBI die 16. rote Karte erhielt, die bei dieser Weltmeisterschaft bisher vergeben wurde, starb im Alter von 58 Jahren.»

Ein paar Minuten später rief Elizabeth Gunderson an. «Wir werden spielen.»

«Ich habe McAllen im Fernseher gesehen.»

«Wir müssen uns bei Prince Charles bedanken. Er vertrat beim Exekutivkomitee und beim Krisenstab die Ansicht Dusenberrys. Er sagte, daß Sir Roger sein Leben hingegeben hat, damit wir den Killer identifizieren konnten. Nun, da wir wissen, wer es ist, könnten wir uns angemessen verteidigen. Wir sollten weiterspielen.»

«Waren Sie da?»

«Ich war da. Ladd McAllen war da. Wir haben unsere Empfehlung abgegeben, die zusammen mit Modifikationen McAllens ihrem Plan entsprach. Nachdem Prince Charles seine Rede gehalten hatte, trat das Komitee zusammen, um in geheimer Abstimmung zu entscheiden, und dann wurden wir wieder hereingerufen. Der Vizepräsident des Krisenstabs, Sven Torberg, ist an Dusenberrys Stelle getreten. Das Spiel wird um 3 Uhr morgen nachmittag in Rowayton, Connecticut, stattfinden.»

«Row – was?»

«Rowayton, ein Ort am Long Island Sound, ungefähr 50 Meilen nördlich von New York. Dr. Coelho hat einen belgischen Freund dort, Jaques de Beauvoir. Coelho sagt, er sei bei mehreren Gelegenheiten dort zu Gast gewesen.»

«Aha, so funktioniert das also.»

«De Beauvoir war auch anwesend, und so konnten Ladd und ich uns mit ihm unterhalten. Er sagt, daß Rowayton an der östlichen Küste einer von Nord nach Süd verlaufenden Halbinsel liegt. Wenn man ohne Vorwarnung die Straße am Anfang der Halbinsel abriegelt und allen Bootsverkehr vor beiden Ufern untersagt, kann die Nationalgarde von Connecticut rasch eine Sicherheitszone einrichten. Die Stadt sei klein genug, daß der Polizeichef und seine Deputies wissen, wer wer ist, und wenn nicht, dann könnten sie immer jemanden finden, der den Betreffenden kennt.»

Kapitel 3

4:30 a.m., Montag, 11. Juli

Wenn es nach James Burlane gegangen wäre, dann wären die beiden Mannschaften nach Westen geflogen worden, und man hätte sie dann mit dem Bus in irgendeinen abgelegenen Ort wie Ely, Nevada, oder Sheridan, Wyoming, gebracht. Aber er hieß eben nicht Jacques de Beauvoir und war kein belgischer Adliger und alter Kumpel des brasilianischen FIFA-Präsidenten Dr. Antonio Coelho.

Ladd McAllen steuerte den Wagen nördlich auf die Interstate 95. Elizabeth Gunderson saß nachdenklich neben ihm auf dem Beifahrersitz. Es war eben ein Turnier der FIFA und nicht eines des FBI; wenn also Dr. Coelho und seine Kollegen sich entschieden, das Spiel USA gegen die Niederlande in Rowayton neu anzusetzen, dann wurde es auch dort ausgetragen.

Burlane saß allein hinten auf dem Rücksitz und schaute sich die Landkarte der Stadt Norwalk an, zu der Rowyaton gehörte. Norwalk beanspruchte einen vier Meilen langen Streifen Land an der Küste des Long Island Sounds für sich, der sich von Südwesten nach Nordosten erstreckte, etwa von New York bis Rhode Island.

(Burlane liebte Landkarten und schätze es, sie genau zu studieren und nach ungewöhnlichen Formationen zu suchen. Jeder wußte, daß Italien wie ein Stiefel aussah. Aber Japan, wenn man es von Südosten betrachte, sah wie ein Seepferdchen aus mit Hokkaido als Kopf. Honduras und Nicaragua wirkten wie das Profil eines herausgestreckten Frauenhinterns, dazu kamen die Brüste von Guatemala, der Bauch El Salvadors und die Knie Costa Ricas. Und entlang der Küsten, wo immer Buchten oder Flußmündungen existierten, gab es fast immer einen prominente Landzunge, die aussah wie eine Nase oder eine Schnute. Die Küste der Britischen Inseln besaß mehrere solch alte Opas, die durch verrückt geformte Münder und Nasen schnauften.

Burlane meinte, daß Norwalk, Connecticut, wie der Kopf eines fauchenden Drachen geformt war, wenn man sich die 10 Meilen lange Grenze zu Westport als das obere Ende seines Kopfes vorstellte. Die Grenze mit New Canaan und Wilton war der Hinterkopf dieses Norwalk-Drachens, der dreieckige Schnittpunkt von Wilton und Westport in der nordöstlichen Ecke war ein Ohr.

Der Drache sah auf den Long Island Sound hinaus. Calf's Point, die südöstliche Ecke von Norwalk, war die Schnauze des Drachens. Der gewundene Norwalk River war das feuerspeiende Maul, in dem der Veterans Memorial Park, Fitch Point und Gregory Point als die Zähne auf dem Oberkiefer angeordnet waren.

Am südlichen Ufer lag mit Keyser Point die Zunge des bösen Biestes, die über Twilight Point hinausreichte. Das Kinn wurde durch eine Reihe geographischer Formationen gebildet: die Mündung des Village Creek, Wilson Point, Wilson Cove und eine Reihe von vier eher kleinen Points in einem eine Meile langen Stück vor der Mündung des Five Mile River. Dieser bildete die westliche Grenze von Norwalk zu Darien, der Basis des Drachenkopfes.

Der Drache spie sogar Feuer: Burlane zählte 18 kleine Inseln weniger als eine Meile vor der Küste des bedrohlichen Mauls und zwei kleine Rauchwolken, Calf Pasture Island und Sprite Island, gerade oberhalb der auseinanderliegenden Nüstern.

Rowayton wurde von der Mündung des Five Mile River im Westen und von Wilson Cove im Osten flankiert, mit vier kleinen Points – Norton, Pine, Roton und Prices – an seiner Südspitze. Beim Prices Point, der äußersten südwestlichen Spitze von Norwalk, begann die Rowayton Avenue, die am Fluß entlang führte.

Der Kopf des Drachen war zum größten Teil von Leuten aus der Arbeiterklasse und der Mittelklasse bewohnt. Die Reichen wohnten abgeschieden in ihren Villen auf dem Kinn des Drachen, entlang der pittoresken Küste des Long Island Sound.)

McAllen nahm Exit 12 vom Turnpike herunter und fuhr auf der Tokeneke Road nordöstlich in Richtung Rowayton. Als McAllen den Chevrolet vor Rowayton Pizza parkte, waren vier Männer, drei davon in Uniform, bereits da. Sie rauchten und tranken Kaffee aus Plastiktassen.

(Burlane erstaunte bei seinem ersten flüchtigen Eindruck der Gruppe, wie sehr die Männer diesen schrecklichen, auf schwarzem Samt ausgeführten Gemälden von pokerspielenden Hunden glichen, die er in Arbeiterkneipen gesehen hatte. Das war amerikanischer Kitsch, nur wenig entfernt von den sentimentalen Gemälden Norman Rockwells, vermutete er, aber sie hatten etwas an sich, was sie faszinierend wirken ließ. Jene Hunde, einigen von ihnen steckten Zigarren zwischen den Hundelippen, hielten Drinks und Bierkrüge in den Händen.

Eine noch ausgefeiltere Version des Themas Menschen als Tier war Sorels Bestiarium, ein satirischer Blick auf amerikanische Politiker, das in den späten Sechzigern seine Glanzzeit hatte und im Ramparts Magazine erschienen war. Burlane erinnerte sich besonders an eine Karikatur von Bobby Kennedy als riesiges Kaninchen mit zwei übergroßen Vorderzähnen.)

Der Bürgermeister von Norwalk, Harry Raymond, ein kleiner Mann mit Glatze, rauchte Pfeife. Raymond hatte dünne Lippen und leicht hervorquellende Augen. Im Film hätte er den typischen Bibliothekar oder einen Literaturprofessor spielen können. (Falls er als Tier geboren worden wäre, dann wäre er ein Chihuahua-Hündchen.)

Der Polizeichef von Norwalk, Harold Dobbs, hatte Säcke unter den Augen, und sein Bauch quoll bedenklich über den breiten Ledergürtel seiner Uniform. Er wirkte lethargisch. (Dobbs wäre sicherlich als Basset zur Welt gekommen.)

Der Kommandeur der Nationalgarde von Connecticut, Maj. Gen. Howard Towson, sah mit seiner Brille eher einem Buchhalter als einem Offizier ähnlich. (Er wirkte knuddelig und hatte große braune Augen – ein Spaniel.) Um etwas härter zu wirken, rauchte er Marlboro. (Er war eben ein Marlboro rauchender Spaniel.)

Der Mann mit dem viereckigen Kinn war John Derrick, der Chef der Connecticut State Police. Er war der einzige in der ganzen Gruppe, der auch nach seinem Job aussah (: Er war ein muskulöser Boxer).

(Trotz des Aussehens der Gruppe hatte Burlane keinerlei Bedenken. Es war eine Erfahrung der Amerikaner, daß das Land in Krisenzeiten einfach in den Topf seiner so unterschiedlichen Bürger hineinlangte, und wenn es dann wirklich hart auf hart ging, hatte man ziemlich oft eine glückliche Hand bei der Wahl gehabt. So hatten die Amerikaner bei der Gründung der Republik James Madison, John Adams, George Washington und Thomas Jefferson aus dem Hut gezogen. Als der Bürgerkrieg losbrach, hatten die Amerikaner einen dünnen Rechtsanwalt aus Illinois bekommen, Abraham Lincoln. Und später, als die Amerikaner Männer mit Mumm während der Depression brauchten, auf die dann der Weltkrieg folgte, hatten sie Franklin Roosevelt, Dwigth Eisenhower und Harry Truman erhalten. Roosevelt stammte aus einer wohlhabenden und einflußreichen Familie, doch Truman war ein kleiner Vertreter gewesen, ein Hutverkäufer, den man in den Kongress entsandt hatte. Er wurde zum Vizepräsidenten gewählt, weil er sich als Senator seine Unabhängigkeit bewahrt hatte. Als Präsident tat er, was getan werden mußte, und er machte seine Sache gut.)

Kaum hatte McAllen den Motor abgestellt, als auch schon Jacques de Beauvoir und Dr. Antonio Coelho in de Beauvoirs makellos restauriertem 1968er Saab vorfuhren. De Beauvoir, höflich und von besten Manieren, war groß und schlank (ein schlanker, eleganter Greyhound in leger geschnittenen Hosen, einem einfachen Baumwollpullover und gut eingelaufenen Wanderschuhen). Coelho, große Nase und braunäugig, sah aus wie ein Patrizier; gemeine Proleten konnten niemals Präsident der FIFA werden. Als sich McAllen, Gunderson und Burlane vorstellten, fuhr noch ein weiterer Wagen vor, eine schwarze Cadillac-Limousine, der zwei weitere Funktionäre entstiegen: Sven Torberg, der große, eckige, blonde Schwede, der der neue Vorsitzende des Krisenstabs geworden war, und der rundliche Henry M. Kissinger, der Ehrenvorsitzende des Organisationskomitees für die Fußball-Weltmeisterschaft 1994.

Nachdem man sich begrüßt hatte, schlug Gen. Towson vor, sich in mehrere Gruppen aufzuteilen, damit de Beauvoir und die Beamten, die sich hier auskannten, dem Rest bei einer kurzen Tour die Gegend zeigen könnten, die zu verteidigen war. Danach würden sie sich auf dem Privatstrand einer benachbarten Halbinsel treffen, Wilson Point, wo Elaine de Beauvoir und eine Nachbarin Kaffee und Croissants bereithielten. Dort könnten sie dann, während die Sonne langsam über dem Long Island Sound höher steigen würde, ihre Strategie besprechen.

Burlane erklärte sich schnell bereit, in de Beauvoirs Saab mitzufahren. Es war ein zweitüriges Coupé, und innen war nicht so viel Platz, aber er quetschte sich in den Rücksitz, schnell gefolgt von Sven Torberg. Henry Kissinger, vielleicht nicht mehr ganz so flink wie einst, dennoch respektiert genug, um dieses Vorrecht für sich beanspruchen zu können, setzte sich auf den Beifahrersitz.

Der elegante und städtisch wirkende Jacques de Beauvoir war sechs Fuß vier Inches groß, also war der Fahrersitz vor Burlane so weit nach hinten zurückgefahren wie nur möglich. De Beauvoir drehte sich um und sah besorgt nach hinten. «Werden Sie auch genügend Platz haben, Major Khartoum? Mr. Torberg? Es ist doch sicher unerträglich eng.»

«Ich werd's überleben. Ich tue alles, um einmal in diesem Wagen zu fahren», antwortete Burlane.

Torberg grinste. «Ich auch. Es ist schließlich ein Saab.»

«Ich gestehe, ich wollte auch unbedingt mitfahren», sagte Kissinger.

«Falls ich jemals in den Himmel kommen sollte, dann erwarte ich, daß es in solch einem Auto geschieht», sagte Burlane.

Kissinger lächelte. «Limousinen sind so langweilig und so angeberisch!»

Sie mußten alle lachen.

«Aber der Himmel stammt sicherlich nicht aus schwedischer Produktion, Major Khartoum. Die Steuern wären viel zu hoch», sagte Torberg.

Sie lachten wieder.

4:45 a.m.

Die Hauptstraße von Rowayton – wenn man sie denn überhaupt so bezeichnen konnte – war die von Norden nach Süden verlaufende Rowayton Avenue, die an den von Segelbooten gesäumten Ufern des Five Mile River entlangführte.

Dort gab es das Upper Crust Deli und den Five Mile River Grill, und Burlane bemerkte erfreut, daß kein Shakey's und kein Pizza-Hut zu sehen war. Es gab in Rowayton kein Taco Bell, kein McDonald's oder Burger King. Es war ein altmodischer Ort. Es gab einen Drugstore, falls man ein Aspirin brauchte oder Digitalis, einen Weinladen und einen Kramladen, falls man neue Segel brauchte oder eine praktische Kühltasche.

Die von Osten nach Westen verlaufende McKinley Street traf T-förmig auf die Rowayton Avenue. De Beauvoir fuhr langsam auf der McKinley nach Osten und erklärte, daß die Geschichte Rowaytons, das ursprünglich für seine Austern bekannt war, bald von dem Kommen und Gehen der Reichen geprägt worden war, die mit ihre Yachten im Five Mile River ankerten, und durch den Amüsierbetrieb, der im späten 19. Jahrhundert bis in die dreißiger Jahre des 20. Jahrhunderts auf Roton Point floriert hatte.

(«Übrigens, dies ist nicht das erste Mal, das sich die Einwohner von Rowayton verteidigen müssen», sagte de Beauvoir. «Ihre Vorfahren im Unabhängigkeitskrieg waren gezwungen, es mit den marodierenden britischen Royalisten in ihren Walfangbooten aufzunehmen. Einer der bekanntesten Vorfälle fand ein Jahr nach der Niederlage der Engländer bei Yorktown statt. Dabei traf der Tory Captain Joseph Hoyt in einem achtrudrigen Boot, das von einem fünfrudrigen Boot begleitet wurde, auf die patriotischen Verteidiger aus Rowayton in einem achtrudrigen und einem zehnrudrigen Boot. Hoyt war möglicherweise Ernst Hein etwas ähnlich. Er war ein Flüchtling aus Rowayton, der von den Patrioten rausgeworfen worden war, die den Krieg gewonnen hatten, und er weigerte sich, sich der neuen Ordnung zu beugen. Der Kampf fand bei den Inseln statt, die Sie in einigen Minuten sehen werden.»

«Und wie ging der Kampf aus?» fragte Kissinger.

De Beauvoir verzog das Gesicht. «Hoyt und seine Männer enterten das achtrudrige Boot mit Bajonett und gezücktem Schwert und hatten fast schon gesiegt, als ihr Boot mittschiffs von einer Drehlafette, die im Bug des anderen Bootes aufmontiert war, getroffen wurde. Sämtliche Kämpfer beider Boote wurden entweder getötet oder verwundet.»

Militante Multikulturalisten und professionelle Opfer hatten sich noch nicht in Rowayton gezeigt. Auf seine höfliche Art berichtete ihnen der kultivierte und diplomatische de Beauvoir, daß die Ausgeflippten und die Dealer in rauhen Mengen im proletarischen Norden oder Osten von Norwalk zu finden waren; aber in Rowayton beging man einfach keine Ladendiebstähle oder warf Müll auf die Bürgersteige.)

Rowayton war ein amerikanisches Gewächs klassisch angloeuropäischen Zuschnitts, in seinen Anfängen von den puritanischen Werten Sparsamkeit und harte Arbeit geprägt. In den letzten Jahren war es zu einer Art gesundem Parasiten am kranken Körper, der sich New York nannte, geworden. Es war nur eine zweiminütige Autofahrt zur Haltestelle der Penn Central Rail Line, und alle 20 Minuten hielt ein Zug, um seine Passagiere auf die 40minütige Fahrt nach Manhattan mitzunehmen, durch den Horror der Bronx hindurch zu den zivilisierteren und lukrativeren Orten wie Wall Street und Madison Avenue. Für einige war Rowayton noch immer die hübsche Blüte an der Küste Connecticuts, für andere wieder, weniger sensibel, war es ein süßer kleiner Wurm, der aus dem Scheißhaufen namens Big Apple kroch.

Burlane stellte sich vor, daß sich am 4. Juli die Bürger im Zentrum des Städtchens versammelten, um den Unabhängigkeitstag zu feiern, und daß sie auf eine Art, die man inzwischen für einen Mythos aus vergangenen Tagen hielt oder für irrelevant, so gesund und wohlgeschrubbt amerikanisch aussahen. Rowayton war sicherlich pittoresk und schnuckelig, eine Art New-England-Dorf, der perfekte Ort für einen Film nach einem Stoff von Stephen King, sagen wir mal, in dem das Böse sich in all seiner Scheußlichkeit in einem hübschen Garten niederläßt. (Nein, nein, Herr Autor, bitte, keine Schlangen hier. Verschonen Sie Rowayton. Denn wir wollen doch da leben und uns wohl fühlen. Wenn wir in Rowayton leben würden, dann hätten wir auch diese pittoresken Leben, davon sind wir überzeugt. Schauen Sie sich die Bürger von Rowayton an, verantwortungsbewußt, höflich zueinander, so wollen wir auch sein.)

Nach 500 Yards hielt de Beauvoir an der Straßenseite an und wies mit ausgestrecktem Arm durch das Fenster über die Straße.

McKinley Street führte an einem 800 Fuß breiten und 1000 Fuß langen Stück wunderbaren Rasens vorbei, auf dem sich zwei Softballfelder befanden. Die Bibliothek von Rowayton lag rechts der beiden Softballfelder, und nördlich davon lagen öffentliche Tennis- und Squash-Courts. Rowaytons Grundschule befand sich an der Spitze dieses Rechtecks.

«Wir haben guten, festen Boden», sagte de Beauvoir. «Der Rasen ist schnell und wurde gerade erst vor zwei Tagen gemäht. Er wurde nie malträtiert, und man hat ihn gut gepflegt. Ich weiß das, denn ich bin Mitglied des Komitees, das sich mit den Unterhaltsproblemen beschäftigt. Wir haben genügend Platz, um das Spielfeld groß genug zu machen. Wir müssen nur etwas Rasen in einen Teil des hinteren Feldes legen, oder wir lassen alles so und tragen nur die Torlinien und die Auslinien mit Kreide auf. Die Tore leihen wir uns von der High-School. Wir werden kaum mehr als ein paar Stunden brauchen, wenn wir uns ranhalten. Die Kameraleute können sich ihren Strom aus der Bibliothek holen. Wir können Baukräne besorgen, um den Kameras optimale Blickwinkel zu bieten. Man muß uns nur sagen, wie viele Kräne gebraucht werden, wo sie hinsollen und wie hoch die Kameraleute raufmüssen; dann werden wir das machen. Wir werden uns persönlich überzeugen, daß die Bälle nur mit Luft gefüllt sind, und dann kann's losgehen. Wir spielen schließlich Fußball. Wir könnten die Begegnung auch auf der Straße austragen, wenn wir das müßten, oder im Garten von irgend jemandem. Die Einfachheit des Spiels ist ein Bestandteil seiner Schönheit.»

«Mr. de Beauvoir hat recht», sagte Kissinger. «Das Spiel ist die Hauptsache. Wenn ein Fremder nach Rowayton kommt und sich nach einem Fußballplatz erkundigt, dann wird man ihn auf Schulen verweisen, auf Parks oder Stadtteilzentren. Niemand wird auch nur einen einzigen Fußballplatz in Rowayton kennen.»

De Beauvoir war angetan. «Richtig, Dr. Kissinger. Wir malen die Linien auf und spielen. Soll uns Hein doch finden, wenn er kann.»

De Beauvoir legte den Gang ein, fuhr erst auf der McKinley Street weiter und bog nach links ab in die Highland Avenue. Man befand sich jetzt östlich des zukünftigen Fußballplatzes. Sie fuhren an der Bibliothek vorbei. Sie fuhren an den Tennis- und Squash-Courts vorbei.

De Beauvoir nahm gemächlich die weite Kurve der Wilson Avenue, die sich nach Osten wandte in Richtung der Rohrkolbenfelder und der Marschgraswiesen an der Wilson Cove, die noch mehr Segelboote beherbergte.

Burlane tat sein Bestes, sich nicht in Tagträumen zu verlieren. Er begehrte weder seines Nachbarn Gut noch seines Nachbarn Weib – na ja, vielleicht ab und zu den Arsch von seines Nachbarn Weib, wie auch immer –, aber er träumte von einem Segelboot, das ihm gehörte. Sie waren seiner Ansicht nach wunderschön und er liebte das Gefühl, getrieben von einer frischen Brise durchs Wasser zu schneiden. Bei einem Sturm, ohne die Kraft, den Wind direkt anzugehen, konnte ein Segelboot gefährlich werden. Segelboote sind wie Frauen, dachte er. Je schlanker und schöner sie waren, desto unberechenbarer war ihr Verhalten und um so kostspieliger der Unterhalt. (Burlane wußte um die tiefe Wahrheit dieser Einsicht, und dennoch mußte er sich nach einem Segelboot mit im Wind geblähten Segeln umdrehen und ließ sich von seiner Fantasie davontragen, genauso wie es eine gutaussehende Frau mit fröhlich geblähter Bluse schaffen würde.)

De Beauvoir fuhr wieder nach Osten, an einem Wachtposten vorbei, und dann nach Wilson Point, einer schmalen Halbinsel gerade östlich von Rowayton. Die meisten Häuser waren aus Stein gebaut, hatten Giebelfenster und steile, mit Schindeln gedeckte Dächer. Einige der größeren besaßen mehrere Flügel, während die bescheideneren Häuser sich mit einem Häuschen für die Dienerschaft an der Seite begnügten. (Einige wenige der Rasenflächen waren groß genug, um als Golfplatz dienen zu können. Es gab keine Zäune, man hatte Mauern, und die waren aus solidem Fels. Ordinäre Ziegel hätten hier ärmlich gewirkt, das verstand Burlane. All das sah nach profundem, altem Reichtum aus und nicht nach neumodischer Angabe. Das ein oder andere Vermögen hatte sicher Wurzeln, die weit hinter die voraufgegangene Dekade reichten.)

Die Ausnahme zur vorherrschenden Architektur war ein frappierend weißes Haus im internationalen Stil, ganz aus Winkeln und Würfeln à la Piet Mondrian erbaut und mit großen Glasflächen versehen. Dieser Blickfang thronte oben auf einer runden Hügelkuppe und gehörte dem sympathischen Jacques de Beauvoir.

Sie fuhren die Straße weiter runter zu ihrem Rendezvouz am Privatstrand. De Beauvoirs Frau und eine Nachbarin warteten bereits mit Kaffee und Croissants, und innerhalb von fünf Minuten waren alle Teilnehmer angekommen. Es war Ebbe, und die Sonne stieg langsam über dem Long Island Sound hoch.

Nur Stunden vorher hatte Gen. Howard Towson, der aus seinem Tiefschlaf von Gov. Lowell Weicker geweckt worden war, herausgefunden, daß man ihm zum General Schwarzkopf dieser Unternehmung gemacht hatte. Die Steuerzahler des Staates Connecticut erwarteten von dem Oberkommandierenden ihrer Nationalgarde, daß er ganz bei der Sache sei, wenn es die Situation erforderte. Nun hatte der die Gelegenheit, das zu beweisen. Towson schaute zu Henry Kissinger hinüber. Er räusperte sich.

5:30 a.m.

Gen. Howard Towson breitete eine Landkarte auf einem der Picknicktische aus (die von den Besuchern des Privatstrandes benutzt wurden, und die Gesellschaft versammelte sich um den Tisch und studierte das Kinn des Drachens).

Er dachte eine Augenblick lang nach und sagte dann: «Ich hatte, wie Sie alle wissen, nicht die Zeit, mir unsere Strategie genau zu überlegen, deswegen schlage ich vor, daß wir das Problem gemeinsam durchsprechen, und jeder von Ihnen kann offen seine Vorschläge machen, als ob Sie meine Stabsoffiziere wären. Wie wir alle wissen, befand sich Mr. Kissinger schon des öfteren in kritischen Situationen. Bürgermeister Raymond, Chief Dobbs und Mr. de Beauvoir kennen die Gegend ganz genau. Bitte unterbrechen Sie mich jederzeit. Mr. McAllen, Sie sagen, daß wir es mit einem Profi zu tun haben, der durchaus in der Lage wäre, unsere Bewegungen zu überwachen. Eine Geheimhaltung ist also nicht garantiert.»

«Nein, das ist sie nicht», erwiderte McAllen.

Kissinger, der eine seiner berühmten Augenbrauen hochzog, sagte: «Ich finde es gut, daß Mueller sich das Spiel anschaut. Das zwingt Hein, sich seine Ziele genau auszusuchen. Oder zumindest etwas wählerischer zu sein. Keine weiteren Attacken mit Nervengas, während er vor dem Fernseher zusieht.»

«Das war der Vorschlag von Major Khartoum», sagte Gunderson und blickte zu Burlane.

Towson rückte sein Brille zurecht und schnappte sich eine weitere Marlboro. Er überlegte, ob er sie anzünden sollte, ließ es aber dann. «An drei Seiten sind wir von Wasser umgeben, was gut ist, aber ich meine, daß es unverantwortlich wäre, an Land keine weiträumigen Verteidigungsstellungen aufzubauen. Gen. Derrick, wenn Ihre State Police die Witches Lane vom Five Mile River bis Wilson Cove abriegeln könnte, würden meine Nationalgardisten die Wilson Avenue vom Ufer des Five Mile bis Wilson Cove abriegeln. Die Nationalgardisten haben die Raketen, also sollten sie die inneren Stellungen besetzen.»

Towson legte ein Lineal an den Maßstab an und maß die vorgeschlagenen Barrieren ab. Seine Marlboro hatte er noch immer nicht angezündet. «Witches Lane erstreckt sich eine Meile weit und weist drei Einmündungen auf: die Rowayton, Highland und Wilson Avenues. Der Abschnitt Wilson Lane ist fünf Achtel Meile lang und quert dieselben Straßen und zusätzlich die Roton Avenue.»

«Geht in Ordnung», sagte Derrick.

Towson zündete seine Marlboro an und nahm einen Zug. «Chief Dobbs, da Ihre Polizeibeamten die Anwohner kennen, meine ich, daß es sinnvoll wäre, wenn Sie General Derricks Leuten und meinen Offizieren vor Ort helfen.»

«Selbstverständlich», sagte Dobbs und lockerte seinen Gürtel ein wenig, um seinem Bauch etwas Platz zu verschaffen.

Kissinger sagte mit tiefer, ernster Stimme: «Das Problem hatten wir auch in Vietnam. Der Feind war überall und nirgends zugleich. Der Terrorismus hat die Atombombe als unser nationales Sicherheitsproblem Nummer eins abgelöst. Wie verteidigt man sich gegen den Terrorismus? Die tamilischen Separatisten benutzten eine menschliche Bombe, um Indiens Premierminister Rajiv Gandhi zu kriegen und auch ihren eigenen Premierminister. Wie verteidigt man sich gegen menschliche Bomben? Es sieht fast so aus, als hätten es Dulles, Dean Rusk und ich leichter gehabt als die Secretaries of State des nächsten Jahrhunderts.» Kissinger machte eine Pause.

«Haben Sie einen Vorschlag, Dr. Kissinger?» Towson legte den Kopf schief und blies Rauch durch die Nasenlöcher aus.

«Warum kopieren wir nicht Gen. Giaps Taktik der Tetoffensive von 1968? Wir verpassen unseren Nationalgardisten und unseren Polizisten Zivilkleidung. Lassen unsere Gardisten und FBI-Agenten und Spezialisten mehrere Stunden vor Beginn des Spiels nach Rowayton einsickern. Sie sollen dann langsam die Läden und Bars und Restaurants besetzen und die Bibliothek und auch die Häuser der Polizisten aus Rowayton. Ein unschuldig gemeinter Anruf eines aufgeregten Teenagers beim Radio kann uns innerhalb von Minuten verraten, also müssen wir vorsichtig sein.

Sagen wir mal, wir vertagen den Spielbeginn auf 3.30 Uhr, und um, sagen wir mal, um 2 Uhr zeigt ABC oder ESPN die Vorbereitungen der Mannschaften für das angebliche Spiel um 3 Uhr in Newport. Wir stellen ein paar junge Leute in amerikanischen und holländischen Trikots auf den Platz. Sicherlich werden uns ABC und ESPN ein paar Sportkommentatoren zur Verfügung stellen, um bei dem Plan mitzumischen. Bis dann Ernst Hein in Newport aufgetaucht ist, um sich zu überzeugen, was da los ist, haben wir hier unten schon unsere Verteidigungsstellungen aufgebaut.»

Towson dachte nach und biß sich auf die Unterlippe. «Ein Täuschungsmanöver! Gute Idee, Mr. Kissinger. Ich kann also meinen Gardisten befehlen, mit den Sicherheitsvorkehrungen zu beginnen. Dr. Coelho, meinen Sie, daß die FIFA zu solch später Stunde noch alles arrangieren kann? Die Spieler müssen gesucht werden. Jemand muß mit ABC und ESPN sprechen.»

Coelho, der mit leicht portugiesischem Akzent sprach, antwortete: «Das läßt sich machen.»

«Irgendwelche Gegenstimmen zu Mr. Kissingers Plan? Nein? Bürgermeister Raymond, Sie und Chief Dobbs werden noch besondere Aufgaben bekommen, damit die Aktion klappt.» Towson ließ den Zigarettenstummel auf den Strand fallen und stampfte ihn mit dem Absatz in den Sand.

«Wir schaffen das schon», sagte Raymond. Seine Pfeife war leer. Er klopfte die Asche auf den Strand und stopfte die Pfeife wieder mit Tabak voll.

Towson, der sich eine neue Marlboro aus der Packung nahm, schaute sich um. «Dann sind wir soweit. Dr. Coelho, wir überlassen es Ihnen, ABC und ESPN zu kontaktieren. Major Khartoum?»

Khartoum kräuselte die Lippen und dachte kurz nach. «Wir haben Hein gezwungen, sich zu zeigen, wenn er einen Treffer landen will. Wir wissen, daß er ein erfahrener Ultralight-Pilot ist. Ich denke, daß er diesmal, wenn's zur Sache geht, in so einem Ding auftauchen wird. Wir müssen bedenken, daß er den Vorteil der Überraschung auf seiner Seite hat. Wir werden ihn zunächst hören und dann erst sehen.»

Kissinger kniff die Augen zusammen. «Und er weiß, daß wir es vermeiden möchten, willkürlich mit den Schrotgewehren in dieser Wohngegend rumzuschießen. Unsere moralische Integrität ist der taktische Vorteil des Terroristen.»

Towson seufzte und zog an seiner Zigarette. «Und Ihr Vorschlag, Major Khartoum?»

Burlane zuckte mit den Schultern. «Ich kann auch so ein Spielzeug fliegen. Mein Nachbar hat eins, eins der frühen, plump aussehenden Geräte. Ich wette, daß es eine Menge Enthusiasten auch in dieser Gegend gibt, die mir ein gutes Ultralight für diese Aktion leihen würden. Ich schlage vor, daß ich Ernst Hein in einem Ultralight abfange und dem Arschloch mit meiner 22er Ruger eins zwischen die Augen verpasse.»

Towson blinzelte. «Eine 22er Ruger.» Er pfiff leise.

«Eine kleine Schönheit. Eine RSTF, das originale halbautomatische Standardmodell. Viereinhalb-Inch-Lauf. Kostete 37.50 Dollar, als es 1949 zum ersten Mal angeboten wurde.»

«Und wenn Sie versagen?»

«Ich werde ihn hoch genug raufzwingen, daß die Schrotflinten sicher abgefeuert werden können. 12 Magazine mit doppelter Magnumladung werden es ihm schon besorgen. Für die Leute am Fernseher wird es doch erhebend sein, wenn sie sehen, daß sich ihm jemand von Mann zu Mann stellt und ihm den Arsch versohlt. Wenn nicht, können Sie zusehen, wie Ihr ihn mit euren Schrotflinten durchlöchert.»

Kissinger schaute ernst in der Runde seiner Mitverteidiger umher. «Major Khartoum hat vollkommen richtig bemerkt, daß Rituale und Symbole eine Art sozialer Kitt sind. Sie halten uns zusammen. Dieser Hein ist ein verabscheuungswürdiges Subjekt, das verhindern will, daß wir unser Fußballturnier nach Plan abhalten, nur weil er weiß, wie man einen Abzug betätigt. Major Khartoum will unser Ritter sein, der dem Drachen mit gezücktem Schwert entgegentritt.»

«Man behauptet, daß die halbautomatische 22er Ruger die Hinrichtungswaffe der Mafia ist», sagte Burlane. «Als ich das hörte, mußte ich einfach eine haben.»

Coelho, der frühere Besitzer des brasilianischen Vereins Palmas, sagte: «Lassen Sie mich sichergehen, daß ich alles verstanden habe. Was Sie vorschlagen, ist ein Catenaccio vor Rowayton mit Major

Khartoum als unserem Torwart und General Towson als Libero. Die Nationalgardisten auf der Wilson Avenue werden unsere Verteidiger sein, und weiter draußen wird die State Police auf der Witch's Lane unsere zurückhängenden Mittelfeldspieler darstellen.»

«Korrekt», sagte Burlane.

«Während die Verteidiger ihre Stellung auf der Wilson und um den Fußballplatz halten, schlagen Sie vor, daß Sie das Tor verlassen und dem Mittelstürmer von Mann zu Mann gegenübertreten. Wenn Sie versagen, werden Towson und seine Verteidiger schnell zur Stelle sein.»

Burlane grinste. «Das stimmt hundertprozentig, Dr. Coelho. Die Verteidiger von Rowayton gegen den Teufels-Schützen.»

Kissinger, der als Schuljunge selbst Torwart gewesen war, sagte: «Natürlich, Mr. Coelho, würden wir normalerweise Hein von den Mittelfeldspielern stoppen lassen oder andernfalls von unseren Verteidigern.»

Coelho lächelte. «Meine Mannschaft in Palmeiras könnte es, aber ich weiß Ihre Argumente zu schätzen.»

«In diesem Fall geht unser Torwart allein raus», sagte Kissinger, «um Hein im Auftrag der Fans herauszufordern und weil wir darauf vertrauen, daß unsere Verteidiger ihn decken.»

Towson zog heftig an seiner Zigarette und atmete den Rauch stoßweise aus. «Einwände?» Er wartete. Er betrachtete nachdenklich seine Zigarette.

«Unter den gegebenen Umständen ist das ein vernünftiger Plan», sagte Kissinger.

«Dr. Coelho?» fragte Towson. Er zog noch einmal an seiner Marlboro.

«Wir werden es durchziehen.»

«Also gut, Major Khartoum», sagte Towson, «wir stellen Sie ins Tor, und ich werde als Ihr Libero agieren. Wir wissen, daß Hein Zugang zu Nervengas hat, und obwohl wir Mueller mit dabeihaben, sollten wir annehmen, daß er es noch einmal einsetzt. Wir werden die Bürger der Stadt vom Spiel fernhalten, bis wir mit ihm fertig geworden sind. Sie werden einfach in ihren Häusern bleiben und sich die Action im Fernsehen anschauen müssen wie jeder andere auch. Sobald alles vorbei ist, laden wir sie ein, sich das Spiel live anzuschauen. Wir werden für alle Beteiligten Gasmasken bereithalten, einschließlich der Spieler. Sobald wir Hein bemerken, werden wir sie aufsetzen.

Wenn er von Osten oder Süden kommt, wird er eine Reihe von Vorposten passieren, die uns warnen können. Und zwar östlich von Wilson Point, hier.» Er zeigte mit seinem Finger auf die Karte. «Hoyt Island, hier.» Er zeigte wieder auf die Karte. «Und südlich davon Cedar Hammocks, hier.» Er wies auf die Karte. «Ein Beobachtungsposten auf Tree Hammock Island, dort.» Fingerzeig. «Ein weiterer auf der Nordspitze von Shea Island, hier, und noch einer auf der Südwestspitze von Sheffield Island, ungefähr hier, und einer am Ufer des Five Mile River, etwa hier.» Der Mann, der nervös die Marlboros geraucht hatte, hatte sich auf einmal in einen Mann der Tat verwandelt.

(De Beauvoir schaute auf die Karte. «Mmmmmm. Dieselben Inseln wurden damals benutzt, um die Patrioten von Rowayton vor dem Kommen von Joe Hoyt zu warnen.»)

Kissinger verzog das Gesicht und fuhr sich mit seiner Hand durch das lockige, kurzgeschnittene Haar. «Fast alle militärisch erfolgreichen Verteidigungsstrategien in der Geschichte basierten auf der Idee, vorgeschobene Stellungen zu errichten. Die Marines in Beirut haben ihr Leben verloren, weil wir es versäumt hatten, effektive Vorposten zu etablieren. Das hätte ein elemantarer Bestandteil des militärischen Trainings sein sollen. Das World Trade Center hatte keine effektiven Verteidigungsstellungen an Ort und Stelle, deswegen konnten die Fanatiker einen ganzen Wagen voller Sprengstoff in die Tiefgarage fahren. Dieses Konzept gilt grundlegend für den Krieg genauso wie für den Fußball: Zwinge deinen Gegner, immer bessere und stärkere Verteidigungsstellungen durchdringen zu müssen. Die Taktik bleibt die gleiche, nur die Schurken sind verschieden.»

Burlane nickte zustimmend. «Ich brauche Ihre Unterstützung, um eine Kolb Ultralight zu finden. Die Kolb ist eines der besten amerikanischen Ultralights für den Kunstflug und hat wegen ihres Designs ein gutes Sichtfeld für den Piloten. Welcher Deutsche, der etwas auf sich hält, würde sich nicht sofort auf eine Kolb stürzen? Wenn ich mir keine Kolb besorgen kann, will ich eine Rans Airaile. Sie sind sich ähnlich, nur hat die Rans ein dreieckiges Landegestell.»

Kapitel 4

3:15 p.m.

Gen. Howard Towson fand – das heißt, sein Freund Lowell Weiker, der Gouverneur von Connecticut fand – eine Rans Airaile für James Burlane, die von einem hochgetunten 40-PS-Rotex-Motor angetrieben wurde. Die Rans besaß einen anständigen Steuerknüppel wie ein richtiges Flugzeug. Sie wirkte mit ihrem Farbdekor aus Orange, Gelb und Schwarz wie ein Schmetterling.

Ob der Motor ganz legal war, sollte die Sorge des Besitzers sein, es kümmerte Burlane nicht. Denn die Maschine war genau das, was er brauchte. Er wollte jedenfalls kein altmodisches Klappergestell fliegen, das war sicher. (Er beachtete Muhammad Alis Strategie, und deswegen wollte er ein Ultralight, das wie ein Schmetterling schweben konnte und zustechen konnte wie eine Biene.)

Mit einem kleinen Spiegel und einer kleinen Schere schnitt sich Burlane die schulterlange, silbergraue Mähne ab und eleminierte die hervorstehenden Enden seines Schnurrbarts. (Er hatte einst einen noch schlimmeren Schnitt von einem chinesichen Barbier erhalten, der angesichts der lockigen Wirrnis der Langnasen-Haare absolut keine Ahnung gehabt hatte, was zu tun gewesen wäre.)

Nachdem er mit seinem Schnitt fertig war, schraubte Burlane den Verschluß einer Flasche haselnußbrauner Haartönung ab, die er schon vorher gemischt hatte. Er tunkte seinen Kamm in das Zeug und war nach ein paar Minuten ein braunhaariger Langweiler mit einem braunen Schnurrbart. Sein Haar war noch feucht, aber es würde trocknen. Er grinste, wenn er an den neuen Burlane dachte.

Burlane machte sich anschließend daran, sich eine neue Nase zu verpassen. Sie wurde mit Mastix auf der alten befestigt. Die künstliche Nase, die Burlane bereits bei mehreren Gelegenheiten benutzt hatte, sah dem erinnerungswürdigen Kolben ähnlich, der die Erblast des Schauspielers Karl Malden war. Er stopfte sich seine Chicago-White-Sox-Baseballmütze in die Gesäßtasche. Es war eine Siebeneinhalb-Inch-Baseballmütze, nicht eine mit einem Gummiband hinten. Er hatte seine Bauche-and-Lomb-Sonnenbrille in der Hemdtasche neben seiner Fliegerbrille stecken. Er war bereit.

Burlane brachte seine Airaile gerade außerhalb der nordöstlichen Ecke des Spielfelds in Position, nahe bei den Tennis- und Squash-Courts. Burlane tat dies, damit er über den Rasen vor dem Tor anrollen konnte, um dann in südlicher Richtung abzuheben.

Burlane besorgte dann einen Filzstift und machte die Buchstaben oben auf dem Flügel seines Ultralight unkenntlich. Er machte eine Pause und überlegte, ob er Elizabeth Gunderson über sein Funkgerät anrufen sollte, um nachzufragen, ob das FBI die FIFA-Limousine auf Funkpeilsender untersucht hatte.

«Ja, ich freue mich, Ihnen mitteilen zu können, daß das geschehen ist, und man sagte uns, sie wäre sauber. Bekommt McAllen nun eine gute Note dafür, Major Khartoum?»

«Und wie steht es mit den Absätzen der Schuhe von Coelho und Torberg? Hat man die untersucht?»

Gunderson sagte nichts.

«Hein konnte unseren Zug sicher vorausahnen. Er wußte von vornherein, daß Torberg wahrscheinlich Dusenberrys Nachfolger als Vorsitzender des Krisenstabs werden würde. Er kennt außerdem die Vorgehensweise der FIFA. Der Vorsitzende des Krisen-Komitees wird sich sicher an den Ort des echten Spiels begeben. Tun Sie mir den Gefallen.»

«Ich rufe zurück», sagte sie.

Burlane, der einen Pinsel benutzte, den ihm Jacques de Beauvoirs Frau gegeben hatte, füllte die Buchstaben mit schwarzer Farbe aus. Wenn der Eigentümer sich nachher beschwerte, dann würde sich eben die FIFA drum kümmern müssen. Die Buchstaben waren nicht sehr gut ausgeführt, aber auch wieder nicht schlecht, wenn man bedachte, wie schnell Burlane gepinselt hatte:

GBANKS.

Dann rief Gunderson zurück. «Okay, ich muß zugeben, daß Sie schlauer waren als wir, Major Khartoum. Tatsächlich befand sich ein Sender im Absatz von Sven Torbergs Schuh. Wir fahren die Schuhe jetzt nach Norden, aber Ladd meint, daß uns Hein inzwischen angepeilt hat. Ladd läßt Ihnen bestellen, gute Arbeit.»

«Dann vermute ich, daß wir unseren deutschen Krieger jeden Moment erwarten dürfen?»

«Das teilte auch Gen. Towson seinen Posten mit. Er sagt, daß er die Verteidigungsstellungen dichtmacht. Er hat Nationalgardisten mit Schrotflinten auf dem Dach der Schule postiert und auf dem Dach der Bibliothek, falls Sie Unterstützung brauchen. Er sagt, daß sie Hein permanent im Visier haben werden. Falls Sie Schwierigkeiten haben sollten, brauchen Sie es nur durchzugeben, und er läßt ihn abschießen. Weitere Schrotflinten befinden sich rund um das Spielfeld postiert.»

«Solide, verläßliche Stellungen.»

«Das sagt auch Señor Coelho. Wir drücken Ihnen alle die Daumen, Major Khartoum.»

«Und wenn ich Erfolg habe, habe ich dann bei der hübschen Sicherheitschefin einen Wunsch frei?»

«Wenn ich Sie wäre, würde ich mich auf die Aufgabe konzentrieren, die vor mir liegt, Major Khartoum.»

3:25 p.m.

Während James Burlane auf den Anruf der Beobachtungsposten von Gen. Towson wartete, sah er den holländischen und amerikanischen Spielern zu, die auf den Platz gerannt waren und mit Bällen, die man gründlich untersucht hatte, ihre Aufwärmübungen machten.

Burlane hörte mit einem Ohr auf sein Funkgerät, mit dem andern hörte er im Radio den ESPN-Reporter, der gerade die amerikanische und die holländische Mannschaft beschrieb, als ob sie sich auf einem Platz in Newport aufwärmen würden. Der Reporter sagte, daß die sicherheitsbewußte FIFA sich entschieden hätte, das Spiel auf einer Insel abzuhalten.

Dann gab der Sportreporter überraschenderweise bekannt, daß die Zuschauer in Wirklichkeit Spielern der Fußballmannschaften der Yale- und Brown-Universität zugesehen hätten, die das amerikanische und holländische Nationaltrikot trugen. Das echte Weltmeisterschaftsspiel würde gleich in Rowayton, Connecticut, beginnen. Er entschuldigte sich für den Schwindel, der, wie er sagte, aus Sicherheitsgründen nötig gewesen war.

Jetzt wurde urplötzlich auf die Reporter der ABC umgestellt, und man vernahm die Situation auf dem Spielfeld, das man aus den beiden Softballplätzen von Rowayton geschaffen hatte.

Die Gemeindearbeiter von Norwalk legten gerade den Rest eines sechs Fuß breiten Rasenstreifens, der am nordwestlichen Rand des Fußballplatzes anschloß. Bürgermeister Raymond stand dabei und sah ihnen besorgt zu. Die Arbeiter, die den ganzen Morgen schon fieberhaft gearbeitet hatten, stachen vier Fuß breite Streifen aus dem Rasen nahe der Bibliothek aus und trugen sie herüber. Sie legten die Rasenstücke an den Fußballplatz an, ohne daß irgendwelche Nahtstellen zu sehen waren. Der Ball rollte ungehindert geradeaus weiter, und der Untergrund war fest.

Es würde kein Geschrei von Tausenden begeisterter Fans zu hören sein, kein Pfeifen, kein Gejohle oder Buhs, keine Fahnen und Ola-Wellen, keine Hot-dog-Stände oder Bierverkäufer würden zu sehen sein, aber auf diesem wohlgepflegten Rasen in Rowayton würden die amerikanischen und holländischen Fußballer herausfinden, wer den Ball am besten treten konnte.

Der finnische Schiedsrichter legte den Ball in die Mitte des Platzes.

Durch die Lautsprecher, die extra für diese Gelegenheit angebracht worden waren, vernahm man die tiefe und ernste Stimme Henry Kissingers, die über das Gras und die Straßen und die Bürgersteige der schläfrigen Stadt hinwegklang.

«Der Präsident der FIFA, Dr. Antonio Coelho, hat mich mit der ehrenvollen Aufgabe bedacht, den Einwohnern von Rowayton für die Überlassung ihres Sportplatzes zu danken. Es wäre vollkommen falsch, zuzulassen, daß unzivilisierte Unmenschen ein so wunderbares internationales Ereignis wie unsere Fußball-Weltmeisterschaft verhindern. Wir werden nicht nachgeben. Wir werden tapfer ausharren. Dr. Coelho, bitte.»

«Wenn alles vorbei ist und wir Bescheid geben, sind Sie alle herzlich eingeladen, sich das Spiel anzuschauen. Aber jetzt: das Spiel geht weiter!»

●

Natürlich hatte Pat Duffy in der Nationalmannschaft im Mittelfeld spielen wollen. Er war der beste Mittelfeldspieler an der University of Santa Clara gewesen. Aber als er sich um einen Platz im Team beworben hatte, hatte ihn Trainer Markovic zur Seite genommen und ihm gesagt, daß er, obwohl er gut war, trotzdem nicht im Mittelfeld spielen würde. Denn Coach M wollte die besten Spieler auf den richtigen Positionen haben. Er wollte den ehrgeizigen, eckigen Duffy als Verteidiger ausprobieren.

Doch jetzt, da Luis Garcia und Denton Gjerde nicht mehr im Mittelfeld spielen konnten, rückte Duffy auf. Duffy konnte verteidigen, und er konnte angreifen, wenn es sein mußte.

Vor dem Spiel hatte Trainer Markovic seinen Spielern gesagt, sie sollten sicherlich defensiv spielen, aber wenn sie eine Chance sähen, den Ball nach vorn zu spielen, dann sollten sie es auch gefälligst tun. Man müßte aufs Tor schießen, um einen Treffer zu erzielen. Er wollte kein langweiliges Ballgeschiebe, das sich als Fußball ausgab. Die Holländer spielten auch nicht so. Sie waren diszipliniert. Sie arbeiteten hart. Sie bewegten sich. Sie waren geübte Paßspieler. Sie wollten siegen, aber sie waren faire Gegner. Dies war die Art Fußball, den die Leute sehen wollten. Dies war die Art Fußball, die Markovic von seiner Mannschaft sehen wollte, egal ob sie gewinnen oder verlieren würden.

Wenn die Amerikaner heute nicht mit ganzem Herzen dabeiwären, dann würden sie sich auf einen herben Fußball-Nachmittag gefaßt machen müssen. Die Holländer rollten hinter ihrem Superstar Peter (‹der Maler›) van Dyke an, einem Ballartisten vor dem gegnerischen Tor. (Van Dyke, der seinen Namen ganz lustig fand, trug auch einen Van-Dyke-Bart.)

●

Jerry Gotti war der Manndecker van Dykes, er behielt den Bärtigen im Blick.

Van Dyke ging seinen Pflichten fast träge nach. Sein Gesicht wirkte eher abwesend, aber der Trainer hatte Gotti gesagt, er solle sich nicht täuschen lassen. Van Dyke war ständig dabei, seinen nächsten Spielzug vorzubereiten und nach den Schwächen der anderen zu suchen. Er besaß ein instinktives Raumgefühl. Wenn sich eine Lücke öffnete, war er sofort zur Stelle.

Und in seinem Schuß lag genügend Kraft, um einen Pfosten wanken zu lassen.

Zwei Minuten waren erst gespielt, als van Dyke gemächlich voranglitt, um seinen Kumpeln entgegenzukommen, die den Ball über die Mittellinie schoben.

Gotti beobachtete ihn.

Van Dyke umspielte Gotti mit halber Geschwindigkeit auf dessen linker Seite.

Dann, mit Höchstgeschwindigkeit nach innen gezogen ...

Zurück zur Mitte...

Verwirrung vor Gotti...

Er konnte Van Dyke nicht entdecken.

Tor!

Jerry Gotti holte niedergeschlagen den Ball aus dem Netz, während die holländischen Spieler ihren Treffer feierten. Peter van Dyke war so schnell gewesen, daß es kaum zu glauben war. Gotti schoß den Ball zum Schiedsrichter. Ein Tor nach zwei Minuten. Wenn das so weiterging, würde es ein langer Nachmittag werden.

●

Sie kämpften. Und wie sie kämpften. Aber die Holländer waren sehr, sehr gut und wild entschlossen. Es war für die Amerikaner schwer, bis in den holländischen Strafraum vorzudringen, und noch schwerer, dort auch nur ein paar Augenblicke zu bleiben.

Immer noch ohne Gegentor, arbeiteten sie sich in der 22. Minute wieder in die holländische Hälfte vor.

Pat Duffy, jetzt schon im gegnerischen Strafraum, wurde von dem holländischen Verteidiger etwas mehr Raum gelassen, um einen möglichen Doppelpaß zu unterbinden. Dabei spielte ein Angreifer den Ball kurz einem mitlaufenden Mitspieler zu, um einen gegnerischen Verteidiger zu umgehen, und der Mitspieler schob den Ball sofort wieder zum weitergelaufenen Angreifer zurück. In den Hinterhöfen von Liverpool und London benutzte man eine Häuserwand als Mitspieler. Die amerikanischen Basketballspieler nannten diesen Spielzug give-and-go.

Weiter hinten schrie der holländische Torwart, der sich einen besseren Winkel suchte, seinen Verteidigern Anweisungen zu, dabei wurde er bei einem Zusammenstoß mit einem seiner Verteidiger fast umgeworfen.

Duffy schoß einfach drauflos. Ein Schuß, nur um es mal ausprobiert zu haben, ein Ach-egal-ich-probiers-einfach-mal-aus-Schuß. Der mit Effet rotierende Fußball segelte erhaben durch die ausgestreckten Hände des erschreckten Torwarts und in die lange Ecke des Tors.

●

In der 32. Minute, als van Dyke seine außergewöhnlichen Dribbelkünste im Strafraum demonstrierte, schlug er einen Doppelpaß zu einem Mitspieler auf dem linken Flügel und schubste gleichzeitig seinen Manndecker mit der Schulter.

Er trat schnell in die Lücke, die sich vor dem Tor auftat.

Dort bekam er den Ball genau auf die Fußspitze.

Und Jerry Gotti befand sich genau rechts hinter ihm.

Van Dyke, täuschte mit dem Kopf links an und schob mit dem Spann den Ball ganz cool ins Netz. Gotti war auf die Täuschung hereingefallen.

Niederlande 2, Vereinigte Staaten 1.

●

Ebenfalls in der 32. Minute meldete sich eine Stimme in Burlanes Funkgerät: «Hier spricht Sergeant Donaldson auf der Spitze von Sheffield Island. Ein blaßblaues Ultralight nähert sich von Süden ungefähr 20 Fuß über dem Wasser. Es fliegt genau auf Wilson Point zu.»

«Irgend jemand im Cockpit?» fragte Burlane.

«Sir?»

«Sitzt ein Pilot drin?»

«Einen Augenblick...»

«Hier spricht Sergeant Lemon auf Tavern Island. Es ist leer, Sir. Es ist eine Drohne, die gerade nach Nordwesten abbiegt.

Burlane sagte: «Er benutzt es entweder als Aufklärer oder als fliegende Bombe. Er hat sicher eine Videokamera im Bug installiert und kann damit sein Ziel fixieren.»

«Miss Gunderson, Mr. McAllen, wenn Sie bitte veranlassen, daß Mr. Heinne die Begegnung abpfeift und Sie die Spieler dann bitte schnell vom Platz holen würden. Ich möchte, daß alle außer Gefahr sind, solange wir uns mit dieser Angelegenheit herumschlagen. Sie sollen sich in Sicherheit bringen. Schnell bitte. Die Gasmasken aufgesetzt. Verteidiger, Achtung!»

«Sergeant Donaldson, fliegt die Drohne tief genug für die Schrotflinten?» fragte Towson.

«Ja, Sir, sieht ganz so aus.»

«Ich denke, die Läufer auf der Klippe sollten ihn runterholen. Was meinen Sie, Major Khartoum?»

«Ich würde sagen, so machen wir's.»

«Schrotflinten, übernehmen Sie!» befahl Towson.

Als das ferngesteuerte Flugzeug über den Bäumen vor Wilson Cove auftauchte, ließ es eine ganze Salve aus den Schrotflinten auf die Bluff Avenue taumeln, wo es beim Aufschlagen explodierte.

«Treffer», sagte Burlane.

«Eine fliegende Bombe», sagte Towson.

●

«Hier spricht Sergeant Sanger auf Hoyt Island. Ein leuchtend rotes Ultralight fliegt irgendwo beim Norwalk Community College nördlich von hier herum. Es steigt in nordwestlicher Richtung höher auf. Können Sie es sehen?»

«Ja. Danke, Steve.»

Burlane betrachtete das Flugzeug durch sein Fernglas. Es war unmöglich zu sagen, ob ein Pilot drinsaß oder ob es sich um eine weitere Drohne handelte.

«Ihre Meinung, Major Khartoum?» fragte Towson.

«Er weiß jetzt, daß wir Schrotflinten einsetzen. Er wird sich fragen, ob wir auch Raketen haben.»

«Raketen fertig. Feuern nur auf mein Kommando!»

«Ich würde nicht alle auf einmal einsetzen, wer weiß, was für Asse er noch im Ärmel hat», sagte Burlane.

«Verstanden, Major.»

Das Ultralight flog direkt über der Brian McMahon High-School nördlich von Rowayton, stieg höher und bog dann über dem Five Mile River nach Westen ab, dann nach Südwesten, stieg höher und höher, bis es schließlich genau über dem Spielfeld stand.

Aus einer Höhe vom etwa 400 Yards stieß das Ultralight fast senkrecht mit voller Kraft nach unten.

«Alpha, Feuer!» befahl Towson.

Eine orange Flamme schoß in den Himmel.

Stanniolstreifen, die aus dem Flugzeug herausfielen, lenkten die Rakete ab.

«Achtung!» schrie Burlane.

«Beta abfeuern, Charlie, Feuer!» befahl Towson schnell.

Zwei weitere orangene Flammen stießen himmelwärts.

Die Streifen lenkten die erste ab.

Die Rakete Charlie traf ihr Ziel etwa 150 Yards über dem Platz, und das ferngesteuerte rote Ultralight, eine weitere fliegende Bombe, explodierte in einem ungeheuren orangenen Feuerball.

●

«Sir, hier spricht Sergeant Mills auf Price's Point. Während wir die Raketen beobachtet haben, ist ein schwarz-gelbes Ultralight wie aus dem Nichts erschienen und fliegt den Five Mile River entlang. Sieht aus wie eine riesige Wespe. Es sitzt auch ein Pilot drin, Sir.»

«Schrotflinten bereithalten.»

«Scheiße, vorbei, Sir. Perfekt getimt. Während das Flugzeug über dem Platz explodierte, ist er knapp über der Wasseroberfläche an uns vorbeigesaust.»

«Ist okay, Wes. Er hat uns ja noch nicht erwischt. Major Khartoum?»

«Ich hab's gehört, General.» Burlane zog sich die getönte Flugbrille über seine Nase. Er warf den frisierten Rotax-Motor an. Es klang, als ob ein Rasenmäher Amok laufen würde. Er löste die Bremse. «Bin schon unterwegs.»

«Viel Glück, Major Khartoum.»

«Amen», sagte Gunderson.

●

Ernst Hein leckte sich die Lippen, als er gerade außerhalb der Reichweite der Schrotgewehre an den Posten vorbeiflog, mit Yachten auf beiden Seiten, und kaum über der Wasseroberfläche, die 10 Fuß unter ihm vorbeizischte.

Ja, ja, ja, Mueller, ja!

Hein konnte seine Uzi auf Vollautomatik stellen, sollte er auf eine ganze Gruppe Idioten treffen, oder auf halbautomatisches Feuer, wenn er die Scheißer einen nach dem anderen abknallen wollte. Wenn er ein Kaninchen auf der Flucht umnieten konnte …

Mit dem Geld, das er Rodriguez und dem dummen Engländer abgeknöpft hatte, würde er sich ein traumhaftes Anwesen in Argentinien kaufen. Niemand würde ihn jemals finden. Niemand würde es jemals erfahren. Mueller und er würden angeln gehen. Sie würden Pecaris und Jaguare jagen. Sie würden mit den Adlern in ihren Ultralights um die Wette fliegen.

Hörst du mich, Mueller? Ich komme!

Wenn ihnen danach wäre, dann würden sie mit Heins Beechcraft nach Buenos Aires fliegen. Sie würden hervorragenden argentinischen Rotwein auf bezaubernden Boulevards genießen und danach, wenn sie Lust darauf haben sollten, würden sie ein paar hübsche Mädchen finden und sie ficken.

Kannst du mich hören, Mueller?

Was immer er und Mueller auch getan hatten, sie hatten es im Auftrag des Volkes getan. Er war ein Volkspolizei-Offizier. Er repräsentierte das Volk, das war von den Gerichten nicht anerkannt worden.

Pflicht.

Es würde ein angemessener, wohlverdienter Ruhestand für Friedrich Mueller sein. Mueller nach Stuttgart-Stammheim ins Gefängnis zu stecken war ungeheuerlich. Zuzulassen, daß er dort verrotten würde, war undenkbar.

Ehre.

Die Lügner hatten gesagt, daß Mueller ihn verraten hatte. Das sollte ihn provozieren, das kannte er doch. Na gut, sollten sie doch nur ihre Spielchen spielen!

Ich komme, Mueller!

Sie sagten, sie würden Mueller zum Spiel mitbringen, um willkürliches Morden zu verhindern. Das bedeutete, daß Mueller dort sein würde und sich das Ganze ansehen konnte. Er würde Mueller nicht im Stich lassen. Er würde denen eine Show bieten, die sie niemals vergessen würden. Mueller würde es wundervoll finden.

Für dich, Mueller.

Wenn sie Mueller freiließen, würde er aufhören. Sollten sie doch weiterspielen, wenn sie wollten.

War das so unmöglich?

Aber so oder so würde er nicht zulassen, daß der Verräter Jens Steiner Deutschland zur Weltmeisterschaft führte. Nein, nein, nein. Wenn es wirklich dazu kommen sollte, würde es kein Endspiel geben.

Ich fliege dem Schicksal entgegen.

●

James Burlanes Rans Airaile hoppelte über den Platz und wurde schneller. Als er sich dem südlichen Tor mit voller Geschwindigkeit näherte, zog er den Steuerknüppel zu sich hin und hob ab. Er flog geradewegs in den Himmel und fühlte sich lockerleicht und prima. Die Airaile reagierte schnell und war bemerkenswert stabil, aber Burlane war dennoch dankbar, daß kein Wind wehte.

Dann meldete sich Lieutenant Donaldson, der bei den Bootsanlegeplätzen westlich von Rowayton und McKinley stationiert war. «Er ist gerade scharf nach rechts abgebogen, Sir, fliegt kaum höher, als die Bootsmasten sind.»

«Hier spricht Lieutenant Oliver vor der Rowayton Pizza. Er fliegt in östlicher Richtung die McKinley herunter, etwa sechs oder acht Fuß über dem Boden. Niedrig und langsam.»

«Achtung! Schrotflinten nicht abfeuern», sagte Towson.

Burlane, der weiter aufgestiegen war, entdeckte den rastlosen Krieger im Cockpit seiner leuchtend gelb-schwarzen Kolb Starfire. Die Begegnung würde am südlichen Ende des Spielfelds stattfinden.

«Schrotflinten bereit, Verteidiger. Alle auf schwarz-gelb zielen. Fliegen Sie über ihn, Major Khartoum. Über ihn. Geben Sie Gas. Mehr Saft. Raketen bereit, falls die Wespe zu entkommen versucht.»

«ABC hat Sie jetzt im Bild, Major», informierte ihn Gunderson.

«Zeigen Sie es den Leuten, Major Khartoum. Wir können uns verteidigen. Wir schaffen es», meldete sich Kissinger.

«Verpassen Sie ihm eine», sagte Towson.

«Drauflos, Major Khartoum», sagte de Beauvoir.

Burlane zog probehalber seine Ruger, um sicherzugehen, daß sie sich nicht im Halfter verhakt hatte. Das Heulen des zweitaktigen Rotax-Motors über und hinter seinem Kopf war grauenhaft.

●

Als er über das südliche Tor des verlassenen Spielfelds flog, blickte Ernst Hein, der die Bewegung über sich bemerkt hatte, hoch und sah eine orangene und gelbe und schwarze Rans Airaile, die sich für einen Angriff von oben fertigmachte; ein Schmetterling, der sich in einen Habicht verwandelt hatte.

Hein hatte Glück, daß er es rechtzeitig entdeckt hatte. Er flog eine steile Kurve und stieg in engen Kreisen höher.

Er sah das aufgemalte GBANKS auf dem Flügel des ebenfalls steigenden Schmetterlings. Er sah Burlane durch die Fliegerbrille in die Augen und nickte ihm zu. Er hatte Banks bei dem Fragespiel geschlagen, er würde ihn wieder besiegen.

●

James Burlane nickte ihm zu und machte dann die Mundbewegungen von Mie-ses-Arsch-loch so deutlich er konnte. Dann nahm er schnell ein Magazin der Ruger in seinen Mund.

Hein zeigte ihm seine übel aussehende Uzi.

Burlane zeigte ihm seine Ruger.

Burlane vernahm über dem Lärm des Rotax-Motors Henry Kissinger: «Schießen Sie, Schuß, Schuß!»

«Schieß, Sid!» rief Gunderson.

Burlane schoß und traf nicht.

Eine Kugel aus der Uzi schlug im Heck von Burlanes Ultralight ein und verlangsamte den Aufstieg.

Hein war plötzlich über ihm.

Scheißekackemist! Burlane drehte ab und flog über die Bäume der McKinley Avenue.

●

Hein, der über und hinter Gordie Banks flog, hatte ihn. Hatte ihn tödlich genau im Visier. Das ist für dich, Mueller, dachte er und behielt den fliehenden Schmetterling genau im Auge. Er stellte die Uzi auf vollautomatisches Feuer und ballerte los …

in die Blätter und Bäume, …

während Banks zwischen den schützenden Baumkronen verschwand.

Daß Banks das schaffte, ohne die Flügel zu beschädigen, zeugte von erstaunlichem fliegerischem Können. Scheiße!

●

Ufff!

«Mann, paß auf, Sid!» Gundersons Stimme gellte in Burlanes Kopfhörer.

Burlane, der sich nun auf der anderen Seite der Bäume befand, schaute sich nach Hein um, der gerade ein Magazin seiner Uzi austauschte.

Burlane gab Vollgas und stieg so schnell er nur konnte.

Hein war sofort bei ihm. Gegenüber von ihm. Stieg ebenfalls höher.

In seinen Ohren hörte er beständig die gutturale Stimme des harten Burschen Henry M. Kissinger. «Machen Sie ihn fertig, Major Khartoum, machen Sie ihn fertig.»

Wespe und Schmetterling flogen in einer Spirale aufwärts. Die Wespe noch höher hinauf.

●

«Paß auf, über dir, Sid», rief Gunderson. «Er kommt von oben auf dich zu. Achtung, Achtung, Achtung.»

Hein stürzte sich mit einer Rolle auf Burlane.

Burlane wich scharf nach links aus, um ihn von der Seite anzugreifen.

Während Hein abwärts trudelte …

passierte ihn Burlane im rechten Winkel und schoß schnell mit seiner Ruger. Zwischen die Augen, Arschloch.

Hein zuckte in seinem Cockpit zusammen und hätte fast die Wespe überzogen. Dann flog er wieder Richtung des Spielfelds.

Der Schmetterling blieb dicht dran.

Im Kopfhörer hörte er Gen. Towson: «Gut gemacht. Ich glaube, Sie haben einen Treffer gelandet, Major Khartoum.»

●

Mueller hatte Ernst Hein stets gesagt, er solle immer unter allen Umständen Ruhe bewahren. Emotionen wären tödlich. Gefühlsduselei sei der Tod. Einem echten Wettkämpfer bedeutete der Schmerz nichts. Ein echter Wettkämpfer ging durch den Schmerz hindurch. Man mußte sich konzentrieren. Zu allen Zeiten unbedingt der Logik des Siegens folgen. Hein mußte sich konzentrieren.

Banks Kugel hatte Hein im Schritt getroffen, etwa drei Inches oberhalb der Genitalien. Der Einschuß pulsierte und brannte, aber Hein nahm nicht an, daß es ein tödlicher Treffer war. Kleines Kaliber. Eine 22er vielleicht, so wie Heins Walther. Banks war ein Haufen Scheiße und ein guter Schütze. Das war aber Ernst Hein auch.

Während sich der Körper auf den ersten Schmerz einstellte, würde Hein Banks fliegerisch unter Druck setzen, damit der Gegner nicht wieder an seine Bleispritze dachte.

Sieh mir zu, Mueller, sieh mir jetzt zu. Ich bin der Beste. Ich werde nicht besiegt werden. Ich werde mich konzentrieren. Ich werde durchhalten. Ich werde gewinnen.

Es wird Gerechtigkeit walten.

Sieh mir zu, Mueller.

●

Burlane biß sich auf die Lippe und folgte Hein um das Spielfeld herum.

Dann wich Hein nach rechts aus, führte Burlane um das rötliche Gebäude der Bibliothek von Rowayton herum und flog eine 90-Grad-Rolle, um zwischen den Bäumen an der Highland Avenue hindurchzuschlüpfen.

«Sie haben ihn erwischt, Major. Ich bin mir ganz sicher», sagte Towson.

«Glück gehabt, wenn ich getroffen habe.»

«Er wäre fast abgeschmiert», antwortete Towson.

«Paß auf die Zweige auf, Sid», rief Gunderson.

Burlane flog ebenfalls eine 90-Grad-Rolle und die Äste wischten über seinen Kopf hinweg.

●

Ernst Hein bemerkte plötzlich das Blut. Sein Schoß und der Schenkel waren schleimig vor Blut. Er saß in einer Pfütze warmen Blutes. Sein Arsch war naß.

Banks hatte mit einem absolut unwahrscheinlichen Zufallstreffer eine Arterie getroffen.

Hein drückte die Arterie mit seinem linken Daumen ab und flog mit der rechten Hand noch einmal zum Fußballplatz zurück. Obwohl er versuchte, sich von dem Schmerz der Wunde nicht verrückt machen zu lassen, würde doch seine Leistungsfähigkeit beeinträchtigt sein. Er brauchte jetzt soviel Platz wie nur möglich.

Wenn er die Arterie nicht irgendwie versorgen könnte, dann würde er verbluten. Wieviel Blut hatte er wohl bereits verloren? Er könnte die Arterie weiter abdrücken und sich zurückziehen oder ...

Du hast immer gesagt, man soll entschlossen sein.

Banks war genau hinter ihm.

Schau dir das an, Mueller. Sieh dir diesen Torschuß an.

Ernst Hein biß die Zähne zusammen und zog den Steuerknüppel seiner Wespe zu sich heran.

●

«Paß auf, Sid!»

Burlane wich nach links aus. Seine Flügelspitzen wurden fast von denen Heins gestreift. Burlane rief «Ufff!» in das Mikrophon vor seinem Mund. Der beschissene Psychopath hatte versucht, ihn von oben in Kamikazemanier zu rammen.

War Hein möglicherweise ernsthaft verletzt?

Während er sich für eine weitere Begegnung mit der Wespe höherschraubte, dachte Burlane über diese Wende im Kampf nach.

Verblutete Hein? War es das?

Sie befanden sich nun genau über dem Fußballplatz.

●

Ernst Hein flog eine Banks genau entgegengesetzte Kreisspirale. Es würde ein Punkt kommen, wie kurz auch immer, wo sich die Kreise der Wespe und des Schmetterlings kreuzen würden.

Er ist ein kluger Junge, Mueller. Er ist gut und er vermutet, daß ich verwundet bin.

Hein nahm den Finger von der Arterie, und das Blut strömte von neuem aus.

Er packte den Steuerknüppel mit der linken Hand.

Ich blute, Mueller. Ich tue, was getan werden muß.

Er fühlte sich schwach. Seine Kraft verebbte mit dem kontinuierlichen Sinken seines Blutdrucks.

Siehst du mir zu, Mueller?

Mit seiner rechten Hand stellte er die Uzi auf Vollautomatik.

Flieg mit mir, Mueller, damit wir in den Anden angeln gehen können.

Vor ihm in Sekundenbruchteilen...

Banks.

Er zog den Abzug durch.

●

Aaaaaauuuuuughhhhhhhh!

Ein Schlag traf die linke Hälfte von Burlanes Kopf.

Burlane legte die Airaile auf den Rücken und flog auf den Rasen zu.

Als ob ihm jemand einen Schlag mit einem Hammer verpaßt hätte.

«Major?» schrie Towson.

Schmerz pulste an der Seite seines Kopfes. Awwwwwwww!

«Sid!» schrie Gunderson.

Er zog den Steuerknüppel heran und drosselte den Motor. Er wappnete sich. In seinem Kopf pochte es.

Vor ihm das Gras...

Schmerz...

Die Airaile drehte sich...

Noch mehr Schmerzen...

Er gab Vollgas.

Er biß sich auf die Unterlippe, als das Gras unter ihm vorbeizog und die Airaile wieder zu steigen begann. Er schüttelte die Benommenheit ab. Wo war Hein? Er schrie «Wo? Wo?»

«Hinter dir», sagte Gunderson.

Er wich nach links aus.

Er wich nach rechts aus.

●

Hein folgte jeder Bewegung von Gordie Banks. Ein Treffer. Er hatte Banks am Nacken oder am Kopf getroffen, da war er sich sicher. Banks war fast auf dem Platz aufgeschlagen.

Ja, Mueller.

Er schob ein neues Magazin in seine Uzi.

Dein Kopf schmerzt, nicht wahr, Gordie?

Er stellte seine Pistole auf halbautomatisches Feuer.

Schuß und Tor, Mueller.

●

Burlane wich wieder nach links aus und flog gleichzeitig eine 90-Grad-Rolle…

…als ihn eine Kugel der Uzi im Hintern traf.

Aaauuuugghhh!

Während es in seiner rechte Backe vor Schmerz pochte, schlüpfte er durch zwei Bäume an der McKinley hindurch. Lieber sein Hintern als sein Kopf.

Er fühlte nach dem Blut an seiner Kopfseite. Ein halbes Ohr war weg.

«Treffer am Ohr und im Hintern. Nur in der Pobacke, bin also noch okay», gab er bekannt.

«Bleiben Sie an ihm dran, Major», sagte Kissinger.

«Du schaffst es, Sid», sagte Gunderson.

●

Das Cockpitinnere Heins war voller Blut und rutschig. Der Steuerknüppel war blutig. Die Uzi war blutverschmiert. Die Magazine waren glitschig, und es war schwer, zur gleichen Zeit zu fliegen und wieder zu laden. Heins Blutdruck fiel stetig.

Wenn Banks nicht im letzten Augenblick diese exzellente Rolle geflogen hätte und mir dadurch sein Hinterteil statt seinen Kopf präsentiert hat, dann wäre er jetzt ein toter Mann.

Er ist auch verletzt, Mueller.

Er legte die Uzi weg und schnappte sich seine Walther, die geladen und einsatzbereit war.

Jetzt, Mueller…

●

In dem winzigen Sekundenbruchteil bevor James Burlane den Abzug durchdrückte, schauten sich Ernst Hein und er über die Läufe ihrer Pistolen hinweg in die Augen.

Burlane feuerte als erster...

und zog mit einem Looping an der Wespe vorbei, als sie auf dem Platz aufprallte.

«Verteidiger, bleibt, wo ihr seid», schrie Burlane ins Mikrophon. «Er ist gefährlich, und er gehört immer noch mir.»

«Verteidiger, hört auf euren Torhüter», befahl Towson.

«Er hat eine vollautomatische Maschinenpistole, Verteidiger», sagte Burlane.

«Ambulanz fertigmachen zum Einsatz», befahl Towson.

Burlane landete schnell, ohne zu wissen, ob er mit seinem letzten Schuß einen Treffer gelandet hatte oder nicht. Er fragte sich, ob in diesem letzten Augenblick Hein nicht schon ohne Bewußtsein gewesen war, oder zumindest fast. Seine Augen hatten einen entrückten, weit entfernten Ausdruck gezeigt. Woran mochte Hein wohl gedacht haben?

●

Hein versuchte sich loszuschnallen. Er lebte noch. Er war noch nicht besiegt. Er konnte noch weitere Treffer landen.

War Mueller in der Nähe?

Siehst du mich, Mueller?

Die Gurtschnalle öffnete sich.

Ich werde noch Punkte machen, Mueller.

Er sah einen Mann mit seitlich blutverschmiertem Kopf und einer Pistole in der Hand auf sich zurennen. Das mußte wohl dieser Scheißkerl Gordie Banks sein.

Sieh dir das an, Mueller.

●

Es war ganz schön schwierig, mit einer Kugel im Arsch und mit Schmerzen, die über die Hüfte runter ins Bein schossen, zu rennen, aber James Burlane befand sich in jenem Zustand, in dem man sich um den Schmerz nicht mehr kümmerte.

Vor ihm, neben dem Wrack der Kolb, kniete Volkspolizeihauptmann Ernst Hein. Er war rot vor Blut. Er hatte seinen linken Arm auf das linke Knie gestützt. Er hielt ihm eine blutverschmierte Uzi am Lauf entgegen.

Er warf die Uzi vor sich ins Gras. «Gut gemacht, Mr. Banks. Das Tor verteidigt.»

Burlane, der mit seiner Ruger mitten auf Heins Brust zielte, trat die Uzi zur Seite. «Und jetzt zeig uns deine andere Hand, Arschloch.»

Direktschuß …

Hein holte die Walther hinter seinem Knie hervor.

… ins leere Tor.

Burlane sprang wild schießend auf ihn zu.

Mit seiner linken Hand schnappte Burlane Hein bei der Kehle, warf ihn nieder und drückte mit all seiner Kraft zu. Mit der rechten Hand schnappte er sich die Walther, entwand sie Heins schwächer werdendem Griff und warf sie zur Seite.

Dann setze er sich auf Heins Oberkörper. Er drückte Heins Arme mit den Knien zu Boden.

Burlanes letzter Treffer war in Heins linken Backenknochen eingedrungen, hatte die Zähne durchschlagen und war unterhalb des Kieferknochen am Nacken ausgetreten.

«Drei Schüsse aufs Tor und wir haben jeden einzelnen Scheißschuß abgewehrt.»

Hein war zu schwach, um Widerstand zu leisten. Sein Mund füllte sich mit Blut, und er konnte kaum noch sprechen. «Ich hatte Pech. Ich traf Dusenberrys Rippe, und die Kugel prallte ab, wie Geoff Hursts Schuß 1968 am Torpfosten absprang.» Er spuckte Blut aus. «Nur daß ich nicht als Held gefeiert werde, was, Gordie Banks?»

Burlane starrte ihn an. «Wir spielen hier nicht Rugby. Sondern Soccer. Fairen Ligafußball. Du bist doch ein Experte in Sportfragen, Arschloch. Kannst du mir denn Thrings dritte Regel nennen?»

Hein dachte mit weitgeöffneten Augen einen Moment lang nach. Er blinzelte.

«Ich meine J. R. Thring von der Cambridge University.»

Hein schüttelte den Kopf. Er wußte es nicht. Er spuckte noch mehr Blut aus.

Burlane sagte ruhig: «Die Tritt gilt einzig dem Ball.» Aus: ‹The

Simplest Game› von 1862. Kein Rempeln. Kein Treten. Mit der rechten Hand holte Burlane eine Rote Karte aus seiner Hemdtasche und wedelte mit ihr vor Heins Gesicht hin und her. »Siehst du das? Die ist für dich, Schwanzlutscher. Wir tun unser Bestes, ein zivilisiertes Spiel zu spielen. Wenn Ficker wie du den Regeln nicht folgen wollen, dann muß eben jemand euren Arsch vom Spielfeld ballern!« Burlane warf voller Verachtung die rote Karte hin.

●

James Burlane, der dankbar war, daß Ernst Hein während des Kampfes die künstliche Nase nicht weggeschlagen hatte, setzte seine Chicago-White-Sox-Mütze auf, rückte die Sonnenbrille zurecht und humpelte vom Platz.

Burlane ignorierte den Krankenwagen, der zu Ernst Hein hinfuhr. Es kümmerte ihn einen Dreck, ob der letzte Vopo verblutete oder nicht. Er mußte sich schließlich ein Weltmeisterschaftsspiel anschauen. Das hier war das Viertelfinale, also kam nur eine Mannschaft eine Runde weiter, und die USA spielten mit, und das nicht nur, weil sie das Gastgeberland waren, sondern, verdammt noch mal, auch weil sie zwei Spiele unentschieden gespielt und Brasilien in ihrer Gruppe geschlagen hatten. Sie hatten sich die nächste Runde fair und redlich verdient.

Die Pobacke Burlanes sowie sein Ohr pochten vor Schmerz. Burlane wußte, daß ein Arzt seinen Po mit einem Mittel, das den Nachmittag über anhalten würde, betäuben konnte, und er würde auch etwas Eis auf den Überrest seines Ohrs packen. Er konnte noch gut hören, und das zählte. Natürlich würden die Zeitungen sich Fotos von der ABC-Aufzeichnung des Spiels abkopieren, doch was würden sie dann haben: einen braunhaarigen White-Sox-Fan mit Sonnenbrille und einer Karl-Malden-Nase und einem Buchhalterschnurrbart.

Gunderson, McAllen, Bürgermeister Raymond, de Beauvoir und Henry Kissinger gingen zum humpelnden Burlane hin. Man wollte sich das Spiel zusammen mit dem erfolgreichen Verteidiger Rowaytons anschauen.

Sie besahen sich alle erstaunt Burlanes Verwandlung in diesen neuen Sid Khartoum.

«Wenn ich auf der Titelseite von jeder Zeitung des Landes zu finden wäre», sagte Burlane, «würde es Mixed Enterprises das Geschäft kaputtmachen. Warum sollte ich das tun? Was zählt, ist die Leistung. Wir haben Ernst Hein gestoppt.»

«Sollen sie sich doch wundern», sagte Gunderson.

«Sie können von mir aus den Journalisten mitteilen, Sie hätten Maj. Sidarius Khartoum angeheuert, wenn Sie möchten, aber man braucht nicht zu wissen, wie Khartoum aussieht, ja? Ich sehe mir das Spiel besser irgendwo auf dem Bildschirm an.»

De Beauvoir grinste. «Wir können Sie schnell zu meinem Haus fahren. Ich habe ein Gästezimmer mit eigenem Bad. Dort können Sie sich ein paar Tage vergraben.»

«Danke sehr, Mr. de Beauvoir, ich nehme an», erwiderte Burlane.

Als sie das Spielfeld verließen, hielt ein Krankenwagen, der hinter der Bibliothek geparkt hatte, neben Hein.

Sie warteten einen Moment, um einem alten Mann zuzusehen, der in Handschellen gefesselt dem Krankenwagen entgegenlief. Burlane überraschte seine Größe; aus irgendeinem Grund hatte er ihn sich größer vorgestellt. Er war klein und dick. Er hatte Tränensäcke unter den blauen Augen und eine kurze Nase, die irgendwie patrizierhaft aussah. Er rannte merkwürdig ungelenk mit der Steifheit eines alten, untrainierten Mannes. Seine Lippen waren verbissen zusammengekniffen, sein Gesichtsausdruck ernst. Dies also war der grausame Offizier der Volkspolizei, der Vollstrecker der Volksjustiz, der Empfänger der Volksvergünstigungen. Friedrich Mueller war von Bewachern umringt.

Mueller rief: «Ernst! Ernst!»

Durch die Lautsprecher erklang die melodische, kultivierte Stimme Dr. Antonio Coelhos, der sich wie ein Butler anhörte oder wie der Ansager im Yankee Stadion. «Meine Damen und Herren, wenn wir rasch fertig würden, könnten wir mit dem Spiel fortfahren. Wir müssen schließlich eine Weltmeisterschaft austragen.»

Gen. Towsons Nationalgardisten waren schon dabei, die letzten Überbleibsel des Kampfes zu beseitigen. Die amerikanischen und die holländischen Spieler hatten sich bereits vor ihren Spielerbänken aufgestellt.

Die ersten Einwohner von Rowayton erschienen auf dem Spielfeld, und man redete immer noch über das Luft-Duell zwischen

Wespe und Schmetterling, das einige direkt von den Fenstern ihrer Häuser aus verfolgt hatten.

Als das Spiel abgepfiffen worden war, hatte sich der Ball gerade im Besitz der Holländer befunden. Nun würde von derselben Stelle aus das Spiel fortgesetzt werden.

Die Spieler stellten sich auf. Bälle statt Kugeln. Das war doch nach all dem, was geschehen war, die eigentliche Botschaft der Weltmeisterschaft.

Der Schiedsrichter blickte auf die Armbanduhr, damit er die verlorene Spielzeit korrekt verlängern konnte. Er blies energisch in seine Trillerpfeife.

Spielt weiter!

●

Eine Ärztin holte das Team der Rowaytons ein. Sie befahl Burlane, seine blutgetränkten Hosen herunter zu lassen und sich über ein Schlägergestell zu legen, während Bürgermeister Raymond einen Polizisten losschickte, der ihm ein Paar saubere Hosen und ein anderes Hemd besorgen sollte. Sie puhlte mit einer spitzen OP-Klemme in der Wunde herum. Obwohl keine tödliche Verletzung, war es gefährlich, wenn die Kugel in der Wunde blieb. Die 9-mm-Kugel war in einem Pomuskel steckengeblieben und mußte entfernt werden, sobald das Spiel vorbei war.

Die Ärztin säuberte und verband seine Wunden am Ohr und am Hintern und lächelte über die scherzhaften Bemerkungen zu Kissinger, Gunderson und de Beauvoir. Burlane, dessen entblößter Po das Zentrum all dieser Aufmerksamkeit war, hielt eisern durch.

Als sie ihn gerade mit einer Betäubungsspritze in den Hintern stach, erklang ein Gejohle vom Spielfeld. Burlane drehte sich um und sah, daß der jubelnde Pat Duffy von begeisterten Kameraden umringt wurde. Duffy hatte ein zweites Überraschungstor erzielt.

Der Spielstand Niederlande gegen die USA lautete unentschieden! Es war noch ein langer Weg, und Peter van Dyke war hinter ihnen her.

Wäre es doch möglich?

Natürlich nicht.

Könnte so etwas geschehen?

Träum weiter.

Pat Duffy, der nun vor Selbstvertrauen und Energie nur so strotzte, dirigierte das Mittelfeld mit der Autorität eines Franz Beckenbauer. Nach seinen zwei Toren gegen die Holländer bewegte sich Duffy im Reich des Unmöglichen, und er wollte unbedingt für den Rest des Spiels auch dort bleiben.

●

James Burlane, der sich nur ungern den Rest des Spiels im Fernsehen ansah, wußte jedoch, daß die Reporter und Fotografen in Kürze in Massen auftauchen würden, um dem Mann zu begegnen, der es im Zweikampf mit Ernst Hein aufgenommen hatte. Er hoppelte unglücklich zum Saab von Jacques de Beauvoir und setzte sich auf dem Beifahrersitz so hin, daß sein Gewicht auf der gesunden Pobacke ruhte.

Henry Kissinger hatte recht, dachte Burlane. Es war ein wunderbarer Nachmittag für ein Fußballspiel. Natürlich würden die Holländer höchstwahrscheinlich gewinnen. Er wußte das. In den Vororten von Utrecht hatte er einst den holländischen Schuljungen beim Fußball zugeschaut, und sie waren erstaunlich gut. Aber er war Amerikaner, und es war für ihn eine Frage der Ehre, daß die vom Glück gesegneten Amerikaner nun auch vor den Augen der ganzen Welt ihr Bestes gaben.

Außerdem hatten die Amerikaner mit ihrem 1:0 Sieg über Brasilien ihren Weltmeisterschaftscoup von 1959 wiederholt. Joe Gaetjens hatte seinen besten Moment in dem Spiel gegen England gezeigt. Luis Garcias Treffer gegen Brasilien war dank Fernsehen um die ganze Welt gegangen. Kein schlechtes Geschenk für die amerikanischen Fans. Burlane war sich sicher, daß man in East L.A. bereits Tacos Garcia verkaufte.

Burlane, erschöpft nach all den Adrenalinausschüttungen, verspürte plötzlich Hunger.

(Wenn die Deutschen die Weltmeisterschaft gewinnen, würde Burlane seinem Partner Ara Schott und Jens Steiner so viel Bratwurst und Becks-Bier kaufen, wie sie nur vertragen konnten. Er war sich nicht sicher, was die Belgier mochten, aber das würde de Beauvoir sicher wissen. Und wenn die Norweger siegten, dann würde er eben mit gekochtem Fisch feiern, die Norweger waren Meister, was gekochten Fisch betraf, hatte er gehört. Wenn die Brasilianer durchkamen, würde er einen großen, mit Respekt gekochten Topf *fejoada completa* zubereiten. Er würde sogar mit den Italienern Chianti und Pasta zu sich zu nehmen, oder Tinto und gegrilltes Fleisch mit den Argies, obwohl er die um sich tretenden und rempelnden Verteidiger verachtete. Er würde für die Franzosen trockenen Wein und Bouillabaisse besorgen, Hammelstew und Guinness für die Iren, Gyros und Retsina für die Griechen, Tacos und Carta Blanca für die Mexikaner. Was auch immer. Sollten die Kolumbianer gewinnen, würde er auf gar keinen Fall Kokain besorgen, das stand ganz außer Frage.

Doch im Augenblick wollte Burlane nur Pizza und kaltes Bier.) Er lebte, und das war gut so. Sein Körper sagte ihm: Freu dich! Schnuppere an einer Rose. Iß eine Pizza. Eine mit allen Zutaten drauf, die es nur gibt. Vielleicht würde de Beauvoir eine Pizza aus Rowayton in sein Haus am Wilson Point ordern. Später könnte er vielleicht herausfinden, ob es da tatsächlich hinter der Fassade der effizienten, erzlogischen Ex-FBI-Agentin und Karrierefrau Elizabeth Gunderson weibliche Wärme zu entdecken gab.

Postskriptum

Die Weltmeisterschaftstrophäe ist die begehrteste Trophäe in der Welt des Sportes; offensichtlich von Dieben genauso geschätzt wie von den Sportlern selbst.

Die erste Trophäe, die der französische Bildhauer Abel La Fleur geschaffen hatte, stellt eine Siegesgöttin aus solidem Gold dar, die auf einem juwelengeschmückten Piedestal mit ausgestreckten Armen steht. Offiziell hieß die Trophäe der Jules Rimet Cup, nach dem Gründer der Weltmeisterschaft benannt, die zum ersten Mal 1930 in Uruguay abgehalten worden war. Aber meistens wurde sie einfach World Cup genannt. Die Engländer, die in jenen Tagen recht hochnäsig waren, lehnten es ab, ihren Ruf zu verteidigen, obwohl die Uruguayaner anboten, die Überfahrt zu zahlen.

Während der Weltmeisterschaft von 1930 kam es zu einem kuriosen Vorfall: Ein Schiedsrichter pfiff eine Begegnung in dem Moment ab, – er glaubte, die Zeit sei abgelaufen und das Spiel vorbei –, als ein französischer Spieler gerade den Ball in des ungedeckte Tor schießen wollte. Es stellte sich heraus, daß noch sechs Minuten zu spielen waren. Mon dieu! Nachdem die aufgebrachten Franzosen wütend protestiert hatten, stimmte die argentinische Mannschaft schließlich mißmutig zu, weitere sechs Minuten auf den Platz zu kommen; aber die Franzosen hatten ihre Chance verpaßt.

Das Weltmeisterschaftsendspiel von 1934 in Rom, das man unter den Augen Benito Mussolinis austrug, wurde mit dem Faschistengruß der beiden Finalisten Italien und Tschechoslowakei eröffnet. Italien erfreute Il Duce mit einem Sieg, und der World Cup wanderte nach Rom.

Die erfolgreiche italienische Verteidigung der Trophäe fand 1938 in Frankreich statt und begann mit einem schockierenden Unentschieden der Schweiz gegen das favorisierte Deutschland, in dessen

Team exzellente österreichische Spieler kickten, denn das Land war gerade von der deutschen Armee okkupiert worden. Um alles noch schlimmer zu machen, gewann die Schweiz auch das Rückspiel mit 4:2, und so mußten die Deutschen abreisen.

Jules Rimet versteckte die Trophäe während des Zweiten Weltkriegs unter seinem Bett. Die nächste Weltmeisterschaft wurde erst 1950 in Brasilien ausgetragen, wo das ehrfurchtgebietende England – die Italiener nannten sie nur *i maestri*, die Meister – zum ersten Mal mit von der Partie war. Nachdem Chile 2:0 geschlagen wurde, wirbelten die Amerikaner sie durcheinander, und schließlich schickte sie Spanien nach Hause. Im Endspiel benötigte Brasilien nur ein Unentschieden, um gegen Uruguay den Cup zu gewinnen. Aber die 200000 wild johlenden Brasilianer, damals die höchste Zuschauerzahl, die einer Mannschaft einen immensen Heimvorteil gewähren konnte, wurden von den Uruguayanern empfindlich gestört. Sie konnten in der zweiten Halbzeit das Spiel mit 2:1 für sich entscheiden.

Kurz vor der Weltmeisterschaft von 1966 in England wurde die Trophäe aus einer Ausstellung in London geraubt. Ein Hund namens Pickles stahl Scotland Yard die Schau, weil er die goldene Göttin unter einem Gebüsch versteckt in einem Park fand.

Die vielgereiste Rimet-Trophäe wurde 1970 aus dem Verkehr gezogen und Brasilien übergeben, dem ersten Land, das dreimal die Weltmeisterschaft gewonnen hatte.

1983 wurde die Statue wieder gestohlen; diesmal in Brasilien, wo sie angeblich wegen des Goldwertes eingeschmolzen wurde. Der Brasilianische Fußballverband ersetzte sie durch ein Duplikat.

Der italienische Bildhauer Silvi Gazzaniga gestaltete eine neue Trophäe, die seit 1974 den World Cup versinnbildlicht. Gazzanigas Trophäe besteht aus 18karätigem Gold, ist 14 Inch hoch und wiegt 11 Pfund. Der Cup stellt ganz offensichtlich eine Weltkugel dar, ist aber sonst schwer zu beschreiben. Was zwei Menschen oder menschenähnliche Figuren unter der Weltkugel treiben, sind nach Aussage des Künstlers «Sportler im Moment des Sieges».

Die FIFA bewahrt die Original-Trophäe in Zürich auf. Die Weltmeister erhalten ein vergoldetes Duplikat.

Auslosung

Die Würfel sind gefallen, die Auslosung von Las Vegas ist gelaufen, die Gruppen-Gegner von Titelverteidiger Deutschland stehen fest. Wir stellen die drei Gegner unserer Nationalelf hier mit ihren Stärken und Schwächen vor.

Unser erster Gegner
Bolivien

Brasilien entzaubert – Uruguay den Rang abgelaufen

«El Diabolo» trifft teuflisch

Bevölkerungszahl:
7,5 Millionen
Der Verband:
305 Klubs, 15200 Mitglieder
Der Trainer:
Xavier Azkargorta (Spanier)
Die Nationalelf:
Die Mannschaft des baskischen Trainers Azkargorta startete als krasser Außenseiter in die WM-Qualifikation, ließ aber als Gruppenzweiter den zweimaligen Weltmeister Uruguay beinahe sensationell hinter sich. Gruppensieger wurde zwar wie erwartet Brasilien, aber Bolivien konnte auch den dreimaligen Weltmeister nach 33 Qualifikationsspielen ohne Niederlage erstmals mit 2:0 besiegen. Dies geschah im 3600 m hoch gelegenen La Paz, wo auch den anderen Gruppengegnern Uruguay, Venezuela und Ekuador im wahrsten Sinne des Wortes die Luft ausging.

Die Stärken der Mannschaft sind ihre technischen Qualitäten und ihre Unbekümmertheit. Dafür hat sie taktische Schwächen und verliert unter Druck schnell Ordnung und Disziplin. Auch die internationale Erfahrung der meisten Spieler ist unzureichend.

Die Wunschelf:
Trucco – Rimba, Sandy, Quinteros – Borja, Melgar, Sanchez, Cristaldo, Valdivieso – Ramallo, Etcheverry.

Die Stars:
Marco Etcheverry und Erwin Sanchez entstammen beide der Fußball-Akademie «Tahuichi» in Santa Cruz, wo Straßenkinder und andere sozialschwache Jugendliche ausgebildet werden. Heute sind beide die Leistungsträger der Nationalelf. Den 23jährigen Etcheverry nennen sie wegen seiner Raffinesse und Unberechenbarkeit «El Diabolo» (Der Teufel). Er ist ein brillanter Techniker, liebt die Show und Einlagen für die Galerie und ist trotz aller Launen auch ein effizienter und brandgefährlicher Torjäger.

Der ein Jahr ältere Erwin Sanchez glänzt vor allem in seiner Lieblingsrolle hinter zwei Spitzen als offensiver Mittelfeldspieler. Sein Beiname ist «Platini», weil der Bolivianer ähnlich raffinierte Freistöße in allen Variationen beherrscht wie der berühmte Franzose.

Bisherige Erfolge:
Zwei WM-Teilnahmen 1930 und 1950 (jeweils in der 1. Runde gescheitert), Südamerika-Meister 1963.
Bilanz gegen Deutschland:
Noch kein Länderspiel

Unser zweiter Gegner Spanien

Meister FC Barcelona stellt den Stamm

Denkmal Zubizarreta wankt

Bevölkerungszahl:
38,5 Millionen.
Der Verband:
11 314 Klubs, 343 600 Mitglieder.
Der Trainer:
Javier Clemente.
Die Nationalelf:
In früheren Zeiten stellte die spanische Nationalelf oft eine Kombination aus den Starteams Real Madrid und dem FC Barcelona dar, doch die im Fußball-Alltag verfeindeten Spieler und Rivalen konnten nur selten über ihren Schatten springen und das Trennende verdrängen. Mangelnder Teamgeist und fehlendes Verständnis untereinander sorgten immer wieder für Enttäuschungen.

Dem umstrittenen baskischen Trainer Javier Clemente (43) kam nach seinem Amtsantritt vor zwei Jahren die Krise bei Real Madrid zu Hilfe: Er mußte keine Rücksichten mehr auf den Rekordmeister nehmen, bootete vor allem dessen langjährige Stars Butragueno und Michel aus und setzte auf die Karte Barca. Inzwischen bilden je nach Situation fünf bis sieben Mann vom Meister das Gerippe der Nationalelf, die in der Qualifikation u. a. Europameister Dänemark das Nachsehen gab. Manchmal wirkt das Team der Techniker aber immer noch konzept- und kopflos, auch die Chancenauswertung ist oft unzureichend.
Die Wunschelf:
Zubizarreta – Ferrer, Alkorta, Nadal, Giner – Goicoechea, Guardiola, Hierro, Luis Enrique – Bakero, Salinas.
Die Stars:
Torwart Andin Zubizarreta (32) gilt seit vielen Jahren als einer der weltbesten Torhüter, ist inzwischen auch mit 83 Länderspielen spanischer Rekordnationalspieler, doch zuletzt geriet das Denkmal ins Wanken: In Barcelona verlor er zeitweise seinen Stammplatz, bei der WM wird er im ersten Spiel Zuschauer sein, weil er im letzten Qualifikationsspiel gegen Dänemark die rote Karte erhielt.

Stürmer Julio Salinas (31) ist in Barcelona meistens nur Reservist, im Nationalteam aber Stammspieler und war mit sieben «Quali-Toren» Rekordschütze.

Mittelfeldspieler José Guardiola (22) ist einer aus der jungen Garde, Techniker und Stratege gleichermaßen.

Bisherige Erfolge:
Acht WM-Teilnahmen (beste Plazierung 1950 als Vierter), Europameister 1964, Vizeeuropameister 1984.

Bilanz gegen Deutschland:
15 Spiele, vier Siege, vier Unentschieden, sieben Niederlagen, 16:21 Tore.

Unser dritter Gegner Südkorea

In letzter Minute auf den WM-Zug aufgesprungen

Sie setzen auf Bochums Kim

Bevölkerungszahl:
43,2 Millionen.
Der Verband:
78 Klubs, 11 400 Mitglieder.
Der Trainer:
Kim Ho.
Die Nationalelf:
Die Südkoreaner sind wohl der glücklichste aller 24 WM-Teilnehmer, denn sie konnten buchstäblich erst in allerletzter Minute auf den WM-Zug aufspringen. In der Asien-Endrunde im Ölscheichtum Katar schien für Südkorea schon alles verloren, als Japan im Parallelspiel gegen den Irak in der 90. Minute ein Tor kassierte und dem Nachbarn den Vortritt lassen mußte. Nach dem 3:0 im Bruderkampf gegen Nordkorea hatten die Südkoreaner die bessere Tordifferenz gegenüber den Japanern und qualifizierten sich damit zum viertenmal für ein WM-Turnier.
«Es wird höchste Zeit, daß Asiens Mannschaften endlich zeigen, daß auch sie guten Fußball spielen können, und genau das werden wir in den USA tun», verspricht der 49jährige Nationaltrainer Kim Ho selbstbewußt. Bisher sind die Südkoreaner aber immer an ihrer mangelnden internationalen Erfahrung, ihrer körperlichen Unterlegenheit und an ihren taktischen Schwächen gescheitert. In spielerischer und kämpferischer Beziehung dagegen haben sie mächtig aufgeholt.

Ein Antrag von Südkorea, bei der WM mit einer gesamtkoreanischen Mannschaft antreten zu dürfen (also mit Spielern aus Nordkorea), wurde von der FIFA im Vorfeld der Auslosung abgelehnt.
Die Wunschelf:
Choi In Young – Hong Myung Bo – Chung Jong Son, Park Jung Bea – Kim Pan Keun, Shin Hong Gi, Noh Yung Yoon, Ha Seok Ju, Gu Sang Bum – Kim Joo Sung, Hwang Sun Hong.
Die Stars:
Kim Yoo Sung (27) gilt als bester südkoreanischer Spieler aller Zeiten und wurde mehrmals zum «Fußballer des Jahres» von Asien gewählt. Der antrittsschnelle, wirblige Stürmer wechselte 1992 zum VfL Bochum, stieg mit den Westfalen aber aus der Bundesliga ab und hatte Mühe, auch seinen Stammplatz in der Nationalelf zurückzuerobern. Verletzungsanfällig.
Bisherige Erfolge:
Drei WM-Teilnahmen, aber noch kein einziger Sieg (sieben Niederlagen, ein Unentschieden).
Bilanz gegen Deutschland:
Noch kein Länderspiel.

Der WM-Spielplan für die USA ’94

Vorrunde											
Gruppe A		**Gruppe B**		**Gruppe C**		**Gruppe D**		**Gruppe E**		**Gruppe F**	
USA **Schweiz** **Kolumbien** **Rumänien**		**Brasilien** **Rußland** **Kamerun** **Schweden**		**Deutschland** **Bolivien** **Spanien** **Südkorea**		**Argentinien** **Griechenland** **Nigeria** **Bulgarien**		**Italien** **Irland** **Norwegen** **Mexiko**		**Belgien** **Marokko** **Holland** **Saudi-Arabien**	
18. 6. Detroit **USA –** **Schweiz**		19. 6. Los Angeles **Kamerun –** **Schweden**		17. 6. Chicago **Deutschland –** **Bolivien**		21. 6. Boston **Argentinien –** **Griechenland**		18. 6. New York **Italien –** **Irland**		19. 6. Orlando **Belgien –** **Marokko**	
18. 6. Los Angeles **Kolumbien –** **Rumänien**		20. 6. San Francisco **Brasilien –** **Rußland**		17. 6. Dallas **Spanien –** **Südkorea**		21. 6. Dallas **Nigeria –** **Bulgarien**		19. 6. Washington **Norwegen –** **Mexiko**		20. 6. Washington **Holland –** **Saudi-Arabien**	
22. 6. Los Angeles **USA –** **Kolumbien**		24. 6. San Francisco **Brasilien –** **Kamerun**		21. 6. Chicago **Deutschland –** **Spanien**		25. 6. Boston **Argentinien –** **Nigeria**		23. 6. New York **Italien –** **Norwegen**		25. 6. New York **Saudi-Arabien** **Marokko**	
22. 6. Detroit **Rumänien –** **Schweiz**		24. 6. Detroit **Schweden –** **Rußland**		23. 6. Boston **Südkorea –** **Bolivien**		26. 6. Chicago **Bulgarien –** **Griechenland**		24. 6. Orlando **Marokko –** **Irland**		25. 6. Orlando **Belgien –** **Holland**	
26. 6. Los Angeles **USA –** **Rumänien**		28. 6. San Francisco **Rußland –** **Kamerun**		27. 6. Chicago **Bolivien –** **Spanien**		30. 6. Boston **Griechenland –** **Nigeria**		28. 6. New York **Irland –** **Norwegen**		29. 6. Orlando **Marokko –** **Holland**	
26. 6. San Francisco **Schweiz –** **Kolumbien**		28. 6. Detroit **Brasilien –** **Schweden**		27. 6. Dallas **Deutschland –** **Südkorea**		30. 6. Dallas **Argentinien –** **Bulgarien**		28. 6. Washington **Italien –** **Mexiko**		29. 6. Washington **Belgien –** **Saudi-Arabien**	

Achtelfinale							
2. 7. Chicago **Sieger Gruppe C – Dritter Gruppe A/B/F** (Spiel A 1)		2. 7. Washington **Zweiter Gruppe C – Zweiter Gruppe A** (Spiel A 2)		3. 7. Los Angeles **Sieger Gruppe A – Dritter Gruppe C/D/E** (Spiel A 3)		3. 7. Dallas **Zweiter Gruppe F – Zweiter Gruppe B** (Spiel A 4)	
4. 7. San Francisco **Sieger Gruppe B – Dritter Gruppe A/C/D** (Spiel A 5)		4. 7. Orlando **Sieger Gruppe F – Zweiter Gruppe E** (Spiel A 6)		5. 7. Boston **Sieger Gruppe D – Dritter Gruppe B/E/F** (Spiel A 7)		5. 7. New York **Sieger Gruppe E – Zweiter Gruppe D** (Spiel A 8)	
Viertelfinale							
9. 7. Boston **Sieger A 7 – Sieger A 2**		9. 7. Dallas **Sieger A 6 – Sieger A 5**		10. 7. San Francisco **Sieger A 3 – Sieger A 4**		10. 7. New York **Sieger A 8 – Sieger A 1**	
Halbfinale				**Spiel um den 3. Platz**			
13. 7. Los Angeles **Sieger der Viertelfinalspiele San Francisco – Dallas** 13. 7. New York **Sieger der Viertelfinalspiele New York – Boston**				16. 7. Los Angeles **Verlierer der Halbfinalspiele** **Endspiel** 18. 7. Los Angeles **Sieger der Halbfinalspiele**			

Anmerkungen: Aus jeder der sechs Gruppen kommen die beiden erstplazierten Mannschaften ins Achtelfinale, dazu die vier besten Gruppendritten. Entscheidend (in der Reihenfolge) sind die erzielten Punkte, die Tordifferenz, die Zahl der geschossenen Tore. Sind auch danach mehrere Mannschaften gleich, entscheidet das Los.

Da erst nach Abschluß der Gruppenspiele feststeht, welche Drittplazierten weiterkommen, entscheidet sich auch erst dann, in welches Achtelfinalspiel jeweils welcher Gruppendritte kommt. Ausgeschlossen ist, daß zwei Mannschaften aus der gleichen Gruppe bereits im Achtelfinale oder im Viertelfinale erneut aufeinandertreffen.